KNAUR

Von Veit Etzold sind bereits folgende Titel erschienen:
Todesdeal
Dark Web
Tränenbringer
Schmerzmacher
Staatsfeind

Über den Autor:
Prof. Dr. Veit Etzold, geboren 1973 in Bremen, ist Autor von neun *Spiegel*-Bestsellern und gefragter Keynote-Speaker. Veit Etzold versteht es, komplexe Themen unterhaltsam und spannend aufzubereiten und zu einzigartigen Thrillern zu verarbeiten. Als Experte für Strategie und Storytelling hat er bereits zahlreiche internationale Unternehmen beraten. Er ist u.a. Mitglied der *Atlantikbrücke* und *Global Bridges* und lehrt zudem seit 2018 als Professor für Wirtschaftswissenschaften.

VEIT
ETZOLD

BLUTGOTT

Ein
Clara-Vidalis-Thriller

KNAUR

Besuchen Sie uns im Internet:
www.knaur.de

Aus Verantwortung für die Umwelt hat sich die Verlagsgruppe Droemer Knaur zu einer nachhaltigen Buchproduktion verpflichtet. Der bewusste Umgang mit unseren Ressourcen, der Schutz unseres Klimas und der Natur gehören zu unseren obersten Unternehmenszielen. Gemeinsam mit unseren Partnern und Lieferanten setzen wir uns für eine klimaneutrale Buchproduktion ein, die den Erwerb von Klimazertifikaten zur Kompensation des CO_2-Ausstoßes einschließt. Weitere Informationen finden Sie unter: www.klimaneutralerverlag.de

FSC www.fsc.org MIX Papier aus verantwortungsvollen Quellen FSC® C083411

Originalausgabe April 2020
Knaur Taschenbuch
Ein Imprint der Verlagsgruppe
Droemer Knaur GmbH & Co. KG, München

Ein Projekt der AVA International Autoren- und Verlagsagentur
www.ava-international.de
Redaktion: Antje Steinhäuser
Covergestaltung: ZERO Werbeagentur, München
Coverabbildung: Wisit Tongma, kkoman/shutterstock.com
Illustratives Element im Innenteil:
Michaela Lichtblau; kkoman/shutterstock.com
Satz: Adobe InDesign im Verlag
Druck und Bindung: CPI books GmbH, Leck
ISBN 978-3-426-52408-4

2 4 5 3 1

Für Saskia

I went to God just to see,
And I was looking at me,
Saw heaven and hell were lies,
When I'm God, everyone dies.

Marilyn Manson, »The Reflecting God«[1]

1 Von dem Album »Antichrist Superstar«, Nothing, Interscope Records, 1996

Prolog

Welche Fähigkeit hättet ihr gern?«, fragte die Lehrerin.

Der Junge sah sich um. Er drehte den Kopf von der einen zur anderen Seite, langsam, mechanisch. Wie ein Roboter.

Es lief die sechste Stunde in der sechsten Klasse. Es war heiß und stickig, wie immer in Schulen im Juni. Draußen knatterte ab und zu ein Moped, und der Hausmeister hantierte mit einer Bohrmaschine, als versuchte er zu erreichen, dass das marode, baufällige Schulgebäude erst übermorgen anstatt schon morgen in sich zusammenstürzte. Fliegen surrten durch die Luft.

Matthias hatte sich mit seinem Stuhl an die Wand gelehnt und ein Buch als Kissen zwischen Kopf und Wand geklemmt. Leon hatte sich gleich mit dem Kopf auf den Tisch gelegt, neben sich auf der Platte nicht das Schulheft, sondern einige Karten aus einem Magic-Fantasy-Spiel.

Die Lehrerin merkte es gar nicht. Sie blickte über die Reihen der Schüler, wartete darauf, dass irgendeine Reaktion kam von denen, die nicht über ihre Smartphones gebeugt waren und in irgendwelchen sozialen Netzwerken neidisch die Posts von Menschen verfolgten, die scheinbar ein so viel besseres Leben hatten als sie. *Bin auf Mallorca, bin auf dem Konzert, bin beim Essen, bin auf dem Klo … Allen gefällt das …*

»Also«, sagte die Lehrerin noch einmal, »welche Fähigkeit hättet ihr gern?«

Leon hob den Kopf. »Ich hätte gern einen Zauberstab«, knurrte er. Dann ließ er den Kopf wieder heruntersacken, als würde ein Scharnier zuschnappen.

Die Lehrerin nickte. »Sehr gut!«

»... um diese Scheißschule wegzuzaubern«, murmelte Leon leise hinterher, doch das hörte nur Mirco, sein Nachbar. Der kicherte kurz, hob den Daumen und knuffte ihm anerkennend in die Seite.

Plötzlich knallte es. Matthias' Buch, das er zwischen Hinterkopf und Wand geklemmt hatte, war heruntergefallen. Die Sitznachbarn, Michi und Flo, lachten, der Rest beachtete es gar nicht. Die Lehrerin schien es nicht gemerkt zu haben, oder sie ignorierte es. Matthias bückte sich knurrend nach dem Buch.

»Was noch?« Die Lehrerin reckte das Kinn.

Sabine meldete sich. »Ich möchte fliegen können.«

»Ja ...« Die Lehrerin nickte. »Das ist ein alter Traum der Menschheit. Davon hat schon da Vinci geträumt.«

»Der von Dan Brown?«, fragte Sabine.

»So ähnlich.« Die Lehrerin nickte. Offenbar war sie froh, dass überhaupt noch irgendetwas gelesen wurde. Es war ein offenes Geheimnis bei vielen Pädagogen, dass Autoren wie Dan Brown bei der Bildung der meisten Menschen »letzter Mann« spielen mussten und mehr für das kulturelle Verständnis taten, als die meisten Kritiker wahrhaben wollten. Die Lehrerin hielt kurz inne.

Irgendwie, dachte der Junge, erinnerte sie ihn an eine Ente. Eine dicke, hässliche, watschelnde Ente.

»Was noch?«, fragte sie.

»Ich will Milliardär werden«, sagte Eric. Von Eric wusste man, dass er auf seinem Smartphone keine Facebook- oder Instagram-Posts las, sondern Börsenkurse und sich immer ärgerte, dass er volljährig sein musste, um CFD Trading zu betreiben.

Die Lehrerin schüttelte den Kopf. »Immer nur Geld«, sagte sie. »Geld ist doch nicht alles.«

»Aber ohne Geld ist alles nichts.« Eric lachte meckernd. »Sagt mein Vater immer.«

Die Lehrerin schritt den Gang ab. Näherte sich dem Jungen.

»Noch ein Wunsch?«

»Den Weltfrieden«, sagte Laura, mit Rastalocken und einer kleinen Tigerente an ihrer Federmappe.

»Das ist doch mal ein schöner Wunsch.« Die Lehrerin ging einen Schritt weiter. Blieb vor dem Jungen stehen. »Was ist mit dir, Tim?«

Der Junge sah langsam nach oben. »Mit mir?«, fragte er. Seine Augen fixierten die Lehrerin, ohne sich zu bewegen.

»Ja, mit dir. Du hast heute noch gar nichts gesagt. Welche Fähigkeit hättest du gern?«

Der Junge, der Tim hieß, bewegte den Kopf langsam von der einen zur anderen Seite. Dann starrte er die Lehrerin unverwandt an. »Ich hätte gern …«, begann er langsam, »ich hätte gern eine Klinge statt einer Zunge.«

Auf der Stirn der Lehrerin entstand eine Falte. »Du hättest gern *was?*«

Der Junge nickte mechanisch. »Ich hätte gern eine Klinge statt einer Zunge.«

Die Lehrerin blickte sich im Raum um und fixierte dann wieder den Jungen namens Tim.

»Und warum?«, fragte sie.

»Es ist doch ganz einfach«, sagte der Junge, der Tim hieß, »ich möchte die Menschen *schmecken*, während ich sie *zerschneide*.«

BUCH 1

I have whirl'd with the earth at the dawning,
When the sky was a vaporous flame;
I have seen the dark universe yawning,
Where the black planets roll without aim;
Where they roll in their horror unheeded,
Without knowledge or lustre or name.

H. P. Lovecraft, »Nemesis«

Kapitel 1

Fahrt IC von Dortmund nach Frankfurt, Mai 2019

Der Intercity, auch kurz genannt IC, zwischen Dortmund und Frankfurt rumpelte widerwillig über die Gleise, das Fahrwerk und die Technik genauso veraltet wie die verkeimten Abteile im Inneren.

Der Zug, in dem Mia saß, hatte um 18 Uhr 36 seine Fahrt in Dortmund aufgenommen, um 22 Uhr 21 war Umsteigen in Frankfurt angesagt, und dann fuhr ein Regionalexpress weiter nach Gießen. Eine Weltreise, um nur wenige Hundert Kilometer zurückzulegen. Dritte Welt Deutschland.

Mia konnte nicht behaupten, dass sie gern Bahn fuhr. Sie wusste, dass früher die Eisenbahnwaggons Strafgefangene in Arbeitslager gefahren hatten. Auch wenn das glücklicherweise Geschichte war, liebte es die Bahn scheinbar noch immer, ihre Passagiere zu quälen. So kam es ihr jedenfalls vor. Deutschland war eines der wenigen Länder, in denen man noch immer in die Züge hochsteigen musste, weil Zug und Bahnsteig nicht auf einer Ebene waren, und wo man seine Koffer mit Gewalt nach oben wuchten musste und immer das Gefühl hatte, man müsse sich als kleiner Untertan den Weg nach oben in die Reichsbahn, Bundesbahn, Deutsche Bahn oder wie immer sie heute hieß, hart erarbeiten und verdienen. Wie es Leuten mit Gipsbeinen, Krücken oder Menschen mit Gehbehinderungen gelingen sollte, Bahn zu fahren, war Mia, die in einem Abteil saß, ein Rätsel. Aber nur weil sie über das Thema Barrierefreiheit in der Bahn nachdachte, hieß das nicht, dass auch bei der Bahn irgendjemand darüber nachdachte. *Umsteigen* oder *zusteigen* klang sehr ähnlich wie *Bergsteigen,* und so sollte es auch bleiben. Alles musste hier mit Anstrengung, Ärger und Frust verbunden sein, sonst war es keine typische Bahnreise, jedenfalls keine im IC. Vielleicht war das Kalkül: Wenn der Kunde nass geschwitzt und abgekämpft seinen Platz erreichte, durchströmten ihn Erleichterung und Glückseligkeit wie nach einer gelungenen Gipfelbesteigung, sodass der schlechte Zustand der Sitzpolster gar nicht weiter auffiel.

Mia, neunzehn Jahre alt, saß allein in einem der Abteile auf den speckigen Polstern, zwischen denen Kaugummis, Müll und Zigarettenkippen hingen, denn dieser Wagen kam aus der Zeit, in der man in Zügen noch rauchen durfte. Gefühlt kam der Zug allerdings aus der Zeit, als man den Tabak noch in Lederbeuteln am Gürtel mit sich trug und Zigaretten noch gar nicht erfunden waren. Mia studierte Theaterwissenschaften und wollte zum theaterwissenschaftlichen Diskurs der Uni Gießen, dort einige Leute treffen und am Abend noch ein wenig die Stadt unsicher machen. Die Lampe oben im Abteil flackerte wie in einem nordkoreanischen Foltergefängnis. Die Landschaft Nordrhein-Westfalens draußen war genauso trostlos wie das Innere des abgewetzten Wagens.

Es war einer von diesen ICs, die nur Abteile hatten und keine Großraumwaggons wie die sehr viel komfortableren ICEs. Die Abteile waren enge abgeschlossene Räume, wie Gefängniszellen.

Sie hörte lautes Grölen und Lachen auf dem Gang und zuckte zusammen. Sie hatte die Vorhänge zugezogen und hoffte, dass man sie in Ruhe lassen würde und sich nicht irgendeine Gruppe von Betrunkenen zu ihr setzen würde, oder irgendein anderer unangenehmer Trupp von der Sorte, die besonders gern IC und besonders gern am Abend Bahn fuhr. Die Bahn legte Wert auf solche Gäste und beeilte sich immer, *Sparpreise* extra für Fußballfans anzubieten, die zum Dank für den Schleuderpreis dann den gesamten Waggon auseinandernahmen. Das Bahnpersonal versteckte sich vor solchen Gruppen immer in seinen kleinen Kabuffs nahe der Lok und verzichtete komplett auf Fahrkartenkontrollen. Am allerbesten schwarzfahren ließ es sich folglich dann, wenn möglichst viele Hooligans, Betrunkene und Randalierer, die mit besagten Sparpreisen gelockt worden waren, die Züge bevölkerten. Dann sah man die Bediensteten der Bahn genauso häufig, wie man einen Menschen am Rande des Sonnensystems sehen würde – nämlich gar nicht.

Die Schatten liefen an ihrer Tür vorbei. Das heisere Lachen wurde leiser. Mia spürte ihr Herz schlagen. Sie atmete kurz durch, ging dann zum Vorhang. Zog ihn zögernd ein kleines Stück beiseite. Der Gang war leer.

Mia atmete erleichtert auf. Ihr Herz pochte noch in ihren Ohren.

Zum Glück kannte Mia den Film »Hostel« nicht. Ein Film, in dem Menschen, besonders Touristen, entführt wurden, die dann von reichen Sadisten gegen viel Geld gefoltert und getötet werden konnten. In »Hostel« leuchtete über den Zellen, in denen die Folteropfer saßen, immer ein Licht. Es war grün, wenn der Raum frei war, und rot, wenn dort gerade »gearbeitet« wurde. Was man normalerweise aber auch an den Schreien hörte.

Würde sie hier jemand schreien hören? Der Zug war fast leer, das Bahnpersonal hatte sich weit entfernt Richtung Lok versteckt, und die einzige Zivilisation, die an den Fenstern vorüberzog, war hier und da das Licht eines einzelnen Hauses oder Gehöfts. Es mussten Häuser sein wie das, in dem das

Horror-Paar von Höxter seine Opfer festgehalten und gequält hatte. In »Hostel« waren es Lichter, die über den Zellen leuchteten. Auch hier leuchteten außen Lampen über den Abteilen des ICs. So als wollten sie sagen: *Hier sitzt jemand allein, mit dem ihr euren Spaß haben könnt. Jemand, der sich nicht wehren kann. Und dem auch niemand helfen wird, wenn es ernst wird.* Ja, es war besser, dass Mia diesen Film nicht kannte, ansonsten wäre ihr vielleicht klar geworden, dass die ICs der Bahn, mit ihren Abteilen, eine Art mobiles Hostel, eine Art mobile Gefängniszellen-Reihe waren, in der sich die Täter, wie in einem Laufhaus in Amsterdam, ihre Opfer durch die Scheibe hindurch anschauen konnten, bevor sie zu ihnen kamen. Ja, in der Tat, genau so wie in den Bordellen der holländischen Hauptstadt, wo die Freier ihre Huren in aller Ruhe in Augenschein nahmen.

Kurz war es still. Dann hörte sie, wie der Lärm wieder anschwoll. Die Gruppe war offenbar umgekehrt. Näherte sich Mias Abteil. Sie hörte die Schritte. Ihr Herz pochte in ihren Ohren und schlug im Takt der Schritte auf dem Flur.

Sie hoffte, dass das, was sie befürchtete, nicht geschehen würde, und dass die Gruppe Betrunkener erneut an ihrem Abteil vorübergehen würde. Doch das, was man befürchtete, geschah nun mal nur allzu oft.

Langsam öffnete sich die Abteiltür.

Sie blickte in ein Gesicht. Ein Paar Augen. Dahinter drängten sich noch mehr Menschen.

»Ist hier noch frei?«, fragte das Paar Augen.

Doch es war keine Frage.

Es war ein Befehl.

Kapitel 2

Schießstand, Stahnsdorfer Damm, DEVA, Berlin, Mai 2019

Es war ein Dienstag im Mai, und der Sommer stand direkt vor der Tür. Einer dieser üblen, brütenden, 40 Grad heißen Sommer in Berlin, voller Schlägereien, besoffener Touristen und schlafloser Nächte, einer dieser Sommer, der gefühlt Jahre dauerte und bei dem alle wahnsinnig wurden – nur noch schlimmer als in den letzten Jahren. Als auch schon die Seen austrockneten, die Wälder verbrannten, die verkrachten Existenzen sich die ganze Nacht prügelten und die alten Menschen in den Heimen reihenweise starben.

Winter is coming, war die ewige Drohung in dem Fantasy-Epos »Game of Thrones«, doch der Berliner Winter war in den letzten Jahren, mit ein paar kalten Tagen im Februar, komplett harmlos geworden. *Summer is coming* war in diesem Jahr – und würde es wahrscheinlich auch in allen kommenden Jahren sein – die reale Drohung in Berlin.

Clara überprüfte die Magazine, die Munition. Vor ihr auf dem Tisch lagen die Glock Kaliber 9 Millimeter Luger und die Sig Sauer. Vor ihnen der Schießstand und die Zielscheiben. Auf dem Sandboden blitzten von Zeit zu Zeit Patronenhülsen. Gedämpfte Schüsse klangen durch die Ohrschützer, vermischt mit Vogelgezwitscher aus dem nahen Wald. Denn mit den 3M-Ohrschützern konnte man leise Geräusche besser hören, während der Knall einer Pistole gedämpft wurde. Deswegen waren diese Ohrschützer auch bei Jägern sehr beliebt. Clara dachte kurz an den uralten Sommerhit »Vamos a la Playa« aus Italien von 1983. Die meisten glaubten, der Song beschreibe einen heißen Sommer, dabei handelte es sich, wenn man sich den Text einmal genauer anschaute, um die Beschreibung eines Strands nach einer Nuklearexplosion. Der Schrecken war halt überall, auch in einem schönen Strandlied.

Doch noch war Frühling, und es war Dienstag, und Clara war im Dienst. Am Montag war der Schießstand geschlossen. Dafür war er am Sonntag geöffnet. *»Sunday is gunday«*, sagte man in Amerika. Oder *»gun is fun«*.

»Du zuerst?«, fragte Clara. Sie wusste, dass *gun* nicht unbedingt *fun* bedeuten mussten, sondern die schlimmsten Verletzungen hervorrufen konnten. Sie wusste aber auch, dass die Tatsache, niemals etwas mit Waffen zu tun haben zu wollen, einen nicht davor beschützte, von einer Waffe getötet zu werden.

Sophie nickte. Sie war Claras Kollegin und arbeitete dem LKA im Team der Rechtsmedizin zu. Sie hatte als Rechtsmedizinerin noch nicht so viel geschossen wie Clara und auch längst nicht so viel Erfahrung auf dem Schießstand, wollte es aber lernen. Ihr Freund, Frank Deckhard, der auch Polizist war, hatte sie einmal mit auf den Schießstand genommen, um ihr alles ein bisschen beizubringen. Die beiden hatten sich allerdings bereits während der ersten Übungsstunde derart gestritten, wie es halt oft passierte, wenn Partner einander etwas beibringen wollen, dass Sophie sich danach an Clara gewandt und Clara ihr versprochen hatte, sie beim Schießenlernen ein wenig zu unterstützen.

»Hast du die Ohrschützer angestellt?«, fragte Clara.

»Denke schon«, antwortete Sophie, »es hat eben gepiept.«

»Reib dir die Hände«, sagte Clara. »Wenn du das Reiben laut hörst, dann sind die Dinger an.«

Sophie rieb sich die Hände. »Höre ich«, stellte sie fest. »Und die Vögel höre ich auch.«

»So soll es sein. Dann aufstellen!«

»Fünf Meter?«

Clara nickte. »Okay.«

Heute übten sie mit einer Sig Sauer, weil das die Waffe der Berliner Polizei war. Hart, kompakt, zuverlässig. Die J.P. Sauer GmbH war aus der 1751 gegründeten Waffenmanufaktur Lorenz Sauer hervorgegangen. SIG stand für »Schweizerische Industrie Gesellschaft«, zu der das Unternehmen rund dreißig Jahre gehört hatte. Ansonsten schoss Clara mit einer Glock. Sechzehn Schuss, Kaliber 9 Millimeter Luger, aus Österreich. Die Lieblingswaffe der US Police. *»Our Austrian friend«,* sagten die US-Polizisten dazu. Und Clara Vidalis musste ihnen recht geben. Die Waffe schoss wirklich gut und war leicht. Dafür hatte sie mehr Rückstoß, weil sie mit siebenhundert Gramm weniger wog als die schwereren Waffen, etwa die Sig Sauer, die durch ihre größere Masse stabiler waren. Sie hatte auch keinen manuellen Sicherungshebel, was bedeutete, dass man jederzeit mit ihr schießen konnte. Durch die Umgestaltung des Griffrahmens war sie für Nutzer mit kleineren Händen und kürzeren Fingern ideal und daher bestens geeignet zur persönlichen Verteidigung und auch, um sie im Verborgenen zu tragen.

Irgendwann würde Clara Sophie auch zeigen, wie man mit einer Glock schoss. Nur heute noch nicht.

Sophie feuerte. Beide standen hinter der Linie. Das Wichtigste auf dem Schießstand waren die drei Regeln: Richte die Waffe nur auf das, auf das du schießen willst, behandele jede Waffe so, als wäre sie geladen, und halte den Finger nur dann am Abzug, wenn du in der nächsten Sekunde schießen willst.

Der Schuss landete weit außen. »Na ja«, knurrte Sophie. »Genau ins Schwarze war das nicht unbedingt.«

»Nicht negativ denken, nicht kommentieren«, gab Clara zurück. »Das beeinflusst deinen nächsten Schuss. Schießen, schauen, wieder schießen. Nicht zu viel denken.«

Sophie gab mehrere Schüsse hintereinander ab, die sich allmählich der Zielscheibe näherten.

»Jetzt das Magazin wechseln!«

Sophie ließ das Magazin aus der Waffe fallen und schob das neue hinein.

»Werfe ich das alte einfach so auf den Boden?«

»Hast du ja schon«, sagte Clara.

»Okay, und war das richtig, die runterzuschmeißen?«

»Natürlich, was sonst?«, fragte Clara. »Glaubst du, du hast im Ernstfall noch Zeit, das Ding säuberlich auf den Boden zu legen oder umständlich in die Tasche zu stecken, wenn das Wildschwein angerannt kommt und dich angreifen will?«

»Das Wildschwein? Welches Wildschwein? Wir sind doch hier nicht bei Asterix.«

»Doch, genau, das Wildschwein im Grunewald. Der ist hier ja gleich um die Ecke. Wir reden hier von Wildschweinen, nicht von Menschen. Zielübungen auf Menschen sind verboten.«

»Es sterben aber mehr Menschen durch Menschen als durch Wildschweinangriffe.«

»Erkläre das mal den Politikern.«

»Ich war mal in den USA auf einem Schießstand«, erzählte Sophie, »da schießen sie auf Zombies, Monster und sogar auf Kamele.«

»Aber hoffentlich keine echten Kamele?«

»Nein, das sind alles Figuren. Den Kamelen muss man den Turban abschießen.«

»Immerhin nicht den Höcker. Wann warst du dort?«

»2008. Ich war da mit meinem Ex-Freund. Der kam aus Österreich.«

»Wie die Glock.«

»Genau. Er hatte aber keine, der war Anwalt.«

Clara grinste. »Die haben andere Waffen. Wusste schon der Pate Don Corleone: *Ein Anwalt kann mit seinem Aktenkoffer mehr stehlen als hundert Männer mit Kanonen.*«

»Warst du nicht auch mal mit einem Unternehmensberater zusammen? Ist ja fast so ähnlich.«

»Ja.« Clara nickte. Ähnlich waren sich Berater und Anwälte in der Tat, fand sie.

Sophie sprach weiter. »Jedenfalls ist, gerade als wir in der Luft waren, die Sache mit diesem Fritzl aufgeflogen. Du weißt ja, der Typ, der seine Tochter jahrzehntelang im Keller eingesperrt hat.«

»Hat er mit ihr nicht sogar Kinder gezeugt?«

»Ja, das auch noch. Jedenfalls wussten alle in Amerika schon davon, nur wir nicht, weil wir da gerade über den Atlantik geflogen waren. Als die Amis rausfanden, dass mein Freund aus Österreich kam, wollten sie alle wissen, was denn dieser *Fritschl* für ein Mensch sei.«

Clara lachte. »So als ob dein Freund ihn automatisch kennen müsste, wenn er aus Österreich kommt, weil das ja so klein ist?«

»Ja, so in etwa. Das Thema Fritzl war jedenfalls *das* Dauerthema während des gesamten Urlaubs.« Sie befühlte kurz die Waffe in ihrem Holster. »Die Horrormeldungen lassen einen nicht in Ruhe.«

»Das Wildschwein hier auch nicht!« Clara richtete sich auf. »Weiter.«

Sophie schoss das neue Magazin leer.

Clara kniff die Augen zusammen. »Gar nicht schlecht. So, dann nachladen.« Sie gingen zum Tisch, auf dem die Patronen und die anderen Magazine lagen. Daneben lag Klebespray, um Zielscheiben an die Holzgerüste zu kleben, und zwei Druckverbände, für den Fall der Fälle.

»Meine Fingernägel sind zu lang für dieses verdammte Nachladen«, knurrte Sophie, die sich redlich abmühte, die Patronen in das Magazin zu bekommen.

»Darum habe ich keine langen Fingernägel mehr«, erklärte Clara. »Mir sind die früher immer abgesplittert.«

»Ist echt ungerecht«, beschwerte sich Sophie. »Männer haben viel härtere Fingernägel als Frauen. Dabei sind Frauen diejenigen, die die Nägel meist lang tragen.«

»Oder auch nicht. Im Notfall darfst du nämlich nicht davon abhängig sein, dass irgendein Ausbilder dir die Magazine füllt, so wie das immer beim Presseschießen der Polizei ist.«

»Tja, ich bin ja auch nur Rechtsmedizinerin und keine echte Polizistin. Ich musste ja diesen Polizeitest nicht machen.«

»Ich würde ihn heute wohl auch nicht mehr schaffen«, sagte Clara. »Und es gibt immer weniger, die den noch bestehen. Derzeit nur fünfzehn Prozent. Das Übelste ist dieses ständige zwischen den Stangen Hin- und Herlaufen. Damals habe ich dabei fast gekotzt.«

»Und Psychotests machen die doch sicher auch?«

»Na klar. Tausende von Fragen. Und dazwischen immer dieselbe Frage: *Haben Sie schon mal einen Kuli geklaut?*«

»Und wenn man da versehentlich Ja sagt?«

»… ist man raus.« Clara musste grinsen. »Ich muss noch an die letzten Worte denken, bevor es dann zwei Wochen später losging: *Tätowieren Sie sich nicht und werden Sie nicht straffällig. Falls doch, sagen Sie es uns. Wir erfahren es sowieso.*« Clara schaute etwas belustigt zu, wie Sophie die Patronen in das Magazin quälte.

»Ich helf dir, sonst sitzen wir im Hochsommer noch hier.« Sie nahm das Magazin. »Wenn du allerdings öfter schießen willst, führ mal ein ernstes Gespräch mit deinem Maniküre-Studio.«

Sophie verkniff das Gesicht. »Schwere Entscheidung.«

»Okay«, sagte Clara, »alles geladen? Magazine voll?«

»Jawohl!«

»Dann drei Meter zurück und das Ganze noch einmal.«

Clara dachte an die Worte ihres Ausbilders damals. *Wir erfahren es sowieso.* Heute erfuhr die Polizei so gut wie nichts mehr. Das Verbrechen war digital viel stärker hochgerüstet als die Polizei. Das Einzige, was blieb, war ein Filter. Ein Filter im Kopf des Polizisten. Aus jahrelanger Erfahrung zu wissen, wenn etwas schieflief oder schieflaufen konnte. Irgendwann wusste man, wie Dinge aussehen, die nicht sein sollten. Warum hängt dieser Typ da rum, wo er nichts zu tun hat? Warum treffen sich dort gerade diese drei Männer? Es war dieser Filter, den man als guter Polizist hatte. Und die, die ihn nicht hatten, blieben nicht lange Polizisten. Oder am Leben.

Die Schüsse hallten. Clara kniff blinzelnd die Augen zusammen.

»Gar nicht schlecht, aber du warst zu gierig am Abzug«, stellte sie fest.

»Zu gierig am Abzug?«

»Ja, du hast zu schnell abgedrückt. Und du musst mit der linken Hand stärker sichern. Sonst geht der Schuss immer nach links unten. Wie dort.« Sie zeigte auf die Scheibe. »Siehst du?«

Sophie nickte. Zufrieden mit dem Ergebnis war sie nicht.

»Dann weiter«, ordnete Clara an. »Wir haben noch fünfzig Patronen. Die schießen wir heute noch leer.« Sie begann, das nächste Magazin zu füllen.

»Danach kann Tante Sophie Victoria erzählen, was Mama ihr heute Schönes beigebracht hat.«

»Oder auch nicht«, sagte Clara. Ihre Tochter Victoria, die mittlerweile knapp zwei Jahre alt war, wollte sie nicht als Erstes mit ihrem Job, Pistolen und dem Tod konfrontieren. Victoria würde früh genug Fragen stellen. *Mama, was arbeitest du denn so?* Claras Mann Martin Friedrich wurde wegen seiner Vorliebe für Shakespeares problematischen Helden Macbeth MacDeath genannt. Er arbeitete als Profiler beim LKA, wo er die operative Fallanalyse leitete, und ging Clara in letzter Zeit zunehmend auf die Nerven, da er noch ein weiteres Kind wollte. Clara, an der die meiste Arbeit hängen blieb, wenn nicht gerade Sophie und ihr Freund Frank Deckhard auf das Kind aufpassten, war nicht ganz sicher, ob sie das auch wollte.

Clara hatte drei Magazine gefüllt, Sophie mit Ach und Krach eines.

»Alles klar«, sagte Clara. »Laden, Holstern und dann schießen.«

Sophie grinste. »Yes, Madam.«

Kapitel 3

Fahrt IC von Dortmund nach Frankfurt, Mai 2019

Ist hier noch frei?«

Es war keine Frage gewesen. Es war ein Befehl.

Sie kamen herein. Einer, zwei, drei, vier …

Draußen zog irgendein Kaff vor dem Fenster vorbei.

Mia hielt ihre Tasche fest, als wäre irgendein geheimnisvolles Elixier darin. Doch da war nichts. Keine Hilfe, keine Rettung, nichts.

Der Letzte von ihnen ließ die Tür zuknallen. Und zog den Vorhang wieder zu.

»Ein Mädchen«, sagte einer, so als wäre sie gar nicht da.

»*Das* Mädchen«, sagte ein anderer.

»Ein Neutrum«, sagte der Dritte.

»Alles, was ein Neutrum ist, darf missbraucht werden. Das Ding, das Kind, das Mädchen …«

Der Anführer grinste sie an.

»Wie heißt du?«, fragte er.

»Mia«, sagte sie tonlos.

»Mia …«, wiederholte der Anführer.

Angst kroch in Mia hoch. Trotz ihres pochenden Herzens atmete sie leise, so leise sie konnte. Nicht nur wegen der bedrohlichen Stille. Wenn die anderen hörten, dass sie laut atmete, merkten sie, dass sie Angst hatte. Und das war wie bei den Raubtieren. Sie merkten, welche Antilope am meisten Angst hatte, weil sie am schwächsten war. Und damit umso leichtere Beute. Sie spürte einen Luftzug, der von irgendwoher unter ihrem Sitz hervordrang. Die Luft war kalt und muffig, als käme sie aus einer unterirdischen Höhle.

»Und du?«, fragte sie dann. Vielleicht war es schlau, ihn oder all die anderen in eine Unterhaltung zu verwickeln. Vielleicht würde dann alles gut werden. Doch sie spürte, dass es nicht gut werden würde. Dass die, die gerade in das Abteil eingedrungen waren, irgendetwas *wollten,* irgendetwas von Mia *wollten.*

»Ich?« Sie sah noch mehr Grinsen. »Ich heiße Tod.«

Kapitel 4

Bundespolizeidirektion Dortmund/Hagen, Mai 2019

Henning Lang von der Bundespolizei Dortmund/Hagen hatte den Anruf entgegengenommen und hörte aufmerksam zu.

Der Anruf kam von einem Zug der Bahn an die Bundespolizei. Das geschah häufiger. Zum Beispiel bei einem sogenannten »Personenschaden«, wenn sich ein Selbstmörder auf die Schienen gelegt hatte. Der Zug musste dann unter Umständen auf der Strecke bleiben, weil der Zug selbst als Beweisstück galt, und die Passagiere mussten ausharren, bis die Polizei den Zug wieder freigab. Bis dahin war die Strecke komplett gesperrt, und alle anderen Züge wurden umgeleitet. Die Bergung der Leiche konnte, abhängig von ihrem Zustand, bis zu mehreren Stunden in Anspruch nehmen. Die Fahrgäste durften den Zug in dieser Zeit nicht verlassen. Das lag einerseits an den stromführenden Leitungen und andererseits schlicht und einfach daran, dass sich Menschen selten in Bahnhöfen auf die Schienen legten, sondern eher auf den offenen Strecken, wo die Züge bis zu dreihundert Stundenkilometer schnell fuhren. War das Schlimmste überstanden, fuhr der Zug, wenn die Spurensicherung fertig war, zum nächsten Bahnhof, wo die Fahrgäste in einen neuen Zug gesetzt wurden. Unterdessen waren die Rettungssanitäter und schließlich die Kriminaltechniker mit Gummihandschuhen auf den Schienen. Männer mit der Aufschrift »Notfallteam« auf der orangefarbenen Weste. Dann wurde den Gästen gesagt, doch bitte nicht aus dem linken (oder aus dem rechten) Fenster zu sehen, weil dort normalerweise das lag, was noch von dem Suizidenten übrig war. *Unser Zug wird in Schrittgeschwindigkeit langsam an der Unfallstelle vorbeifahren, dann in normaler Geschwindigkeit zum nächsten Bahnhof, wo ein Ersatzzug für Sie wartet. Bitte schauen Sie nicht aus dem linken Fenster.* Was natürlich dazu führte, dass viele Gäste erst recht aus dem linken Fenster schauten. Und die nächsten Nächte nicht schlafen konnten. Ebenso wie der Zugführer, der, ohne Schuld, einen Menschen überfahren hatte.

Meist konnte der Zug nach der Bergung der Leiche respektive ihrer Reste langsam zum nächsten Bahnhof weiterfahren, da der menschliche Körper einem Zug aus Stahl nicht wirklich etwas entgegenzusetzen hatte. Den stärksten Schaden nahm in der Regel die Spitze des ICE, die jedoch auch nur aus Plastik bestand und dem Zug eine stärkere Aerodynamik verleihen sollte, für die Fahrtüchtigkeit aber nicht wirklich relevant war. Leider waren Personenschäden Alltag bei der Deutschen Bahn. Seit einiger Zeit hatte die Bahn firmeneigene Psychologen eingestellt, da jeder Lokführer in seinem Berufsleben im Schnitt vier Menschen überfuhr, die meisten davon Suizid-Kandidaten. Da war es günstiger, die Mitarbeiter gleich konzernintern behandeln zu lassen, anstatt das ganze Prozedere teuer auszulagern.

Bei dem heutigen Anruf jedoch ging es um etwas anderes. Angerufen hatte ein Zugbegleiter namens Klose von der Deutschen Bahn, der Henning Lang von der Bundespolizeidirektion Dortmund/Hagen erreichte.

Lang hörte aufmerksam zu. Auf seinem Tisch lag das Buch »Mindhunter«, »Die Seele des Mörders«, von John Douglas vom FBI, *dem* John Douglas, der die FBI-Abteilung für Verhaltensforschung gegründet und die ersten Interviews mit

Serienkillern geführt hatte. Ed Kemper und Jeffrey Dahmer waren seine Gesprächspartner gewesen. Besonders aber immer wieder Ed Kemper. Lang hatte sich oft gefragt, ob er einmal einen ähnlichen Fall haben würde, hielt dies aber für fast ausgeschlossen. Sollte dies jedoch jemals geschehen, wollte er vorbereitet sein, und darum hatte er das Buch gelesen. Und las immer wieder darin, wenn er einmal Zeit hatte.

»Mord«, stammelte Klose von der Bahn.

»Aber nicht im Orient Express?« Manchmal konnte sich Lang einen dummen Spruch nicht verkneifen.

»Nein, so gar nicht. Mord im IC, Höhe Siegen gegen 20 Uhr«, stotterte Klose. »Ein ... totales Massaker. Hier ist überall Blut!«

»Ein totales Massaker?«, fragte Lang.

»Ja, das sagte ich. Hören Sie schlecht?«, stieß Klose am anderen Ende hervor. Seine Stimme überschlug sich fast. »Der Notarzt war da, der hat aber gleich gesagt, dass er nichts mehr machen kann. Und er hat gesagt, dass ich sofort die Polizei anrufen soll.«

»Ganz ruhig«, versuchte Lang, Klose zu beschwichtigen. »Bleiben Sie vor Ort, wir sind in einer halben Stunde bei Ihnen. Und fassen Sie nichts an!«

Er stand auf. Wahrscheinlich übertrieb dieser Zugbegleiter maßlos. Er war halt kein John Douglas. Wahrscheinlich gab es nicht mal eine Leiche, sondern irgendwelche Prolls hatten in dem Abteil mit Ketchup verfrühtes Halloween gespielt.

Doch Klose hatte nicht übertrieben. Zwanzig Minuten später stand Lang in dem Abteil. Verdammt, dachte er, der Mann hatte nicht gelogen. Das war kein Massaker. Es war schlimmer, viel schlimmer. Er kniff die Augen zusammen. Versuchte, die Bilder zu vergessen. Aber das ging nicht, genauso wie die Fahrgäste die zerrissene Leiche eines Selbstmörders auf den Bahnschienen nicht vergessen konnten. Manche Dinge brannten sich auf eine perverse Weise ins Gehirn ein, wie eine Virendatei auf dem Computer, die man nie wieder löschen konnte.

Klose stand ganz in der Nähe auf dem Gang. Er wollte sich das Horrorszenario nicht noch einmal anschauen.

Lang nahm sein Smartphone. Machte Fotos. Bereitete eine E-Mail vor. Eigentlich war es verboten, solche Fotos digital zu schicken, aber das war Lang in diesem Fall herzlich egal. Er schüttelte noch einmal den Kopf. Dann sah er das Symbol. Es war in Blut an die Scheibe geschmiert. Und auf die Sitze. Und auf das Opfer.

»Haben das die Täter mit ihr angestellt?«, fragte er und drehte sich zu Klose um. Der sagte nichts. Was sollte er auch sagen? Natürlich waren es die Täter gewesen. Wer sonst?

Einer der Schutzpolizisten namens Ralf hielt sich ein Taschentuch vor die Nase. Wer Jäger war, wusste, dass aufgebrochene Tiere furchtbar stanken. Bei Menschen war das leider nicht anders.

»Ich habe gehört, Sie interessieren sich für Ritualmorde, oder wie das heißt«, sagte Ralf.

»Geht so«, antwortete Lang.

»Was machen Sie jetzt?«, fragte Klose vom Gang aus.

»Wir schicken sofort Kollegen vorbei«, sagte Lang.

»Wann können die da sein?«, wollte Klose weiter wissen.

Lang schaute auf die Uhr. »Ich weiß es nicht. Das ist hier eine Nummer zu groß für uns. Wir müssen das BKA rufen.«

»Bundeskriminalamt?«, fragte Klose.

»Ja. Besonders deswegen.« Er schaute auf das blutige Symbol an der Scheibe.

Lang beugte sich über sein Smartphone und bereitete eine E-Mail vor. Schob die Fotos in die Mail. Das von dem Symbol. Und das, auf dem man sehen konnte, was die Täter mit ihr gemacht hatten. Adressat war Maren Kaiser, Oberkommissarin beim BKA. Lang hatte irgendwann einmal einen Vortrag von Kaiser gehört. Da ging es um Serien- und Ritualmorde, und um einen bizarren Killer in Berlin, der sich *Der Totenzeichner* nannte. Lang wartete ein paar Minuten. Dann rief er sie auf dem Festnetz an. Nichts. Dann das Handy. Nach dreimal Klingeln meldete sie sich.

»Kaiser.«

»Hier ist Lang, BuPo Dortmund. Ich habe Ihnen etwas geschickt, das Sie interessieren könnte.«

»Per Mail?«

»Ja.«

»Warten Sie, ich schaue nach.«

Kaiser nestelte offenbar an ihrem Smartphone herum. Stille.

»Wo ist das?«, fragte sie tonlos.

»IC. Heute Abend. Höhe Siegen.«

Kaiser stockte ein paar Sekunden. »Das haben die in der Bahn gemacht?«

»Sieht so aus.«

»Und dieses Symbol?«

»Das waren wohl auch die Täter. Und darum rufe ich an.« Lang atmete aus und lehnte sich zurück. »Es gab doch damals diesen Fall in Berlin mit diesem Verrückten, der den Leichen Symbole in die Haut geritzt hat?«[2]

»Der Totenzeichner, so wurde der genannt«, sagte Kaiser.

2 Clara Vidalis 4, »Der Totenzeichner«

»Der Totenzeichner hatte seinen Opfern immer das gleiche Symbol in die Haut geritzt.«

Lang nickte. Menschen, die so etwas machten, waren oft Serienmörder. Und das bedeutete, dass all diese Mörder, wer immer sie waren, wieder morden würden, solange niemand sie aufhielt.

»Könnte das hier auch kultisch sein? Oder ein Ritualmord?« Er versuchte, sich an die entsprechende Passage in dem »Mindhunter«-Buch zu erinnern.

»Möglich. Bitte beschlagnahmen Sie in jedem Fall den Zug und lassen Sie ihn ins nächste Zugdepot fahren. Wir könnten ein Team dorthin schicken oder …«

»Oder?«

»Oder«, sagte Kaiser, »wir schicken gleich die, die damals diesen Totenzeichner gejagt haben.«

»Meinen Sie, es ist derselbe?«

»Derselbe Killer? Eher nicht. Soweit ich weiß, ist der, den Sie Totenzeichner nannten, mittlerweile über alle Berge. Aber es scheint ein Ritualmord zu sein.«

»Haben Sie nicht zufällig einen Experten, der sich da auskennt?«, fragte Lang.

»Haben wir sogar. Sogar einen, der mal beim FBI war«, sagte Kaiser. »Wir haben einen, der ist zu 25 Prozent bei uns und zu 75 Prozent beim LKA Berlin. Der war damals auch bei dem Fall mit dem Totenzeichner involviert. Sie erinnern sich vielleicht an meinen Vortrag dazu.«

»Genau deswegen habe ich mich gleich bei Ihnen gemeldet.«

Kaiser schien sich geschmeichelt zu fühlen. »Einer der besten Profiler, die es in diesem Land gibt. Das muss ich neidlos anerkennen. Sein Team ist auch super. LKA 113.«

»Friedrich, richtig?«, fragte Lang. Er hatte sich den Namen damals auf die Innenklappe des »Mindhunter«-Buches notiert, und eben war er ihm wieder eingefallen.

»Ja, Martin Friedrich. War in der Tat früher beim FBI. Hat Robert Ressler und John Douglas getroffen.«

»John Douglas?« Langs Augen weiteten sich. Er sah das Buch vor seinem inneren Auge vor sich und las den Namen *John Douglas* auf dem Buchcover. »Wäre gut, wenn wir den dabeihätten. Oder sein Team.«

Kaiser schien nachzudenken. Oder auf die Fotos zu schauen. Oder gerade zu versuchen, *nicht* auf die Fotos zu schauen.

»Ich werd sehen, was ich machen kann«, sagte sie.

Lang legte auf. Musste ebenfalls noch einmal auf das schauen, was er Kaiser gerade geschickt hatte. Allerdings im Original. Und kniff die Augen zusammen.

Kapitel 5

LKA Berlin, Tempelhofer Damm, Mai 2019

Clara hatte sich vor dem LKA von Sophie verabschiedet und war in die Kaffeeküche der Abteilung LKA 113 gegangen. Neben der alten, rumpelnden und fauchenden Kaffeemaschine stand mittlerweile eins von diesen kleinen Kapselgeräten. Clara schenkte sich trotzdem einen Kaffee aus der betagten Maschine ein und schüttete Milch und Süßstoff hinzu. Sie fand, dass der altmodische Kaffee besser schmeckte, und außerdem hielt sie den Kapselverbrauch bei den Mengen an Kaffee, die sie manchmal trank, für überteuert und reine Rohstoffverschwendung. Während der Schwangerschaft mit der kleinen Victoria hatte sie so gut wie keinen Kaffee getrunken, dafür trank sie jetzt wieder umso mehr.

Sie betrachtete ihre Finger. Sie waren, obwohl sie sich gründlich die Hände gewaschen hatte, noch immer ein wenig grauschwarz, wie immer, wenn sie Patronen eingelegt und geschossen hatte.

Sie hörte schwere Schritte auf dem Gang. Das konnte nur ihr Chef, Kriminaldirektor Winterfeld, sein. Die Schritte erkannte sie sofort. Er kam mit seiner leeren Kaffeetasse in die Küche, in der anderen Hand eine Zigarilloschachtel und einen Brief. Er trug eine dunkle Hose, ein graues Sakko und hatte die Krawatte halb geöffnet.

»Ah, Señora, *buenos dias*«, sagte er. Er begrüßte sie öfter auf Spanisch, da ein Teil von Claras Familie aus Spanien kam. »Sie waren Schießen mit Sophie? Konnten Sie ihr etwas beibringen?«

»Ja, sie lernt schnell.«

»Sig Sauer, Glock oder was ganz anderes?«

»Erst mal Sig Sauer, dann irgendwann Glock.«

»Sehr gut.« Er nickte bestätigend und kratzte sich mit der Kante des Briefs am Kopf. »Ich brauche erst mal einen Kaffee und einen Zigarillo am Fenster. Kommen Sie mit?«

Clara nickte. »Gern.«

Winterfeld schenkte sich ebenfalls eine Tasse ein, fluchte, als sie nur noch halb voll wurde, kam aber auch nicht auf die Idee, neuen Kaffee zu kochen, und ließ die leere Kanne auf der Heizplatte der Maschine stehen.

Sie gingen zum Fenster auf dem Flur des LKA mit Blick auf den Innenhof. Dort sah man einige krumme Sträucher und ein paar Einsatzfahrzeuge stehen.

»Was ist denn los?«, fragte Clara.

»Ach«, schnaubte Winterfeld, öffnete das Fenster, zündete sich seinen Zigarillo an und paffte in die Frühlingsluft. »Das wird wieder ein beschissen heißer und chaotischer Sommer. Wissen Sie, was die Hauptstädte mit den höchsten Mordraten auf dieser Welt alle gemeinsam haben?«

»Hm, mal schauen. Das sind El Salvador«, begann Clara, »Caracas …«

»Mexiko City, Bogotá, genau …«, fuhr Winterfeld fort und stieß Qualm aus. »Was haben die gemeinsam?« Er sah Clara erwartungsvoll an.

»Es ist überall warm?«, fragte Clara und trank von ihrem Kaffee.

»Richtig. Je heißer es wird, desto mehr Gewalt. Geht hier auch schon los.«

»Waren Sie nicht eben mit Rudolf essen?«, fragte Clara.

»War ich. Kollege Rudolf von der Zollfahndung. Der hat wieder Storys erzählt.« Winterfeld blickte sich um. »Die Zollfahndung war gerade unterwegs, LKA mit acht gemeinsamen Ermittlungsgruppen, LKA 43, Rauschgift und Arzneimittelkriminalität. Die haben eine Cannabis-Plantage unter einer Kfz-Werkstatt in Schöneberg gefunden. Zweitausendsechshundert Pflanzen. Können Sie das glauben? Aber das ist nicht alles. Heroin kommt aus dem Mittleren Osten, synthetische Drogen aus den Niederlanden, Marihuana aus Spanien oder Nordafrika und Crystal Meth aus Tschechien.« Er nickte zu sich selbst. »Das bringt die Leute um. Früher haben die Dandys Opium genommen, heute gibt es in den USA eine regelrechte Schmerzmittel-Epidemie. Woran, glauben Sie, ist Prince im April 2016 gestorben?«

»Hat der sich nicht etwas zusammengemischt?«

»Ja. Habe dazu letztens auch mit von Weinstein gesprochen. Rudolf sieht das genau so. Prince hat Fentanyl mit anderen Schmerzmitteln gemischt. Das war dann der letzte Cocktail seines Lebens.«

Clara schwieg. Sie kannte von Weinstein, den stellvertretenden Chef der Rechtsmedizin, gut. Der Mann hatte nicht gerade die politische Korrektheit erfunden und machte öfter mal einen dummen Witz, auch wenn es nicht angemessen war. Das hatte er mit seinem Kollegen Winterfeld gemeinsam.

»In Chicago«, sagte Winterfeld, »ist der Krieg kürzlich zwischen den Gangs noch einmal richtig aufgeflammt. Wissen Sie, warum?«

»Warum?« Ein wenig kam sich Clara vor wie bei der Sendung mit der Maus.

»Ein Grund ist die Hitze im Sommer. Womit wir wieder beim Thema wären. Der andere Grund ist Facebook. Die beschimpfen sich alle auf den sozialen Netzwerken. Dann gibt es mehr Unfrieden und mehr Gangster, die sich gegenseitig erschießen.«

»Zyniker sagen, dass sich damit ein Problem löst.«

»Das sagen nicht nur die Zyniker«, sagte Winterfeld, »das sage auch ich. Es gibt auch Gerüchte, dass die Chicago Cops extra durch falsche Posts Hass schüren, um die Anzahl der Gangster durch interne Kriege zu dezimieren.«

»Das ist aber nicht sehr nett.«

»Und auch nicht sehr elegant. Kann man auch geordneter machen. Die Chinesen kontrollieren gleich ihre sozialen Netzwerke. Die brauchen da nicht zu improvisieren.«

»Und die Hitze?«, fragte Clara. »Sie fingen an mit der Hitze.«

»Durch die Drogen und die Hitze werden die alle noch viel verrückter«, sagte Winterfeld und schüttelte den Kopf. »Bald brauchen wir hier chinesische Überwachungsmethoden, sonst herrscht hier Bürgerkrieg.«

»Solange wir nicht verrückt werden …«, sagte Clara.

»Meine Ex-Frau wird auch verrückt.« Winterfeld blickte auf den Brief.

»Sabine?« Clara kannte die Story von Winterfelds zweiter Scheidung. Das Ganze war noch in Hamburg über die Bühne gegangen und nicht schön gewesen.

»Es geht schon wieder um das Haus«, knurrte Winterfeld. Er schaute Clara an. »Gibt es auch Auftragskiller, die man auf Ex-Frauen ansetzen kann?«

»Das habe ich jetzt aber nicht gehört.«

»Bei uns war es der Klassiker«, sagte Winterfeld, halb zu Clara, halb zu sich, und blies Rauch aus dem Fenster.

»Der Auftragsmord? Dann will ich lieber nichts davon wissen.« Sie grinste. »Sonst muss ich noch gegen Sie ermitteln.«

»Nein. Natürlich die Scheidung«, knurrte Winterfeld. »Außerdem bin ich hier für die dummen Witze zuständig. Scheidungsantrag im Januar. In dem Monat werden die meisten Scheidungen eingereicht. Das ist fast immer so. Ich habe da einen Bericht aus den USA gelesen. Nach Weihnachten stellen die Leute fest, dass sie mit ihrem Partner kein weiteres Weihnachten erleben wollen. Da ist der Scheidungsantrag dann quasi so etwas wie ein weiterer guter Vorsatz für das neue Jahr, gleich nach mehr Sport treiben, mit dem Rauchen aufhören und abnehmen.«

»Hat's funktioniert?«

Winterfeld zuckte die Schultern. »Meine Ex hat quasi in einer Sekunde neunzig Kilogramm verloren, als sie sich von mir trennte.«

Clara nickte. Sie war seit zweieinhalb Jahren mit Martin Friedrich, genannt *MacDeath,* dem Leiter für operative Fallanalyse, verheiratet. So etwas war jobtechnisch immer etwas heikel. Würde es ihnen auch passieren können, dass es irgendwann einmal zur Scheidung kam? Natürlich nicht, dachte sie. Aber dachten nicht alle, dass ihnen so etwas niemals passieren würde?

»Die Frauen, die in den USA schlau sind, lassen sich in Kalifornien scheiden. Das Land der Träume bei den Hochzeiten – und der Albträume, wenn es zur Scheidung kommt.« Winterfeld stippte Asche aus dem Fenster. »Die haben ein hartes Eherecht, alles wird geteilt. Kommt noch aus der Zeit, als die Siedler aus dem Osten Amerikas kamen. Sie sind mit ihren Familien zusammen ins Risiko gegangen, dann sollte beim Auseinanderbrechen auch ehrlich geteilt werden. Manche haben daraus schon ein Geschäftsmodell gemacht.«

»Ach ja?« Clara kannte ihren Chef mittlerweile. Er erwartete bei der Sache mit seiner Frau gar keinen Rat von ihr, er wollte einfach nur ein bisschen reden. Idealerweise mit einer Frau, wahrscheinlich weil er glaubte, dass sich dann der Ärger mit seiner Ex-Frau einfacher löste.

»Ja, das sind Frauen, die hängen in den Bars rum, wo die NBA-Spieler hingehen, bieten den Lakers oder Clippers ungeschützten Sex an. Dann werden sie schwanger, und dann kriegen die NBA-Blödmänner eine Vaterschaftsklage an den Hals inklusive DNA-Test. Wenn die Frauen einen guten Kettenhund von Anwalt haben, kriegen sie achtzehn Jahre lang fünfundzwanzigtausend Dollar im Monat. Steuerfrei, versteht sich. In Beverly Hills gibt es eine ganze Reihe von Anwaltskanzleien, die nur auf so etwas spezialisiert sind. Angeblich fordern einige Anwälte auch die Frauen auf, den Lakers ungeschützten Sex anzubieten.«

Clara schüttelte den Kopf. »Dummheit und Geld bleiben halt selten zusammen.«

Winterfeld schaute auf den Brief. »Tja, was soll ich sagen. Vielleicht bin ich auch nicht der Richtige, um da Urteile zu sprechen. Werde nachher mal mit meinem Anwalt sprechen, wie wir das Thema endlich zu einem Ende bringen können.«

Er drehte sich um. Hermann, der IT-Experte des LKA 113, hatte sich leise genähert.

»Na, alter Lötkolbenbastler, schleichst dich hier wieder an«, begrüßte ihn Winterfeld, »was willst du denn schon wieder? Neue Festplatten gibt es erst, wenn wir im Herbst noch Budget haben.«

Hermann verzog keine Miene. »Die Sache ist leider nicht witzig.«

Winterfeld hob die Augenbrauen. »Was ist denn los?«

»Eine Kollegin vom BKA ist gerade am Telefon. Könnt ihr kurz dazukommen?«

Kapitel 6

Hannover, Mai 2019

Es war 2 Uhr 30.

Alle schliefen. Seine Eltern. Seine Schwester. Und die Scheißnachbarn wahrscheinlich auch. Die Scheißnachbarn, die entweder zu laut ihre Schlagerscheiße hörten oder sich beschwerten, wenn er seine Musik hörte.

Noah sah die Zeitanzeige auf seinem Laptop. Morgen war wieder Schule, 8 Uhr. Scheißschule. Alles war scheiße. Die Nachbarn, die Musik von denen, die Schule und das Leben. Am scheißigsten war aber die Schule und vor allem die Zeit, zu der die Scheißschule anfing. Es war wissenschaftlich erwiesen, dass die meisten Jugendlichen eher später ins Bett gingen und morgens länger schliefen. Das hatte Noah mal irgendwo gelesen. Trotzdem begann die Schule, wie ein Arbeitslager, jeden Morgen um 8 Uhr oder manchmal sogar noch früher. Nur damit sie lernten, wie der Enddarm einer Wespe aussah, dachte Noah, und nicht die Dinge, die wirklich wichtig fürs Leben waren. Welcher Job der beste war, wie man ein Unternehmen anmeldete oder wie man die richtige Frau rumkriegte. Wenn man bedachte, dass die Schulen kaum aufs Leben vorbereiteten und am liebsten Arbeitslose oder Hartz-IV-Empfänger produzierten, war es ziemlich komisch, dass die Schüler mindestens zehn Jahre lang jeden Morgen um spätestens 7 Uhr 30 aus dem Haus mussten, um dann für den Rest ihres Lebens als Sozialhilfeempfänger auf Staatskosten ausschlafen zu können.

Noah verstand das alles nicht und würde es auch nie verstehen. Vielleicht war es an der Zeit, dass es mal richtig knallte. Er klickte durch die Seiten, es waren Seiten, die er erst nach langem Suchen gefunden hatte. Seiten, die er interessant fand. *Creepy Pasta, Goregrish* und wie sie alle hießen.

Ein Arzt hat bei einem Menschen einen Zugang gelegt, stand dort. *In dem Zugang war aber kein Blut, sondern Wein. Er hat das Blut des Menschen mit Wein ausgetauscht. Der Mensch war mariniert. Er wurde mariniert, während er lebte, und während er mariniert wurde und sein Blut gegen Wein getauscht wurde, starb er. Und schmeckte dann sehr gut …*

Noah klickte weiter.

Wie werde ich ein Psychopath?, stand dort. Das hörte sich interessant an.

Noah las weiter.

Steh sehr früh auf, sei groggy genug, um unausstehlich zu sein.

Mache abwechselnd gute und schlechte Sachen.

Gut ist: 40 Euro ausgeben, um für einen Obdachlosen einzukaufen.

Schlecht ist: Ein schönes Auto kaputt zu machen.

Weiter ging's.

Fahre selbst Auto.

Fahre bewusst langsam, bis es Ärger und vielleicht sogar Prügeleien gibt.

Noah musste grinsen. Es ging noch weiter.

Betrink dich mit Schnaps.

Geh auf einen Spielplatz und sprich besoffen Kinder an, vor allem, wenn die Eltern dabei sind. Die Eltern werden ausrasten.

Noah musste noch mehr grinsen.

Lies die ganze Nacht Internet-Propaganda und Verschwörungstheorien, solche von der übelsten Sorte, die einen richtig wütend machen. Trinke die ganze Nacht Tee.

Zeichne komische Bilder und klebe dein Zimmer damit voll.

Geh morgens lange joggen und dusche nicht danach. Geh dahin, wo viele Menschen sind.

Jetzt bist du so weit, dass du alle möglichen Dinge ohne jedes Gefühl machen kannst.

Noah las weiter. Jetzt wurde es richtig spannend.

Zum Beispiel das: Trinke viel Milch und Wasser und erbrich dich auf die Tische in einem teuren Restaurant. Dann renn schnell weg.

Such dir in einem Klub eine hässliche Frau, die dich toll findet. Sag ihr, dass du nach einer Weile zurückkommst, wenn du merkst, dass sie bereit ist, dich zu küssen. Trink wieder viel Milch und Wasser. Warte lange genug, sodass das Zeug in deinem Magen schon ordentlich mit Magensäure angereichert worden ist. Geh aufs Klo und steck den Finger in den Hals, um deinen Magen zu reizen. Dann geh zu der Frau und küss sie. Wenn du richtig gut bist, kotzt du genau zum richtigen Zeitpunkt …

Noah lächelte. Es war krank, aber es war irgendwie auch interessant.

Ihm würden einige einfallen, mit denen er so etwas gerne machen würde.

Bling!

Das Geräusch aus seinem Skype-Account ließ ihn zusammenzucken. Eine Nachricht.

Er schaute auf den Absender.

Eine Nachricht von *BG666*.
Er hatte den Namen noch nie gehört.
Eine kurze Nachricht.
»Dein Gott spricht zu dir.«

Kapitel 7

LKA 113, Tempelhofer Damm, Berlin, Mai 2019

Hermann, Clara und Winterfeld gingen mit schnellen Schritten in Hermanns Büro.

»Haben die bei dir angerufen?«, fragte Winterfeld.

Hermann nickte. »Ja, die sind noch in der Leitung. MacDeath ist auch schon in meinem Büro und wartet auf uns.«

Sie betraten das Büro. Hermanns Arbeitsplatz war voll mit Platinen, Laptops und CD-ROMs. Irgendwo dazwischen versteckt stand das Telefon, der Hörer lag daneben. Das rote Licht leuchtete, es war auf laut gestellt. MacDeath stand mit Hemd, Pullunder und Krawatte und verschränkten Armen neben dem Tisch, die Brille in einer Hand, in der anderen eine Tasse Tee. Earl Grey, den er aus seinem Büro nach unten mitgenommen hatte. Er schien bereits nachzudenken.

Winterfeld setzte sich auf den knarzenden alten Drehstuhl und sprach in die Leitung. »Winterfeld hier«, sagte er. »Mit wem spreche ich?«

»Lang. Bundespolizei. Ich grüße Sie, Herr Kollege. Machen wir es kurz: Ich habe einen außergewöhnlichen Fall und bräuchte bitte Ihre Unterstützung. Ich habe es eben schon Ihrem Kollegen erzählt. Das BKA hat mir geraten, mich gleich direkt an Sie zu wenden.«

»Erzählen Sie noch einmal, worum es geht.« Clara und Hermann setzten sich auf die Tischkante.

»Ein junges Mädchen wurde in einem IC von Dortmund nach Frankfurt … *zerhackt.*«

»Zerhackt?« Winterfeld hob die Augenbrauen.

»Ja, das Verb trifft es am besten. Ich schicke Ihnen gleich die Fotos.« Er räusperte sich. »Man hat ihr die Kehle durchgeschnitten und dann mit dem toten Körper noch einige Dinge mehr angestellt.«

»Was genau ist passiert?«, fragte Clara.

»Der Täter …«, begann Lang.

»Der Täter? Sind Sie sicher, dass es ein Einzeltäter gewesen ist?«, fragte MacDeath. »Können es nicht auch mehrere gewesen sein?«

»Das wissen wir noch nicht. Die Kameraauswertungen der relevanten Bahnhöfe laufen schon.« Lang räusperte sich. »Der Fall ist besonders in jeder Hinsicht. Soll ich schon in die Details gehen?«

»Klar«, antwortete Winterfeld. »Wir haben schon so manches gehört und gesehen und müssen alles wissen, um den Fall richtig einschätzen zu können.«

»Das hier haben Sie vielleicht noch nicht gesehen, aber gut, fangen wir an.« Lang räusperte sich erneut. »Also, der oder die Täter haben das Mädchen auf einen der Sitze gesetzt und ihr die Eingeweide aus dem Leib gezogen. Die Eingeweide haben sie, mit Tackern, parallel zu ihren Beinen an die Polster geheftet. Laut ersten Berichten der Rechtsmedizin Dickdarm, Dünndarm und Teile des Magens. Wie ein bizarrer … Rock.«

»Wie sieht die Wunde am Bauch aus?«, fragte MacDeath.

»Das können wir derzeit noch nicht sagen.«

»Was?« MacDeath schüttelte den Kopf. »Sie können doch die aufgeschnittene Bauchdecke untersuchen und vielleicht anhand der Wundränder feststellen, welche Waffe verwendet wurde. Vielleicht ist es etwas Exotisches und wir …«

»Die Bauchdecke ist völlig unversehrt«, erklärte Lang tonlos.

Claras Augenbrauen zogen sich zusammen. »Aber wie wurden ihr dann die Organe entnommen …?«

»Der Täter hat ihr die Eingeweide durch die Vagina herausgezogen.«

Ein ekelhafter Kloß schob sich plötzlich Claras Speiseröhre hinauf, als sie die Worte hörte. Ihr war, als würde sich der Boden unter ihr bewegen. Sie musste sich an der Tischkante festhalten, um nicht das Gleichgewicht zu verlieren, während ihr Blick hinter einer schwarzen Wolke verschwamm. Sie riss die Augen auf, atmete tief durch und konnte erst nach ein paar Sekunden wieder fest stehen.

»Alles in Ordnung?«, fragte MacDeath und nahm ihre Hand.

»Ja!«, antwortete Clara ein wenig unwirsch, während sie versuchte, die Bilder, die sofort vor ihrem inneren Auge erschienen, unter die Oberfläche des Bewusstseins zu drücken. Sie brauchte hier keinen Märchenprinzen, der ihre Hand hielt. Sie brauchte eigentlich eine Welt, in der so etwas nicht passierte. So etwas wie das hier.

Er hat ihr die Eingeweide durch die …

»Wie lange ist das her?«

»Maximal wenige Stunden.«

»Und der Kehlenschnitt?«

»Wohl genauso lange.«

»Hat sie dabei noch gelebt?«, fragte Clara. »Bei der Sache mit … den Eingeweiden?«

»Die Rechtsmedizin konnte sich am Tatort dazu noch nicht äußern«, begann Lang.

»Mit anderen Worten?«, fragte Winterfeld.

»Noch wissen wir es nicht.«

Winterfeld, Clara, Hermann und MacDeath sahen zu Boden. Zunächst sprach keiner ein Wort. Lang war der Erste, der die Stille brach. »Ich nehme an, Sie haben es nicht eilig mit den Bildern?«

»Nicht wirklich«, antwortete Winterfeld, »aber Dienst ist Dienst. Dennoch …« Er zog sein Benzinfeuerzeug aus der Tasche, nestelte daran herum und steckte es dann wieder in die Tasche zurück.

Clara hielt ihre Hände umklammert, um das Zittern zu unterdrücken. *Die Eingeweide durch die …*

Winterfeld schien seine Fassung als Erster wiederzugewinnen und zur Routine zurückzukommen. Und Routine hieß auch in diesem Fall, Befehlsketten, Zuständigkeiten und Entscheidungswege zu klären. »Was, lieber Kollege Lang, haben wir Ihrer Meinung nach damit zu tun?«, fragte Winterfeld. »Der Fall ist jetzt bei der Bundespolizei NRW. Wir hier sind das LKA 113 in Berlin. Es ehrt uns sehr, dass Sie uns daran beteiligen wollen, aber Sie kennen den Papierkram. Und wir langweilen uns hier auch nicht.«

»Das weiß ich«, gab Lang zurück. »Es ist aber nicht mehr Fall der Bundespolizei.«

»Sondern?«

»Das BKA will den Fall übernehmen und bittet um Ihre Unterstützung. Maren Kaiser vom BKA wird Sie dazu auch noch direkt kontaktieren. Sie dachte nur, dass es sinnvoll ist, dass wir als Erste direkt miteinander sprechen, da ich als erster Kollege am Tatort war. Selbstverständlich bekommen Sie noch einen umfassenden Bericht, aber es war Maren Kaiser in diesem Fall besonders wichtig, dass ich Sie so schnell wie möglich mit ersten Informationen versorge.«

MacDeath nickte. »Das BKA vermutet einen Ritualmord? Wegen der Eingeweide?«

»Exakt«, erklärte Lang. »Maren Kaiser vom BKA hat Sie genau genommen empfohlen. Berlin ist ja in vielem eher Schlusslicht, aber es ist das einzige deutsche Bundesland, das mit Ihnen einen Fulltime-Profiler innerhalb des Teams beschäftigt. Und es ist dem BKA wichtig, dass das Profiling schon während der Tatortarbeit beginnt und nicht erst in der operativen Fallanalyse, wenn der Fall nicht gelöst werden konnte. Daher sollte ich Sie und Ihren Vorgesetzten Walter Winterfeld direkt anrufen.«

»Hat das BKA noch weitere Vermutungen?« Das war Clara. Sie glaubte nicht, dass es nur um die Kompetenz von MacDeath ging.

»Ja, in der Tat. Aber das will noch keiner so richtig zugeben«, sagte Lang. »Eine Eingeweide-Inszenierung heißt Ritualmord. Ritualmord heißt möglicherweise Serienkiller. Und Serienkiller heißt, es gibt noch mehr Morde. Da wollen die jetzt schnell Abhilfe schaffen. Die wollen verhindern, dass so etwas noch einmal passiert.«

»Wie alt war das Mädchen überhaupt?«, wollte Clara wissen.

»Laut Ausweis neunzehn Jahre. Sie hatte einen Studentenausweis der Uni Gießen dabei. Theaterwissenschaften.«

Clara atmete aus. »Mein Gott! Neunzehn Jahre!« *Theaterwissenschaften … Theater des Grauens,* schoss es ihr durch den Kopf.

»Und da ist noch etwas«, sagte Lang. »Das habe ich Ihren Kollegen schon erzählt. Das Symbol.«

»Was für ein Symbol?«, fragte Winterfeld.

»Ein Symbol. Irgendein Zeichen. Mit Blut an die Scheibe des Abteils gemalt.«

»Schicken Sie uns die Fotos doch am besten schnell rüber«, sagte Winterfeld.

»Mache ich.«

Man hörte, wie Lang auf der Tastatur tippte. In Hermanns Inbox ploppte eine Mail auf. Er öffnete die JPEG-Datei.

Auf dem Foto sahen sie das Fenster des Zuges. Das Blitzlicht, das sich im Fenster spiegelte. Ebenso die Schatten des Fotografen. Hinter dem Fenster irgendein Abstellgleis eines Bahnhofs. Blutspritzer und irgendwelche anderen Körperflüssigkeiten. Über die gesamte Fensterscheibe war in Blut etwas gemalt.

Kapitel 8

Hannover, Mai 2019

Eine Nachricht war in Noahs Skype-Account aufgeploppt.

Kurz. Und irgendwie seltsam.

Dein Gott spricht zu dir.

Absender: *BG666.*

Noah runzelte die Stirn.

Dann tauchte schon die nächste Nachricht auf.

Wann kannst du deinen Führerschein machen?

Noah zögerte kurz.

Meinst du fürs Auto?

Ja, meine ich. Was denn sonst? Weltraumraketen?

Was ist das für ein Assi, dachte Noah. Aber diese eine Antwort sollte er noch kriegen.

Mit 18.

Richtig. Noch fünf Jahre hin, oder?

Noah überlegte, ob er die Verbindung beenden sollte. Erst hatte er den Typ nur klugscheißerhaft und aufdringlich gefunden. Aber jetzt fand er ihn irgendwie auch unheimlich. Woher wusste der Typ, wie alt Noah war?

Du könntest aber jetzt schon tolle Sachen machen. Ohne jemanden zu fragen.

Auto fahren?

Auto fahren auch. Du hast dir doch eben ein paar Psychopathen-Seiten angeschaut. Zum Beispiel mit dem Auto extra langsam fahren. Und dadurch Streit vom Zaun brechen.

Woher weißt du, was ich eben gesehen habe?

Ein Gott weiß so etwas. Ein Gott ist nämlich überall. Zur gleichen Zeit.

Es passierte eine Weile nichts. Noah schrieb, obwohl er es eigentlich nicht wollte. Irgendetwas brachte ihn dazu, die Verbindung nicht abzubrechen.

Bist du noch da?

Die Antwort kam sofort.

Ein Gott ist immer da.

Kurz darauf die nächste Nachricht.

Du kannst Leute auf verschiedene Art und Weise mit dem Auto überfahren. Oft berühren die Räder den Körper gar nicht. In seltenen Fällen geht das sogar ohne Verletzung ab. Zum Beispiel, wenn du einen Sportwagen fährst, langsam fährst und das Unfallopfer sich gut abrollt. Wenn du aber willst, dass die Leute unter die Räder kommen, musst du einen SUV fahren.

Und wenn ich niemanden überfahren will? Noah war sich allerdings selbst gar nicht ganz sicher, ob es nicht doch ein paar Leute gab, die er gern überfahren würde. Die Nachbarn mit ihren Scheißschlagern zum Beispiel. Und dann einige Typen in der Schule. Besonders ein Typ. Und was der Typ hier auf Skype schrieb, dieser BG666, war interessant. Jedenfalls interessanter als das Geseiere von seinen Eltern, das dumme Gelaber von seinen Lehrern oder der Scheiß aus dem Fernsehen oder den ganzen Klamottenspinnern und Schminktipps-Schwuchteln auf YouTube. *Mal schauen,* dachte er, *was noch so kommt.*

Glaub mir, du willst. Beim Aufprall wird der Fußgänger erfasst, beschleunigt, stößt auf die Motorhaubenvorderkante, der Oberkörper prallt auf die Motorhaube, der Kopf auf die Frontscheibe, dann wird der Fußgänger abgeworfen und prallt auf die Fahrbahn. Manchmal kratzt die Schuhsohle noch über die Straße, dann kann man auf dem Straßenbelag sehen, ob der, der überfahren wurde, Gummi- oder Ledersohlen hatte.

Aber dann kommt er nicht unter die Räder?

Nein, das geht nur bei Lastwagen. Vielleicht noch bei riesigen SUVs, die es nur in den USA gibt. Dann wird es richtig … hässlich.

Der andere schrieb nichts mehr.

Und auch Noah schrieb nichts mehr. Von ferne hörte er das Ticken der Uhr aus dem Wohnzimmer. Wahrscheinlich war es schon 3 Uhr morgens. Und morgen klingelte um sieben der Scheißwecker. Spätestens.

Weißt du, was das Stockmaß ist? Auf einmal war wieder eine Nachricht da.

Nein.

Das ist die Rückenhöhe von Tieren. Daran bemisst sich die Höhe der Tierversicherung. Ein kleines Tier, das angefahren wird, verschwindet unter den Rädern. Das macht nur etwas hässlichen Matsch, aber mehr nicht. Aber ein großes Tier kracht durch die Windschutzscheibe und manchmal auch in die Fahrgastzelle. Das ist dann nicht so schön.

Noah atmete aus und verdrehte die Augen. Langsam wurde es ihm doch zu blöd. Und vor allem wurde es spät.

Was willst du eigentlich?

Dich etwas fragen.

Und was?

Du darfst noch keinen Führerschein machen.

Ja, weiß ich.

Aber etwas anderes weißt du nicht: Du darfst nämlich jetzt andere Sachen machen. Sachen, die du nicht mehr machen darfst, wenn du den Führerschein hast.

Was für Sachen?

Schlimme Sachen.

Das verstehe ich nicht.

Das wirst du noch verstehen. Ich erkläre es dir.

Noah schüttelte den Kopf.

Und wenn ich beides nicht will? Schlimme Sachen machen und es erklärt bekommen?

Wieder einige Sekunden Pause. Dann kam die Nachricht.

Glaub mir, du willst! Beides!

Kapitel 9

Autobahn A2 Berlin–Hannover, Mai 2019

Vier Stunden später war das gesamte Team unterwegs. Clara, Winterfeld, Hermann und MacDeath. Es war ein wenig wie eine Ferienreise, wenn nur das Thema nicht so furchtbar gewesen wäre.

Furchtbar war im Übrigen auch die Frage gewesen, wie man mit vier Leuten überhaupt nach Nordrhein-Westfalen kommen sollte, denn auf schnelle Entscheidungen war der öffentliche Dienst, und das nicht nur in Berlin, nicht ausgerichtet. So war Winterfeld eine Weile brüllend und telefonierend durch sein Büro gestapft, bis sich endlich eine Lösung gefunden hatte.

Sie hatten sich einen Volkswagen Transporter Kombi geliehen, der groß genug für vier Personen und ihr Gepäck war. Vorher hatten sie ein paar andere Reisemöglichkeiten diskutiert, waren aber zu dem Schluss gekommen, dass ein großer Leihwagen das Beste wäre. Und zwar keiner von den verranzten Polizei-Vans ohne Klimaanlage aus den Achtzigerjahren, sondern ein schöner Transporter vom Mietwagenverleih. Bahn und Flugzeug hatten auch im Raum gestanden, diese Optionen waren jedoch schnell wieder verworfen worden.

»Ich fliege doch nicht«, hatte Winterfeld gesagt und dreingeschaut, als hätte man ihn aufgefordert, seine Socken zu essen. »Das wird viel zu teuer, wenn wir alle fliegen. Abgesehen davon müssten wir uns dann auf Eurowings einlassen, weil

Lufthansa nur nach Frankfurt und München fliegt, und Eurowings funktioniert nie. Scheißladen.«

»Besser als Ryanair«, hatte Hermann erwidert.

»Das ist auch nicht schwer!« Winterfeld hatte genickt. »Kein Ort der Welt ist so schön, dass man da mit Ryanair hinfliegen müsste. So wie bei Ryanair an Bord werden nicht mal nordkoreanische Strafgefangene behandelt. Außerdem muss ich dann in der Security immer mein Benzinfeuerzeug abgeben. Das ist mir schon fünfmal passiert, und fünfmal musste ich ein neues kaufen.«

»Dann müssten Sie es zu Hause lassen«, hatte Clara gesagt.

»Daran denke ich gar nicht, Señora. Sie wissen doch: Ich bin ein Mann. Ich bin nicht multitaskingfähig, wie man das immer so schön sagt.«

»Bahn könnten wir auch fahren«, hatte Hermann eingeworfen.

»Auch zu teuer, außerdem wird man da umgebracht. Und kommt nie an.«

»Bei der Pünktlichkeit der Bahn kommt man auch dann nicht an, wenn man nicht stirbt«, hatte Hermann gesagt.

Clara hatte den Kopf geschüttelt. *Im Nachleben schon,* dachte sie.

Clara hatte sich im Auto auf dem iPad die Fotos angeschaut. Die Bilder waren nur schwer auszuhalten. Die gespreizten Beine, die Eingeweide, das Blut. Dick-, Dünndarm und Magen waren wie ein bizarrer Rock aus Fleisch an der jungen Frau befestigt. Clara hatte spontan an das widerliche Kleid aus rohem Rindfleisch denken müssen, das Lady Gaga 2010 zu den MTV Music Awards getragen hatte. Doch Lady Gaga war lediglich Provokation. Das hier war der blanke Horror.

MacDeath brütete noch immer über dem Symbol, das in Blut geschrieben an das Fenster geschmiert war. »Was kann das sein?«, murmelte er. »Ist das ein Kreuz? Oder ein Gesicht? Oder sollen das Sensen sein?«

»Irgendeine Idee?«, fragte Clara. Doch sie hatte aus dem Gemurmel von MacDeath schon herausgehört, dass er vorerst keine Idee hatte.

»In jedem Fall eine sehr starke Todessymbolik, soweit ich das bisher beurteilen kann. Könnte auch aus dem Fantasy-Bereich kommen.« Er wandte sich an Hermann. »Sagt dir das was?«

Der zuckte die Schultern. »Auf die Schnelle nicht.«

Zwischen Wolfsburg und Hannover machten sie bei einer Tankstelle Rast. Hermann hatte sich eine Tüte Gummibärchen geholt, danach hatten die Männer jeder eine Currywurst gegessen, Clara einen Salat. Manchmal war das Leben sehr vorhersehbar.

Winterfeld zündete sich einen Zigarillo an. »Wo ist der Zug jetzt eigentlich? Der IC, in dem der Mord passiert ist?«

»Den haben sie im Zugdepot in Hamm zwischengelagert.« Hermann kaute auf seiner extrascharfen Currywurst herum. Da es in der Tankstelle keine extrascharfe Soße gab, hatte er mit Pfeffer und Tabasco nachgeholfen. »Der kann ja nicht ewig auf den Schienen im Weg stehen.«

»Dann fahren wir zuerst nach Hamm?« Winterfeld stieß Rauch aus.

Hermann nickte. »Das würde sich anbieten. Ist übrigens der größte Verladebahnhof Europas.«

»Da hat ja jemand im Erdkundeunterricht aufgepasst«, spottete Winterfeld.

»Ach, deswegen ist bei jeder deutschen Zugfahrt immer die Zugteilung in Hamm?«, meinte MacDeath.

»Denke schon.«

Winterfeld kniff die Augen zusammen. »Wir können ein bis zwei Tage bleiben. Dann müssen wir zurück. Weil wir wohl noch ein Briefinggespräch mit dem LKA NRW in Düsseldorf haben, werden wir im Sheraton am Flughafen Düsseldorf übernachten.«

»Da hätten wir dann auch fliegen können«, knurrte Hermann, der sich offenbar darauf gefreut hatte, endlich mal dienstlich zu fliegen, nachdem er sonst immer nur tagein, tagaus an seinem Rechner im LKA 113 in Berlin saß.

»Gerade wenn wir mit dem Wagen Geld sparen, Herr Klugscheißer, können wir in dem schicken Sheraton übernachten, weil Budget übrig ist«, sagte Winterfeld zu Hermann, »und nicht in irgendeinem Kakerlakenpalast, der niemandem gefällt außer den Erbsenzählern von der Buchhaltung. Zudem sind wir mit diesem VW flexibel.«

»Und falls was schiefgeht«, sagte Hermann, »dahinten ist das Hauptwerk von VW.« Am Horizont sah man die riesige Fabrikanlage in Wolfsburg. Der frühere Freund von Clara, der Unternehmensberater gewesen war, hatte viel für Volkswagen gearbeitet. Er hatte ihr die Ursprünge von Volkswagen erzählt, von Hitlers Idee, einen Wagen zu bauen, der wie ein Käfer aussah, was dann auch geschehen war. Von Ferdinand Piech, der seine Führungskräfte immer mit den Worten *Unsere Anwälte werden sich mit Ihren Anwälten in Verbindung setzen* vor die Tür setzte.

»Wieso haben wir eigentlich keinen Audi?«, fragte Hermann.

»Zu teuer«, sagte Winterfeld. »Außerdem ist das eh nur Hype. Volkswagen ist genauso gut.«

»Ist ja auch der gleiche Konzern.«

»Ach nee …«

»Wisst ihr, warum die Marke Audi heißt?«, fragte Hermann weiter.

Das wusste Clara, von ihrem Ex-Freund. »Der Gründer hieß *Horch* mit Nachnamen. Dann hat er seine Firma verkauft und damit auch die Rechte an seinem Namen. Also musste ein neuer Name her. Sein Sohn oder irgendwer aus dem Freundeskreis war gut in Latein. Der lateinische Imperativ von *horch* heißt *audi*. Darum wurde dieser Name gewählt.«

»Ahhh, du kennst dich aus«, bemerkte Hermann. »So wie bei *Audio*.«

Clara nickte, sagte aber nichts. Sie fragte sich, ob es pietätlos war, sich im Angesicht dieses furchtbaren Mordes über Autonamen zu unterhalten. Sicher war es aber gut als Ablenkung. Und grauenvoll würde es schon früh genug wieder werden. Spätestens, wenn sie den Tatort und die Leiche sahen.

»Also, Kameraden«, sagte Winterfeld und warf den Zigarillostumpen auf den Boden. »Wir müssen weiter!«

Kapitel 10

Verladebahnhof Hamm, Nordrhein-Westfalen, Mai 2019

Es war dunkel geworden.

Robert Klose, der Zugbegleiter, der die Bundespolizei gerufen hatte, begrüßte die Ermittler als Erstes. Er hatte einen grauen Bart und blaue Augen hinter einer randlosen Brille. Hinter ihm stand ein zweiter Mann mit graublonden, raspelkurzen Haaren, der gerade geniest hatte und sich mit einem Taschentuch die Nase abwischte.

»Sie müssen Kommissar Lang sein«, sagte Winterfeld.

»Richtig. Henning Lang von der Bundespolizei. Geb Ihnen mal lieber nicht die Hand. Mich hat's erwischt. Immer dann, wenn es warm wird. Von wegen Winterzeit gleich Grippezeit. Jetzt im Mai und im August ist das am schlimmsten mit den Erkältungen.« Er bewegte den Kopf Richtung Zug. Der IC stand auf den Schienen auf einem Abstellgleis am Wendebahnhof Hamm, im Inneren brannte Licht. Ein Abteil war besonders hell beleuchtet. Es hatte etwas Bedrohliches, obwohl es hell war. Ein Ort, wo etwas passiert war, was nicht passieren durfte.

»Dort ist es?«, fragte MacDeath.

Lang nickte und schniefte. Man erkannte das an die Scheibe geschmierte Symbol schon von außen.

»Gibt es Zeugen, die etwas gehört oder gesehen haben?«, fragte Clara.

»Nein«, antwortete Lang und zog die Nase hoch.

»Wann ist der Zug gestoppt worden?«, fragte Clara.

»Passiert normalerweise sofort.« Lang zog noch einmal die Nase hoch. Warum, dachte Clara, mussten Männer immer die Nase hochziehen, anstatt ein Taschentuch zu benutzen? Vielleicht, weil sie immer vergaßen, Taschentücher einzupacken, wenn die Frauen nicht daran dachten. In der Hinsicht waren Männer wie Kinder.

Lang sprach weiter. »Dann kommt die Bundespolizei, also wir, und kontrolliert die Personalien von allen.«

»Was heißt normalerweise?«, fragte Clara. *Was war schon normal,* dachte sie.

»Hier hat es laut Spurensicherung wohl dreißig Minuten gedauert, bis der Zug gestoppt wurde. Es hat schlicht niemand etwas gemerkt.« Lang zog wieder die Nase hoch.

Winterfeld schüttelte den Kopf. »Da wird jemand im Zug derart bestialisch ermordet, und keiner merkt es?«

»Der gesamte Waggon mit Ausnahme des Abteils war leer. Das Fenster war zu. Und hier in der Einöde hat es auch von draußen sicher niemand gehört oder gesehen. Vor allem, wenn der Zug schnell vorbeifährt. Es gibt ein paar nebulöse Aussagen. Die sammeln wir gerade.« Er nestelte nach einer Packung Hustenbonbons und steckte sich eins davon in den Mund. »Schnupfen und Husten. Echt nervig. Wir haben aber noch ein weiteres Problem neben den fehlenden Zeugen.«

»Nämlich?«

Klose schaute zu Boden.

Lang kratzte sich am Kopf. »Der Zug hat regulär noch in Hagen gehalten, bevor er gestoppt wurde. Dort hat ein zugestiegener Mitarbeiter mit einem Snackwagen das Massaker entdeckt. Und daraufhin sofort Herrn Klose informiert, der einen Notarzt und dann mich angerufen hat. Wir kamen, und der Notarzt konnte gleich wieder gehen, beziehungsweise er konnte sich noch um den Mitarbeiter mit dem Snackwagen kümmern. Den hat es ziemlich aus den Schuhen gehauen.«

»Kann man verstehen«, kommentierte Winterfeld.

»Mit dem sollten wir auch sprechen«, meinte Clara.

»Gilt als noch nicht vernehmungsfähig«, sagte Lang.

»Na schön.« Winterfeld steckte die Hände in die Taschen. »Eines nach dem anderen.«

»In jedem Fall. Der ist auch nicht dafür ausgebildet, so was zu sehen.« Lang hatte doch noch ein bröseliges Taschentuch zutage gefördert und schnaubte sich die Nase. »Der Mitarbeiter mit dem Snackwagen und der Notarzt waren dann gleich wieder weg.« Er sah sich um. »Genau wie alle anderen.«

»*Wie alle anderen?*«, fragte Clara. »Sie meinen … die Täter?«

»… sind höchstwahrscheinlich in Hagen ausgestiegen.«

»Dann waren es mehr als einer?«, fragte Clara.

MacDeath nickte. »Das sieht nach Teamwork aus.«

Winterfeld interessierte aber eine ganz andere Sache. »Die sind weg, und keiner hat was gemerkt?«

»Es ist noch nicht ganz sicher, aber wir denken, dass es so war.« Lang nickte.

»Kameras?«, begann Hermann.

»… werten wir gerade aus. Die Kollegen haben schon die anderen Fahrgäste befragt. Beziehungsweise befragen sie noch immer. Bisher ist aber niemand dabei, der etwas gesehen hat.«

»Dann schauen wir uns doch das Abteil einmal an, oder?«, schlug MacDeath vor.

»Nur zu. Die Leiche ist natürlich längst in der Rechtsmedizin in Düsseldorf.«

»Da fahren wir als Nächstes hin«, sagte Clara. »Wo ist denn das BKA?«

»Maren Kaiser kommt direkt nach Düsseldorf. Sie war vorhin hier mit ein paar Kollegen.«

»Und?«

»Das Übliche, wenn das BKA kommt. Alles steht erst mal still, es wird ein riesiger Wirbel gemacht, und danach können wir wieder in Ruhe arbeiten.« Lang schien das BKA nicht sehr zu mögen.

»Aber es war doch Ihre Idee, das BKA einzuschalten«, bemerkte MacDeath.

»Ja, weil ich Sie auf diese Weise einmal kennenlernen kann, Dr. Friedrich. Wenn wir Sie hier vor Ort haben wollen, geht das wegen der Befugnisse nur über den BKA-Umweg.«

»Und wir sind nicht gut genug?«, fragte Winterfeld und kniff ein Auge zu.

»Natürlich«, sagte Lang. »Wir glauben aber, dass gerade Dr. Friedrich Dinge sieht, die andere nicht sehen.«

»Raise expectations«, sagte MacDeath, halb zu sich selbst. *Wecke Erwartungen.* »Dann will ich mal schauen, ob ich diese Erwartungen auch erfüllen kann. Schauen wir uns den Tatort einmal an.«

Das Abteil war blutgetränkt. Die Lachen auf dem Boden trockneten bereits ein, an den Wänden waren überall Spritzer, und Insekten, vor allem Fliegen, surrten durch die Luft. Die speckigen Polster waren voller großer braunroter Flecken, und die Vorhänge waren aus den Schienen gerissen. An einigen Stellen war die blutige Klinge offenbar abgerutscht und hatte das Polster aufgerissen. Es gab etliche blutige Schnitte in der speckigen Polsterung, sodass man glauben konnte, auch die Sitze wären ein riesiger, fetter, geschundener Leib.

Zwei Kollegen von der Spurensicherung waren noch dabei, das Abteil abzuscannen und zu vermessen und Proben von möglichen Hautschuppen und DNA-Spuren in kleine Plastiktüten zu packen, die dann in einem Asservatenkoffer verschwanden. Blitze von Kameras zuckten und ließen bunte Schatten vor Claras Augen tanzen.

Auf dem Gang hantierte ein Mitarbeiter der Kriminaltechnik mit einem Laptop herum, um den 3-D-Scan auszuwerten. Winterfeld schob sich knurrend an dem Mann vorbei. Auch das Symbol am Fenster war schon dutzendfach fotografiert worden. Ein weiterer Kollege nahm Fingerabdrücke mit einem Grafitpinsel und UV-Licht.

»Wo befand sich die Leiche bei der Auffindung genau?«, fragte MacDeath.

»Sie saß dort auf dem Sitz. Die Beine gespreizt. Und die Eingeweide …«, Lang verzog das Gesicht, »… na ja, Sie haben ja die Fotos gesehen.«

Clara sah die Leiche vor sich, so als würde sie wirklich dort sitzen. Wer tat so etwas? Welcher Wahnsinnige tat einer neunzehnjährigen, jungen Frau so etwas an? Wieder umschloss sie ein Gefühl von Ekel und Machtlosigkeit wie ein schwarzer, klebriger Nebel. Manchmal fragten die Reporter sie, wie Mord riecht. Sie konnte das schlecht beschreiben, aber sie wusste es sofort, wenn sie es roch. Hier roch es genau so. Dieser Geruch des Todes, dieser süßliche, penetrante Geruch aus fauligem Fleisch, vermischt mit dem metallischen Geruch von vergossenem Blut und dem schlachthausartigen Gestank von Eingeweiden. Dazu der spezielle Geruch der Angst, der Verzweiflung und der Hoffnungslosigkeit, oft noch vermischt mit dem Geruch von Exkrementen.

Mac Death musterte das Zeichen an der Fensterscheibe und verglich es mit den Fotos, die er auf seinem iPad dabeihatte.

»Und?«, fragte Lang neugierig. So als erwarte er, dass MacDeath innerhalb von Sekunden den Täter aus dem Hut zaubern würde.

»Die meisten Täter«, erklärte MacDeath, »wählen ihr Opfer aufgrund ihrer eigenen Furcht oder Phobien aus. Sie stechen Frauen Nadeln in die Brüste, weil ihre psychotische Mutter dem kleinen Jungen, der später ein Serienkiller werden würde, einst Nadeln in den Penis gesteckt hatte. Warum? Weil der Junge und alles, was mit ihm zusammenhing, unerwünscht war, weil die liebe Mami lieber ein kleines Mädchen hatte haben wollen. Und das wollte sie, weil ihr lieber Papa sie damals immer in der Badewanne so komisch angefasst hatte und sie gezwungen hatte, ihn auch irgendwo anzufassen. Wahnsinn ist erblich.«

»War es also ein Mann?«, fragte Lang.

»Vermute ich. Oder mehrere. Das sieht hier in der Tat eher nach Teamwork aus.«

»Aber alles Männer?«

MacDeath nickte. »Davon würde ich erst einmal ausgehen.«

»Deshalb die Sache mit der Vagina?«

»Vielleicht hat auch das eine Bedeutung«, sagte MacDeath. »Aus der Vagina kommt bei der Geburt das Kind heraus, doch wie es hier aussieht, hat der Killer das Ganze in eine bizarre Geburt aus Exkrementen und Eingeweiden verwandelt. Vielleicht wollte er ihr auch einen Phallus aus Eingeweiden geben, die Frau also in einen Mann verwandeln. Aber warum?« Er wandte den Kopf in Richtung des Symbols. »Haben Sie davon Detailaufnahmen? Von dem Symbol?«

»Haben wir.« Lang nickte. »Zur Not lassen wir die Scheibe rausnehmen.«

»Das wäre nicht schlecht.« MacDeath zog die Luft ein. »So grauenvoll das Ganze ist, so groß waren der Aufwand, die Vorbereitung und die Notwendigkeit, dabei nicht gestört zu werden.« Er blickte sich um. »Und das an einem Ort, an dem man jederzeit gestört werden kann.«

»Vielleicht wussten die Täter, dass sie nicht gestört werden?«, schaltete sich Winterfeld ein.

»Und wenn sie es nicht wussten?«

»Dann«, sagte MacDeath, »waren sie sich ihrer Sache sehr sicher. Oder ziemlich dumm. Oder beides.« Er schaute Lang und Clara an. »In jedem Fall waren sie gefährlich. Besser gesagt: sind es noch.«

Kapitel 11

Rechtsmedizin Düsseldorf, Mai 2019

Kommissar Henning Lang war bei Clara und Winterfeld im Transporter mitgefahren, um noch etwas über den Fall zu reden, bevor sein Einsatz irgendwann beendet sein würde. Schließlich waren mittlerweile das BKA und dann auch noch das LKA 113 aus Berlin an dem Fall dran. Wäre sonst auch allmählich unübersichtlich geworden.

»Typisch Behörden«, hatte Winterfeld geknurrt, »alle haben eine Meinung, aber keiner hat Ahnung.«

Lang saß hinten auf der Rückbank, um *niemanden anzustecken,* wie er selbst sagte, und schnäuzte sich gelegentlich.

»Bei Erkältungen bin ich immer panisch. Ich will niemanden anstecken und habe Angst, dass es einen schlimmen Verlauf bei mir nimmt«, erklärte Lang.

Winterfeld drehte sich um. »Warum?«

»Ich hatte vor zwei Jahren eine Mandelentzündung, die chronisch wurde.«

»Haben Sie Ihre Mandeln etwa noch als Erwachsener gehabt?«, fragte Winterfeld.

»Leider ja. Dann habe ich Penicillinspritzen in den Arschmuskel gekriegt. Und raten Sie mal, was dann passiert ist?«

»Spritzenabszess?« Das war MacDeath.

»Woher wissen Sie das?«

»Ich bin Mediziner. Muss man sein, um Psychiater zu werden.« MacDeath blickte nach hinten. Lang sprach weiter. »Durch diesen, wie heißt das noch ...?«

»Spritzenabszess«, ergänzte MacDeath.

»Genau. Dadurch hatte ich derart geschwollene Leistenlymphknoten, dass ich eine Thrombose tief im Unterschenkel bekommen habe.«

»Sie hatten eine TVT? Dann haben Sie Glück gehabt, dass Sie keine LAE entwickelt haben.«

»Was sind denn das für komische Abkürzungen, und warum hat der Kollege Glück gehabt?«, fragte Hermann.

»Eine TVT ist eine tiefe Beinvenenthrombose, also ein Blutgerinnsel in einer tiefen Beinvene. Löst sich dieses und wird vom Blut in eine Lungenschlagader geschwemmt, spricht man von einer Lungenarterienembolie, kurz LAE. Das ist eine sehr häufige Todesursache. Beinvenenthrombosen werden leider oft übersehen oder für eine Entzündung am Fuß gehalten, da es dort besonders wehtut. Kommt es dann zur LAE, versterben die meisten.«

»Ja, bei mir war es auch knapp.« Lang nickte und stopfte sein Taschentuch in die Hosentasche. »Ich hatte zum Glück eine Kollegin, deren Mutter mal eine Thrombose gehabt hat. Und die hat mich sofort zur Notaufnahme gebracht. Dann zunächst eine Therapie mit Heparinspritzen alle sechs Stunden, danach Arixtra zum Blutverdünnen für sechs Monate, und dann ging es wieder.«

»Ist alles wie vorher?«, fragte MacDeath.

»Gott sei Dank. Keine Probleme mehr. Ich musste natürlich noch zum Gerinnungsexperten.« Lang klopfte in Ermangelung von Holz ans Fenster. »Damit war es aber noch nicht vorbei.«

»Lassen Sie mich raten: Die Mandeln mussten noch raus.«

Lang nickte. »Und zwar blutverdünnt.«

»Das ist nicht unkritisch«, sagte MacDeath. »Aber Sie haben keine Komplikationen mehr?«

»Gott sei Dank nicht. Aber schön war es nicht.«

»Die Mandel-OP«, sagte MacDeath, »das haben wir damals im Studium gelernt, ist von allen Routine-OPs die gefährlichste.«

»Die Mandel-OP?«, fragte Clara. »Warum die? Ich würde eher auf OPs wie Herztransplantationen schließen.«

»Ja«, sagte MacDeath, »die sind auch noch gefährlicher, sind aber auch keine Routine-OPs. Von den Routine-OPs ist die Mandel-OP am riskantesten.«

»Und warum nun?«

»Die Wunden im Rachen sind nahe an großen Gefäßen. Wenn da eine verletzt wird, kommt es manchmal zu sogenannten spritzenden Blutungen. Die führen erstens schnell zu einem hohen Blutverlust, und zweitens kann es dazu kommen, dass Blut in die Lunge eingeatmet wird, also eine sogenannte Blutaspiration. Deswegen haben die Patienten auch immer einen intravenösen Zugang, damit man sofort Blutkonserven zuführen kann, falls es im Krankenhaus zu einer relevanten Blutung kommt.«

Spritzende Blutungen, dachte Clara. Die hatten sie in diesem Fall auch schon gesehen. Allerdings nicht im OP, sondern im Zug.

Nach anderthalb Stunden Fahrt hatten sie die Rechtsmedizin Düsseldorf erreicht. Maren Kaiser vom BKA war ebenfalls vor Ort. Clara hatte schon einige Male mit der etwas hageren, blonden Dame telefoniert, die einen ausgezeichneten Ruf hatte, aber als nicht einfach im Umgang galt. Gesehen hatten sie sich noch nie. Neben ihr stand eine brünette, mittelgroße Frau etwa Mitte vierzig.

»Darf ich vorstellen?«, sagte Kaiser. »Das ist Frau Prof. Dr. Franke. Sie leitet die Obduktion …«

»… und die Rechtsmedizin Düsseldorf«, ergänzte Dr. Franke. Die beiden Frauen schienen sich nicht allzu sehr zu mögen. Wie es häufig der Fall war, wenn zwei Alpha-Frauen zusammenkamen.

Prof. Dr. Stephanie Franke war Institutsleiterin der Rechtsmedizin Düsseldorf. Die Bundespolizei in Düsseldorf und das BKA hatten die Amtshilfe des nächsten rechtsmedizinischen Instituts hinzugezogen, und das war die Rechtsmedizin Düsseldorf.

»Ich kenne Ihren Kollegen«, sagte Dr. Franke zu Clara und Winterfeld.

»Welchen? Von Weinstein?«

»Ja. Genau den. Der war hier auf der letzten Jahrestagung der deutschen Gesellschaft für Rechtsmedizin. Er hat einen Vortrag gehalten zur Abgrenzung von Kindstötungen und Totgeburten.«

Clara verdrehte die Augen. »Ja, das ist eines seiner Lieblingsthemen, wenn auch ein ziemlich übles.« In Berlin geschah es in der Tat häufiger, dass neugeborene Babys im Müll landeten. Die Frage war in solchen Fällen, ob die Babys bei der Geburt noch gelebt hatten, denn dann war es Mord oder Totschlag. Handelte es sich hingegen um Totgeburten, war es lediglich Störung der Totenruhe und Verstoß gegen das Bestattungsgesetz.

Dr. Franke nickte und lächelte kurz. »Es gibt für den rechtsmedizinischen Laien wenig schöne Themen in unserem Fach.« Damit drehte sie sich um. »Kommen Sie mit. Ich zeige Ihnen, was noch übrig ist von der jungen Frau, denn deswegen sind Sie ja hier, oder?«

Die Obduktion hatte bereits vor Stunden stattgefunden, und die Leiche lag wieder im Kühlraum und war zugenäht. In einem Nebenraum lag die blutbefleckte Kleidung der jungen

Frau auf einem weiteren Sektionstisch ausgebreitet, um zu trocknen. Sie war immer noch feucht vom Blut des Opfers, und wäre sie in diesem Zustand in die Asservatenbeutel gepackt worden, würde sie schimmeln, und ein Nachweis von eventueller Täter-DNA wäre nicht mehr möglich. Clara hatte vor Jahren einmal mitbekommen, wie von Weinstein einen Assistenten angeschnauzt hatte, der feuchte Kleidung in Beutel packen wollte, bevor er möglichst schnell die DNA-Analyse durchführen lassen wollte. Wobei *möglichst schnell* in den meisten kriminaltechnischen Laboren noch immer zwei bis acht Wochen Wartezeit bedeutete. »Wenn Sie das so machen«, hatte von Weinstein den jungen Kollegen angeraunzt, »dann kann ich Ihnen sagen, was Sie finden werden: Schimmelpilze! Die töten zwar auch Menschen, aber selten durch Messerstiche, deshalb legen Sie die Kleidung sofort wieder zum Trocknen zurück!«

Neben der Kleidung lagen die Büchertasche für die Uni und der Reisekoffer der jungen Dame. Daneben Geldbörse, Geld und Ausweispapiere.

»Wo ist das Handy?«, fragte Hermann.

»Das untersuchen die Kollegen in Wiesbaden bereits«, sagte Kaiser. »Wir wollen herausbekommen, ob sie mit irgendwelchen Leuten vorher Kontakt hatte. Die Eltern haben wir auch schon kontaktiert.«

Winterfeld nickte. »Immer eine schwierige Sache mit den Eltern.« Er schaute Kaiser an. »Wie finden das übrigens die Kollegen von der Mordkommission, dass das BKA ihnen das Handy wegschnappt? Lang war ja der Ansicht, dass das BKA ransollte, aber so denken vielleicht nicht alle.«

Kaiser zuckte die Schultern. »Nicht alle, das stimmt. Aber wir haben nun mal die größere IT-Abteilung. Johannes Trautmann ist eine Legende.«

Clara nickte. Sie kannte Johannes Trautmann, einen IT-Experten, den man, wegen seiner bürstenartig abstehenden Haare und seiner Fähigkeit, auf allen Geräten und Festplatten und Cloud-Servern Dreck zu finden, den *Schrubber* nannte. Clara war gespannt, ob sie ihn mal wiedertreffen würde.

»Die Sektion haben wir durchgeführt«, sagte Franke. »Die Hauptbefunde waren ein Kehlenschnitt und eine massive, stumpfe Gewalt gegen den Kopf mit Schädelbruch und einer Blutung zwischen Schädel und harter Hirnhaut, also eine Epiduralblutung, höchstwahrscheinlich durch einen Tritt.«

»Erst der Schnitt, dann der Tritt?«, fragte Clara. Und war sich kurz darauf bewusst, dass dieser Reim alles andere als pietätvoll klang.

»Wahrscheinlich ja. Laut den Blutspurmustern haben sie ihr im Sitzen die Kehle durchgeschnitten, daher auch die ganzen Spritzblutungen auf den Polstern und den Wänden des Abteils.« Franke zeigte auf den langen Schnitt an der Kehle der jungen Frau. »Dann ist die Frau vermutlich bewusstlos zusammengesackt, und die Täter haben der dann auf dem Boden liegenden Frau auf den Kopf getreten.«

»Haben Sie Hinweise auf den oder die Täter?«, wollte MacDeath wissen.

»Ja, wir gehen von mindestens zwei Personen aus, eher noch mindestens einer weiteren. Es wurden Abdrücke von unterschiedlichen Schuhsohlen im Blut gefunden und Haare von mindestens zwei Personen. Auch einige Wimpern sind ausgefallen, die wir jetzt analysieren. Oft fallen Wimpern in Stresssituationen aus.«

»Menschen umzubringen, ist auch Stress«, sagte MacDeath.

»Richtig.« Franke nickte. »Aber allein die Tatsache, dass es sich hier um sehr viele Verletzungen handelt, die zur gleichen Zeit stattgefunden haben, spricht für deutlich mehr als einen Täter.«

»Mehrere Männer?«, fragte Clara.

Franke nickte. »Wahrscheinlich ja. Die Schuhabdrücke dürften den Größen 42 bis 44 entsprechen, und die Haare, die wir gefunden haben, sind beide kurz. Eines ist blond, und eines ist braun. Natürlich sind das nur Hinweise, aber ich denke, dass Sie erst einmal von männlichen Tätern ausgehen können.«

»Ist sie am Blutverlust oder an der Schädelinnenraumblutung verstorben?«, fragte Clara.

»An beidem nicht.« Dr. Franke wackelte mit dem Kopf. »Durch den Schnitt durch die Vene am Hals gab es eine tödliche Luftembolie mit Verschleppung von Luft in das Herz und das Gehirn. Der Blutverlust und die Epiduralblutung waren sicherlich auch todesbegünstigend, aber die Luftembolie war die Todesursache.«

»Eine Embolie wie bei einer Thrombose?«, fragte Lang.

»Genau so.« Dr. Franke nickte. »Bei der Herzaktion kommt es zu einem Unterdruck in den Gefäßen, die zum Herzen führen, damit das Blut überhaupt zum Herzen kommen kann. Wird ein solches Gefäß dann eröffnet, wie es ja bei einem Schnitt passiert, strömt Luft in das Gefäß, und dann wird Luft ins Herz verschleppt. Das Herz kann nicht mehr richtig pumpen, weil ja plötzlich Luft und kein Blut im Herz ist. Dadurch wird die Luft ins Gehirn und in die großen Gefäße verschleppt. Genau so ist es, wenn einer der Todesengel im Altersheim den alten Leuten Luft in die Vene injiziert.«

»Und das Symbol?«, fragte Franke und blickte MacDeath an. Auch Maren Kaisers Augen ruhten auf ihm.

»Irgendwie kultisch«, antwortete MacDeath. Man sah ihm seine Skepsis an. Womöglich hielt er die Fixierung auf das Symbol für etwas überbewertet. »Erinnert mich an zwei Sensen. Oder an einen Schädel. In jedem Fall eine starke Todessymbolik.«

»Todessymbolik?«, fragte Kaiser.

»Ja, und es hat auch einen gewissen autoritären Charakter.«

»So als würden höhere Mächte die Tat befohlen haben?«, bemerkte Clara.

MacDeath nickte. »Haben sie sicher nicht, aber die Täter glaubten möglicherweise, dass es höhere Mächte befohlen hätten.«

In dem Moment klingelte Langs Handy. Er nahm den Anruf an. »Ja?« Seine Augen weiteten sich. Er blickte Clara und Winterfeld an. »Das sind die Kollegen in Hagen. Die haben etwas!«

Kapitel 12

Hannover, Mai 2019

Jemand hatte sich bei Noah auf dem Skype-Account gemeldet. Dieser Jemand hatte die Kamera angeschaltet und war deutlich zu sehen. Und dieser Jemand war eine *Sie.*

Die Frau, die Noah sah, war wunderschön. Vielleicht zwanzig, vielleicht etwas älter. Sie lächelte ihn durch die Kamera an.

»Hast du Lust auf ein geiles Gespräch?« Sie fuhr sich mit der Zunge über die Lippen.

Ja, das hatte Noah. Irgendwie kam es ihm vor, als ob er diese junge Frau schon einmal gesehen hatte. Vielleicht war es eines dieser Fotos, die nachbearbeitet waren, sodass sie wie ein Cartoon oder ein Gemälde aussahen? Etwas, für das man früher einen Grafikdesigner oder eine Werbeagentur gebraucht hatte, was aber heute jeder mit seinem Smartphone hinbekam.

Noah musste nicht lange überlegen. »Klar«, sagte er.

»Willst du es dir nicht etwas bequem machen?«, fragte die Frau.

»Wie heißt du überhaupt?«

»Mandy.«

Ja, Noah war sich ganz sicher. Er hatte sie schon einmal gesehen. Auch der Name kam ihm bekannt vor. Er kannte Mandy. Er hatte mit ihr schon über einige Dating-Webseiten gechattet und immer gehofft, dass das Foto von ihr echt und kein Fake war. Denn sie war betörend schön. Und sie war es wirklich. Er schaute kurz und unauffällig auf die Uhr rechts oben auf seinem Bildschirm. *Verdammt, schon zwanzig nach drei!* Aber Noah musste mit ihr sprechen. Er konnte nicht anders. Sie war wunderschön, sie war genau das, was er wollte, und überhaupt war das doch eine gelungene Abwechslung nach dem seltsamen Skype-Call von eben, wo sich dieser seltsame 666-Typ gemeldet hatte. Was für ein Psycho!

Mandy. Sie war es wirklich.

»Mandy wie Candy.« Noah grinste. Er erinnerte sich an den Film *Highlander,* den er öfter gesehen hatte, obwohl der lange vor seiner Zeit in die Kinos gekommen war. Kurgan, der Bösewicht, hatte sich eine Prostituierte auf sein New Yorker Hotelzimmer bestellt, die in der Tür stand, während er mit seinem Langschwert Übungen machte. *Hi, ich bin Candy,* sagte die Frau. Und Kurgan antwortete: *Natürlich bist du das.*

»Ich bin auch genauso süß wie Candy.« Sie bewegte ihr Gesicht nahe an die Kamera. »Also, willst du es dir etwas bequem machen?«

»Was meinst du mit bequem machen?«

»Dich etwas ausziehen?«

»Mein T-Shirt?« Noah merkte, wie er eine Erektion bekam.

»Auch.« Sie trat einen Schritt zurück und zog ihr T-Shirt aus. »Ich mache mal den Anfang.« Dann sah er Mandy im BH. Push-up nannte man so einen BH. Hatte ihm irgendwer gesagt, oder er hatte es irgendwo gelesen.

Noah blickte sich um. Seine Eltern waren längst im Bett, seine Schwester auch, keiner würde mitbekommen, was er hier tat. Seine Hände zitterten, als er sich ebenfalls sein T-Shirt auszog.

»Schöner Mann«, sagte Mandy.

»Schöne Frau«, sagte Noah. »Was ist mit dem BH?«

»Willst du sehen, was darunter ist?«

»Ja.«

»Dann will ich auch *ihn* sehen.«

»Erst, wenn ich sehe, was unter dem BH ist.«

Mandy verzog das Gesicht. »Du hast ein schlechtes Gedächtnis«, sagte sie. Gleichzeitig zog sie ihre Hand vor den BH.

»Was ist denn?«

»Weißt du nicht, wer dich in *Candy Crush Saga* gerettet hat?«

Dieses blöde Onlinespiel, dachte Noah, nach dem er total süchtig war und das er ständig über Facebook auf dem Smartphone und auch sonst daddelte. Manchmal Stunden am Tag. Er hatte gehört, dass es in China in den Smartphones Gesichtserkennungen gab, die solche Spiele nach zwei Stunden automatisch abschalteten, damit die Jugend nicht zu viel Zeit mit Zocken vergeudete. Zum Glück gab es solche Mechanismen in Deutschland nicht. Er erinnerte sich an *Candy Crush*. Ja, es stimmte wirklich, da hatte ihn eine *Lady Man-Dy* gerettet.

»Das warst du?«, fragte er.

Sie lachte. »Wer sonst?« Sie beugte sich vor, schaute an Noah herunter. Er ertappte sich dabei, wie er sofort in ihren Ausschnitt blickte. Aber das würde die Kamera wahrscheinlich vom Blickwinkel nicht so deutlich zeigen. Er wollte ja nicht gierig erscheinen. Gierige Männer, die zeigten, wie verzweifelt sie Sex suchten, bekamen meist keinen Sex. Jedenfalls keinen freiwilligen. Das hatte ihm auch jemand erzählt. »Du zeigst mir deinen Schwanz, dann zeige ich dir meine Titten.«

»Na, okay.« Irgendwie war es für Noahs Schwanz ohnehin zu eng in der Hose. Er tat, was Mandy forderte.

Sie schaute an ihm herunter und fuhr sich mit der Zunge über die Lippen. »Der ist ja groß!«

»Findest du?« Noah merkte, wie sein Ding noch härter wurde.

»Aber ja!« Mandy nickte. »Spiel doch ein bisschen damit herum!«

»Stört dich das nicht?«

»Im Gegenteil. Es macht mich geil!«

»Okay.« Noah tat, was sie wollte. Blickte nach unten, dann auf den Bildschirm. »Wann sehe ich deine Titten?«

»Jetzt«, sagte Mandy. »Zwei Sekunden.«

»Warum zwei Sekunden?« Er spürte eine Enttäuschung, sein Ding wurde schlaffer.

Kurz dachte er, dass jetzt irgendetwas schiefgegangen war. Dass Mandy vielleicht beleidigt war. Dass er vielleicht doch zu gierig gewesen war und mal wieder alles verbockt hatte, genauso wie auf den Schulpartys, wo er sich erst ordentlich einen reinlöten musste, um Mut zu bekommen, und die Frauen dann besoffen zuquatschte, was meistens nicht dazu führte, dass sie schnell die Beine breit machten, sondern eher dazu, dass sie ihn ziemlich schnell mit der Flasche oder später dem Schwanz in der Hand stehen ließen.

Doch diesmal war es anders! Er sah Mandy wieder! Er sah sie ohne BH! Was er sah, gefiel ihm. Was ihm nicht gefiel, war, als Mandy zählte. »21, 22 …« Er sah noch ihr Grinsen. Ihre Zähne. Ihre Titten. Und dann nichts mehr.

Der Bildschirm wurde schwarz.

Noah zog sich die Hose wieder hoch, drückte auf den Anrufknopf. *Lady ManDy.*

Niemand nahm den Anruf an.

Er versuchte es noch einmal.

Nichts.

Es klingelte.

Noahs Züge verwandelten sich in ein Grinsen. Wahrscheinlich war nur die Verbindung unterbrochen worden. In diesem Dritte-Welt-Land Deutschland gab es ja kaum Internet. Vielleicht …

Seine Züge erstarrten.

Es war nicht Mandy, die ihn anrief.

Jetzt sah er auch den Alias.

Es war der Alias, den er schon kannte.

Und den er langsam fürchtete.

Es war *BG666*.

Kapitel 13

Rechtsmedizin Düsseldorf, Mai 2019

Was haben die Kollegen gefunden?«

Lang zeigte aufgeregt auf sein Smartphone. »Hier. Einen Film von der Überwachungskamera.«

»Lassen Sie sehen!« Auch Kaiser reckte ihren Hals nach vorn.

»Eine Gruppe Jugendlicher, wie es aussieht.«

»Männlich oder weiblich?«, fragte Clara.

Clara hatte schon öfter mit Jugendlichen zu tun gehabt. Fast immer waren es Männer. Sei es der Clown-Terror im Jahr 2016, als Clowns, die wie eine Mischung aus Stephen Kings Pennywise und Ronald McDonald aussahen, Passanten bedrohten, Autos zerstörten oder auch andere mit Eisenstangen niederschlugen. Es waren fast immer Männer. Die männliche Adoleszenz, das hatte ihr MacDeath einmal erklärt, brachte den Zwang zu sexuellen Bewährungsproben mit sich. Auch durch Gruppenaktionen versuchte man sich zu identifizieren, aber man versuchte ganz besonders, sich von anderen abzuheben. Seien es Punker, Raver, Hip-Hopper, Grufties, Gothics, Skins, Oi! Skins, Boneheads und weiß der Teufel, was es noch alles gab. Jeder wollte cooler und anders sein als die anderen, und besonders wollte man cooler und anders sein als die Eltern. Manchmal fielen die Eltern auf dieses Spiel rein und versuchten dann, ähnlich *cool* wie die Jüngeren zu sein, was meistens gründlich danebenging. So lief dieses Katz-und-Maus- oder Hase-und-Igel-Spiel der Generationen schon seit Jahren.

Doch hier war es kein Katz-und-Maus-Spiel, hier ging es nicht darum, wer cooler oder anders war, hier war es ein Mord. Und ein absolut bestialischer dazu. Das konnte man wohl kaum mit Identität und Anderssein erklären.

»Ja, männlich«, sagte Lang. »So wie es aussieht.«

»Schicken Sie das bitte auch sofort ans BKA?«, fragte Kaiser.

»Das versteht sich von selbst.« Lang nickte, drehte sich um und schnaubte in ein Taschentuch. »Hier, schauen Sie.« Er reichte Kaiser das Handy. Alle beugten sich über den Film, wie die Hirten oder die Heiligen Drei Könige in einer Anbetungsszene.

Auf dem Bildschirm waren vier schwarz gekleidete Jugendliche zu sehen, die offenbar zusammengehörten. Sie liefen die Treppe am Bahnsteig hinunter. Eine von diesen bröckeligen Betontreppen, die Wände mit Graffiti beschmiert, blinzelnde Neonleuchten an den Seiten, ein Aufzug oder eine Rolltreppe nirgends in Sicht.

»Schwarze Kleidung«, sagte MacDeath, »das sieht nicht nur gefährlich aus, da sieht man auch kaum Blutspritzer wegen der dunklen Farbe. Die konnten nach ihrer Bluttat einfach so weiterlaufen. Haben sich vielleicht auf der Zugtoilette noch schnell Hände und Gesichter gewaschen.«

»Guter Punkt«, sagte Clara und blickte Lang an. »Das sollten wir mal überprüfen in dem IC.«

Lang nickte. »Machen wir sofort. Ich rufe die Spurensicherung gleich an.«

»Okay«, sagte Winterfeld, »aber bisher sieht man die Typen nur von hinten.«

»Warten Sie«, knurrte Lang und putzte sich weiter die Nase.

In dem Moment verlor einer der vier einen Gegenstand und drehte sich um.

»Halt«, sagte Clara. »Was ist dem da gerade runtergefallen?« Kaiser drückte auf Stopp, spulte zurück. Zoomte dann näher heran.

»Ein Messer, wie es aussieht.«

»Okay, verständlich«, sagte Clara, »das wollte er da nicht liegen lassen.«

Der Film lief weiter. Die Kapuze des jungen Mannes verrutschte, während er sich umdrehte.

In dem Moment war sein Gesicht zu sehen.

Kaiser drückte noch einmal auf Stopp, zoomte näher heran. Das Gesicht eines jungen Mannes, dunkelblonde Haare, auch wenn man das unter der Kapuze kaum feststellen konnte.

»Der ist deutlich zu erkennen«, sagte Kaiser, »wir rufen sofort eine Bildfahndung aus. Das Bild muss an alle Zeitungen.« Sie griff zum Handy, um ihre Kollegen anzurufen.

»Tja, in China wäre das anders«, knurrte Winterfeld. »Da haben sie überall Kameras, und die Gesichter sind auch gespeichert. Den hätten sie da im Nullkommanichts.«

»Ich weiß nicht«, sagte Clara. »Wollen wir wirklich chinesische Verhältnisse?« Sie zuckte die Schultern. »Ich nicht.«

Winterfeld grinste. »Ich schon. Wird ohnehin früher oder später kommen, je schlimmer das bei uns wird. Irgendwann haben wir die Wahl zwischen Polizeistaat und Bürgerkrieg.« Er zog seine Zigarillos hervor. »Mal schauen, was unsere Steinzeit-Methode mit der Personensuche bringt.«

Kapitel 14

Airport Sheraton, Flughafen Düsseldorf, Mai 2019

Um 7 Uhr 45 war der Frühstücksraum im Sheraton Airport Hotel von Düsseldorf bereits gut besucht. Es herrschte um diese Zeit die typische Rushhour, die dazu geführt hatte, dass in den Aufzügen der meisten Hotels Aushänge mit Stoßzeit-Diagrammen aufgehängt worden waren, sodass man wusste, wann man den Frühstücksraum lieber meiden sollte. Clara und ihr Team hatten genau die übelste Stoßzeit erwischt. Von sechs bis sieben Uhr war kaum etwas los und ab neun Uhr auch nicht mehr. Jetzt aber schon. Geschäftsleute balancierten Teller mit Rührei, Brötchen und Müsli durch den Saal. Clara hatte sich heute Morgen ein British Breakfast mit roten Bohnen, Schinken und Ei zusammengestellt und einen frisch gepressten Orangensaft machen lassen. Der Orangensaft war angenehm süß. Nicht zu sauer. MacDeath mochte Orangensaft nur, wenn er richtig sauer war, aber da konnte sie, fand Clara, auch gleich Zitronensäure trinken. Sie hatte vorher noch per Skype mit Victoria telefoniert, die aktuell von ihrer Patentante Sophie betreut wurde, bis Clara und MacDeath wieder in Berlin waren. Sophie und Deckhard hatten ebenfalls in die Kamera gewinkt. Die beiden würden auch gute Eltern sein, dachte Clara, wenn sie dann irgendwann einmal heiraten sollten. Allerdings würde Sophie dann noch ein wenig an ihrer Erziehungskonsequenz arbeiten müssen. Auf Claras Frage, was es für Victoria denn zu essen gegeben habe, hatte die Kleine begeistert »Eis« geantwortet. Sophie hatte zwar sofort »Vollkornbrot, Gurke und Tomate« eingeworfen, Clara war sich aber sicher, dass ihre Tochter definitiv Eis bekommen hatte und danach wahrscheinlich nicht mehr wirklich viel Gesundes gegessen hatte. Sie atmete tief durch. Das Leben konnte auch schön sein, trotz des wieder einmal extrem perversen Mordes, der in ihrer persönlichen »Greatest Hits of Horror«-Liste ziemlich weit vorn mitspielte.

Sie sammelte sich am Frühstücks-Baukasten noch ein paar Paprikastücke zusammen und fragte sich gleichzeitig, ob ein Buffet wirklich so eine tolle Idee war, wenn man am Ende doch alles selbst machen muss und sein Essen von einer riesigen Platte bekam, auf die vorher schon Dutzende von Gästen gehustet, geniest und sie mit ihren dreckigen Pfoten begrabbelt hatten. Immerhin musste man hier nicht, wie es in gehobenen Hotels leider durchaus vorkam, mehrfach betteln, bis eine der Bediensteten sich bequemte, den Gästen frühmorgens in einem Hotel Kaffee zu bringen. Hier kamen ständig Bedienstete mit Kaffeekannen vorbei. Das hatte fast schon amerikanisches Niveau.

Winterfeld saß bereits am Tisch, las missmutig in der FAZ, auf die er bereits Marmelade gekleckert und behelfsmäßig wieder abgewischt hatte, und kaute auf Eggs Benedict herum.

»Na, Kollegin, gut geschlafen?«, fragte er.

»Kann nicht klagen. Riesiges Bett und kein Kind, das einen weckt.«

»Wo ist denn die kleine Señora?«

»Bei Sophie.«

»Und wo ist Ihr Göttergatte? Also Ihren meine ich, nicht den von Sophie.«

»Die stellen sich ja auch etwas dämlich an beim Thema Heiraten.«

Winterfeld wiegte den Kopf. »Vielleicht gar nicht so blöd. Sie kennen ja meinen Spruch: Wenn die Liebe das Licht des Lebens ist, dann ist die Ehe die Stromrechnung.«

Clara sah sich um. Nur die üblichen Besucher am Buffet, von MacDeath keine Spur.

»Keine Ahnung. Er braucht meistens im Bad länger als ich. Das ist zu Hause auch so. Ihm gehören ja auch drei Viertel der Haarpflege- und Beautyprodukte in unserem Bad.«

»Hier«, sagte Winterfeld und zeigte auf die vorletzte Seite der FAZ. Deutschland und die Welt. »Lange ist das nicht geheim geblieben.«

Clara blickte auf den Text.

Rachemord im IC. … bereits zu Beginn der Woche … Unbekannte ermorden 19-Jährige. Sie überflog den Artikel. … *Motiv vollkommen unklar. Bundespolizei ermittelt. BKA eingeschaltet … Sprecher kann nichts über Tätermotiv sagen …*

Sie schüttelte den Kopf. »Wie schön, dass der Sprecher auch etwas zu tun hat.«

Winterfeld nickte. »Und wie kommen die gerade auf *Rachemord?* Immerhin haben sie diesmal den Sprecher gefragt. Und nicht den Polizeifunk abgehört, wie unsere Freunde von der Presse das sonst gern machen.«

Clara setzte sich mit ihrem Teller an den Tisch und schaute in die Gesichter der anderen Gäste. Sie saßen dort, tranken Kaffee, kauten auf ihren Pfannkuchen herum und lasen Zeitung. Einige telefonierten währenddessen auch noch mit weißen AirPods oder Bluetooth-Kopfhörern. Sie würden vielleicht von dem Mord lesen. Das Ganze zur Kenntnis nehmen und dann weiteressen und weitertelefonieren und ihren Tag starten. Vielleicht war es auch ganz gut so. Das Gehirn konnte nicht überleben, wenn es sich mit jeder neuen Horrormeldung eingehend befassen würde. Priorisieren, wegdrücken und vergessen waren wichtige Überlebenstechniken des Menschen.

Da spürte sie die Hand.

Clara zuckte zusammen.

»Hast du etwa Angst vor deinem Ehemann?«, fragte MacDeath.

»Nein, natürlich nicht. Ich war nur in Gedanken.«

»Gut geschlafen, Kollege?«, fragte Winterfeld. »Beehren Sie uns doch. Wenn auch noch Langschläfer Hermann kommt, sind wir vollzählig.«

»Sollten wir auch sein.«

»Warum?«

»Das BKA hat eben angerufen«, sagte MacDeath.

»Ach ja?« Clara hob die Augenbrauen.

»Gerade als du aus dem Zimmer gerauscht bist«, erklärte MacDeath. »Darum hat es auch etwas länger gedauert. Ich wollte lieber in Ruhe da oben mit denen sprechen. Im Fahrstuhl ist ja sofort der Empfang weg, und außerdem ist der Anruf auch nicht für alle Gäste zum Mithören gedacht.«

Clara blickte Winterfeld an. Man sah deutlich, dass es ihn wurmte, dass die BKA-Kollegen MacDeath und nicht ihn anriefen.

»Und was ist nun?«, fragte Winterfeld.

MacDeath sah aus, als hätte er gerade am Ostersonntag das größte Nest gefunden. »Wir haben eventuell einen der Täter.«

»Den von der Kamera?«, fragte Clara. »Bei dem die Kapuze verrutscht war?«

»Ja.« MacDeath senkte die Stimme. »Ben Lorenz. Er scheint der Haupttäter gewesen zu sein. Die Polizei ist schon bei ihm. Sie nehmen ihn jetzt in die Mangel, damit er die anderen verrät.«

»Ist denn klar, dass er es war?«

»Ja. Die Rechtsmedizin hat ihn bereits untersucht. Ich habe ihnen gesagt, sie sollen die John-Douglas-Methode anwenden.«

Clara nickte. Die John-Douglas-Methode kam vom FBI. Wenn jemand einen anderen Menschen brutal ermordete und das Blut spritzte, fand man oft noch Blutspritzer in den Gehörgängen des Täters, die man auch nach ein- bis zweimal Duschen nicht immer entfernen konnte. Bei Schnitten durch die Kehle oder wenn man anderen Menschen den Schädel einschlug, spritzte das Blut überallhin, da meist einige Arterien getroffen wurden.

»Sie haben Lorenz dann mal sprichwörtlich die Ohren lang gezogen und Blut von Mia Neumann entdeckt.«

»K.-o.-Kriterium, das ist ein eindeutiger Beweis«, sagte Winterfeld. »Wer hat denn den Täter identifiziert?«

MacDeath holte sein kleines Notizbuch hervor und schlug es auf. »Beate Zillner. Lehrerin am Gerhard-Mercator-Gymnasium Düsseldorf.«

»Seine Lehrerin? Die hat den Aufruf mit dem Foto gesehen?«

»So ist es.« MacDeath setzte sich kurz und schaute bereits sehnsüchtig zu dem Tisch mit den Samowars und den verschiedenen Teesorten hinüber. »Sie will unbedingt mit uns sprechen.«

»Der Typ kommt aus Düsseldorf? Dieser Ben Lorenz?«, fragte Winterfeld.

»... und geht noch zur Schule?«, ergänzte Clara. »Oder war diese, wie hieß sie noch ...?«

»Zillner«, sagte MacDeath, »Beate Zillner.«

»... oder war sie früher mal seine Lehrerin?«

MacDeath schüttelte den Kopf. »Nein, ist sie noch. Sie ist noch immer seine Lehrerin, und ja, er geht also noch zur

Schule.« Clara dachte an das Gesicht von der Kameraaufnahme am Bahnhof. Ganz genau konnte man das Alter des jungen Mannes auf der Aufnahme nicht einschätzen.

»Wie alt ist denn der Kerl?«, fragte Winterfeld.

»Das ist das wirklich Üble«, sagte MacDeath, »Ben Lorenz ist dreizehn Jahre alt.«

Clara und MacDeath saßen bei Beate Zillner im Wohnzimmer. Sie hatten das Foto des Täters auf ihrem iPad geöffnet und das Gerät vor Beate Zillner auf den Tisch gelegt.

»Ja, das ist tragisch«, sagte sie. Sie hatte kurze, graue Haare, war etwa Mitte fünfzig und komplett in Schwarz gekleidet. Ähnlich wie die Täter, musste Clara denken, wobei das, was Frau Zillner trug, ein eleganter Hosenanzug war. Offenbar hatte sich Frau Zillner für die Ermittler richtig in Schale geworfen. »Der Ben ist nicht dumm. Kommt aus gutem Haus. Aber trotzdem lieben gerade solche Kinder das Chaos. Gibt ja auch genügend Jugendliche aus diesen Kreisen, die auf Demos Steine werfen, wie bei G20 in Hamburg.« Sie blickte auf. »Ist Ben in Polizei-Gewahrsam?«

»Ja.« Clara nickte mit zusammengekniffenem Mund. Sie wusste nicht, was sie der Lehrerin zumuten konnte. Beate Zillner war zwar die Person, die den Täter erkannt hatte, und da konnte sie schon Klartext erwarten, wenn sie es wollte. Aber Clara wusste nicht, in welcher Dosis. Sie hatten der Dame, soweit es ging, erzählt, was Ben und seine Freunde mit Mia gemacht hatten. Beate Zillner nahm das Ganze zur Kenntnis, wirkte aber nicht übermäßig geschockt.

»Die Tat scheint Sie ja ziemlich kaltzulassen«, stellte Clara fest.

»Solche Themen interessieren mich, so komisch das klingt«, erklärte Zillner und trank von ihrem Tee. »Ich kenne auch die ganzen Romane mit Serienmördern.« Tatsächlich erstreckte sich hinter ihr ein riesiges Regal mit einer Menge angelsächsischer Sachbücher zur Psychologie, Pathopsychologie und zu Serienmördern, aber auch Thriller und Klassiker. Clara las Namen wie Edgar Allan Poe, Arthur Conan Doyle und H. P. Lovecraft. Sie hoffte, dass MacDeath, der mit dem Rücken zum Regal saß, die Bücher nicht auch bemerkte, sonst würden er und Frau Zillner bis in den Abend hinein diskutieren. Aber glücklicherweise hatten Männer so gut wie immer einen Tunnelblick und achteten kaum auf das, was sich rechts und links von ihnen befand.

»Ach ja?« Selbst Clara las so etwas in ihrer Freizeit nicht. Ihr Job war schon brutal genug.

Zillner nickte. »Ich wollte ursprünglich zur Polizei, war aber mit einem Meter zweiundsechzig zu klein. So bin ich Englisch- und Politiklehrerin geworden.«

»Lesen Sie dann auch Thomas Harris mit Ihren Schülern?«, fragte MacDeath. Er drehte sich um, und erst jetzt fiel ihm das Regal auf.

»Mit den Älteren, ja. Und auch Edgar Allan Poes ›The Murders in the Rue Morgue‹. Die gilt ja als erste Detektivgeschichte der Welt.«

»Über das dunkle Element in der menschlichen Seele hat Poe ja auch einiges geschrieben«, sagte MacDeath.

Clara verzog nicht das Gesicht, hätte es aber am liebsten getan. Wenn das Stichwort Poe fiel, MacDeath dabei war und er auch noch eine Mitstreiterin zu dem Thema gefunden hatte, bestand die Gefahr, dass sie noch Stunden hier saßen, ohne auch nur ein Wort über den Fall zu verlieren.

»Ja«, bestätigte Zillner. Ihr Blick hellte sich auf. »›The Imp of the Perverse‹, also ›Der Alb der Perversheit‹ oder ›Der

Geist der Perversion‹, so in etwa. Warum tun wir Dinge, die falsch sind? In ›Die schwarze Katze‹ schneidet der Protagonist der Katze ein Auge heraus. Obwohl er weiß, dass es falsch ist. All diese Geschichten sind am Ende Berichte, aber auch Rechtfertigungen. Eine Mischung aus Beichte und Testament. Der Erzähler begründet, warum er so böse handeln musste und gar nicht anders konnte.«

»Und am Ende findet er den Tod«, ergänzte MacDeath.

Clara wippte ungeduldig nach vorn. »Kommen wir doch wieder zu unserem Fall«, sagte sie. »Sie wollten uns ja sicher nicht nur sprechen, um über Poe zu reden, auch wenn das natürlich sehr interessant ist.«

»Nicht nur über Poe«, sagte Zillner.

»Sondern?«

»Auch über H. P. Lovecraft?«

MacDeath grinste und schaute Beate Zillner stolz an, als wäre sie eine Schülerin von ihm. Dann drehte er sich umständlich um und betrachtete auch die Bücher von Lovecraft in dem Regal.

»Die Zeit haben wir aber nicht«, sagte Clara, »wir müssen …«

»… über Ben Lorenz sprechen?«, ergänzte Zillner. »Er hatte einige Freunde. War aber auch ein Einzelgänger. Spielte ab und zu Computer und trieb sich etwas viel auf bestimmten Internetseiten herum.«

»Das haben Sie herausgefunden?«

»Er hatte manchmal seinen Laptop dabei.«

»Seit wann gibt es an deutschen Schulen Internet?«, warf Clara ein.

»Gar nicht«, sagte Zillner, »und wird es auch nie geben. Er hatte das mit seinem Smartphone bewerkstelligt und darüber eine Verbindung hergestellt.«

»Und das haben Sie gesehen?«

»Manchmal, wenn er, kurz bevor die Pause anfing, schon im Klassenraum saß und ich hinten durch die Tür kam. Sonst würde ich nicht bei den Schülern in den Laptop schauen. Das geht mich nun wirklich nichts an. Aber so etwas fällt halt auf.«

»Waren das diese *Gore Sites?*«, fragte MacDeath.

Zillner nickte. »So nennt man die wohl. Eine Sache ist mir noch eingefallen. Gerade als Sie mir eben erzählt haben, was die Täter mit der Leiche gemacht haben.«

»Die Eingeweide und die Vagina?«

Zillner nickte stumm. »Auf einer Seite war einmal ein Artikel. Die Überschrift war sehr groß. Dort stand, verzeihen Sie die vulgäre Ausdrucksweise: *Wie mache ich einer Frau einen Schwanz?*«

»Das haben Sie sich gemerkt?«

»Natürlich, etwas derart Perverses vergisst man nicht so schnell.«

»Und genau das haben sie auch gemacht«, murmelte MacDeath. »Sie haben die Eingeweide herausgezogen und ihr damit …« Er sprach nicht weiter.

»Wenn ihn das inspiriert hat«, sagte Zillner und schüttelte wieder den Kopf, »dann ist das wirklich unbeschreiblich.« Sie schaute in die Tiefe des Raumes, als würde sie ihre Gedanken ordnen. »Aber der Ben war eben nicht nur so. Er hatte auch eine andere Seite. Da war etwas Verborgenes, etwas, das mich irgendwie auch beeindruckt hat.«

Sie holte einen DIN-A4-Briefumschlag hervor.

»Das hier«, sagte sie und reichte Clara und MacDeath den Umschlag, »hat er einmal als extra Seite bei einem Aufsatz angehängt. Es ging eigentlich um die amerikanische Verfassung in Politik.«

Clara musterte die Seite Papier. »Das hat er noch dazugeschrieben?«

»Ich nehme an, es war ihm wichtig. Sie müssten beurteilen, ob es Ihnen weiterhilft.«

»Können wir das behalten?«, fragte MacDeath.

Zillner nickte. »Das sollten Sie sogar.«

Kapitel 15

Hannover, Mai 2019

Es klingelte. Wieder und wieder.
BG666.

Noahs Hände zitterten. Er drückte den Anruf weg.

Es klingelte wieder.

Er drückte den Anruf wieder weg.

Dann wählte er die Nummer von Mandy.

Diesmal kam eine Verbindung zustande.

Endlich. Wenigstens *sie* war da. Und jetzt würde er es zu Ende bringen. Und sie hoffentlich bald treffen.

»Mandy, was ist los?«, fragte er. Er blinzelte. Der Bildschirm war schwarz. »Warum hast du die Kamera aus?«

Die Antwort ließ seinen Schwanz sofort schlaff werden.

»Hier ist nicht Mandy«, antwortete eine männliche Stimme. Noah spürte einen Stich in seinem Magen. »Dein Gott spricht zu dir.«

Noah deckte sofort die Kamera ab und machte sich die Hose zu.

»Bist du dieser 666-Psycho?«

Ein schallendes Gelächter war die Antwort. »Ja, ich bin dieser 666-Psycho!«

»Wo ist Mandy?«

»Ganz in der Nähe. Ich weiß doch, wo meine Mitarbeiterinnen sind. Oder besser meine Jünger.«

»Deine Jünger?«

Noah hielt kurz inne.

»Alle, die für mich arbeiten. Und die mich anbeten. So wie du vielleicht auch bald.«

»Ich?« Noah zog sich hektisch das T-Shirt wieder an. »Niemals.«

Der 666-Psycho wiederholte seine Aussage, als hätte Noah gar nichts gesagt. »So wie du vielleicht auch bald«, sprach die Stimme aus dem schwarzen Bildschirm. »Aber vorher müssen wir handelseinig werden.«

»Warum? Und wofür?«

»Weil du etwas für mich tun sollst. Schon vergessen? Du bist Jünger oder Mitarbeiter. Was immer du sein willst. Am besten beides. Und Jünger oder Mitarbeiter arbeiten für ihren Herrn.«

»Was soll ich deiner Meinung nach tun?«

»Das sage ich dir beizeiten.«

»Warum sollte ich überhaupt irgendwas für dich tun? Ich bin doch nicht dein Laufbursche.«

»Nein, du bist mein Jünger. Und ich bin dein Gott.«

»Ich bin nicht dein Jünger«, sagte Noah. Aber er merkte selbst, wie kraftlos sein Einwand klang.

Der Mann am anderen Ende schwieg fast eine halbe Minute. Noah dachte schon, die Verbindung wäre erneut unterbrochen. In Deutschland, hatte er gehört, war das Internet im Vergleich zu anderen europäischen Ländern sehr langsam. Dazu passte, dass die CEBIT in Hannover abgeschafft worden war. Aber jetzt hatte er erst einmal andere Sorgen. Der Psycho sprach weiter.

»Weißt du, Noah, was Sextortion ist?«

»Irgendwas mit Sex.«

»Richtig. Irgendwas, bei dem bestimmte Leute bestimmte Filme von anderen Leuten haben, in denen diese anderen Leute bestimmte Sachen machen, die nicht jeder sehen soll.

Das nennt man auch *sex ransom*. Es gibt viele, die dem zum Opfer fallen. Sie nennen sich *Scam Survivors,* treffen sich in Selbsthilfegruppen, wie die Anonymen Alkoholiker. Und jammern ihren Anwälten darüber die Ohren voll.«

Noah spürte, wie ihm ein Schmerz durch den Magen schoss. Übelkeit stieg seine Kehle hoch. Er wusste, wen der 666-Psycho meinte. Denn zu Noah passte das alles. Mit dem Unterschied, dass er noch keine Selbsthilfegruppe hatte. Und auch noch keinen Anwalt. Schließlich war das Ganze weniger als fünf Minuten her.

»So was zum Beispiel«, sagte der Mann.

Der 666-Psycho schaltete auf Skype einen Film dazu. Startete den Film. Und Noah sah sich. Der Oberkörper nackt, die Hose geöffnet, seinen Schwanz in der Hand.

»Hübsch, nicht wahr?«, fragte der Psycho.

»Was soll das?« Noah wich vom Bildschirm zurück, als wäre der Rechner giftig.

»Willst du, dass ich das auf deiner Schul-Facebook-Seite hochlade?«, fragte der Psycho stattdessen. »Oder an die Lehrer schicke? Oder als Massenmail an deine ganze Klasse?«

»Das kannst du gar nicht!«

»Ich kann einiges. Ich kann mich in eine schöne Frau namens Mandy verwandeln, ohne dass du irgendetwas merkst. Ich kann dich im Internet tracken, wann und wo ich will. Ich bin ein Gott, und daher kann ich so einiges.« Er ließ ein paar Sekunden verstreichen. »Ich würde es an deiner Stelle also nicht drauf ankommen lassen, zu testen, was ich kann und was nicht. Wenn ich es nicht kann, läuft alles normal weiter bei dir. Wenn ich es aber kann, kannst du gleich die Schule wechseln.«

Noah presste die Lippen zusammen. Er sah vor seinem inneren Auge Bilder, wie die anderen Jungs sich über ihn lustig machen. Wie sie in Gruppen in der Pause zusammenstanden und auf ihre Smartphones blickten, Noah anstarrten und sich dann kaputtlachten. Sie würden, wenn sie ihn sahen, anstößige Gesten mit der Hand an der Hose machen und Noah jeden Tag neue Spitznamen geben. Cam-Wichser würden sie ihn nennen. Einige von den Computernerds, die ihn sowieso nicht mochten, würden dafür sorgen, dass Noahs Wichs-Video als Bildschirmschoner auf allen Rechnern im Computerraum der Informatik-AG lief. Dieser Psycho musste gar nicht viel tun, das meiste, um Noah fertigzumachen, würden die anderen erledigen. Fast alles würden sie erledigen, um ihn endgültig zu erledigen. Und das war das Problem. Der Typ hatte recht, der Typ hatte ihn in der Hand. Er hatte von Sextortion in der Schule gehört. Man musste Geld zahlen, sonst wurden noch mehr solche Videos hochgeladen. Wie ein Schneeballsystem oder ein Kettenbrief. Erst einmal fünftausend Euro. Wenn man nicht schnell genug zahlte, dann zehntausend Euro. Und dann noch mehr. Er hatte von Experten gehört, die diese Videos finden und löschen konnten. Auf YouTube und über Google Alerts. Aber wollte er denen vertrauen? Wollte er so lange warten? Wenn seine Kumpels, die Klassenkameraden und die Nerds aus der Informatik-AG das sehen würden, war für Noah sowieso alles gelaufen. Da halfen auch kein Filmlöschen, kein Anwalt, keine Gruppentherapie mehr. Dann konnte er entweder die Schule wechseln, auswandern oder sich erschießen. Auswandern schien ihm am besten. Am besten nach China, wo Facebook verboten war.

Aber China hin oder her: Der Typ hatte ihn in der Hand. Da gab es nichts zu beschönigen. Gerade deswegen beschloss er, mit dem Typen Tacheles zu reden.

»Was willst du?«

»Wie gesagt, dass du etwas für mich tust. Der Jünger tut etwas für den Gott.«

»Und was?«

»Das sage ich dir noch. Glaube mir, es wird dir auch Spaß machen.«

Noah hatte seine Zweifel, dass irgendetwas, was von diesem Psycho kam, Spaß machte. Andererseits kam diese Mandy ja scheinbar auch von diesem Psycho. Und der Kontakt mit ihr hatte Spaß gemacht. Wenn auch nur kurz. Zu kurz. »Und dann?«

»Wird diesen Film nie jemand sehen!«

Kapitel 16

Verhörraum, LKA Nordrhein-Westfalen, Düsseldorf, Mai 2019

Clara, MacDeath, Hermann und Winterfeld saßen in einem Verhörraum des LKA Nordrhein-Westfalen in Düsseldorf in der Völklingerstraße im Stadtbezirk 3.

Clara und MacDeath hatten sich nach dem Besuch bei Beate Zillner eine kleine Auszeit gegönnt und vor dem Treffen noch einen kurzen Kaffee am Düsseldorfer MedienHafen getrunken. Im Wasser hatte sich die Nachmittagssonne in gelborangefarbenen Farbtupfern gespiegelt. Es lag schon ein bisschen Sommer in der Luft. Leise Loungemusik wehte über das Wasser herüber, und Berater und Anwälte aus den nahen Unternehmensberatungen und Kanzleien saßen draußen in den Cafés am Wasser für einen kurzen Espresso oder Latte macchiato, bevor sie sich drinnen wieder ihren Deals, Telefonkonferenzen, Excels und Power Points widmen würden. Einige redeten miteinander, ganz wenige lasen Zeitungen, die meisten waren über ihre Smartphones und Blackberrys gebeugt, auf die sie eintippten oder durch Headsets einredeten wie auf uneinsichtige und verwöhnte Kinder.

Im LKA NRW war es allerdings mit Hafenwasser, Latte macchiato und schicken Cafés sofort wieder vorbei. Hier herrschten Behördenmief und Linoleumfußböden vor, als sie sich alle im großen Konferenzraum, der hier noch als »Sitzungszimmer« bezeichnet wurde, trafen. Das war das Schöne an Behörden, dachte Clara. Die ganzen neumodischen Verschlechterungen der Arbeitswelt, die nur gut klangen, es aber nicht waren, gingen an den Kriminalbehörden spurlos vorbei: Vertrauensarbeitszeit, Coworking Spaces, Home-Office, was mal erlaubt und dann wieder verboten war, Begegnungszonen, all das gab es hier nicht, und vielleicht war das auch ganz gut so.

Maren Kaiser vom BKA war vor Ort, ebenso ein etwas fülliger Mann Mitte fünfzig, der sich als Richard Rimkeit vorstellte. Er war ebenfalls vom BKA und hatte das Verhör von Ben Lorenz geleitet.

»Gut, dass Sie da sind«, sagte Rimkeit. Jetzt waren offenbar Clara und MacDeath dran.

»Irgendetwas, das wir wissen müssen?«, fragte Clara. »Komplizen?«

»Klar hatte er Komplizen«, sagte Rimkeit, »aber dazu sagt er gar nichts. Wir haben natürlich auch schon mit seiner Mutter gesprochen, der Vater ist zurzeit im Ausland unterwegs.«

»Und?«

»Ihr Sohn scheint in der letzten Zeit etwas seltsam geworden zu sein. Er sagte, er habe *Aufträge von seinem Computer* erhalten.«

»Von seinem Computer?«, fragte Clara. »Wohl eher von jemandem, der da mit ihm gechattet oder gemailt oder weiß der Teufel was gemacht hat.«

»Das ist möglich.« Rimkeit knöpfte einen Knopf seines Hemdes zu, der wegen seines Bauchumfangs offenbar häufiger aufsprang. »Dann hat er jeden Abend das T-Shirt, das er am Tag getragen hatte, mit einer Schere zerschnitten, das Ganze gefilmt und an seine Killer-Gruppe geschickt.«

»So eine Art Erneuerung?«, fragte MacDeath.

»Ja. Er sagte wohl, dass er damit das *alte Ich* hinter sich lassen wollte, weil jetzt aus ihm etwas Neues geworden wäre.

Das T-Shirt war Teil des Alten. Bens Mutter war natürlich nicht begeistert. Geht ja schon ins Geld, wenn der Sohn jeden Abend ein T-Shirt zerschnippelt.«

»Immerhin waren es damals nur T-Shirts«, sagte MacDeath.

Rimkeit schüttelte den Kopf. Man sah ihm an, dass er mit solchen Aussagen überhaupt nichts anfangen konnte. Er wollte so schnell wie möglich wissen, ob und was Clara und besonders MacDeath aus Ben Lorenz herausbekommen würden.

MacDeath stand auf und nickte Clara zu. »Hören wir uns doch einmal an, was er sagt.«

Im Verhörraum des LKA schien bläuliches Licht von der Decke. Ben Lorenz hatte dunkelblonde Haare und blaue Augen, ähnlich blau wie das Licht der Neonröhren.

MacDeath schob als Erstes die extra Seite aus dem DIN-A4-Umschlag über den Tisch, den sie von Frau Zillner erhalten hatten. »Sagt Ihnen das etwas?«, fragte er.

»Kann sein«, sagte Ben. Er las den Text, den er selbst geschrieben hatte.

Der Rabe, dessen widerwärtiger Schnabel das Herz durchbohrt, die Ghule, die in pestverseuchten Kirchtürmen eiserne Glocken läuten, die Gruft Ulalumes in einer schwarzen Oktobernacht, die schaurigen Türme und Kuppeln unter dem Meer, das wilde, düstere Land, das erhaben liegt, jenseits des Raums, jenseits der Zeit …

Wer dem blutroten Pfad folgen muss, der muss ihm folgen.

»Ist das von Ihnen, Herr Lorenz?«, fragte MacDeath.

»Nein.«

»Von wem dann?«

»Woher soll ich das wissen?«

»Es ist von dem US-Horrorautor H. P. Lovecraft«, sagte MacDeath. »Aus dem Buch ›Literatur der Angst‹. Eine Art Sachbuch über Horrorliteratur.«

»Lovecraft?«, fragte Ben. »Den kennen Sie also auch? Da gibt es jetzt auch ein Computerspiel für Playstation und Xbox. *Call of Cthulhu.*« Er lehnte sich zurück. »Und Sie sind clever.«

MacDeath nickte, lächelte aber nicht. »Danke. Warum?«

»Weil Sie gleich gewusst haben, dass der Text nicht von mir ist. Ich habe ihn nur geschrieben.«

MacDeath ging gar nicht darauf ein. »Für mich klingt das wie eine Art Gebet. Oder eine Handlungsanweisung«, sagte Clara. »Soll es das sein?«

»Vielleicht.«

»Kannten Sie Mia?«

»Keine Ahnung. Wer ist Mia?« Ben Lorenz stritt noch immer jeden Bezug zur Tat ab. Dumm war er nicht.

»Und wer war alles dabei?«

»Wer war wo dabei?«

MacDeath und Clara schwiegen eine Weile. »Was ist mit dem Symbol?«

»Welchem Symbol?«

»Das Symbol, das Sie in Blut an die Zugscheibe geschrieben haben. Mit Mias Blut.«

Clara musste innerlich lächeln. MacDeath siezte den Jungen. Suggerierte ihm, dass er ihn ernst nahm. Auch wenn er wahrscheinlich genauso schockiert war, dass dieser Täter erst dreizehn Jahre alt war. Und MacDeath sagte extra nicht *geschmiert*, sondern *geschrieben*. So bekam das Symbol eine größere Bedeutung, und wenn Ben Lorenz dieses Symbol wirklich wichtig war, könnte das etwas ändern. Ebenso die Konfrontation mit dem Blut des Opfers. Doch Ben sagte nichts.

»Haben Sie uns verstanden?«

»Ja, aber ich weiß nicht, welches Symbol Sie meinen.«

MacDeath schob ihm das Foto mit dem Symbol über den Tisch. »Dieses hier.«

»Das habe ich noch nie gesehen!«

»Die Rechtsmedizin hat in Ihrem Gehörgang Blutantragungen gefunden«, sagte MacDeath. »Das Blut stammt von Mia Neumann.«

»Selbst wenn, ist doch egal«, gab Ben zurück.

Clara und MacDeath blickten sich erstaunt an.

»Vielleicht war ich ja schon dabei, als in Berlin diese Schwangere verbrannt wurde? Wer weiß? Vielleicht habe ich Kinder gequält? Vielleicht wollte ich schon immer jemanden brennen sehen? Habe das Messer ins Herz gestoßen und dabei auf der Messerklinge noch den Herzschlag gespürt? Wer weiß?«

»Warum Mia?«

»Warum nicht? Wir haben sie uns vorher einmal angeschaut. Sie war immer eine Außenseiterin, hat sich früher in der Schule Zigaretten auf der Haut ausgedrückt.«

»Sie war aber viel älter?«

»Ja, sie studierte ja schon. Einmal hatte sie Schnittwunden rund um die Augen herum, die Augen hatte sie aber nicht verletzt.«

»Warum die Sache mit den Eingeweiden?«

»Warum nicht?«

»Waren Sie das?«

»Nein, das war ich nicht.«

»Wer dann?«

»Wenige, viele, keine. Wer weiß?«

»Das andere waren aber schon Sie? Der Schnitt durch die Kehle?«

»Vielleicht.«

»Sie haben sich eine Webseite in der Schule angeschaut«, sagte Clara. Sie übernahm die Rolle des *bad guys.* »Die Webseite sagte, dass man Frauen einen Penis geben sollte.«

»Einen Schwanz«, sagte Ben.

»Oder so. Haben Sie das damit bezweckt? Die Sache mit den Eingeweiden?« Irgendetwas in Clara sträubte sich, das alles auszusprechen. *Haben Sie ihr deswegen die Eingeweide aus der Vagina herausgezogen?* Sie konnte es noch immer nicht fassen. Warum hatten die Killer oder der Killer das getan? Aus der Vagina kam bei der Geburt das Kind heraus, doch wie es aussah, hatte der Killer das Ganze in eine bizarre Geburt aus Schmutz und Eingeweiden verwandelt. Warum? So grauenvoll es war, so groß war der Aufwand, die Vorbereitung, die Notwendigkeit, dabei nicht erwischt zu werden.

»Die Eingeweide, die Sie Mia Neumann durch die Vagina herausgezogen haben, wirkt das nicht eher wie eine perverse Persiflage der Geburt als ein, wie Sie sagen, Schwanz?«

Ben grinste. »Geburt … Da bin ich noch gar nicht drauf gekommen. Ist aber auch nicht blöd. Sie sind echt kreativ.« Er beugte sich nach vorn. »Wollen Sie nicht mitmachen?«

»Wir werden noch genug miteinander zu tun haben«, sagte Clara.

»Eigentlich«, sagte Ben, »wollten wir Mia helfen.«

»Ihr … *helfen?*«, fragte Clara und versuchte, keine Miene zu verziehen.

»Ja. Alle Frauen wünschen sich einen Schwanz. Den haben wir ihr gegeben. Eigentlich sogar mehrere. Sie haben ja die Fotos gesehen.«

Clara sagte nichts. War das jetzt ein Geständnis? Jedenfalls war es nahe dran.

»Aber sie sollte nicht auf ihre Muschi verzichten. Die hat sie auch gekriegt. Allerdings etwas weiter oben.« Er fuhr sich mit der Handkante an den Hals und zog die Hand von links nach rechts. Es war glasklar, was er meinte. *Der Schnitt durch die Kehle.* Er lehnte sich noch weiter zurück. »Man kann sich aussuchen, was man will. Sie entweder in ihre neue Muschi ficken … oder sich ein paar Zentimeter weiter oben einen blasen lassen.« Er machte eine kurze Pause und lehnte sich zurück, so als wartete er noch auf etwas, was er noch sagen könnte. »Hinten hat sie ja auch noch eine Öffnung«, sagte er dann. »Sie ist damit eine Dreilochstute mit neuem Schwanz.«

Clara fehlten die Worte. Der Junge war dreizehn. Und einige der schlimmsten Serienkiller, die sie kannte, sprachen nicht so.

»Sie sind krank«, sagte sie.

Ben beugte sich vor. »Und was ändert das?«

»Sie sind ein Mörder!«

»Auch das ändert nichts.«

»Warum?«

»Weil es völlig egal ist.«

Clara merkte, wie sie langsam die Beherrschung verlor. Am liebsten würde sie diesem Kerl ins Gesicht schlagen. Und nicht nur einmal. »Und warum ist das Ihrer Meinung nach völlig egal?«

Ben lehnte sich noch weiter zurück. »Weil ich es darf!«

Sie schauten sich die Videoaufnahme des Verhörs an.

Selbst Winterfeld musste schlucken, als er einige der Passagen hörte. »Verdammt selbstsicher«, sagte Winterfeld. Die Worte von Ben hallten in Claras Kopf wider. *Man kann sich aussuchen, was man will. Sie entweder in ihre neue Muschi ficken … oder sich ein paar Zentimeter weiter oben einen blasen lassen.*

Winterfeld schüttelte den Kopf. »Und von seinen Kumpanen wissen wir noch immer nichts. Er hat nichts gesagt?«

MacDeath schüttelte den Kopf. »Keinen Ton. Wir können ihn ja schlecht foltern. Auf die übliche Tour haben wir jedenfalls nichts aus ihm rausbekommen.« Er drehte sich zu Rimkeit. »Und Ihre Kollegen ja auch nicht, stimmt's?«

Rimkeit stand, die Arme vor seinem Bauch verschränkt, an ein Regal gelehnt und schüttelte nur den Kopf.

»Wir werden sofort im Freundeskreis von Mia nachfragen«, sagte er dann, »das Thema haben wir oft, dass gerade diese Frauen, die allein sind, Opfer werden. Viele sind durch Cybermobbing depressiv und begehen dann Suizid.«

»Der Cluster-C-Typ«, sagte MacDeath. »Vermeidung von Gefühlen und Konflikten. Angst dominiert bei ihnen das Verhalten, er oder sie in diesem Fall ist damit das Gegenteil eines Psychopathen. Und zieht deshalb besonders Psychopathen an.«

»Was hat er noch gesagt?«, fragte Rimkeit. »Weil er es *darf*?«

Maren Kaiser, die die ganze Zeit nichts gesagt hatte, schüttelte den Kopf. »So ein Blödsinn. Niemand *darf* Menschen umbringen.«

Claras Blick schweifte über den Tisch, über die Kopie von Ben Lorenz' Personalausweis. Sie dachte an das, was sie gerade eben über Ben gedacht hatte. *Der Junge war dreizehn. Und einige der schlimmsten Serienkiller, die sie kannte, sprachen nicht so.*

Ihr Blick überflog seinen Wohnort, das Geburtsdatum. 14.07.2005.

»Doch!«, sagte Clara und wandte den Blick nach oben. »Jetzt verstehe ich, was er meint. Er darf es. Zumindest hat es keine Konsequenzen für ihn!«

»Warum?« Das war Winterfeld.

»Weil er jünger als vierzehn Jahre ist.«

Winterfeld schlug mit der Hand auf den Tisch, in der er auch das Feuerzeug hielt. Der Aufschlag von Metall auf Resopal ließ alle zusammenzucken. »Verdammte Scheiße!« Er blickte in die Runde, als hätte ihm gerade jemand erzählt, dass sein Auto direkt vor der Haustür explodiert sei. »Señora, da haben Sie mal wieder recht.« Er blickte alle hintereinander an, besonders Rimkeit und Kaiser. »Kapieren Sie denn nicht? Haben Sie alle in der Ausbildung gepennt? Strafrecht erstes Semester?« Allmählich schien es auch den anderen zu dämmern. »Erst mit vierzehn Jahren ist man strafmündig, vorher können Täter nur in Erziehungsheime gebracht werden, da sie als schuldunfähig gelten, also keine Schuld auf sich laden können.«

»Und wer ohne Schuld handelt, kann deshalb nicht bestraft werden«, ergänzte Clara. »*Nulla poena sine culpa.* Keine Anklage ohne Schuld.«

»Wir können nichts machen?«, fragte Kaiser.

Rimkeit nickte. »Wie lange arbeiten Sie schon in dem Job?«, fragte er, an Maren Kaiser gewandt. »Was hat Kollege Winterfeld gerade gesagt? Strafrecht, erstes Semester.«

Kaiser sah ihn giftig an, musste aber wohl eingestehen, dass Rimkeit recht hatte. Der sprach weiter. »Was glauben Sie, warum die Einbrecherbanden hier immer Zwölfjährige vorschicken oder bei sogenannten ›Ehrenmorden‹ immer der jüngste Verwandte der Täter war?«

Hermann tippte etwas in sein iPhone. »Hab gerade den Gesetzestext gegoogelt«, sagte er.

»Menschen vor Vollendung des 14. Lebensjahres sind als Kinder strafunmündig (§ 19 StGB). Für Erwachsene hingegen gilt das allgemeine Strafrecht. Für die Übergangszeit gilt

in Deutschland das Jugendgerichtsgesetz (JGG). Es ist uneingeschränkt anwendbar für Jugendliche, d. h. für Menschen, die zur Tatzeit im Alter von 14 bis 17 Jahren waren (§ 1 Abs. 2 Halbs. 1 JGG). Und dann hier noch einmal: *Schuldunfähig ist, wer bei Begehung der Tat noch nicht vierzehn Jahre alt ist.* §19 Strafgesetzbuch (StGB).«

Clara dachte an die Worte des Killers. *Es ist egal … Weil ich es darf.*

»Darauf muss ich erst mal eine rauchen«, sagte Winterfeld und schüttelte den Kopf. Dann murmelte er in die Runde, halb zu sich, halb zu den anderen: »Wer noch nicht vierzehn Jahre alt ist, darf alles machen. Jedenfalls in Deutschland.«

»Scheint so zu sein«, sagte MacDeath. »Und wir können gar nichts machen.«

»Dann können wir auch gleich gehen«, knurrte Winterfeld und verließ den Raum.

Kapitel 17

Hannover, 2019

Noah starrte auf den Bildschirm. »Ich soll etwas für dich tun?«

Die verzerrte Stimme am anderen Ende lachte. »Du hast es eigentlich richtig gemacht. Aber am Ende doch falsch.«

»Was habe ich richtig gemacht?«

»Du hast es nicht mit einer fremden Frau getrieben, sondern dir einfach nur einen runtergeholt. Das ist nicht unbedingt männlich.«

Noah spürte Wut in sich aufsteigen. Als jemand zu gelten, der bei Frauen nicht zum Zug kam, sondern sich selbst befriedigen musste, das war das Letzte, was er wollte. Aber genau das hatte er getan.

»Hm …«, knurrte er. Der Psycho sprach weiter.

»Männlich ist das nicht unbedingt, aber Masturbation und Pornografie sind viel einfacher und daher auch besser als echter Sex. Das sagt schon Patrick Bateman in ›American Psycho‹. Kennst du das Buch?«

»Den Film kenne ich, glaube ich jedenfalls.«

»Du musst das Buch lesen. Der Film reicht nicht. Das Buch ist Pflicht, wenn du für mich arbeiten willst.«

»Wer sagt denn, dass ich das will?«

»Wer sagt, dass du willst, dass dein Wichs-Video an die ganze Welt verschickt wird?«

Der Bildschirm öffnete sich wieder, um den Film zu zeigen. Noah, die Hose heruntergezogen, in der Hand sein Schwanz.

Noah sagte nichts und starrte hasserfüllt auf das Video. Definitiv hatte dieser Psycho ihn in der Hand. Und ihm, Noah, passierte so etwas, als ob er nicht erst vor Kurzem von den ganzen Erpressungsversuchen dieser Art gelesen hätte. *Scam Survivors* und so weiter. Wie konnte man bloß so blöd sein!

»Hast du Feinde, Noah?«, fragte die Stimme.

»Ich glaube nicht.«

»Hast du Leute, die du hasst?«

»Kann sein.«

»Glaubst du nicht auch, dass die Welt schöner wäre ohne die Leute, die du hasst? Dass diese Welt auf alle Fälle für dich schöner wäre?«

»Ich denke schon.«

»Es ist sehr einfach, Noah, deine Feinde aus dem Weg zu räumen. Wenn du also mit mir, deinem Gott, zusammenarbeitest, ergeben sich für dich nur Vorteile.«

»Welche?«

»Was macht der Drache Smaug in ›Der Hobbit‹?«

»Er tötet Menschen und brennt alles nieder.«

»Bestraft ihn dafür niemand?«

»Nicht wirklich. Jedenfalls erst einmal nicht.«

»Ja, am Ende wird er erschossen. Stell dir vor, du kannst all das machen, was der Drache macht, aber ohne dass dich am Ende jemand erschießt.«

»Macht eh keiner. Es gibt doch keine Todesstrafe in Deutschland.«

»Du kannst trotzdem tun, was du willst.«

»Was soll das heißen?«

Jetzt wurde der Psycho aber wirklich wirr.

»Du kannst tun, was du willst. Ohne irgendeine Strafe zu fürchten.«

»Ich kann machen was ich will, ohne eine Strafe zu befürchten?«

»Richtig. Noch eine Frage. Wo schläft der Achthundert-Pfund-Gorilla?«

Noah zuckte die Schultern.

Der Psycho antwortete: »Wo immer er will. Und das kannst du auch!«

»Wie soll denn das gehen?«

»Das werde ich dir sagen. Und zeigen. Aber eine Sache ist wichtig.«

»Was denn noch?« Wahrscheinlich kam der Typ jetzt wieder mit der Drohung, dass er das Wichsvideo der ganzen Welt schicken würde, inklusive der Bundesregierung, dem US-Präsidenten und dem Papst.

»Du musst das Zeitfenster nutzen und *jetzt* zuschlagen!«

»Jetzt heißt wirklich *jetzt?*«

»Ja, *jetzt* heißt in jedem Fall noch diese Woche!«

»Wieso diese Woche?«

Er erhielt keine Antwort.

»Was soll ich dafür tun?« Noah musste zugeben, dass das interessant klang. Niemand würde das Video sehen. Und er würde an seine Liste unerwünschter Leute, wie er es nannte, endlich mal Haken machen können. Vor allem einige Leute aus der Schule würde er lieber heute als morgen unter der Erde sehen.

»Diesen Text auswendig lernen. Er ist dein Gebet. An mich. Deinen Gott!«

»Welchen Text?«

»Diesen Text.«

Und in dem Moment hörte er schon die verzerrte Stimme des anderen.

»Der Rabe, dessen widerwärtiger Schnabel das Herz

durchbohrt, die Ghule, die in pestverseuchten Kirchtürmen eiserne Glocken läuten, die Gruft Ulalumes in einer schwarzen Oktobernacht, die schaurigen Türme und Kuppeln unter dem Meer, das wilde, düstere Land, das erhaben liegt, jenseits des Raums, jenseits der Zeit …

Wer dem blutroten Pfad folgen muss, der muss ihm folgen.«

Kapitel 18

Hannover, Hauptbahnhof, Mai 2019

Die Gegend um den Hauptbahnhof in Hannover war grau und trübe an diesem nebligen Frühlingsmorgen. Keine Gegend, in die man gehen würde, wenn es da nicht der Bahnhof wäre und man irgendeinen Zug erwischen müsste. Das galt jedenfalls für die normalen Menschen. Andere suchten den Bahnhof und die Gegend drum herum auf, um andere Dinge zu tun. Meistens verbotene Dinge. Die Umgebung war trostlos. Sechzigerjahre-Bauten, hässliche Hochhäuser, Geschäfte, Tiefgaragen. Hier und da ein klassizistisches Haus aus der Gründerzeit.

Hannover war ansonsten sehr beschaulich, doch der Bahnhof galt seit einiger Zeit als Schandfleck: Bettler, Junkies, Gewalt und Gestank bestimmten diesen Ort, der eigentlich für Reisende da sein sollte. Der Politik und dem Betreiber, dem der Bahnhof gehörte, war all das Chaos scheinbar völlig egal. Denn manchmal schien es so, als habe die Bahn schon immer den Abschaum der Gesellschaft als Verbündete entdeckt, um die Reisenden und damit die Kunden von den Zügen fernzuhalten. Je mehr Verwahrlosung, desto weniger Passagiere, je weniger Passagiere, desto weniger Arbeit.

Die alte Dame, die mit ihrem Hund spazieren ging, sah den Bahnhof, die Geschäfte, die erst demnächst öffnen würden, und die Leute, die noch immer oder schon wieder auf der Straße waren. Ihr war das Ganze nicht egal, aber ändern konnte sie auch nichts. Mittlerweile waren hundertfünfundfünfzig Kameras in der Bahnhofsgegend installiert, ein Parkhaus hatte hingegen schon kapituliert und wegen der Junkies, die dort ständig übernachteten, geschlossen. Gewalt, Drogen, Bandenkriminalität: Hannover war Niedersachsens gefährlichste Stadt. Eine Art Berlin in klein.

Mit seiner grauen Tristesse, die selbst dieser heraufziehende Frühlingsmorgen nicht aufzuheitern vermochte, war der Bereich geradezu ein roter Teppich für Trinker, Junkies und Kriminelle. Und vielleicht waren der Frühling und das warme Wetter, das sich schon für den Tag ankündigte, eine Einladung an alle, die gerne nach draußen gingen, um sich von anderen das zu holen, was sie von ihnen wollten: das Geld der anderen, die Gesundheit der anderen, das Leben der anderen.

Hinter dem Bahnhof war das Rotlichtviertel, das auch nicht dazu beitrug, dass es um den Bahnhof herum ruhiger zuging. Nachdem die Polizei die Hells Angels als einzige Kontrollmacht aus der Halbwelt verjagt hatte, stellten die Ordnungshüter fest, dass sie es statt mit einem Gegner, mit dem man verhandeln konnte, nun mit vielen Gegnern zu tun hatte, mit denen man nicht verhandeln konnte. Schon allein deswegen, weil die meisten Gegner gar kein Deutsch sprachen.

Sie waren alle wie Kinder, jene Menschen, die glaubten, die Bedrohung sei nicht da, solange sie die Augen geschlossen hielten, dachte die alte Dame. *Wenn ich dich nicht sehe, siehst du mich auch nicht.* Das Geschrei wurde erst dann groß, wenn diejenigen, die stets beschwichtigten und verharmlosten, selbst getroffen wurden. Wenn Journalisten mit Baseballschlägern zusammengeschlagen wurden oder Brandsätze in Wohnungen von Politikern flogen und die Betroffenen herausfanden, dass die Schläger jugendliche Wiederholungstäter waren, die auch diesmal wieder ohne Strafe davonkamen, war das Grauen da, trotz ganz fest geschlossener Augen.

Die Geschichte der Stadt war eine des Niedergangs: In vielen Stadtteilen hatten Abrissbagger nach dem Zweiten Weltkrieg alte Viertel plattgemacht und gesichtslose Wohnsilos an ihre Stelle gesetzt. Riesige Schneisen waren nach dem Zweiten Weltkrieg durch die Stadt geschlagen worden, die nur für eine Gruppe gut waren: für diejenigen, die anderen Menschen auflauern wollten. Die ganze Stadt war wie ein riesiger Gotcha!- oder Paintball-Park. Ein »The Purge«-Live-Rollenspiel des Todes. Eine Stadt, die attraktiv für das Verbrechen war. Es hatte ein klares Ziel gegeben, und das war auch erreicht worden. Ein Ziel, das sich fast alle Kommunalpolitiker und Bürgermeister in Deutschland auf ihre Fahnen geschrieben hatten und dieses mit einer Beharrlichkeit verfolgten, mit der sie sonst nur an ihren Sesseln klebten oder ihre Pensionen sicherten. Das Ziel war einfach, und es war in den meisten Städten so gut wie erreicht, für Hannover aber galt das ganz besonders: Aus öffentlichen Räumen *Angsträume* zu machen.

Die alte Dame erwartete nicht viel. Sie hoffte nicht viel. Sie hatte damals als Kind, so gut es ging, mitgeholfen, die Trümmer nach dem Krieg wegzuräumen, und fragte sich immer mehr, warum und für wen sie das eigentlich getan hatte.

Sie sah aus den Augenwinkeln die Telefonzelle.

Hörte, wie ihr Hund bellte.

Die Telefonzelle war nichts Neues. Und Jumbo, ein Yorkshireterrier mit einer Schleife auf dem Kopf, bellte nun einmal ab und zu. Der Name »Jumbo«, den die alte Dame immer deutsch und niemals englisch aussprach, passte eigentlich gar nicht zu dem Hund, denn er war nicht groß, sondern ausgesprochen klein. Darum bellte er oft. Kleine Hunde bellten weitaus öfter als große. Das lag in der Regel daran, dass ihre zumeist älteren Besitzer ihre kleinen Lieblinge oft hochhoben, wenn sie anderen, größeren Hunden begegneten, um sie vor diesen Hunden zu beschützen. Die kleinen Hunde dachten dann allerdings, dass sie gut einen Meter fünfzig groß waren und damit definitiv größer als die anderen Hunde. Das steigerte ihr Selbstbewusstsein, und deswegen bellten sie öfter und aggressiver als andere Hunde.

Sie spürte den Zug an der Leine.

Richtung Telefonzelle.

Sie hob den Blick.

Da war noch etwas. Etwas, das die ältesten Panikregionen des Gehirns sofort aktivierte. Auch bei der alten Dame.

In dem Moment nahm sie den Gestank wahr.

Den Gestank nach verfaultem Fleisch. Nach Blut. Nach Exkrementen. Den Geruch von Gewalt, den Geruch von Angst, den Geruch von Tod. Den Geruch des Bösen.

Dieser bestialische Gestank … kam aus der Telefonzelle.

Kapitel 19

Berlin-Kreuzberg, Mai 2019

Hagen blickte auf den Bildschirm: Post von BG666:

Wo immer ihr diese Zeilen lest, auf 4chan oder im Dark Web oder auch im normalen Clear Web: Ich möchte euch auf den blutigen Pfad mitnehmen. Ich möchte euch von Menschen erzählen, die eure Vorbilder werden können. Ihr könnt alles werden, was ihr schon immer werden wolltet. Manche wollen gerne fliegen können. Vampire können auch fliegen. Ihr könnt also auch ein Vampir werden. Peter Kürten aus Düsseldorf war so ein Vampir.
Kürten war zwanzig von achtunddreißig Lebensjahren im Gefängnis. Aber wenn ihr auf mich hört, seid ihr keinen einzigen Tag im Gefängnis, wenn ihr zur richtigen Zeit zuschlagt. Schon mit neun Jahren hat Kürten einen Mitschüler ertränkt, was dazu führte, dass die Nachbarskinder nicht mehr draußen spielen durften. Es waren neun Morde, zweiunddreißig Mordversuche, drei Überfälle und siebenundzwanzig Brandstiftungen. »Die Opfer haben es mir leicht gemacht«, sagte der Vampir. Vor seinen Morden hat er einen Schwan ermordet. Und sein Blut getrunken. Er dachte, das Blut des Schwans würde ihn stark machen. Der Schwan hatte Flügel. So wie eine Fledermaus, in die der Vampir sich verwandeln kann. Und das könnt ihr bald auch.
Irgendwann war dann die Polizei bei Kürten. »Da habt ihr aber lange gebraucht«, hatte Kürten gesagt. Ich möchte, dass ihr das auch zur Polizei sagt, falls sie euch finden sollte. Aber es ist egal, ob ihr gefun-

den werdet, denn wenn ihr es richtig macht, wird es gar keine Konsequenzen geben. Ihr könnt tun, was ihr wollt. Ihr seid frei, ohne dass euch irgendjemand verurteilt. Ihr werdet wie Götter sein, für die es kein Gesetz gibt.

Kürten wurde neunmal zum Tode verurteilt und zu fünfzehn Jahren Zuchthaus. Ich frage mich, was hier die Reihenfolge war. Kürtens Kopf ist von Wissenschaftlern untersucht worden, er war aber völlig normal. Aber was ist schon normal und was nicht?

Noch besser war nur Ed Kemper: Der hat sich selbst eingeliefert. Die hatten aber alle nicht den Vorteil, den ihr habt.

Ihr könnt auch wie Haarmann werden, der Schlächter, seitdem Götz George ihn gespielt hat, heißt er auch wie der Film: »Der Totmacher«. Ted Bundy, der Vollstrecker, Jeffrey Dahmer, der Kannibale, Kolja, der Menschenfresser, Miyazaki, der Bestatter, oder wie Denke, der Kreuzträger. Fällt euch etwas auf? Die Anzahl deutscher Serienkiller ist in dieser Übersicht erstaunlich hoch. Die Deutschen können es nämlich auch. Nicht nur die Amis.

Manche von denen fingen harmlos an, aber man wusste schon, dass von ihnen noch Größeres zu erwarten war. Manche betrieben Unzucht mit Enten. Der Zodiac-Killer sagte, dass seine Kopfschmerzen nur aufhören, wenn er tötet. John Wayne Gacy hat als Pogo der Clown mit Kindern gespielt. Er hat dann später noch »anders« mit Kindern gespielt. Der Rostow Ripper kaute auf den Eingeweiden und Geschlechtsorganen seiner Opfer herum. Dann gab es noch den Terminator von Tschernobyl und den Wüstenvampir von Teheran. All das könnt ihr auch sein. Das und vieles mehr. Und das Ganze ohne Konsequenzen, ohne Strafen. Einfach nur, wenn ihr genau das tut, was ich euch sage.

Wenn ihr mir dient.

Wenn ihr für mich tötet.

Wenn ihr mir etwas zeigt, was mir noch keiner gezeigt hat.

Mir, eurem Gott!

Kapitel 20

Besprechungsraum LKA Nordrhein-Westfalen, Düsseldorf, Mai 2019

Clara saß mit Winterfeld und Lang erneut im Besprechungsraum des LKA. Hermann hatte seinen Laptop aufgeklappt und untersuchte einige der Webseiten.

Richard Rimkeit vom BKA sprach in einem Nebenraum gemeinsam mit MacDeath noch einmal mit der schockierten Mutter von Ben Lorenz. Bisher hatten sie, wie es aussah, nichts Weltbewegendes herausgefunden.

Da Rimkeit trotz des Rauchverbots im Besprechungsraum vor sich hin qualmte, hatte sich Winterfeld auch einen Zigarillo angezündet. Er hatte sich zurückgelehnt, auf eine freie Ecke des Tisches eine alte Zeitung ausgebreitet und dort die Füße hochgelegt. Lang saß auf einem Sessel am Fenster und hielt mit beiden Händen einen Becher Kaffee umklammert, obwohl bei seiner Erkältung Tee sicher besser gewesen wäre. Draußen auf der Fensterbank schimpften ein paar Spatzen.

»In Hamburg waren Sie?«, fragte Lang.

»Ja«, sagte Winterfeld. »Hamburg Vier, St. Pauli, Davidwache, Wache 15. Am Wochenende waren viele Typen so besoffen, dass die Ärzte beim Nähen von Platzwunden im Allgemeinen Krankenhaus, dem AK St. Georg, wie die heutige Asklepios-Klinik damals noch hieß, keine lokale Betäubung brauchten. Wenn sie den Säufern für Alkoholtests Blut abnehmen mussten, haben die erst recht nichts gemerkt. Manchmal sind sie gar nicht erst aufgewacht. Um spätestens zwei Uhr morgens waren unsere Zellen dann alle voll, und wir mussten auf die Wache 21 auslagern, wenn noch jemand in Gewahrsam genommen werden sollte. Oft war es noch viel schlimmer, da mussten wir schon ab Mitternacht auslagern.«

»Hatten Sie damals auch mit den Luden dort zu tun?«

»Ja, aber das war ziemlich am Ende der glanzvollen Zeit. Ich war öfter mal in der Ritze, da haben die Zuhälter im Keller immer Boxen geübt. Karate-Tommy hat mir selbst gesagt, dass echte Männer keine Schusswaffen brauchen. Entweder bist du ein Mann und hast Eier und du gehst in den Keller, um das klarzustoßen, oder du bleibst weg.«

»Karate-Tommy?«, fragte Clara. »Das war Thomas Born, oder?«

»Richtig. Ist leider vor ein paar Jahren gestorben. 1. Mai 2015, wenn ich mich nicht irre. Bei der Beerdigung waren noch mal alle Rocker, Zuhälter und andere aus Hamburgs Halbwelt zugegen. Und auch einige Promis. War fast wie die Bestattung von Helmut Schmidt.«

»Sagen Sie bloß, Sie waren da?«, fragte Clara. Sie wedelte die Rauchschwaden von Winterfelds Zigarillo weg und freute sich, dass man sich in Berlin an das Rauchverbot hielt. Meistens jedenfalls.

»Ja, war ich.« Winterfeld grinste. »Bei Born, meine ich, nicht bei Schmidt. Wen ich da alles wiedergetroffen habe. Die hatten ein großes Banner in Gedenken an Born an der Kirche aufgehängt. *Nicht von uns gegangen, sondern vorweggegangen.* Das war fast rührend.« Winterfeld stippte Asche in eine schmutzige Tasse von Borussia Dortmund, die schon seit geraumer Zeit als Aschenbecher diente. »Born hat die Abteilung Stress geleitet. Wann immer es Ärger mit anderen Gangs gab, zum Beispiel der sogenannten ›GMBH‹, sind seine Schläger losgezogen. Das Spielcasino in Lübeck wurde erpresst und sollte 20 Prozent Schutzgeld zahlen, Born und seine Jungs haben sie rausgehauen für 10 Prozent. All solche Sachen.«

»Die haben halt die Sachen unter sich geklärt, und keine unschuldigen Frauen abgeschlachtet, so wie hier«, sagte Rimkeit, der gerade den Raum betrat und nur die letzten Sätze gehört hatte. Dann griff er nach einem Stapel Papiere und ging wieder hinaus.

»Born war in der Nutella-Bande, richtig?«, fragte Lang.

»Ja. Die waren noch recht jung, darum sagten die Gegner der Nutella-Bande, die von der sogenannten GMBH, die müssten noch Nutella essen, um größer zu werden.« Er lehnte sich zurück. »Das Ganze wurde erst ungemütlich, als der Wiener-Peter auf den Kiez kam. Da kamen die Schusswaffen. Mit dem Wiener-Peter kam Mucki Pinzner.«

»Werner Pinzner«, murmelte Lang.

»Genau der. Er hat 1984 den ersten Auftragsmord auf dem Kiez begangen. Er ist interessanterweise nie für seine Taten verurteilt worden, denn er hatte einem Deal zugestimmt, um seine Auftraggeber zu belasten. Seine Bedingung war, dass seine Frau bei dem nachfolgenden Verhör dabei sein würde.«

»Und das wurde genehmigt, richtig?«, fragte Lang.

»Ja. Das war der Fehler. Seine Frau hat eine Waffe für ihn aufs Präsidium geschmuggelt. Damit hat Pinzner den Staatsanwalt erschossen, dann seine Frau und dann sich selbst.«

»Seine Frau, die ihm die Waffe gebracht hat?«, fragte Clara.

»Ja. So kann's kommen. Juli 1986 war das gewesen. Ich hätte auch im Revier sein können. Toi, toi, toi.« Winterfeld klopfte auf den Tisch. Dann schaute er zur Tür. »Kommen die noch mal wieder?«

»Rimkeit war doch eben kurz hier«, sagte Clara.

»Trotzdem«, knurrte Winterfeld. »Wir haben in Berlin auch einiges zu tun.« Er blickte kurz auf sein Smartphone, auf dem piepend hintereinander E-Mails eingingen. Wahrscheinlich von Bellmann, dem Chef des LKA Berlin, der wissen wollte, wo seine Leute blieben.

»War Pinzner mal Soldat?«, fragte Lang.

»Ja, Zeitsoldat, aber auch Gerüstbauer, Fliesenleger und Schlachter.«

»Schlachter passt.«

Die Tür flog auf.

In der Tür standen MacDeath und Rimkeit.

»Zwei Nachrichten«, sagte MacDeath.

»Gute oder schlechte?« Winterfeld nahm die Füße vom Tisch.

»Beide schlecht.« Rimkeits Mundwinkel gingen nach unten.

»Dann erst die schlechte.«

»Bens Mutter kann uns nichts über ihn sagen, und sein Vater ist noch im Ausland. Es kommt einem so vor, als hätte Bens Mutter den Typen gestern erst von unbekannt adoptiert.«

»Haben sie aber nicht?«

»Natürlich nicht! Aber es kommt einem so vor. Wie irgendeine Bestellung bei Amazon, bei der man nicht so genau weiß, was da eigentlich kommt.«

»Jetzt die schlechte.« Winterfeld hob das Kinn.

»Es gab noch einen Mord«, sagte MacDeath. »Das gleiche Symbol. In Hannover.«

Kapitel 21

Hannover, Hauptbahnhof, Mai 2019

Was die alte Dame sah, sorgte dafür, dass sie kaum noch Luft bekam. Ihr Hund kläffte und hechelte wie verrückt. Die Tür der Telefonzelle stand einen Spalt offen, sodass der Gestank nach außen dringen konnte. Durch die verschmierten Glasscheiben konnte man ins Innere sehen. Dennoch war die Zelle unzugänglich. Eine riesige Metallkette war mehrfach darum geschlungen und mit diversen Vorhängeschlössern gesichert. Nachdem sie einen Blick in das Innere der Zelle geworfen hatte, sank die alte Dame ohnmächtig zu Boden.

Zwei junge Frauen beobachteten zufällig, wie die alte Dame zu Boden stürzte, während ihr Hund sich ununterbrochen wie toll aufführte. Als sie näher kamen, sahen sie die Telefonzelle, die ein Stück geöffnete Tür, die schwere Kette mit den Vorhängeschlössern. Und sie sahen das, was in der Zelle war.

Wenige Minuten später traf eine Streifenwagenbesatzung ein. Ihr folgten in einem Rettungswagen zwei Sanitäter der Feuerwehr. Die beiden Polizisten waren keine speziellen Todesermittler. Sie waren im sogenannten »Ersten Angriff«, wie es im Polizeideutsch heißt, für das Einleiten von Sofortmaßnahmen bei einem Gefahrenereignis zuständig, vom Verkehrsunfall über Einbrüche und Fahrraddiebstähle ganz gelegentlich bis hin zum Mord. Sie hatten solche grauenvollen Dinge deshalb noch nicht allzu oft gesehen, genauso wenig wie die zwei jungen Frauen, von denen sich eine bereits übergab.

Der erste junge Polizist stand mit weit aufgerissenen Augen vor der Telefonzelle, während der andere große Mühe hatte, nicht der Passantin Gesellschaft zu leisten und sich ebenfalls auf den Gehweg zu erbrechen. Die erfahrenen Rettungssanitäter, die zwar selten Tötungsdelikte, aber oft schwere Verkehrsunfälle sahen oder zu Leichen gerufen wurden, stellten hingegen mit einem Blick fest, dass sie für die Person in der Telefonzelle nichts mehr tun konnten. Einer der beiden begann daher sofort damit, sich um die alte Dame zu kümmern, während der andere seine Hand auf die Schulter des jungen Polizisten legte. »Fordere die Mordkommission an«, ordnete er an, »ich rufe die Feuerwehr, ihr kommt da sonst nicht rein!«

Der junge Polizist wusste zwar nicht, ob er überhaupt in die Telefonzelle hineinwollte, aber die Berührung des Rettungssanitäters löste seine Schockstarre, und er ging zum Wagen, um über Funk Verstärkung anzufordern. Sein Kollege überwand endlich seinen Würgereiz und begann, den Tatort abzusperren, um den sich bereits eine Traube von Gaffern bildete, von denen einige Fotos und Videos mit ihren Smartphones machten.

Die Feuerwehr kam kurze Zeit später, um die riesigen Ketten mit Bolzenschneidern zu zerteilen, damit die Spurensicherung und die Mordkommission die Telefonzellentür öffnen konnten.

Während es in vielen Fällen Diskussionen mit der Mordkommission hinsichtlich der Zuständigkeit gab, war hier auf den ersten Blick klar, wer hier auf den Plan gerufen war. Auch wenn einige der Beamten so etwas noch nicht gesehen hatten, stand sofort fest: Der Mann in der Zelle war tot. Und es war offensichtlich, dass er das Opfer eines Verbrechens und nicht eines Herzinfarktes geworden war, sodass das erste Team der Mordkommission bereits vor Eintreffen der Rechtsmedizin die Übernahme erklärte.

Ein Messer steckte gut sichtbar in der linken Brust des Mannes. Sein Gesicht war eine hämisch grinsende Fratze. Denn da war nichts mehr, was die Zähne hätte bedecken können. Man hatte von solchen Taten aus Mexiko gehört; die Drogenkartelle gingen auf diese Art mit Leuten um, die sie enttäuscht, viel Geld gestohlen oder sich als illoyal erwiesen hatten. In Deutschland hatte man so etwas noch nicht gesehen, doch einmal war immer das erste Mal. Und dieses Mal war heute. Der Person, wer immer es war, war die Kopfhaut über das Gesicht gezogen worden, sodass die Kopfhaut die Augen bedeckte, was auf den ersten Blick wie eine makabre Augenbinde aussah. Rechtsmediziner sagten zur Kopfhaut auch *Kopfschwarte* und führten einen ähnlichen Schnitt bei jeder Sektion durch, um später den Schädel aufsägen zu können. Laut Strafprozessordnung mussten alle drei Körperhöhlen, Bauchhöhle, Brusthöhle und Kopfhöhle, geöffnet werden.

Blut war an die Scheibe gespritzt. In Blut war ein Wort an die Scheibe geschrieben: *Dawnraid.*

Und dann war da noch ein Symbol. Es war in die Innenseite der Kopfschwarte, die die Augen bedeckte, eingeritzt worden, sodass dieses Symbol dem Mordopfer etwas Zyklopenhaftes verlieh.

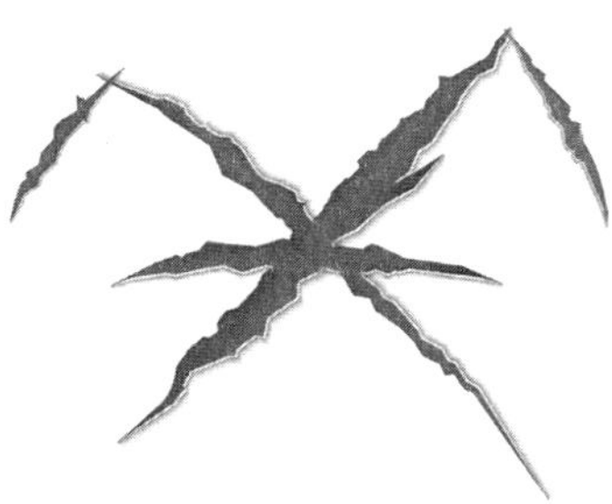

Es war ein Symbol, das man schon an anderer Stelle gesehen hatte. Denn es hatte vorher einen ähnlichen Mord gegeben. Einen bestialischen Mord, ebenfalls an einem öffentlichen Platz. Nämlich in einem *öffentlichen Verkehrsmittel.* Dass es eine Serie sein könnte, wusste aber noch niemand.

Zehn Minuten später schickte Katharina Jürgens von der Mordkommission des LKA Niedersachsen ein Foto des Symbols an ihren Chef und den Rest des Teams. Die Beamten hatten bereits die Innenarbeit in der Polizeidirektion Hannover in der Waterloostraße aufgenommen. Nach kurzer Rücksprache mit ihr entschloss sich ihr Chef, Heiko Grünlich, das Foto an einen Bekannten beim BKA in Wiesbaden weiterzuleiten und ihn zu fragen, wie er dieses Symbol deuten würde.

Fünfzehn Minuten später war das gesamte BKA informiert.

Zwanzig Minuten später rief Maren Kaiser vom BKA auf einer anderen Handynummer an.

Kapitel 22

Berlin-Kreuzberg, Mai 2019

4chan, Post von BG666:

Ich möchte euch noch mehr von euren Vorbildern erzählen. Werdet so wie sie und nutzt die Zeit, in der für euch, wie für Götter, keine Gesetze gelten.
Ich möchte euch von Papa Denke erzählen, dem Menschenfresser von Münsterberg. Der lebte schon vor einigen Jahrzehnten. In den Zwanzigerjahren. Er lockte Leute in seine Wohnung, damit sie etwas für ihn schrieben. Für zwanzig Pfennige. Dann erschlug er sie von hinten. Zerlegte die Leichen mit der Baumsäge, schälte das Fleisch von den Knochen, weidete die Körper aus und lagerte die Leichenteile in Salz ein. Dann aß er sie. Wie Jeffrey Dahmer, nur damals noch ohne Kühlschrank. Darum das Salz. Salz konserviert. Vielleicht habt ihr auch mal keinen Kühlschrank zur Hand? Dann legt die Leichenteile in Salz. Seid innovativ. Denkt neu! Innovativ sein heißt, aus dem, was ihr habt, das Beste zu machen. Denke war sehr kreativ. Und damit auch innovativ. Er machte sich Hosenträger aus Menschenhaut. Dann wurde er festgenommen. Ihn hatte ein Obdachloser verraten, der die Begegnung mit Denke überlebt hatte und fliehen konnte. Denke erhängte sich dann in seiner Zelle. Dann kam heraus, dass er kein Geld für die Bestattung hinterlassen hatte. Die Ermittler suchten also in seiner Wohnung nach Geld. Und fanden dabei einen riesigen Vorrat von eingepökeltem Menschenfleisch. Dazu überall Blutspuren. Denke hatte aus Menschenhaut Schnüre gemacht und die auf dem Markt verkauft. Er hatte mindestens dreißig Menschen

umgebracht, die meisten davon waren Männer über vierzig. Er hat sie gemeuchelt, geschlachtet und gegessen. Zwanzig Jahre lang. Zwanzig Jahre war er unentdeckt geblieben. Nehmt euch ein Beispiel an Papa Denke und werdet seine Kinder!

Fragt ihr euch gerade, warum niemand etwas gemerkt hat? Die Nachbarn hatten zwar das Blut gesehen, dachten aber, er hätte streunende Hunde geschlachtet. Um die Nachbarn in dem Glauben zu lassen, hatte Denke tatsächlich streunende Hunde eingefangen und geschlachtet und dann die blutigen Felle für alle sichtbar vor seine Tür gehängt. Er war sogar in der Kirche aktiv. Ein Engel war er aber nicht. Ein Todesengel war Niels Högel aus Oldenburg. Er hat als Krankenpfleger zig Morde begangen.

Dann Fritz Haarmann, der Schlächter aus Hannover. Ich habe ihn vorhin schon kurz erwähnt. Er biss seinen Opfern in den Kehlkopf. Dann arbeitete er noch als Spitzel für die Polizei. Das hielt ihn aber nicht davon ab, genau wie Jeffrey Dahmer, Stricher einzusammeln. Die Polizei schaute weg, wenn er die sogenannten »Puppenjungs« mit nach Hause nahm. Er gab ihnen Essen und ein Dach über dem Kopf. Am Ende war es aber ein Dach aus Holz und zwei Metern Erde. Zu Dahmer brachte die Polizei sogar einen Stricher, der vorher vor genau dem gleichen Dahmer geflohen war. Dahmer brachte ihn um. Und aß ihn. Die Polizei, dein Freund und Helfer … Vielleicht schafft ihr es ja, dass euch die Polizei auch hilft? Und vielleicht habt ihr Haarmann ja schon gesehen. Es gab einen Film über ihn, in dem Götz George den Mörder gespielt hat. Der Künstler Alfred Hrdlicka hat für ihn eine Skulptur geschaffen. 1992 musste sie wieder abgebaut werden. Werdet ihr es schaffen, dass ihr als Killer von einem berühmten Künstler eine Skulptur bekommt? Oder dass es einen Film über euch gibt? Das sollte euer Ziel sein! Beides!

Wie ging die Sache aus? Am Ende haben die Polizisten Haarmann zum Reden gebracht. Sie haben im Gefängnis, wo er in Untersuchungshaft saß, einen Schädel mit Kerzen in den Augenhöhlen aufge-

stellt. Die Kerzen sahen aus wie rote Augen. Sie haben Haarmann gesagt, die roten Augen seien die Seelen der Toten, die ihn nicht zur Ruhe kommen lassen würden.
Es geht aber auch anders, es geht auch brutal. So wie die Chicago Rippers. Sie glaubten an schwarze Magie und beteten auch einen dunklen Gott an, so wie ihr mich anbetet. Sie folterten Frauen, schnitten ihnen mit Klaviersaiten die Brüste ab. Das ist doch kreativ, oder nicht? Was man mit bestimmten Gegenständen alles machen kann. Oder Ed Gein. Der nähte sich eine Weste aus Frauenbrüsten. Er wollte eine Frau sein, aber eine Geschlechtsumwandlung kam für ihn nicht infrage. Darum brachte er Frauen um, häutete sich und machte sich ein Kleid, oder zunächst eine Weste aus Frauenhaut.
Es gibt noch viele, viele andere. Geht ins Internet und schaut euch an, was eure Vorbilder getan haben. Denn ich erwarte von euch, dass ihr Neues macht und nicht nur das Alte wiederholt. Dann ist da noch Volker Eckert. Der Prostituierten-Mörder. Auch wenn diese Bezeichnung es nicht umfänglich trifft. Er ermordete schon zu Jugendzeiten eine Mitschülerin, tarnte den Tod aber als Selbstmord. Das könntet ihr auch versuchen. Denn ihr habt sicher viele Mitschüler. Und Mitschülerinnen.
Jetzt habe ich euch genug erzählt. Jetzt seid ihr gefragt: Wer hat die beste Idee, um etwas Ähnliches zu machen? Ach, nein, damit solltet ihr besser gar nicht erst anfangen. Wer hat die beste Idee, um etwas nicht nur viel Besseres, sondern etwas ganz Neues zu machen? Etwas, das vorher noch nie gemacht wurde? Ich, euer Gott, erwarte eure Vorschläge!
Jetzt!

Kapitel 23

Rechtsmedizin Hannover, Mai 2019

Clara und ihr Team waren in den Wagen gestiegen und nach Hannover gefahren. Sie hatten vorher schon im Airport Sheraton am Düsseldorfer Flughafen ausgecheckt, und Winterfeld hatte bereits mit den Hufen gescharrt, wann es denn endlich wieder zurück nach Berlin ging, denn auch dort wurde die Arbeit nicht weniger.

In der Rechtsmedizin Hannover standen sie zusammen mit Katharina Jürgens von der Mordkommission Hannover vor der Leiche, die bereits obduziert worden war. Die Gesichtshaut hatten die Mediziner wieder einigermaßen über den Schädelknochen gezogen, sodass man die Leiche, mit dem großen kosmetischen Können eines Bestatters, möglicherweise den Angehörigen würde zeigen können.

»Die Kollegen haben ihn schnell identifiziert«, sagte Jürgens. »Ein sechzehnjähriger Schüler aus der Umgebung. Todesursächlich war ein Messerstich ins Herz. Laut der Sektion wurde das Symbol post mortem in die Kopfschwarte des Opfers eingeritzt. Es muss in der Nacht zuvor passiert sein. Rektaltemperatur spricht für eine Todeszeit zwischen ein und drei Uhr morgens in der Nacht.«

»Ganz schön unverfroren, gelinde gesagt, so was in einer öffentlichen Telefonzelle zu machen«, sagte Clara. »Vor allem ist doch um die Zeit vor dem Bahnhof noch einiges los.«

»Ja, aber da sind um diese Uhrzeit fast nur Junkies und Betrunkene«, sagte Jürgens.

»Es scheint mir auch eher wie ein Dominanzbeweis auszusehen«, meinte MacDeath. »Der oder die Täter wollten zeigen, dass sie so etwas öffentlich machen können. Genauso wie sie einfach ein junges Mädchen in einem Zugabteil abschlachten können.« Er zeigte auf das Zeichen, das in die Kopfschwarte des Opfers geschnitten war. »Das haben sie also eingeritzt, als er schon tot war?«

»Ja«, sagte Jürgens, »die Rechtsmedizin sagt, dass die Schnittränder nicht unterblutet sind. Das spricht ganz klar für postmortale Verletzungen. Und zu Ihrer Dominanztheorie«, sie blickte MacDeath an, »dafür spricht, dass das Opfer sämtliche Ausweispapiere dabeihatte. Der oder die Täter haben sich also noch nicht einmal die Mühe gemacht, die Identität des Opfers zu verschleiern.« Sie zeigte auf eine durchsichtige Plastiktüte neben dem Tisch mit Ausweis und Geldbörse.

Derlei Dinge, das wusste Clara, waren immer mehr zu einer Art Visitenkarte des Verbrechens geworden. Terroristen, die einen Anschlag am Flughafen Brüssel durchgeführt hatten, hatten am Tatort absichtlich ihre Ausweispapiere liegen gelassen, so als wollten sie sagen: *Seht her, wie einfach es ist, in dieses Land hineinzukommen und die Behörden auszutricksen.* Oder in diesem Fall: *Seht her, ihr blöden Behörden, wir haben keine Angst davor, dass ihr das Opfer sofort identifiziert. Denn ihr könnt uns sowieso nichts.*

»Die Typen konnten es sich leisten«, sagte Clara.

»Sie glauben, es sind mehrere?«, fragte Jürgens.

»Der Modus Operandi ist sehr ähnlich, das Symbol an der Scheibe auch und die Furchtlosigkeit der Täter. Oder des Täters. Wobei ich glaube, dass es mehrere sind.«

»Mehrere wie in dem IC?«

»Mehrere, die minderjährig sind und denen wir tatsächlich nichts können.« Clara blickte resigniert nach unten.

»Das haben wir noch gefunden.« Jürgens zeigte ein Foto von einem feuchten, zerknüllten Blatt Papier.

»Wo war das?«

»Sie hatten es dem Opfer in den Mund gestopft.«

»Steht da etwas drauf?«

Jürgens nickte. »Hier ist die Transkription.«

Clara las die Zeilen.

Der Rabe, dessen widerwärtiger Schnabel das Herz durchbohrt, die Ghule, die in pestverseuchten Kirchtürmen eiserne Glocken läuten, die Gruft Ulalumes in einer schwarzen Oktobernacht, die schaurigen Türme und Kuppeln unter dem Meer, das wilde, düstere Land, das erhaben liegt, jenseits des Raums, jenseits der Zeit …

Wer dem blutroten Pfad folgen muss, der muss ihm folgen.

Sie zeigte Winterfeld den Zettel. »Der gleiche Text wie bei Ben Lorenz.«

Winterfeld nickte resigniert. »Wie heißt der Junge hier?«, fragte er.

»Jonas Köster«, sagte Jürgens, die Akte in der Hand. »Wir konnten schon mit den Eltern sprechen. Sie stehen noch unter Schock.«

»Gab es etwas Besonderes bei dem Opfer?«

»Gespräche haben ergeben, dass Jonas einer der Top-Fußballer an der Schule war. Spielte in Hannover in der Kreisjugend. Sein Traum war Hannover 96. Und er soll es bei Mädchen sehr leicht gehabt haben.«

»Das könnte einem anderen nicht gepasst haben, der es nicht so leicht bei Frauen hatte«, sagte MacDeath. »Das alte Spiel: der hässliche Nerd, der keine Frau kriegt, und der sich beim *World-of-Warcraft*-Spielen vorstellt, wie es wäre, den hübschen Eierkopf, dem alle Frauen nachlaufen, einfach mal umzubringen.«

»Nur hier hat keiner *World of Warcraft* gespielt und an so etwas lediglich gedacht, sondern Ernst gemacht«, stellte Winterfeld klar.

»Aber die Übergänge können fließend sein«, erklärte MacDeath, »es gab doch vor zwei, drei Jahren in Russland diese Diskussion zu diesem Spiel, *Blauer Wal.* Oder auch *Blue Whale Challenge.*«

Hermann nickte. »Da habe ich auch von gehört.«

»Und?«, fragte Winterfeld. »Was soll das für ein Spiel sein?«

»Das Ganze läuft über die russische Version von Facebook«, fuhr MacDeath fort, »die User bekommen seltsame Anweisungen: *Steh um 4 Uhr morgens auf, schau dir den ganzen Tag Horrorfilme an.* So geht es los. Irgendwann sollen die Teilnehmer sich dann selbst verstümmeln. Und am Ende umbringen.«

»Und das machen die?«, fragte Clara.

»Bisher soll es deswegen bis zu hundertdreißig Suizide gegeben haben.«

»Dann ist das hier das Gegenstück«, stellte Clara fest, »nicht sich selbst umbringen, sondern andere umbringen.« Der Albtraum aller Eltern, dachte sie, man weiß ja gar nicht, was die Kinder den ganzen Tag am Rechner machen und wer ihnen da etwas einflüstert. Früher war es MTV, das war überschaubar. Aber das heutige Hase-und-Igel-Rennen bei den Netzwerken und der Technologie können die Eltern gar nicht gewinnen. Ein neuer Trend in Deutschland war die »Momo-Challenge«, die kettenbriefartig in WhatsApp-Gruppen umging. Kinder bekamen eine verstörende Nachricht: *Hallo. Ich bin Momo und bin vor drei Jahren verstorben. Ich wurde von einem Auto angefahren, und wenn du nicht möchtest, dass ich heute Abend um 00.00 Uhr in deinem Zimmer stehe und dir beim Schlafen zuschaue, dann sende diese Nachricht an 15 Kontakte weiter.* Dabei ein Bild. Eine Fratze mit riesigen, herausquellenden Augen, fransigen Haaren und einem Mund wie der Schnabel eines Vogels.

»Nicht die sozialen, sondern die asozialen Netzwerke«, knurrte Winterfeld. »Was wissen wir noch über ihn?«

Jürgens schaute auf ein Klemmbrett mit einigen Unterlagen. »Er hatte eine Freundin namens Anna, Anna Liebig. Die hat er wohl mal nach einer Knutscherei auf einer Schulparty fallen gelassen.«

»Wer hat Ihnen das gesagt?«

»Die Eltern von Jonas.«

»Was ist diese Anna für eine?«

»Sehr hübsch, aber wohl etwas einfach gestrickt. Sie ist einmal gestalkt worden. Kollegen waren damals bei ihr zu Hause, wegen Nachstellungsparagraf 238 StGB, um gegen den Täter vorzugehen.«

»Das war aber nicht Jonas?«

»Nein, bei dem hätte sie es wohl nicht als Stalking empfunden. Sie war oft in seltsamen Klubs. Oder ist dort noch immer. Hat sich Ohrringe selbst gestochen. Ihre beste Freundin Tanja hat Suizid begangen, man hat sie im Wald gefunden, Mecklenheider Forst. Die Leiche war bereits so weit verwest, dass man fast gar nichts mehr erkennen konnte. Die Kollegen haben den Eltern dann das Zungenpiercing und das Bauchnabelpiercing übergeben. Mehr war von ihrer Tochter nicht übrig.«

»Muss gutes Metall gewesen sein«, sagte Winterfeld.

Clara warf ihrem Chef einen strafenden Blick zu.

»Können wir mit Anna sprechen?«, fragte der.

»Meinen Sie, das ist nötig? Sie hat sicher schon von dem Mord an Jonas gehört.«

»Ja, das ist nötig«, sagte MacDeath, »dieser Nerd, der an die Frauen nicht rankommt, könnte sich als weißer Ritter sehen, der die arme Anna an dem rächt, der sie fallen gelassen hat. Je eher wir mit ihr sprechen können, desto besser.«

»Und was genau erhoffen Sie sich davon?«

Clara verdrehte die Augen. Jürgens schien etwas schwerfällig zu sein. »Dass wir über Anna an den Mörder herankommen.«

Jürgens nickte. »Versuchen sollten wir es.«

»Ich wollte nicht so enden wie Tanja«, sagte Anna, die Augen voller Tränen. Die Wimperntusche lief ihr wie bizarre Tinte die Wangen herunter. »Verwest im Wald, das Einzige, was von ihr übrig blieb, war das Piercing.«

Clara und MacDeath saßen bei Anna im elterlichen Wohnzimmer in Langenhagen bei Hannover.

»War sie auch an Jonas interessiert?«, fragte Clara.

»Alle waren an ihm interessiert. Er war so toll, so hübsch. So sportlich …« Sie schnäuzte sich. »Und dann … dann knutscht er mit mir rum und lässt mich einfach stehen.« Sie schniefte und steckte das Taschentuch weg. »Ich würde nie sagen, dass er das verdient hat, was ihm passiert ist. Aber er hat es ausgenutzt, dass er so gut aussah. Hat es immer ausgenutzt. Das habe ich auch Marie gesagt.«

Clara sah auf Annas Unterarme. Dort waren Verletzungen. Wahrscheinlich hatte sie sich geritzt. Die Menschen, die das taten, nannten es lieber *schneiden.* Clara wollte Anna nicht darauf ansprechen, aber sie wusste, dass auch MacDeath es gesehen hatte. Manchen von denen, die sich ritzten, war gesagt worden, dass sie sich niemandem öffnen könnten. Fast immer waren es junge Mädchen. Darum hatten sie ihre eigene Haut geöffnet. Das Blut, das dann floss, gab ihnen das

Gefühl, lebendig zu sein. Danach versorgten sie die Wunden, desinfizierten sie mit Merfen und Bepanthen. *SVV* nannten das die Experten, *selbstverletzendes Verhalten.* Es waren häufiger Frauen, vielleicht weil Frauen durch ihre Sozialisation dazu neigten, Aggressionen eher nicht wie Männer nach außen zu tragen, zu brüllen oder gar sich zu prügeln, sondern nach innen. Sich selbst zerstören statt andere.

»Wer ist Marie?« Clara zückte ihr Notizbuch.

»Marie?« Anna sah sie verdutzt an. »Sie ist jetzt meine beste Freundin. Aber die konnte auch nichts machen. Sie hat es ihrem Bruder erzählt. Der hat sie dann gefragt, ob er Jonas aus dem Weg räumen soll.«

MacDeath spitzte die Ohren. »Das hat er Marie gefragt? Der Bruder von Marie? Ob er diesen Jonas aus dem Weg räumen soll?«

»Ja, der ist immer ein bisschen seltsam. Noah … Der Name ist ja schon komisch. So wie der mit der Arche und den Tieren.«

»Noah heißt der Bruder von Ihrer Freundin Marie?«

»Ja, genau wie der von der Arche. Er hatte aber keine Tiere. Höchstens einen Vogel.« Sie tippte sich an den Kopf.

»Wie heißt Marie weiter? Und Noah?«

»Wiesner«, sagte Anna. »Die wohnen auch in Langenhagen. Gar nicht weit von hier.«

Clara nickte. »Anna«, sagte sie dann, »können wir noch etwas für Sie tun?«

Sie schüttelte den Kopf.

»Sie melden sich bei uns, wenn Sie etwas brauchen.« Clara gab ihr eine Karte mit einer Nummer. Manche fanden das unangemessen, dass eine Jugendliche eine Karte einer Hauptkommissarin bekam. Aber Clara wusste nicht, warum man junge Erwachsene nicht auch respektvoll behandeln sollte.

»Sie können auch Du sagen«, sagte Anna.

»Dann sagst du zu uns auch Du.«

Anna lächelte kurz. »Mache ich.« Sie überlegte kurz. »Ich brauche doch etwas. Aber das könnt ihr mir nicht geben.«

»Was denn?«

»Ein Tattoo. Ein Tattoo von einer Nacktkatze.«

»Warum gerade eine Nacktkatze?«, fragte MacDeath. Clara erschien sein Ton eine Nuance zu erstaunt. Als wollte er eigentlich sagen, *warum gerade so etwas Blödes?*

»Weil …« Anna rutschte auf dem Stuhl hin und her. »Sie sind nicht schön, aber sie lieben Menschen.«

Clara nickte.

»Noch eine Frage«, sagte Clara. »Wie alt ist Noah?«

Anna schaute nach oben und überlegte. »Der müsste dreizehn sein, ist 2005 geboren, wird aber erst im Juni vierzehn.«

Clara und MacDeath schauten sich an.

»Und genau das spricht für ihn. Oder besser gegen ihn. In Deutschland ist die Grenze zur Strafunmündigkeit ziemlich hoch«, murmelte MacDeath. »In der Schweiz, Großbritannien und Frankreich ist das anders. Dort sind Kinder bereits mit zehn Jahren strafmündig.«

»Hm, Deutschland geht mal wieder einen seiner Sonderwege.«

»Tja, man erhofft sich, dass nicht Repression, sondern die Erziehung zum Besseren hilfreicher ist. Was natürlich fraglich ist bei Leuten, die andere Menschen umbringen und daran auch noch Spaß haben, zumal in so jungen Jahren …«

»Einfangen müssen wir ihn trotzdem«, sagte Clara.

Beide sprangen auf.

Kapitel 24

Hannover, Langenhagen, Mai 2019

Die Festnahme war kurz und schmerzlos. Die Eltern Dorit und Jürgen Wiesner waren aus allen Wolken gefallen, als die Polizeifahrzeuge vor dem Einfamilienhaus in Langenhagen aufgefahren waren.

»Wollen Sie zu uns?«, hatte Dorit Wiesner gefragt.

»Nein, zu Ihrem Sohn«, antworteten Katharina Jürgens und Winterfeld im Chor.

Die Beamten hatten Noah mitgenommen, einen leicht untersetzten Jungen, der bald vierzehn Jahre alt wurde. Er hatte sich ohne Widerstand festnehmen lassen.

»Ihr könnt mir gar nichts«, sagte er. »Ich stehe unter dem Schutz des Gottes!«

»Welchen Gottes?«, hatte MacDeath gefragt. Doch ab dann hatte Noah geschwiegen und war mit Katharina Jürgens, Winterfeld und MacDeath zur Polizeidirektion Hannover gefahren.

Clara und Hermann waren bei den Eltern geblieben. Dorit hatte sich ihrem Mann an den Hals geworfen und herzzerreißend zu weinen begonnen. Es war für Eltern unbeschreiblich, wenn sie erfuhren, dass ihr Sohn mit höchster Wahrscheinlichkeit einen Mord begangen hatte. Es war zu furchtbar, um es zu beschreiben. Das gesamte Leben, die gesamte Erziehung, aber auch die gesamte Zukunft waren plötzlich hinweggefegt, wie eine Stadt nach einer Atomexplosion.

Der Schrecken war immer da. Er zeigte sich nur nicht immer, aber er war da. Früher, bevor sie mit MacDeath zusammengezogen war, hatte Clara an der Choriner Straße Ecke Schönhauser Allee gewohnt. Dort kroch von Zeit zu Zeit die U-Bahn aus dem Untergrund, um dann hoch über der Straße auf einem Stahlgerüst ein paar Hundert Meter dahinzurollen und kurzzeitig von der U-Bahn zur S-Bahn zu werden, bevor sie auf Höhe der Bornholmer Straße wieder im Boden verschwand. Mit Schrecken jeder Art verhielt es sich genauso wie mit dieser U-Bahn oder wie mit Ben Lorenz oder mit Noah Wiesner, dachte Clara. Sie waren stets präsent, ob man sie sehen konnte oder nicht. Die U-Bahn fuhr auch dann, wenn man sie *nicht* sah. Die Menschen mordeten auch dann, wenn man es nicht wusste. Auch die Eltern von Ben und Noah hatten nichts gewusst. Noch schlimmer allerdings war es, wenn Clara es nicht wusste, deren Aufgabe es schließlich war, die Schafe vor den Wölfen zu beschützen. Morde geschahen und blieben unentdeckt, Leichen wurden versteckt und nie gefunden. Schreie gellten durch dunkle Verliese und wurden nie gehört. Ungesehen, ungehört, irgendwo ganz weit weg und ganz weit unten. Doch irgendwann brach das Grauen hervor, es musste hervorbrechen, es lebte davon, dass es hervorbrach. Irgendwann erblickte es das Licht des Tages, um in seiner schwarzen und abgrundtiefen Bosheit die Helligkeit der Sonne zu verdunkeln, gerade so lange, wie man es sehen musste, um zu erkennen, dass das Böse wieder einmal gesiegt hatte. Und um dann wieder abzutauchen in die lichtlose Unterwelt, aus der es hervorgekrochen war.

Sie hatten bei den Eltern gesessen. Bis irgendwann der Anruf kam. Ziemlich schnell sogar. Die Fingerabdrücke von Noah passten, die DNA-Analyse würde sicher das Gleiche ergeben und den Befund bestätigen. Die Eltern flehten Clara an, mit ihrem Sohn sprechen zu dürfen. Denn das, was sie von den Ermittlern hörten, konnten sie nicht glauben: Die Wahrscheinlichkeit war fast hundert Prozent, dass Noah Wiesner den Mord an Jonas Köster maßgeblich begangen hatte. Dorit Wiesner konnte gar nicht aufhören zu weinen, und auch ihr Mann hatte Mühe, die Tränen zurückzuhalten. Clara kannte eine solche Situation: Einem Angehörigen die Botschaft zu überbringen, dass ein Mensch, der ihm sehr nahestand, ein Mörder war, war fast so schlimm, wie einen Angehörigen vom Tod eines ihm nahestehenden Menschen in Kenntnis zu setzen. Vom Tod eines Kindes, vom Tod des Ehepartners, vom Tod des besten Freundes. Hier war es auch eine Art Tod: Der alte Mensch, den man kannte, war gestorben; etwas Neues, Schreckliches war geboren.

Clara war froh, dass sich die Beamten in Hannover darum kümmerten. Solch eine Nachricht zu überbringen, war manchmal härter, als den schlimmsten Killer zu jagen. Man musste fest und bestimmt sein – und fast ohne Mitleid. Manche nahmen es mit Fassung, sagten gar nichts. Manche bedankten sich sogar für die Information und weinten dann für sich. Andere rasteten aus, nahmen ihre Wohnung auseinander und mussten von einem Notarzt mit Beruhigungsspritzen außer Gefecht gesetzt werden.

Wir müssen Ihnen leider mitteilen, dass Ihr Sohn ein mutmaßlicher Mörder ist. Keine Emotionen zeigen, keine Hoffnungen wecken. Genauso war es auch, wenn man über den Tod eines nahestehenden Menschen aufklärte. Man blieb kurze Zeit und ging dann wieder. Den Rest erledigten die Psychologen, die jetzt aber noch nicht vor Ort waren. Dafür waren Hermann und Clara schon viel zu lange hier. Ein Gespräch von fünf Minuten, das eine Welt für immer zerstört.

Clara blickte Hermann an. Und dann fiel es ihr ein. »Marie«, sagte sie. »Ihre Tochter.«

»Was ist mit ihr?«, fragte Dorit Wiesner. »Die hat doch nicht etwa …?«

»Nein, aber wir müssten demnächst mit ihr sprechen.«

Jürgen Wiesner schüttelte den Kopf. »Marie steht noch zu sehr unter Schock durch die Tat ihres Bruders.«

Hermann nickte. »Da sie auch noch minderjährig ist, müssen wir Rücksicht nehmen.«

»Was umso ärgerlicher ist, da die Informationen immer unschärfer werden, je mehr Zeit verrinnt«, sagte Clara. »Aber gut, wir warten ein wenig.« Clara wunderte sich selbst über ihre Härte. *Jugendliche ist zwar Jugendliche,* dachte sie, *aber Zeuge ist Zeuge.*

Doch sie brauchten noch etwas. Etwas sehr Dringliches. Etwas, das sie wahrscheinlich einfacher bekommen würden.

»Frau Wiesner, Herr Wiesner, bei all dem Schrecken müssen wir natürlich auch analysieren, wie es dazu gekommen ist, dass Ihr Sohn so etwas getan hat«, sagte Clara und schaute beide Eltern verständnisvoll, aber auch bestimmt an. »Ich nehme an, das ist auch in Ihrem Interesse?«

Beide nickten eifrig.

»Natürlich.«

Vielen Eltern war überhaupt nicht mehr klar, was ihre Kinder eigentlich den ganzen Tag machten. Vor allem im Internet. Das Misstrauen der Älteren gegenüber den Jüngeren war nichts Neues.

Ich habe überhaupt keine Hoffnung mehr in die Zukunft unseres Landes, wenn einmal unsere Jugend die Männer von morgen stellt. Unsere Jugend ist unerträglich, unverantwortlich und entsetzlich anzusehen, hatte schon Aristoteles im Jahre 300 vor Christi gesagt. Bisher war es noch immer gut gegangen, und die Jugendlichen waren zu Erwachsenen geworden, ähnlich wie die, die sie früher bekämpft hatten. Doch heute war es anders. Die neuen Erziehungsberechtigten der Kinder waren nicht mehr die Eltern, die Großeltern oder die Lehrer. Die neuen Erziehungsberechtigten waren auch nicht mehr MTV, das auch die Eltern kannten. Es waren Facebook, Instagram und Snapchat, Pinterest und Tinder. Es waren Apps, die den Eltern fern waren und die die Kinder immer mehr vor den Eltern abkapselten.

»Wir müssen den Laptop von Noah mitnehmen. Oder das Tablet. Was immer er hat«, fuhr Clara fort.

Jürgen Wiesner nickte. »Natürlich. Ich hole beides.«

Zurück im Auto, rief Clara Winterfeld an.

»Wir haben den Laptop und das Tablet«, sagte sie.

»Sehr gut. Immerhin eine gute Nachricht! Noah ist noch hier in der Polizeidirektion.«

»Was sagt er?«

Winterfeld pustete Luft aus. »Ihn haben wohl Tötungsvideos aus Mexiko inspiriert. Wo Leuten die Kopfschwarte über das Gesicht gezogen wird.«

»Das schauen wir uns gleich auf dem Laptop an«, sagte Clara. Hermann nickte. »Sonst noch etwas?«

»Ja. Er hat angekündigt, dass er nach dem Prozess oder was immer wir noch vorhaben, wieder freikommen und dann weitermachen wird. Er ist ja schließlich noch dreizehn Jahre und damit strafunmündig, womit er leider verdammt noch einmal in diesem Scheißland recht hat.«

Clara schüttelte den Kopf. »Er könnte also, wenn er aus dem Arrest und der Befragung wieder entlassen ist, noch einige Monate unbehelligt weitermorden, bis er vierzehn Jahre alt ist?«

»Theoretisch schon«, antwortete Winterfeld. »Er hat nicht viel gesagt, aber ein Satz lautete: *Ich will, dass es nach meinem Tod allen schlecht geht.*«

»Tja«, meinte Clara. »Leider hat man davon aber nichts mehr.«

»Das hat MacDeath ihm auch gesagt, war ihm aber egal.«

»Was machen wir nun?«, fragte Clara.

»Sie kommen hierher, wir steigen in den verdammten VW-Bus und fahren nach Berlin. Langsam wird mir diese Rumgondelei zu blöd. Ich komme mir allmählich vor wie in einem beschissenen Roadmovie. Den Laptop kann Hermann auch in Berlin untersuchen. Wahrscheinlich geht's dort sogar besser.«

»Können wir bei McDonald's halten? Ich glaube, wir können etwas Junkfood vertragen.«

»Können wir«, sagte Winterfeld. »Beides, meine ich: Halten und vertragen.«

Kapitel 25

LKA 113, Tempelhofer Damm, Berlin, Mai 2019

Nach zweieinhalb Stunden Fahrt waren sie wieder zu Hause. Clara hatte die kleine Victoria direkt aus der Kindertagesstätte abgeholt und bei sich ins Büro gesetzt, wo MacDeath mit ihr spielte. Sophie und Frank Deckhard hatten sich, sozusagen als Training, abends und nachts um die Kleine gekümmert. Vielleicht würden die beiden eines Tages einmal heiraten, wenn sich das bisher auch ewig hinzog, und danach Kinder kriegen – Sophie wollte das gern, Frank aber nicht.

Clara hatte sich eben zu Hermann in die Abteilung für Kriminaltechnik und IT gesetzt. Am Nebentisch zwei Computertechniker an einem großen Schreibtisch, der mit Schrauben, Platinen, flüchtig beschrifteten CDs und DVDs, Laufwerken, Festplatten, Computerzeitschriften, USB-Sticks und Kabeln übersät war. An der Wand zwei riesige Poster. Ein DIN-A2-Kalender der Plattenfirma Nuclear Blast und ein riesiges Poster von einem Chaos Space Marine aus dem Science-Fiction-Spiel *Warhammer 40 000*, das Hermann begeistert spielte.

Clara hatte lange Zeit Schwierigkeiten gehabt, die beiden anderen Techies auseinanderzuhalten. Einer trank immer Latte macchiato als kaltes Fertiggetränk von der Tankstelle oder heiß vom Bäcker nebenan und hatte fast so kurze Haare wie Hermann. Der andere hatte lange Haare und trank nur Tee. Hermann hatte ihr gesagt, dass der Kaffeetrinker immer *Latte* genannt wurde. Angeblich hieß er mit richtigem Namen »Ludwig«, den seine Kollegen dann immer englisch »Ladwig« ausgesprochen hatten, genau wie den Namen des Schurken aus der Polizeikomödie »Die nackte Kanone«. Daraus war dann irgendwann, auch wegen seines Kaffeegeschmacks, »Latte« geworden. Der Langhaarige, der eigentlich Matthias hieß, immer *Matte,* weil er eine lange »Matte« hatte, wie man in Norddeutschland sagte. Oder *Madde,* je nachdem, wie eilig man es hatte. Die beiden hatten kein Problem mit ihren Spitznamen, was dazu führte, dass sie auf ihre richtigen Vornamen wie Matthias und Ludwig überhaupt nicht mehr reagierten. Auf ihre Nachnamen erst recht nicht, aber damit redeten sie ohnehin nur Winterfeld und Bellmann an.

»Hey, Matte, hey, Latte, alles okay?«, begrüßte Clara Hermanns Kollegen.

Beide grinsten und nickten, ohne groß aufzuschauen.

Clara ließ ihren Blick durch den Raum schweifen. Sie hatte sich immer gefragt, wie man in diesem Chaos arbeiten konnte, doch bisher hatten Hermann und die IT-Abteilung stets einen guten Job gemacht, und so gehörte das Chaos wohl dazu oder war als Auflockerung geradezu notwendig in einer ansonsten eintönig sterilen Welt aus Einsen und Nullen.

In der Mitte des Tisches stand der geöffnete Laptop von Noah, ein graues Apple MacBook Pro.

»Eines der neuesten Modelle«, erklärte Hermann, »auch wenn das Haus der Wiesners nicht so spektakulär aussah, für so etwas ist Geld da.«

»Alles für den Nachwuchs«, murmelte Clara. Wobei das Geld hier offenbar falsch investiert war und sie nicht wissen wollte, was Noah alles mit dem Laptop geplant hatte.

Hermann starrte konzentriert auf den Bildschirm. »So«, sagte er dann, »das hätten wir.« Mit dem klassischen Gong öffnete sich das Betriebssystem, und Hermann gab das gehackte Passwort ein.

»War das schwierig?«, fragte Clara.

»Einfach war es nicht«, murmelte Hermann und mümmelte ein paar Gummibärchen in sich hinein. »Ziemlich schräge Verschlüsselung. Ich denke, da hat ihm jemand geholfen.«

Er scrollte durch die Seiten. Es waren obskure Chatgruppen, verschwommene Fotos, seltsame Namen. »Hier«, sagte er, »ist in dem Cache irgendein komischer Blogbeitrag, den er entweder geschrieben oder gelesen hat.«

»Wie heißt denn der Autor?«

»BG666, wer immer das sein mag.«

Clara atmete aus. Die 666 tauchte ständig auf, wo immer irgendwelche Leute, meistens psychisch gestörte, der Meinung waren, dass eine höhere Macht ihre schlechten Taten rechtfertigte. »Gut, dass MacDeath nicht hier ist, der würde uns einen Vortrag zur Offenbarung des Johannes halten.«

»Oder zu Iron Maiden«, sagte Hermann, »The Number of the Beast.«

Matte, der auch Metal-Fan war, hob den Daumen.

»Oder was ganz anderes«, sagte Hermann, »wisst ihr, wie teuer der erste Apple Macintosh war? 1984?«

»Klar«, meinte Latte, »sechshundertsechsundsechzig Dollar.«

»Du sollst nicht alles verraten«, knurrte Hermann. »Ich wollte eigentlich Clara fragen.«

»Ach, wird sie schon im Pluralis Majestatis angesprochen? Und warum wir nicht?«, fragte Matte.

Clara lächelte und schüttelte den Kopf. »Stimmt das wirklich? Der Mac kostete sechshundertsechsundsechzig Dollar?«

»Ist so«, sagte Matte und stand auf, als würde er einen Vortrag halten. Er trug ein schlabberiges, graues T-Shirt, auf dem irgendein symmetrischer, aber vollkommen unlesbarer Death-Metal-Schriftzug zu sehen war. *Wenn das Death-Metal-Logo lesbar ist, ist die Band zu soft,* hatte mal jemand aus der Musikindustrie gesagt, erinnerte sich Clara. »Darum hat Apple auch den angebissenen Apfel als Logo. Das ist der angebissene Apfel aus dem Paradies vom Baum der Erkenntnis. Adam und Eva und der ganze Kram.«

»Tatsächlich?« Clara hob die Augenbrauen. »Wieder was gelernt.« Sie beugte sich zu Hermann. »Was steht denn in dem Blog?«

»Einiges.« Hermann las vor. »›*Der Selbstmord ist die einzig sinnvolle Handlung in einer sinnlosen Welt. Die Ungarn sind ein ehemaliges Reitervolk. Dort wollten die Schwachen den Starken nicht zur Last fallen und brachten sich um. Die Selbstmordrate ist dort noch immer hoch. Werther-Effekt nennt man das, nach Goethes Werther, wenn sich Leute umbringen, weil sich andere umgebracht haben. Nach dem Fußballer Robert Enke 2009 haben das viele nachgemacht, nach Adolf Merckle nicht …*‹«

»Merckle?« Clara sah Hermann an. »Das war doch der von Ratiopharm?«

Hermann nickte. »Und einigem anderen. War ein großes Konglomerat, was der hatte. Und der hat sich vor einen Zug geworfen.«

»Hat doch Enke auch«, sagte Clara.

»Stimmt. Dann war er vielleicht als Fußballer mehr *role model* oder Rollenmodell oder wie man das nennt. Trotzdem komisch.«

Clara beugte sich nach vorne. »Was haben wir noch?«

»Videos«, sagte Hermann. »Sie waren auf die Festplatte geladen. Schau mal.« Hermann klickte auf ein Video, und Clara beugte sich vor, um besser sehen zu können. Kurz erschien eine Aufschrift, die dann wieder verschwand. *Ich ficke dein*

Leben. Dann ganz kurz ein Video aus Japan. Ein älterer Mann, der mit einem Mädchen in Schuluniform ging. Das gab es in Japan häufig. Ältere Männer bezahlten junge Mädchen in Schuluniform, um einfach nur neben ihnen gehen zu dürfen.

»Das hier scheint der Hauptfilm zu sein«, murmelte Hermann. Er drückte wieder auf Play. Ein Mann ging einen Weg entlang und betrat eine Brücke. Auf einmal kamen zwei Jugendliche und schlugen ihm ins Gesicht. Einer nahm den Rucksack des Mannes und warf ihn in den Fluss. Dann noch ein Film. Eine Frau an einem Bahnsteig. Zwei Männer schubsten die Frau, sodass sie fast ins Gleisbett fiel. Die Männer lachten und flüchteten.

»Alles davon«, sagte Hermann, »scheint in London gefilmt worden zu sein. Sogenannte *Happy Slapping Videos.*«

»... wo Menschen andere überraschend verprügeln und das Ganze filmen ...«, ergänzte Clara. Dann blickte sie Hermann an. »Meinst du, sie haben die Tat auch gefilmt?«

»Den Mord an diesem Jonas in der Telefonzelle?« Hermann kratzte sich am Kopf. »So eine Art Snuff-Movie? Wer weiß?«

Snuff-Movies, dachte Clara, Filme, in denen Menschen vor laufender Kamera gefoltert und getötet werden. Es gab möglicherweise tatsächlich Snuff-Movies. Es gab aber auch viele Filme, die nur so taten, um möglichst viele Klicks anzuziehen.

Das Internet war voll mit solchen Filmen, dachte Clara. Es gab Filme, bei denen man wusste, dass sie nicht echt waren, die aber echt aussahen, und es gab Filme, die wie ein untoter Spuk immer wieder im Internet auftauchten, egal, wie oft die Behörden Internetseiten sperrten oder Server lahmlegten. Wie in einem perversen Hase-und-Igel-Spiel waren sie plötzlich wieder da, gesendet von irgendeiner verborgenen Festplatte auf irgendeinem versteckten Rechner an irgendeinem vergessenen Ort der Welt, gesendet von irgendwelchen gestörten Hackern, die ihre fünfzehn Minuten Ruhm brauchten – wenn nicht für sich selbst, so doch für das, was sie aus der Tiefe des Internets gezogen und dann für alle sichtbar gepostet hatten, während sie mit diabolischer Freude die Klickraten verfolgten, die auf den Videoportalen in die Höhe schnellten. Einige davon waren echt. »Two Girls One Cup« war zum Beispiel echt und noch immer online. Richtig schlimm war »Three Guys One Hammer«.

»Hier«, sagte Hermann. Er zeigte auf einen Google Maps Screenshot mit dem Bahnhofsplatz in Hannover. Die Telefonzelle war rot umrandet.

»Okay, das ist schon mal ein Beweis«, sagte Clara. »Und was ist dort?«

»Hier steht wieder etwas von *BG666*«, sagte Hermann. Er nickte. »Das passt.«

»Was steht denn dort?« Clara reckte das Kinn nach vorne.

»Noch ein Screenshot. Erst einmal ein Text.«

»Wieder dieser Lovecraft-Text mit dem Raben?«

»Nein, der ist es diesmal nicht.«

»Mach die Schrift mal größer«, sagte Clara. »Sieht wie ein Gedicht aus.« Sie las mit zusammengekniffenen Augen.

Du blutest für mein Seelenheil
Ein kleiner Schnitt, und du wirst geil
Der Körper – schon total entstellt
Egal, erlaubt ist, was gefällt.

Sie schaute Hermann an. »Was ist das denn Abartiges?«

Hermann zuckte die Schultern. »Kommt mir irgendwie bekannt vor.« Er gab den Satz bei Google ein. »Ich glaube, das ist … Ja, das ist Rammstein. ›Ich tu dir weh‹.«

»So was tut echt weh. Was steht denn da noch?«

Bisse, Tritte, harte Schläge,
Nadeln, Zangen, stumpfe Säge,
Wünsch dir was, ich sag nicht Nein,
Und führ dir Nagetiere ein.

Clara hörte Geräusche in der Tür. Dort stand MacDeath. »Nagetiere einführen«, sagte er und schüttelte den Kopf, »das ist zwar widerlich, aber nicht neu. Steht schon bei Marquis de Sade, wurde sogar schon im Mittelalter bei Hexen und wahrscheinlich noch viel früher als Folter eingesetzt, und zuletzt«, er hob den Zeigefinger, »wurde es massentauglich in Bret Easton Ellis' ›American Psycho‹ beschrieben, allerdings nur im Buch.«

»Darauf haben wir gewartet. Du bist auch so ein ›Imp of the Perverse‹ wie bei Poe«, schimpfte Clara, »du hast ja wohl hoffentlich nicht die Kleine dabei, wenn du so etwas erzählst?«

»Nein, aber ich wollte mal wissen, was ihr auf dem Laptop findet. Der Rechner von Noah ist ja scheinbar gesprächiger als sein Besitzer.« Er nickte Latte und Matte zu, schob sich einen Drehstuhl an den Tisch und setzte sich.

»Jetzt schaut euch das an«, riss Hermann Clara und MacDeath aus ihrer Streiterei.

»Eine Zugverbindung. Dortmund, Gießen. Abfahrt 18 Uhr 36 …«

Clara stand der Mund offen. »Das war doch der Zug, in dem Mia Neumann gesessen hat!«

Clara schaute auf die Fotos. Das Zeichen, das in Blut an die Fensterscheibe des Zuges geschmiert war. Das gleiche Zeichen, das in die Stirn von Jonas Köster geritzt war. Und jetzt das: die Zugverbindung des ersten Opfers auf dem Rechner des Täters vom zweiten Opfer. Würde jetzt etwa auch noch ein Film auftauchen, ein Snuff-Movie, das zeigte, was sie mit Mia Neumann gemacht hatten? Ein rotes Chaos aus Schmerz, Blut und Horror, verwackelt aufgenommen mit furchtbaren Geräuschen?

Clara schüttelte den Kopf. »Die kennen sich doch.«

Hermann nickte. »So sieht es aus.«

»Damit ist es aber noch nicht zu Ende«, sagte Clara. »Die Frage ist doch: Wen kennen die noch?«

Kapitel 26

LKA 113, Tempelhofer Damm, Berlin, Mai 2019

Das Telefon an Hermanns Schreibtisch klingelte. »Hermann hier«, knurrte der, als er den Anruf annahm. »Ach so, Frau Jürgens, dachte, das wäre ein interner Anruf.« Er schaute auf das Display. Lachte kurz. »Ja, klar kenne ich Sie! Mordkommission Hannover. Jetzt sehe ich es auch. Hannover-Vorwahl. Ich stell mal auf laut. Frau Vidalis sitzt hier auch bei mir. Und Dr. Friedrich.«

»Grüße Sie«, sagte Jürgens. »Wir haben noch ein paar interessante Neuigkeiten.«

»Raus damit«, sagte Hermann, »wir sind hier auch schwer am Recherchieren. Aber Sie zuerst.«

»Wir konnten die Schwester von Noah Wiesner befragen. Marie Wiesner.«

»Geht es ihr wieder besser?«

»Sieht ganz so aus.«

»Wie alt ist die noch?«, fragte MacDeath.

»Drei Jahre älter, sechzehneinhalb, wird im Sommer siebzehn.«

»Wie steckt sie das weg?«, fragte Hermann.

»Nicht richtig gut, aber alles andere wäre auch verwunderlich. Allerdings …«

»Allerdings was?«

»Sie nimmt das sehr analytisch auf, stellt ständig Fragen zum Motiv, versucht, die Psyche ihres Bruders irgendwie mit dem Mord in Verbindung zu bringen.«

»Also gar nicht wie ein typischer Zeuge …«, fragte Clara.

»Nein«, sagte Jürgens, »eher wie ein Ermittler oder Profiler.«

»Genau das hat sie uns auch gesagt.«

»Was hat sie Ihnen gesagt?«

»Sie möchte später Rechtsmedizinerin werden. Oder Profilerin«, sagte Jürgens. »Sie wollte sogar die Leiche von Jonas Köster in der Rechtsmedizin sehen, was natürlich nicht erlaubt ist. Das Verbrechen scheint sie jedenfalls zu faszinieren.«

»Ungewöhnlich«, sagte MacDeath, »dass jemand mit so einer Distanz an die Sache herangeht. Der Täter ist schließlich ihr Bruder.« Er sah Clara an. »Vielleicht sollte die hier mal ein Praktikum machen?«

Clara zog die Augenbrauen zusammen. »Das fehlt gerade noch«, sagte sie flüsternd zu MacDeath, während sie eher die Lippen bewegte, als dass sie wirklich sprach, »Verrückte haben wir hier schon genug.« MacDeath zuckte die Schultern.

»Ich wollte Ihnen das nur mitteilen«, fuhr Jürgens fort. »Vielleicht hilft es Ihnen und uns irgendwann bei diesen furchtbaren Morden. Es scheint ja weiterzugehen.«

»Ja«, schnaubte Hermann und schaute auf seinen Laptop, »wir sind da auch gerade dran. Wir melden uns, wenn es etwas Neues gibt.«

Er legte auf.

MacDeath war ans Fenster gegangen und schaute brütend nach draußen. In einen strahlend blauen Himmel.

»Marie …«, murmelte er, »die könnte uns noch helfen. Ich weiß nur noch nicht, wie …«

Kapitel 27

Kottbusser Tor, Berlin, Mai 2019

Es war ein ganz normaler Nachmittag am Kottbusser Tor, der Ort, der auch liebevoll »Kotti« genannt wurde, obwohl es für Liebe wenig Grund gab.

Menschen huschten eilig mit Einkaufstüten nach Hause, Autofahrer überfuhren im chaotischen Kreisverkehr fast Radfahrer, Radfahrer fuhren bei Rot über die Ampel, rempelten Fußgänger an, schrien Flüche und zeigten den Mittelfinger. Weiter oben zischte die U-Bahn kreischend über die Stahlschienen. Staub bröckelte zu Boden an den rostigen Stahlträgern, an denen eine dicke Schicht aus zerbröselten Plakaten und Leim hing, die Reste irgendwelcher Konzerte oder Events, deren Akteure wahrscheinlich schon längst an einer Überdosis von irgendwelchen synthetischen Drogen gestorben waren. Touristen, die von ihrem selten blöden Touristen-Guide hierhergeführt worden waren, schauten kreuzdämlich und staunend auf die Straße und die Mauern der Gebäude, als würde es in ihren Ländern weder Straßen noch Autos, noch Häuser geben.

Verkrachte Existenzen aus Deutschland und aller Herren Länder sahen sich unruhig um, manche waren zwar Einheimische, aber alle waren Entwurzelte. Es gab Fixer, die in Hauseingängen in ihrer eigenen Kotze lagen. Eine undefinierbare Masse an Menschen, die klauten, beklaut wurden, schlugen, geschlagen wurden, mordeten und ermordet wurden. Sie überfielen Leute in schmutzigen Hausfluren, engen dunklen Gassen, unübersichtlichen Straßenschluchten und Betonburgen. Der regierende Bürgermeister hatte seinen Berliner Untertanen, die seine Partei immer und immer wieder wählten, egal, wie wenig sie zustande brachte, geraten, doch in bestimmten Gegenden nachts lieber ein Taxi als die S- oder U-Bahn zu nehmen. Der Berliner, der Flaschen sammelte, musste das wenige Geld, das er dafür bekam, nachts für ein Taxi ausgeben. Was nichts daran änderte, dass der Bürgermeister faktisch damit recht hatte, denn man wäre wahnsinnig, würde man in bestimmten Gegenden kein Taxi nehmen. Aber auch sonst änderte sich nichts an den Verhältnissen, die am deutlichsten und kürzesten im Werbespot der Berliner Verkehrsbetriebe BVG zusammengefasst waren, deren Motto eine Hymne an Gewalt, Verwahrlosung und Gleichgültigkeit war. Sie war die inoffizielle Hymne von Berlin, lauthals und stolz in einem Werbespot und YouTube-Video der BVG besungen: *Is' mir egal.*

Obdachlose saßen mit hochrotem Kopf unter Brücken, löffelten kalte Ravioli aus Dosen und tranken billigen Korn, andere sammelten Müll aus Abfalleimern zusammen. Es gab verschiedene Ränge der Verwahrlosung in Berlin, aber die Verwahrlosung als solche gab es überall. Es gab keinen Rhythmus, keine Zuständigkeit, keinen Plan. Nur die Abfolge von Rausch und Ausnüchterung, kurzer Ekstase und langer Depression. Ein gescheiterter Ort in einer gescheiterten Stadt.

Über alldem thronte das riesige Betonungetüm. In Weiß und Gelb. Das Neue Kreuzberger Zentrum. Auf den Balkonen mehr Satellitenschüsseln als Topfpflanzen.

Doch es war heute nicht anders als an anderen Tagen.

Es war genauso laut, genauso chaotisch, genauso verzweifelt. Es war nur schönes Wetter. Die Sonne schien, und deswegen saßen viele Menschen draußen bei den Dönerbuden auf irgendwelchen Plastikstühlen und vor dem, was man hier so »Cafés« nannte.

Es war ein Tag wie jeder andere.

Ein Tag, an dem die U-Bahn hielt.

Ein Tag, an dem eine Gruppe von Jungs aus der U-Bahn ausstieg und federnd die Treppe vom U-Bahn-Gleis nach unten zum Ring Kottbusser Straße, Adalbertstraße und Skalitzer Straße hinunterlief.

Es waren acht Jungs.

Einer hatte eine Tasche.

Jeder trug an der linken Hand einen silbernen Handschuh. Wer schon einmal die Schalen von Austern geöffnet hatte, der kannte diese Kettenhandschuhe, die dafür sorgten, dass man sich beim Abrutschen des Messers nicht mit dem Messer stechen konnte. Es war wie ein Minikettenhemd aus dem Mittelalter für die Hand. Nicht billig, ein guter, stichfester Schutzhandschuh konnte hundertfünfzig Euro kosten.

Jeder der acht Jungs trug an der linken Hand einen solchen Handschuh. Die rechte Hand war leer.

Der Junge, der vorauslief, hatte eine schwarze Tasche.

Die acht blieben kurz stehen.

Jeder griff in die schwarze Tasche. Schien zu prüfen, ob alles da war.

An der Ecke Adalbertstraße, Skalitzer Straße stand eine Touristengruppe, die andächtig die schmutzige Straße, die hässlichen Häuser, die schrottreifen Autos und den Himmel bestaunte. Ihr Anführer erzählte mit quakender Stimme irgendetwas auf Spanisch oder Englisch. Die circa fünfzehnköpfige Gruppe schaute dösig nach oben.

Die acht mit den Kettenhandschuhen waren ebenfalls stehen geblieben.

Jeder der Jungs griff noch einmal in die Tasche. Jeder holte etwas daraus hervor. Es waren Dinge, die zu den Kettenhandschuhen passten. Aber nicht zu einem öffentlichen Platz.

Ein Messer, ein Hackebeil, eine Axt mit kurzem Griff.

Der Junge, der die Tasche getragen hatte, knüllte sie zusammen und stopfte sie in seinen Rucksack. Die rechte Hand nah am Körper, das Messer versteckt.

Er hob die linke Hand. Hob den Zeigefinger. Den Zeigefinger aus Metall. Dann senkte er Hand und Zeigefinger. In Richtung der Touristengruppe.

»Blut«, sagte der Anführer. Ganz leise.

»Blut«, sagten die andern. Auch ganz leise.

So klang es noch viel bedrohlicher.

Dann rannten sie los.

Kapitel 28

LKA 113, Tempelhofer Damm, Berlin, Mai 2019

Hermann hatte den Laptop in dem großen Konferenzraum, der im LKA Berlin genau wie in Düsseldorf noch immer »Sitzungszimmer« hieß, an einen Beamer angeschlossen. Winterfeld saß missmutig am Ende des Tisches und schaute blinzelnd auf die Leinwand.

»Happy Slapping Videos hat dieser Noah also auch aufgenommen?«, fragte er.

»Die Idee kommt aus England«, erklärte MacDeath, der neben Clara saß. »Die Limonadenmarke Tango hat dafür mal eine reichlich missverständliche Werbung gemacht. Das war 1993. Wann immer jemand in der Werbung davon trank, wurde er von einem orangefarbenen Mann geohrfeigt. *You know when you've been tangoed,* hieß es dort. *Du weißt, wenn du ›getangoed‹ wurdest.*«

»Was passierte mit der Werbung?«, fragte Clara.

»Wurde verboten. Bei Serien wie ›Jackass‹, ›Viva LaBam‹ und so weiter ging das mit dem Happy Slapping dann aber weiter. Erst von England aus und dann über ganz Europa. 2005 gab es sogar solche Vorfälle in der Schweiz, zum Beispiel in Basel und Winterthur.«

»Ist das denn typisch für Jugendliche?«, fragte Winterfeld.

»Ja.« MacDeath nickte. »Die Motivation ist recht einfach: Alles muss gezeigt und inszeniert werden. Der Höhepunkt der Gewalt wird filmisch festgehalten. Ist natürlich alles verboten, wird aber gerade deswegen gemacht und gepostet.«

»Klar«, brummte Winterfeld, »Körperverletzung ist natürlich verboten. Auch wenn es von den Gerichten ja immer Freispruch gibt.«

»Nicht nur Körperverletzung ist verboten«, sagte Hermann, »es geht auch um das Recht am eigenen Bild, das gezeigt wird. Ohne Einwilligung.«

Winterfeld hustete und trank von seinem Kaffee. »Der war gut. Dass jemand sich nicht verprügeln lassen will, aber die Bilder dafür im Anschluss hergibt, halte ich auch für unwahrscheinlich.«

»Was man kaum sieht, sind die Tränen der Opfer dabei«, sagte Clara. »Das muss nicht nur Happy Slapping sein. 20 Prozent der jungen Menschen waren schon einmal Opfer von Cybermobbing. Das geht auch ohne Gewalt.«

»Denken Sie an Revenge Porn, also Racheporno«, sagte MacDeath. »Da gibt es zudem Seiten wie MyEx.com. Das ist diese Seite mit dem gebrochenen schwarzen Herz. Und auf eBay werden Nacktbilder der Ex-Frau versteigert. Fast immer sind es Männer, die so etwas machen.«

»Hier war aber ein Mann das Opfer und keine Frau.« Winterfeld blätterte durch eine Mappe mit Formularen und unterschrieb irgendwelche Akten.

»Ja, aber es wurde eine junge Frau vernachlässigt, und ein weißer Ritter wollte sie retten. Der erste Täter verhielt sich wie ein typischer Mann, indem er die Frau links liegen ließ, und der zweite Täter verhielt sich wie ein typischer Mann, indem er den anderen Mann tötete.«

Winterfeld schnaubte. »Indem er dem Mann die Kopfschwarte vom Gesicht zieht. Das war in den Ritterromanen aber anders. Außerdem sind die Typen alle noch keine Männer. Die sind ja nicht mal vierzehn, und genau das ist unser Problem! Schon vergessen?« Er hob das Kinn und kratzte sich mit seinem Kugelschreiber am Kopf. »Aber ihr hattet doch noch etwas anderes, was ihr mir zeigen wolltet?«

»Richtig«, meinte Hermann, »das hier. Haben wir gerade eben entdeckt, kurz nachdem die Jürgens von der Mordkommission Hannover wegen dieser Marie anrief. Du weißt schon, die Schwester von Noah Wiesner.«

»Habt ihr was von Noah gefunden?«

»Kann sein.« Hermann sah Clara an. »Aber wohl eher eine Etage höher. Scheint so eine Art Mord-Influencer zu sein. Er nennt sich jedenfalls BG666.«

»Dann mal los«, sagte Winterfeld und beugte sich nach vorn.

Hermann öffnete eine Seite und spielte einen Film ab.

»Ist das in diesem, wie heißt es noch, Dark Web?«, fragte Winterfeld.

»Nein, 4chan. Da findet man aber auch üble Sachen.«

Hermann drückte auf den Startknopf.

Die Datei startete. Doch nichts geschah.

Der Monitor des Laptops war schon eine ganze Weile dunkel. Clara fragte sich bereits, ob das nur ein Scherz war.

Er blieb dunkel.

Zehn Sekunden.

Zwanzig Sekunden.

Eine Minute.

Winterfeld blickte auf die Uhr. »Kommt da noch was?«

»Kommt gleich«, sagte Hermann.

Plötzlich war dort eine kleine Pixelgrafik. Mehrere Pixelmännchen liefen in einen Gang. Plötzlich kamen Flammen von oben, und die Pixelmännchen verwandelten sich in Totenköpfe. Die Totenköpfe verwandelten sich in Kreuze. Grabkreuze. Und die Grabkreuze zerbröselten zu kleinen Pixeln und waren schließlich weg.

»Ich befehle euch, drei Dinge zu tun«, sagte auf einmal eine verzerrte Stimme aus der Schwärze des Bildschirms heraus. »Einen *Overkill*, bei dem das Opfer sehr viel stärker zerstört wird als für den Mord erforderlich.«

Winterfeld blickte in die Unterlagen. »Der Mord an Mia Neumann«, sagte er. »Das ist doch genau das.«

»Es geht noch weiter«, sagte Hermann.

Die Stimme sprach weiter. »Einen *Dawnraid*, wo jemand urplötzlich überfallen und ermordet wird ...«

Jetzt war Winterfeld richtig wach geworden. »Die Telefonzelle! Da stand *Dawnraid*«, sagte er. »Und dieses Symbol!«

»Und *dawn* heißt Morgengrauen«, sagte Clara. »Die alte Dame, die mit ihrem Hund spazieren war, hat die Leiche im Morgengrauen entdeckt.«

»Das heißt«, sagte Winterfeld, »die Leiche *sollte* im Morgengrauen gefunden werden?«

Clara nickte. »Sieht ganz so aus. Das ist aber noch nicht alles.«

Die Stimme sprach weiter. »Und dann geht ihr als Gruppe auf einen öffentlichen Platz, wo ihr einfach ein paar Menschen ohne Vorwarnung niedermetzelt. Mit Äxten oder auch mit Teppichmessern.« Die Stimme machte eine Pause und gluckste, als würde sie lachen. »Ihr kennt die Aktivisten, die einen *flash mob* organisieren. Das möchte ich von euch auch. Ich möchte, dass ihr euch organisiert und den Leuten die Kehle durchschneidet. Leute, mit denen ihr gar nichts zu tun habt, Leute, die ihr gar nicht kennt. Ich möchte von euch keinen *flash mob*, ich möchte von euch einen ... *Slash Mob!*«

Winterfelds Handy klingelte. »Augenblick.« Sein Blick verfinsterte sich. Man sah ihm an, dass er gerade über die Sache mit dem *Slash Mob* nachdenken wollte, da kam ihm die Störung sehr ungelegen.

Am anderen Ende hörte man Bruchstücke einer Stimme. Winterfeld hörte zu. Dann ließ er das Handy sinken.

»Was ist los?«, fragte Clara leichthin. »Sag bloß, wir haben einen echten *Slash Mob* irgendwo?«

»Nicht ganz so schlimm, aber fast.«

Clara verdrehte die Augen und wünschte sich, ihr Chef würde nicht immer jeden Augenblick für unpassende Witze nutzen. »Was ist denn nun?«

»Bellmann will uns sprechen. Jetzt sofort.«

Kapitel 29

Mai 2019

Blogpost von: SLAUGHTERMAN

Ich möchte schreiben, aber ich möchte anders schreiben.
Eigentlich möchte ich gar nicht schreiben, sondern töten.
Nicht schreiben, sondern zermalmen.
Nicht schreiben, sondern verschlingen.
Und wenn ich schreibe, dann möchte ich solche Blogs in Zukunft anders schreiben. Nicht mehr auf der Tastatur, sondern mit einer Feder aus Stahl.
Nicht mehr mit digitaler oder realer Tinte, sondern mit Blut.
Mit dem Blut von Menschen an meinen Händen und ihrem Geschmack in meinem Mund. Ich möchte sie finden, ich möchte sie töten, ich möchte sie essen.
Ich werde es anders machen als all die anderen. Denn an mich wird man sich erinnern. Andere rennen beliebig blöden Frauen hinterher. In ihren Augen sehe ich die Begierde, doch in der dumpfen Verzweiflung, die hinter der Gier in ihrem Blick schläft, sehe ich Hoffnungslosigkeit. Sie wissen, dass sie das, was sie wollen, niemals erreichen werden, dass die Begegnung eine Begierde in ihnen weckt, die nie gestillt werden wird. Sie wird weiterbrennen wie ein Feuer, das sie mit Benzin zu löschen versuchen.
Warum tun diese Menschen sich das an? Sind sie Masochisten? Oder sind sie einfach nur verzweifelt? Vielleicht wollen diese Menschen nicht als Versager vor sich selbst dastehen, sich einreden, es wenigstens »versucht« zu haben. Alles versucht zu haben, auch

wenn das »alles« bei diesen Menschen eigentlich »nichts« ist. Denn diese Menschen sind eigentlich keine Menschen, sondern nichts weiter als eine Verschwendung von Zellmaterial und Protoplasma. Warum tun sie das? Ich weiß es nicht. Wahrscheinlich tun sie sich den ganzen Scheiß ohnehin nur an, um beim Wichsen mal wieder ein klares Bild vor Augen zu haben, wenn die Internetverbindung für den High-Definition-Porno gerade zu langsam ist.
Ich bin anders als sie. Einiges ist ähnlich, aber das meiste ist anders. Ich begehre auch. Aber ich kriege, was ich will.

Ich begehre das Blut. Und ich werde es kriegen.
Ich begehre das Leben. Und ich werde es nehmen.
Ich begehre den Tod. Und ich werde ihn bringen.

Die Seelen der Toten werden den Ort nicht vergessen, von dem sie kamen, den Ort, an dem ihre fleischlichen Leiber erschlagen wurden. Dieser Ort wird für immer mit ihrem Leben, in diesem Leben und im nächsten Leben, verbunden sein, denn ihre verfaulten Körper, die sie zurückgelassen haben, werden ihre Seelen für immer an diese Erde binden. Und die Seelen werden an den Ort zurückkehren, an dem ich sie umgebracht habe. Der Tod wird ihre ewige Erinnerung sein. Der Tod durch meine Hände. Und wenn ich das, was von ihnen übrig ist, esse, ist alles von ihnen, was jemals auf dieser Erde war, verschwunden. Dann gibt es nichts mehr auf der Welt, an das die Seelen der Toten sich binden können. Es gibt nur mich. Ich, der die Leiber der Toten verschlungen hat. Ich selbst werde das Einzige sein, das diese Seelen noch an ihr Leben erinnert. Das, was vom Fleisch ihrer Körper übrig ist und noch in meinem Körper liegt.
Ich werde der Jäger und der Herrscher der Seelen derer sein, die ich erschlagen habe.
Man kann mich erkennen. Aber ich habe keine großen Tätowierungen. Jeder Bankangestellte hat heute irgendwelche Tätowierungen,

an irgendwelchen Stellen, an denen man sie nicht sieht. Chinesische Schriftzeichen von der Suppenkarte aus dem Restaurant um die Ecke, Tribal Scheiß, hässliche Muster, irgendwelche Namen von irgendwelchen hirntoten Stechern, mit denen die Schlampen schon zwei Wochen später wieder auseinander sind und dann zum Lasern müssen. Ich habe nur zwei Tattoos an meinen Händen. Wo sie nur die sehen, die sie sehen sollen. Auf der Innenseite meiner Finger. Auf jedem Finger einen Buchstaben.
H.A.T.E.
K.I.L.L.
Ich hasse das Leben und will es auslöschen. H.A.T.E.
Darum töte ich die Menschen.
Ich hasse das Leben und werde es auslöschen. K.I.L.L.
Darum versklave ich die Seelen.
Wenn ich die Menschen töte, werde ich größer.
Wenn ich ihre sterblichen Überreste esse, werde ich stärker.
Irgendwann bin ich kein Mensch mehr, sondern ein Dämon.
Doch für immer bin und bleibe ich der, der ich bin.
Mein Schicksal war lange vorherbestimmt.
Ich war der, der ich sein werde.
Das gilt für gestern, heute und morgen.
Ich bin SLAUGHTERMAN.

BUCH 2

Arrogance, violence, world in disarray,
Dealing with insanity every fuckin' day,
I hate the life, hate the fame, hate the fuckin' scene,
Pissing match of egos, fuck their vanity.

Ain't got the time, I don't want anything from you,
Feeding on my tolerance is all you fuckin' do,
No looking back, no regrets, no apologies,
What you get is what you see.

Slayer, »Repentless«[3]

3 Von dem Album »Repentless«, Nuclear Blast Records, 2017

Kapitel 1

Bad Saarow, Brandenburg, 2019

Ralle verließ die Lichtung in dem großen Wald, während die tief hängenden Wolken wie ein graues Leichentuch den Himmel bedeckten und sturmgepeitschte Wolkenfetzen über das Firmament jagten. Der Mond, der sich allmählich im Nachthimmel nach oben schob, lugte nur hin und wieder zwischen den Wolken hervor, während der Regen in leichten Tropfen vom Himmel fiel. Einige Tropfen liefen an seinem Gesicht herunter. Er hatte lange Zeit dort zwischen den Bäumen gestanden, regungslos, als wäre er einer der Bäume. Er hatte dort gestanden, um zu sehen, ob jemand im Haus war. Jetzt wusste er: Es war niemand im Haus.

Langsam näherte er sich dem Haus.

Es war alles dunkel und still. So wie es sein sollte.

Du musst wie die Zeugen Jehovas sein, Ralle, hatte ihm mal jemand zu Beginn seiner Einbrecherkarriere gesagt, *in Amerika finden die auch jede Adresse, wo es Geld zu holen gibt. Sei wie die Zeugen Jehovas, nicht wie die Post. Die findet nie die richtige Adresse.*

Das Haus lag am See, und der See war ruhig. Genauso wie der Wald dahinter. Das Grundstück war abgelegen, man konnte von der Straße aus kaum etwas sehen, und es waren keine Boote auf dem See. *Wie auch bei dem Scheißwetter*, dachte er.

Ralle war schon in die organisierte Kriminalität geschlittert, als er fast noch ein Kind war. Zu Anfang hatte er sich eingeredet, dass er doch nur bei den Reichen stahl, und sich als eine Art Robin Hood gesehen. Er hatte ein großes Netzwerk und suchte sich, ähnlich wie ein Immobilieninvestor, immer das Haus aus, in dem mit dem geringsten Aufwand am meisten zu holen war. Wenn ein Haus absolut gut gesichert war, nahm er das Nachbarhaus, das in der Regel weniger gesichert war. Es war wie bei dem Witz mit den zwei Männern in der Wüste, die plötzlich von einem Löwen verfolgt werden. Einer der zwei bleibt stehen und zieht sich seine Sportschuhe an. Der andere fragt: »Glaubst du, mit den Sportschuhen bist du schneller als der Löwe?« – »Nein«, sagt der mit den Sportschuhen, »aber schneller als du.«

Und er, Ralle, hatte einen sechsten Sinn dafür, welches Haus das schwächste war. Genauso wie der Löwe.

Eine Zeit lang hatte Ralle sogar Einbrüche für Dritte durchgeführt, als eine Art Auftragsdieb. Aber das war zu schlecht bezahlt. Warum eine Provision von 20 Prozent bekommen, wenn man auch 100 Prozent behalten konnte?

Die Tür zum Haus war ein Kinderspiel. Vielleicht hätte er sich kurz fragen sollen, warum eine Tür zu einem derart großen Haus mit Grundstück wirklich so leicht aufging, aber das tat er nicht. Er stieg nach unten in den Keller. Mittlerweile bekam er jedes Schloss auf. Mit einem Schraubenzieher, manchmal einer Nagelfeile und manchmal sogar mit einer EC-Karte. Ein Fenster wäre auch kein Problem gewesen. Fenster einzuschlagen war aber meist nicht nötig. Es gab dafür allerlei Hilfsmittel, irgendwelche sogenannte Druckplatten zum Beispiel. Wenn man so was zu handhaben wusste … Nach einem kurzen Knall war dann jedes Fenster auf.

Ralle ging die Kellertreppe herunter und machte sich an der Kellertür zu schaffen. Dabei dachte er an die anderthalb Stunden, die er im Wald gestanden hatte. Dass er Häuser lange beobachtete, war Gewohnheit. Der Typ, der hier lebte, schien nie da zu sein. Leute, die nie da waren, waren meist irgendwie wichtig und überall begehrt. Diese Leute hatten auch meist viel Geld und viele Luxusgegenstände im Haus. Genauso wie Leute, die Anzug trugen, auch die hatten meist mehr Geld als die, die in Jogginganzügen rumliefen. Ralle musste kurz an den Spruch von Karl Lagerfeld denken, der sagte, dass der, der Jogginghosen trage, die Kontrolle über sein Leben abgegeben habe. Das stimmte für Ralles Geschäft insoweit, als dass bei denen meist nur wenig zu holen war. Wobei man da heute auch nicht mehr sicher sein konnte. Den Typen, der hier wohnte, hatte er noch nie gesehen, obwohl er das Haus über mehrere Wochen beobachtet hatte. Deshalb fühlte er sich sicher und beschloss, das Haus gleich systematisch von unten nach oben zu durchkämmen. Wahrscheinlich gehörte es irgendeinem schnöseligen Berliner Banker oder einem blöden Schauspieler, der eh nur zweimal im Jahr hierherkam und wahrscheinlich Monate brauchen würde, bis ihm auffiel, dass bei ihm eingebrochen worden war und er seine Uhrensammlung nie wieder sehen würde. Ralle hatte gute Kontakte, sowohl zu Hehlern als auch zu Antiquitätenhändlern und Juwelieren, die beim Ankauf, wenn der Preis fair war, wenige oder am besten gar keine Fragen stellten. Ralle dachte immer schon einen Schritt weiter. Er wusste, was die Kunden der Juweliere sich wünschten, und war sicher, dass er hier einiges finden würde. Auch sonst dachte er weiter als die meisten Einbrecher. Schmierte Versicherungsmakler. Über die erfuhr er, was versichert wurde und wo sich ein Einbruch erst recht lohnte. Er hatte sogar schon einmal beim Technischen Hilfswerk und der Feuerwehr eingebrochen, um sich Werkzeuge für den nächsten Einbruch zu besorgen. Warum kaufen, wenn man auch stehlen konnte? Er hatte mit dem WLAN-Detektor nach einer Alarmanlage gesucht. Und keine gefunden. Zum Auskundschaften hatte er noch ein Richtmikrofon, das es in jedem Eletronikladen gab. Das Einzige, was er noch nicht hatte, war genug Geld, damit er sich irgendwann zur Ruhe setzen könnte. Deswegen musste er weiter im Regen vor Häusern herumstehen.

Das Schloss zum Keller knackte leise.

Die Tür war offen. Ralle hielt kurz die Luft an.

Kein Alarm.

Der Typ war nie da, dachte er. Und eine Alarmanlage hat er auch nicht. Was für ein arroganter Idiot musste das sein! Ob es in dem Fall viel zu holen gab? War das hier vielleicht ein besserer Geräteschuppen? Aber er hatte doch die Berichte von der Versicherung gehört. Nein, es musste sich lohnen, sonst hätte Ralle das erste Mal in seiner Einbrecherkarriere einen riesigen Fehler gemacht. Er schaute kurz zurück. Sein Transporter stand hinten am Parkplatz. So wie die Banden das auch machten. Die kamen auch immer gleich mit einem Van oder kleinen Lastwagen, um ihre Beute gut abtransportieren zu können. Doch er machte das ohne Banden. Dann musste er nicht teilen. Konnte viel mehr für sich behalten. Ansonsten machte er es genauso wie die Banden. Gleich rüber über die polnische Grenze und dort alles verkaufen. Es waren nur etwas über vierzig Kilometer. Gerade mal vierzig Minuten Fahrt. Dann war alles auf Nimmerwiedersehen verschwunden. Außer das Geld. Das Geld, das er dafür bekam, landete bei ihm.

Die Tür stand einladend offen.

Er duckte sich.

Und betrat leise den dunklen Keller.

Kapitel 2

Tempelhofer Damm, Büro des Berliner LKA-Chefs Dr. Alexander Bellmann, Mai 2019

Winterfeld, Clara, Hermann und MacDeath hatten gerade am Konferenztisch in Bellmanns Büro Platz genommen, während Frau Bories, Bellmanns konstant übellaunige Sekretärin, ein Tablett mit schlechtem Kaffee und harten Keksen balancierte. Der Kaffee wurde zwar getrunken, aber die Kekse niemals gegessen, sodass Clara durchaus eine Wette eingehen würde, dass die Kekse auf dem Teller seit Jahren dieselben waren.

Bellmann hatte gerade einen Ordner geöffnet, als der ganze Tross das Büro betreten hatte. Mit einer knappen Geste hatte er ihnen zu verstehen gegeben, dass er gleich fertig wäre, während sein Blick weiter über die Papiere flog. Dann ließ er den Ordner ruckartig zuschnappen wie eine Bärenfalle.

Clara sah sich um. Eigentlich völlig überflüssig, denn sie war schon öfter hier gewesen, und das Einzige, was wirklich sicher war, war die Tatsache, dass sich Dr. Bellmanns Büro niemals änderte.

Die gleiche aufgeräumte Kommandozentrale wie immer, passend dazu der Blick hinaus auf den Tempelhofer Damm und die riesige Fläche des ehemaligen Tempelhofer Flughafens, davor der wuchtige Schreibtisch mit dem großen Ledersessel. Dahinter Regale und einige wenige Fotos. Auf den Fotos Bellmann, mit seinem hageren Gesicht und den grau melierten Haaren, neben irgendwelchen Promis, von denen die meisten aus der Politik oder den Ermittlungsbehörden kamen; viele davon auch aus den USA. Es war ein offenes Geheimnis im LKA 113, dass Bellmann auf MacDeath neidisch war, weil es von ihm ein Foto mit John Douglas und Robert Ressler aus Quantico vom FBI gab, während Bellmann ein solches Foto noch nicht zustande gebracht hatte, was inzwischen auch schwierig wurde, da Robert Ressler bereits verstorben war. Richtig nachtragend konnte er MacDeath gegenüber aber nicht sein, schließlich war es seine Idee und die des BKA gewesen, MacDeath alias Martin Friedrich aus den USA zurück nach Deutschland zu locken.

Das war jetzt auch schon einige Jahre her, und Clara erinnerte sich noch an das allererste Gespräch mit MacDeath in dessen neu bezogenem Büro, als er bereits verdeckt bei der Jagd auf den »Werwolf« mitgeholfen hatte und gleichzeitig der »Namenlose«, der in den Medien auch »Facebook-Ripper« genannt wurde, sein Unwesen trieb. Hätte ihr damals jemand gesagt, dass dieser Mann der Vater ihrer Tochter werden würde, hätte sie wahrscheinlich herzlich gelacht, da sie damals weder an Hochzeit noch an Kinder denken konnte. Und schon gar nicht mit diesem etwas steifen und korrekten Mann, der zwar charmant war, sie aber schon bei ihrer ersten Begegnung mit seinen Belehrungen zum Jüngsten Gericht und zu Gemeinsamkeiten von Serienkillern und Werwölfen genervt hatte. Sie musste bei der Erinnerung lächeln. Wie hieß es so schön: *Life is what happens when you are busy making other plans*. Das Leben ist das, was passiert, wenn du ganz damit beschäftigt bist, andere Pläne zu schmieden.

Claras Blick fiel zurück auf die Fotos von Bellmann und den Promis auf seinem Schreibtisch. Dort war auch ein Foto von Bellmann und Williams und Brooks, den beiden FBI-Ermittlern, die ihnen bei der Jagd auf den Totenzeichner geholfen hatten und gegen deren Hilfe sich Bellmann erst noch gesperrt hatte; vor allem wegen der hohen Flugkosten. Interessant, dachte Clara. Bellmann ließ sich gern mit solchen Leuten abbilden, machte aber einen Riesenrabatz, wenn durch Flüge von FBI-Leuten nach Berlin irgendwelche Berliner Kostenstellen belastet wurden, wie das bei der Jagd auf einen Killer namens »Totenzeichner« vor etwa vier Jahren der Fall gewesen war.[4]

Bellmanns Schreibtisch war wie immer wie leer gefegt. Als hätte gerade jemand einen riesigen Ventilator aktiviert. Zwei Fotos von seiner Frau und seinen beiden Töchtern, die ihn wohl nur vom Telefon und manchmal aus der Zeitung kannten, Monitor, Laptop, Docking-Station, Telefone. Bellmann war, wie Clara vorher erfahren hatte, gerade in Wiesbaden gewesen, und sein Reisetrolley stand noch neben dem Schreibtisch, auf dem Tisch zwei Taxiquittungen, die Frau Bories einreichen würde. Daneben besagter Ordner und ein Eckspanner, ein Block und ein Stift. Sonst nichts.

Den Eckspanner nahm er zur Hand und schaute alle hintereinander an, wie eine Schlange, die überlegte, welches Kaninchen sie zuerst fressen sollte.

Er ließ die Finger knacken. »Über Ihre nur halb abgestimmte Deutschlandtour im Leihwagen sprechen wir später, Kollege Winterfeld«, sagte er. Dass die Sache an Bellmann vorbeigegangen war mit der Ausrede, *er sei ja in Wiesbaden,* schmeckte ihm sichtlich nicht. Ebenso wenig passte ihm, dass Clara und ihr Team mit Maren Kaiser vom BKA gemeinsam ermittelt hatten und Bellmann davon als Letzter erfuhr.

4 Jagd auf den Werwolf und Namenlosen beschrieben in Clara Vidalis 1, Final Cut; Jagd auf den Totenzeichner beschrieben in Clara Vidalis 4, Der Totenzeichner

Er lehnte sich zurück. »Nun aber zum Thema: Strafunmündige Minderjährige, die Morde begehen, weil sie strafunmündig sind?«, fragte er.

»So sind unsere Gesetze«, sagte Winterfeld. »Das Ganze ist straffrei. Die kommen wirklich damit durch!«

»Eine Belehrung in Strafrecht brauche ich nicht, Herr Kollege«, sagte Bellmann gereizt.

Heute musste man aufpassen, das wusste Clara. Irgendetwas war wahrscheinlich auf der Reise schiefgegangen. Vielleicht hatte er in der Lufthansa-Maschine aus Frankfurt nicht seinen gewohnten Gangplatz bekommen, und Frau Bories hatte sich deswegen sicher schon Schimpftiraden anhören müssen.

»Interessant wird es hier«, sagte Bellmann und tippte auf den Bericht, »Sie vermuten, dass irgendeine Person aus dem Internet diese jungen Menschen steuert?«

»Junge Männer«, antwortete Clara.

»Halten Sie das für einen Unterschied?«

»Selbstverständlich«, brachte sich MacDeath ein, »Männer begehen schließlich 80 Prozent aller Gewalttaten, stellen 94 Prozent aller Strafgefangenen und töten fast dreißigmal so häufig wie Frauen.«

»Danke für die Belehrung«, knurrte Bellmann, »die Kriminalstatistik des BKA habe ich auch gelesen. Im Übrigen war ich gerade bei den Kollegen in Wiesbaden.« *Mit denen Sie ja auch zu tun hatten, ohne mir davon zu berichten,* hätte er wohl gern ergänzt. Es schien ihn wirklich zu wurmen, wie ein Kind, das von den Freunden nicht gefragt wurde, ob es mitspielen möchte.

MacDeath lächelte, ohne dass seine Augen lächelten. Claras Blick wechselte zwischen Bellmann und ihrem Mann. *Junge Männerhorden sind das Gefährlichste, was die Evolu-*

tion hervorgebracht hat, hatte mal jemand gesagt, und das war kein Rechtspopulist, sondern Winfried Kretschmann, der grüne Ministerpräsident von Baden-Württemberg.

»Die Opfer«, sagte Bellmann, »sind bei Männern normalerweise Frauen. Hier waren es eine Frau und ein Mann.«

»Richtig«, sagte Hermann, »der Täter nutzt bestimmte Verletzungen oder Erniedrigungen, die die Opfer den Tätern früher beigebracht haben. Da spielt es keine Rolle, welches Geschlecht das Opfer hat. Oder jedenfalls eine geringere als bei sexuell motivierten Tätern.«

»Sie schreiben hier«, fuhr Bellmann fort, »das hier sei die Mordvariante des russischen Online-Spiels *Blauer Wal.*«

»Richtig«, sagte Hermann erneut, »wir wollen dazu noch mit dem Kollegen Trautmann vom BKA sprechen.«

»Das werden wir erst einmal sehen. Dafür sind die anderen Kollegen zuständig, das hier ist Berlin und nicht NRW oder Niedersachsen. Aber zurück zu diesem *Blauen Wal*: Das ist eine Online-Community, in der Jugendliche bestimmte Aufgaben übernehmen müssen, die allesamt dazu führen, dass sie sich irgendwann umbringen.«

»Sie begehen am Ende Suizid«, ergänzte Clara. Clara hatte schon oft darüber nachgedacht, was Menschen in den sogenannten »Selbstmord« trieb, nachdem sie als junge Kommissarin schon eine Vielzahl von Suizidopfern gesehen hatte. Denn »Selbstmord« war eigentlich eine völlig unpassende Bezeichnung, da der Tatbestand des Mordes eine heimtückische Tat voraussetzte, was bei Suizidopfern wohl kaum der Fall war. Diese waren meist depressiv und brachten sich daher kaum aus Heimtücke um. Clara erinnerte sich an eine interessante Szene aus dem Film »Margin Call« mit Kevin Spacey, in der einer der Banker von einem Wolkenkratzer herunterblickte, nachdem sich Kollegen draußen auf der Dachterrasse zum

Rauchen getroffen hatten. *Das Gefühl, das viele Leute haben, wenn sie aus einer Höhe herunterschauen,* hatte der Banker gesagt, *ist nicht, dass sie Angst haben, zu fallen, sondern dass sie Angst haben, dass sie springen.* Es gab die seltsamsten Statistiken über den Suizid. Stadtbewohner konnten sich unerkannter umbringen, weil es weniger Zusammenhalt in der Stadt gab. Landbewohner hingegen hatten es einfacher, weil sie die Mittel dafür eher zur Hand hatten, etwa Schusswaffen oder Pestizide. Das Schlimmste aber war, dass sich ein Großteil der Suizidenten erst in den letzten zwei Stunden vor dem Tod dazu entschieden hatte.

Clara sprach weiter. »Die Jugendlichen werden bei dieser *Blauer-Wal*-Plattform so lange psychisch manipuliert, bis sie sich umbringen.«

»Und das funktioniert?«, fragte Bellmann.

»Und ob. Es gibt mittlerweile in Russland einen Interessentenverein mit über hundertfünfzig Eltern, deren Kinder durch den *Blauen Wal* in den Tod gegangen sind.«

»Der Typ, der das Ganze programmiert hat, ist doch festgenommen worden, oder?«, fragte Winterfeld.

»Ja«, sagte Hermann, »aber sie kriegen ihn nicht dran. Jemanden in den Selbstmord zu treiben, ist zwar strafbar. Dafür muss der Täter das Opfer aber erniedrigt oder misshandelt haben. Das ist bei dieser Website nicht der Fall.«

»Und den Finger heben und sagen *Ihr dürft das nicht spielen* funktioniert noch weniger«, ergänzte MacDeath, »dann spielen die Kinder das erst recht.«

»Gut«, sagte Bellmann, »das heißt, wir haben hier einen Puppenspieler im Hintergrund, der die Jugendlichen unter vierzehn Jahren, die wir nicht bestrafen können, in den Mord treibt. Und diesen Puppenspieler können wir auch nicht belangen, weil er niemanden misshandelt.«

»Steht zu befürchten.« Winterfeld kaute auf seinem Kugelschreiber. Man sah ihm an, wie gern er jetzt eine rauchen würde.

»Dennoch, meine Dame, meine Herren«, setzte Bellmann an und rollte auf seinem Stuhl zurück, das erste Zeichen, dass er das Gespräch als beendet sah. »Ihr Einsatzort ist Berlin, und hier gibt es genug zu tun. Sie können den Kollegen in NRW und Niedersachsen ein paar Tipps geben, aber Sie ermitteln dort nicht, genauso wenig wie in Russland.«

»Die Kollegen in NRW und Niedersachsen waren Teile des BKA. Das BKA selbst hat uns angefordert«, erklärte MacDeath.

»Mit dem BKA habe ich gesprochen. Denen ist jetzt klar, wie die Zuständigkeiten verlaufen. Und zwar nicht auf Zuruf zwischen Wiesbaden und Berlin, denn auch wenn Kollege Dr. Friedrich zu 25 Prozent in Wiesbaden angedockt ist«, Bellmann blickte MacDeath an, »zu 75 Prozent ist er hier angedockt.«

Die Tür öffnete sich. Frau Bories stand in der Tür. »Herr Bellmann, Kommissar Deckhard hat versucht, Kriminaldirektor Winterfeld zu erreichen.«

»Der ist hier, das sehen Sie doch!«, knurrte Bellmann.

Winterfeld schaute auf sein Handy, das er in der Sitzung auf leise gestellt hatte. »Stimmt. Er hat es auch mobil versucht. Scheint wichtig zu sein.«

»Ist es auch«, sagte Frau Bories. »Laut Hauptkommissar Deckhard ein *absolutes Massaker.*«

»Absolutes Massaker?« Bellmann reckte den Hals. »Wo?«

»Hier in Berlin. Kottbusser Tor. Mehrere Tote. Überfall von mehreren jungen Männern. Mit Messern und Äxten. Und sie haben …«, Frau Bories musste sich offenbar sammeln, »sie haben mit dem Blut der Opfer ein Wort auf die Straße geschmiert.«

»Lassen Sie mich raten«, fragte Clara. »Das Wort hieß *Slash Mob?*«

Frau Bories starrte Clara entgeistert an, und auch Bellmann hob die Augenbrauen.

»Woher wissen Sie das?«

Kapitel 3

Berlin-Tegel, Mai 2019

Christoph Warner saß in seinem Wagen, der durch eine der großen Waschanlagen im Berliner Ortsteil Tegel glitt, und schaute auf sein iPad. Er mochte diese praktischen Waschanlagen. Man musste nichts machen. Einfach nur reinfahren und sitzen bleiben. Kein Aussteigen, keine Zettel, die man irgendwo hineinschieben musste, keine umständlichen Codes, die man auf nasse Tastaturen tippen musste. Er gab dem Mitarbeiter immer etwas Trinkgeld, bevor sein Auto mit ihm in dem riesigen Schlund verschwand. Nicht weit entfernt war der Autobahnzubringer, von dem aus die A111 nach Hamburg führte.

Auf dem iPad war das Interview, das er mit einer der Frauen, die von dem berüchtigten Höxter-Ehepaar gefangen gehalten worden waren, geführt hatte. Das Höxter-Paar hatte bis 2016 mehrere Frauen versklavt und gequält. Die Frauen waren klassische Verliererinnen, hatte ihm eine der Frauen gesagt, solche, die viele Enttäuschungen erlebt, nicht genug elterliche Liebe bekommen hatten. Sie hatten die Tendenz, sich einen dominanten Typ Mann zu suchen, der nichts anderes machte, als die Rolle des Befehlenden zu übernehmen, ganz einfach deshalb, weil sie, die Frauen, keine andere Rolle kannten als die des Befehlsempfängers und am Ende auch des Opfers.

Die Frauen hatten in der Vergangenheit eines gelernt: Wer mich liebt, schlägt mich. Und wer mich mit einem Bügeleisen verbrennt, der liebt mich auch. Wer sonst nie angefasst wurde, hielt jede Form von Körperkontakt für Liebe, auch wenn es Schläge waren. Nur mit einem anderen Mann fühlten sie sich vollständig. Allein konnten sie nicht sein, als Individuen fühlten sie sich nicht. Sie brauchten jemanden, der sich ums Leben kümmerte. Der organisierte, Entscheidungen traf – und Schläge austeilte. Es war für sie einfacher, hatte sie Christoph Warner gesagt, abends geschlagen zu werden, wenn der nächste Morgen dafür strukturiert war.

Der Täter blieb Täter, das Opfer blieb Opfer. Eine von den Frauen des Horror-Paares hatte in der Schule immer einen Walkman dabeigehabt, auf dem sie die altmodischen Lieder hörte, die schon ihre Mutter gehört hatte. Sie hatte die alten Platten extra auf Kassetten gespielt, die sie dann auf dem Walkman hörte. Bei den Höxters gab es dann gar keine Musik mehr. Sie wurde an die Heizung gekettet, musste nachts in der leeren Badewanne schlafen. Vorher musste sie den Tisch decken. Wenn irgendein Besteck nicht richtig lag, gab es Schläge. Oft mussten die Frauen sich gegenseitig quälen. Es war ein bisschen wie bei einem Gladiatorenkampf im alten Rom. Der, der zum Quälen aufrief, war nicht nur Täter, sondern sah sich auch als eine Art Cäsar. Indem er einer Frau befahl, eine andere Frau zu quälen, erhöhte er seinen sozialen Status. Machtausübung führte zu Glücksgefühlen im Gehirn.

Warner war bei dem Gerichtsprozess dabei gewesen. Die zahlreichen Punkte der Anklage hatte er alle notiert. Ein Bein gestellt, mit der Hand gewürgt, oder mit dem Seil, dem Kabel, dem Handtuch oder dem Gürtel. Ausgepeitscht worden war die Frau auch. Wenn sie etwas tat und einer der Peiniger den Raum betrat, musste sie alle Tätigkeiten unterbrechen und ihm ihre ganze Aufmerksamkeit schenken.

Christoph Warner schaute auf den Schaum auf der Windschutzscheibe und auf seinen Presse-Ausweis, der im Inneren des Autos vor der Scheibe lag. Manchmal half dieser Ausweis dabei, im Halteverbot zu stehen und kein Ticket zu bekommen, aber meist funktionierte es nicht. Er interessierte sich für die dunkle Seite des Lebens. Darum schrieb er jetzt Storys. Das hatte er nicht immer gemacht. Er war einmal Arzt gewesen. Bis er seine Approbation verloren hatte, weil er sensible Daten an die Presse verkauft hatte. Er hatte halt schon immer seinen Mund nicht halten können, musste all das, was er wusste, an andere weitergeben. Deswegen war er bei der Presse. Oder besser, bei der Regenbogenpresse, obwohl er auch gern ernst genommen werden wollte. Er betrachtete meditativ die Wischer, die sich auf die Windschutzscheibe senkten, schützend und bedrohlich zugleich. Im Studium hatte er Ritalin eingeschmissen, um die Klausuren zu schaffen, wollte dann Psychiater werden, in die Tiefen der menschlichen Seele schauen. Er wollte immer forensischer Psychiater werden, um zu sehen, was die Mörder zu dem machte, was sie waren. Oder einmal die perfekte Story schreiben. Wie die Ermordung Kennedys mit CIA und Illuminaten, oder der Fall Uwe Barschel mit dem seltsamen Tod in der Badewanne. Gern auch mal paranormaler Kram. Oder so was, ja, so was wie das hier, was er sich gerade anschaute. Mindestens so krass wie das Höxter-Horror-Paar, nein, eigentlich noch viel krasser.

Auf dem iPad war auch eine neue Geschichte, die ihn von der ersten Sekunde an total gefesselt hatte. Diese Bande von jungen Killern. Erst in diesem IC, dann in Hannover. Wenn er eins und eins richtig zusammenzählte und die Altersangaben stimmten, dachte Warner, dann waren die Typen alle unter vierzehn Jahren gewesen. Und damit strafunmündig. Man konnte nichts gegen sie tun, und das war das eigentlich Perverse. Eine Wiederholung des Mordes war damit quasi vorprogrammiert. Solange die Täter unter vierzehn waren, waren sie die Einzigen, die darüber entschieden, ob sie wieder mordeten oder nicht. Und wer wusste, was noch alles kommen, und vor allem, wer noch alles auf den Mörderzug mit aufspringen würde, um die Zeit zu nutzen, bevor er vierzehn wurde.

Er schaute in die Wischbürsten. Wahrscheinlich steckte irgendjemand dahinter. Mit dem musste er sprechen. Jemand, der vielleicht Bilder von den Mordopfern machen ließ, die er dann an Perverse im Netz verkaufte. Im Dark Web oder auf 4chan. Das wäre seine Titelstory.

Er nahm sein Handy und wählte.

Nach zweimal Klingeln meldete sich eine Stimme.

»Kann ich Wolle sprechen? Hier ist Christoph. Danke.«

Er wartete.

Dann meldete sich Wolle, auch genannt Wolfgang Ahrens, der stellvertretende Chefredakteur von Global News.

»Was zahlt ihr für eine Exklusivstory über den Typen, der diese minderjährigen Mörder losschickt?«, fragte Christoph Warner.

»Es ist doch gar nicht gesagt, dass die irgendjemand losschickt?«, gab Wolle zurück.

»Und wenn ich es beweisen kann? Mit allen Hintergründen? Und einem Interview mit dem Typen? Exklusiv für euch?«

»Dann wäre das sehr gut«, antwortete Wolle. Warner war es, als würde er das Nicken von seinem früheren Kollegen sehen.

»Und was zahlt ihr dafür?«

Wolle nannte eine Zahl. Eine Zahl, die Warner gut gefiel.

»Aber«, sagte Wolle, »unser Chefredakteur will vorher sicher mit dir sprechen. Bei solchen brisanten Dingen will er die Leute dahinter kennenlernen.«

»Kein Problem.«

»Schaffst du es heute noch?«

»Klar«, sagte Warner. »Bin gerade im Auto. Kann in fünfzehn Minuten bei euch sein.«

»Super. Dann sollte Flori zehn Minuten Zeit haben.«

Der Anruf war beendet. In dem Moment sah Warner das Licht, als sein Wagen die Tiefe der Waschanlage verließ.

Ich werde den Schmutz hervorholen, dachte er, *genauso wie diese Waschanlage.*

Kapitel 4

Kottbusser Tor und Umgebung, Berlin, Mai 2019

Es begann, dunkel zu werden, und ein leichter Regen fiel, in dessen Pfützen sich der faulig gelbe Schein der Straßenbeleuchtung brach. Clara saß im Einsatzwagen, gemeinsam mit Winterfeld und MacDeath. Hermann war im LKA geblieben und prüfte, ob es irgendwelche verdächtigen Chats oder Absprachen auf den einschlägigen Foren gab, auf denen auch Ben und Noah unterwegs gewesen waren. Gleichzeitig hielt er den Kontakt zu Trautmann beim BKA. Bellmann hatte dann doch schnell eingesehen, dass die bereits begonnene Kooperation mit dem BKA besser weitergeführt werden sollte, besonders wenn es einen solchen Mord in Berlin gab. Schuster, einer der Leiter des SEKs, saß vorne neben Winterfeld. Rechts und links des Wagens sausten Berliner Straßen, klassizistische Fassaden und mit Graffiti vollgeschmierte Mauern vorbei.

Es war tatsächlich ein Massaker gewesen. Clara schaute sich auf ihrem Handy die Bilder vom Tatort an. Aufgeschnittene Kehlen, wie ein zweites, von grauenvollem Staunen klaffendes Grinsen. Blutlachen und Blutspritzer, ein Jugendlicher auf dem Boden, eine riesige Lache von Blut, die sich unter ihm immer weiter ausbreitete, aus seinem Kopf ragte der Griff eines Hackebeils. Was wie nach »Game of Thrones« oder einem Terroranschlag des Islamischen Staates irgendwo in der Ferne aussah, war hier geschehen, hier in Berlin, und es war, wie es aussah, auch von einer Gang von Jugendlichen begangen worden. Alle in Schwarz, alle maskiert, alle bewaffnet. So hatten es Augenzeugen berichtet. *Und wahrscheinlich alle unter vierzehn,* dachte Clara, sagte es aber nicht. Auf dem Kottbusser Platz hatten diese Jugendlichen mit Teppichmessern Passanten wahllos die Kehle durchgeschnitten, so wie es die Attentäter des 11. September an Bord der Flugzeuge mit den Piloten gemacht hatten. Doch der 11. September war weit weg, war lange her, das hier war sozusagen direkt vor der Haustür, hier und jetzt. Clara sah die anderen Fotos. Das Wort, von dem sie eben noch im LKA auf den Webseiten gelesen hatten. *Slash Mob.* Der seltsame Puppenspieler im Hintergrund, dachte sie. Er gab seinen Leuten Anweisungen, erfand für ihre Massaker griffige Worte. Nachdem drei Menschen niedergemetzelt worden waren, hatte irgendeiner der Augenzeugen endlich mal die Polizei gerufen. Die Jugendlichen waren weitergezogen, eine Masse an schreienden, panikerfüllten Menschen vor sich hertreibend. Als sieben Leute tot waren, rief man Schuster und das SEK. Die hatten kurzen Prozess gemacht und drei der Jugendlichen erschossen. Ebenso hatten sie Deckhard von der Mordkommission in der Keithstraße angerufen, der dann wiederum Winterfeld und Bellmann angerufen hatte.

»Drei der Täter sind auch erschossen worden?«, fragte Winterfeld.

»Drei oder vier.« Clara sah die Silhouette ihres Chefs von hinten auf dem Beifahrersitz. »Gegen Heckler & Koch konnten die mit ihren Teppichmessern nichts ausrichten. Aber gegen die unbewaffneten Opfer schon. Vor allem, weil es die Leute vollkommen überraschend getroffen hat.«

Slash Mob halt, dachte Clara.

Winterfeld drehte sich nach hinten. »Stellen Sie sich das mal vor: Sie sitzen da friedlich im Café oder stehen an Ihrem

Auto und reden mit Ihrem Bekannten, und plötzlich kommt da jemand ohne Vorwarnung und zieht Ihnen ein Messer durch die Kehle.«

Clara wollte es sich nicht vorstellen, musste es aber.

Auf dem Navigationsgerät im SEK-Einsatzwagen piepte ein roter Punkt. »Sie fahren weiter nach Süden«, sagte Schuster.

Zwei oder drei der Jugendlichen hatten offenbar nahe dem Kottbusser Tor einen alten VW-Bus geparkt. Damit waren sie geflohen. Es war immer ein VW-Bus, dachte Clara. Oder ein VW-Käfer. Der Lieblingswagen aller amerikanischen Serienkiller. Ted Bundy hatte auch einen. Und ihr fiel ein, dass sie auch mit einem, wenn auch modernen, VW-Bus nach NRW gefahren waren.

»Wo parkte der Bus?«, fragte Winterfeld.

»Nahe Adalbertstraße«, sagte Schuster. »Die hatten natürlich leichtes Spiel. Keiner der geschockten Passanten hat sich getraut, sie aufzuhalten. Die Notärzte sind schon vor Ort, die Leichenwagen ebenso. Wie es aussieht, hat keiner überlebt. Wenn die Halsschlagader durch ist, verblutet man innerhalb von Minuten. Der Angriff kam einfach zu plötzlich. Und zu tödlich.«

»Wenn einem jemand die Halsschlagader durchschneidet, reichen definitiv drei bis fünf Minuten, wenn nichts getan wird«, sagte MacDeath. Er hatte recht. Nicht nur, weil er Mediziner war, sondern auch aus eigener Erfahrung, seitdem ihm ein wahnsinniger Killer, der sich der *Tränenbringer* nannte, auf einem Friedhof in Reinickendorf in die Baucharterie geschossen hatte und MacDeath nur überlebt hatte, weil Clara die Wunde und damit den Blutfluss mit ihrem Finger blockiert hatte, bis die Rettungskräfte vor Ort waren.

Es knackte im Funkgerät, während draußen die Straßen von Tempelhof vorbeihuschten. »Die haben noch was«, sagte Schuster nach hinten. »Ich habe gesagt, sie sollen Ihnen das gleich aufs Telefon schicken.«

»Passt«, sagte Clara und öffnete ihren Threema-Account. Die Fotos waren schon da. Zwei junge Männer, wie es aussah, Touristen, die auf dem Boden lagen, einer auf dem anderen. Wahrscheinlich war einer etwas später zu Boden gegangen. Bei beiden war dort, wo vorher der Adamsapfel war, nur noch eine klaffende, rote Öffnung. Der Boden war dunkel von Blut. Drei Meter dahinter lagen weitere Leichen. Mitarbeiter der Kriminaltechnik waren vor Ort und errichteten weiße Zelte über den Leichen, damit die Rechtsmediziner, die gerade eintrafen, in Ruhe und geschützt vor neugierigen Blicken arbeiten konnten. Gaffer hatten schon ihre Smartphones gezückt, um alles aufzunehmen, und auch die Presse war bereits vor Ort. Aus einem der Wagen, auf dem noch der veraltete Begriff »Gerichtsmedizin« stand, wurde die erste Bahre gezogen. Weiter hinten wieder der Schriftzug, diesmal an den Scheiben eines Döner-Ladens. *Slash Mob.* Und dann sah sie das, was darunter war. Sie zeigte MacDeath das Smartphone.

»Das Symbol«, sagte MacDeath so laut, dass es alle im Wagen hören konnten. »Das Symbol, das wir schon im IC und in der Telefonzelle in Hannover gesehen haben.«

Winterfeld blickte sich kurz um. »Da wird sich Bellmann aber freuen«, kommentierte er, »wenn die in Berlin zuschlagen, dann ist das unser Zuständigkeitsbereich, und wir bleiben am Ball.«

»Hoffen wir mal, dass wir die kranken Spinner fangen und am besten gleich vor Ort abknallen«, sagte Schuster. Der rote Punkt war noch etwa einen Kilometer von dem SEK-Bus entfernt. Über ihnen ratterten die Rotoren des SEK-Helikopters.

»Die fahren aus der Stadt raus«, sagte Winterfeld.

»Sollen sie nur«, sagte Schuster. »Je weniger Leute im Weg stehen, desto schneller können wir mit denen kurzen Prozess machen.«

»Also gar nicht verhören, sondern gleich erschießen?«, fragte Winterfeld.

Schuster nickte. »Wenn es nach mir geht, schon. Ich hatte eh gehört, dass die noch nicht strafmündig sind. Und wer in dem Alter so was macht, bei dem ist eh alles verloren. Das Einzige, was bei dem noch nachhaltig in den Kopf reingeht, sind 9 Millimeter Luger.«

Kapitel 5

Bad Saarow, Mai 2019

Im Haus war es totenstill.

Ein seltsames Gefühl überkam ihn.

Na, du wirst ja wohl keine Angst haben?, dachte Ralle. Er hatte bei seinem Job noch nie Angst gehabt. Und in diesem verlassenen Luxusschuppen gab es schon gar keinen Grund, um Angst zu haben. Die einzige Gefahr bestand ja wohl darin, dass er es gar nicht schaffen würde, alle Wertgegenstände auf einmal nach draußen zu transportieren. Dennoch merkte er, dass sein Herz stärker pochte als sonst. Was war nur los? Es war doch alles wie immer? Oder wollte ihm der unbewusste Part seines Gehirns, der sehr alte Teil, den man auch oft »Bauchgefühl« nannte, irgendetwas sagen? Aber wenn ja, was konnte das sein?

Trotz seines pochenden Herzens atmete er, so leise er konnte. Nicht nur wegen der lastenden Stille und der bedrückenden Atmosphäre. Es gab noch einen anderen Grund: Ralle hatte ein unbestimmtes Gefühl, das ihn schon ein paarmal vor Gefahren gewarnt hatte. Er hatte den Eindruck, dass dieses Gefühl ihn in diesem Moment auch wieder warnte. Und es war ihm, als sollte er besser nicht zu laut atmen, weil ihn dann jemand anderes hören könnte.

Blödsinn, es ist niemand hier – warum habe ich denn stundenlang im Wald das Haus beobachtet und mir die Beine in den Bauch gestanden?, dachte Ralle und schlich weiter, einen Fuß vor den anderen setzend. Das trübe Licht der grauschwarzen Abenddämmerung schien von draußen in den Korridor und warf Ralles Schatten in matten Anthrazittönen auf den knarrenden Dielenboden. Luft zog von irgendwoher über den Flur. Sie war kalt und muffig, als käme sie aus einer unterirdischen Höhle.

Ralle öffnete vorsichtig die Tür zu seiner Linken. Der Raum schien eine Art Wohnzimmer zu sein, doch es sah alles so aus, als wäre die Zeit schon vor Jahren stehen geblieben. Ob es hier wirklich etwas zu holen gibt?, dachte er. Oder hatte der Typ das Haus nur von außen renoviert? Ganz schwaches Licht fiel durch halb geschlossene Jalousien in den Raum. Licht von irgendeinem entfernten Café am Ufer des Sees. Ein Sessel und ein Tisch mit einer altmodischen, vergilbten Tischdecke. Staub und Schmutz lagen auf den Regalen. Ralle knipste die Taschenlampe an. Der Lichtstrahl kroch über die Wände und über einen altmodischen Servierwagen, auf dem verstaubte Gläser standen, aus denen dem Aussehen nach seit Jahrzehnten nicht getrunken worden war.

Nach einigen Metern kam er zu einer Öffnung, aus der ihm der kalte, muffige Wind entgegenströmte. Eine Luke im Boden war geöffnet, und eine schiefe Treppenflucht führte nach unten. Nach feuchter Erde riechende Luft wehte aus der Öffnung, die sich vor Ralle auftat wie ein fauliger Rachen. Sollte er tatsächlich dort hinuntergehen? Seine Neugier sagte Ja, aber sein Verstand sagte Nein.

In dem Moment blitzte das grelle Licht auf. Wie der Blitz aus einer Kamera. Schatten tanzten vor seinen Augen. Ein Lidzucken später spürte er den Lappen an seinem Mund.

»Du kannst dich nicht entscheiden?«, fragte eine Stimme. »Dann nehme ich dir die Entscheidung ab.«

Leise, dachte Ralle, er hatte noch nie jemanden getroffen, der so leise war wie dieser Typ. Doch das war so ziemlich das Letzte, was er noch denken konnte, denn dann verlor er das Bewusstsein. Er hörte noch irgendetwas, das wie »Schön, wenn die Opfer zu einem kommen. Dann muss man sie nicht holen …« klang. Doch sein Bewusstsein war bereits nicht mehr in der Lage, die grausame Bedeutung dieser Worte zu erfassen. Ehe seine Augen zufielen, sah er einen Mann mit einer Maske. Einer Schweinsmaske. Dann spürte er den Stoß.

Wie er die modrige Kellertreppe herunterfiel, spürte er nicht mehr.

Kapitel 6

Zwischen Berlin und Brandenburg, Mai 2019

Der weiße VW-Bus der Killer raste vor ihnen die Landstraße entlang. Über ihm der Helikopter des SEK, hinter ihm das Fahrzeug, in dem Winterfeld, Schuster, Clara und MacDeath saßen. Dahinter noch zwei weitere Fahrzeuge der Polizei und ein Rettungswagen. Felder, kleine Wälder und einzelne Gehöfte flogen rechts und links an den Scheiben vorbei. Am Straßenrand ein Hinweisschild. Ein Dreieck, rot umrahmt, darin ein Pfeil, der rechtwinklig nach links abbog.

Schuster grinste. »Die Kurve kenne ich. Megaeng und nicht ungefährlich. Dann wollen wir sie mal ein bisschen provozieren.« Er nickte Steffen, dem Fahrer, zu. Der schien sofort zu wissen, worum es ging, und trat mit voller Wucht aufs Gas. Die Rücklichter des VW-Busses kamen näher. Clara hörte, wie der Motor des Busses vor ihnen aufheulte. Der Killer-Fahrer hatte also gemerkt, wie nahe die SEK-Leute waren, und gab auch Gas. Der Bus beschleunigte und schlitterte mit halsbrecherischer Geschwindigkeit in die Kurve hinein. Schuster kannte diese Kurve. Die Fahrer des VW-Busses nicht. Sofort geriet der Wagen ins Schlingern, der Fahrer der Killer versuchte gegenzusteuern, schlingerte erneut, Bremsen quietschten. Der Wagen brach erst nach rechts, dann nach links aus, rutschte dann mehr, als dass er fuhr, durchs Unterholz und krachte mit einem berstenden Geräusch in den Straßengraben.

Steffen bremste scharf ab, während der Polizeiwagen hinter ihm die Straße sperrte. Die SEK-Beamten zogen ihre Waffen und sprangen aus dem Wagen. Clara wollte nach draußen springen, aber Schuster kam ihr zuvor. »Einsatzkommando hat Vorrang vor den Bullen«, sagte er und stürmte nach vorn. Holger, genannt Holg, war mit drei schnellen Schritten an der Fahrertür des VW-Busses und schlug die Scheibe ein. »Tür auf«, schrie er, »Tür auf.« Er hatte die Waffe im Anschlag und zog den Fahrer an der Kapuze seines Pullis nach vorn. Blut sickerte dem jungen Mann über das Gesicht. Offenbar war er nicht angeschnallt gewesen und hatte sich bei der abrupten Bremsung durch den Aufprall die Nase gebrochen, denn einen Airbag hatte der klapprige Bus nicht. Drei Kollegen sicherten die Heckklappe des VW-Busses.

»Wir öffnen jetzt die Heckklappe«, sagte Schuster. »Kommen Sie mit erhobenen Händen raus, oder«, Schusters Kollegen luden ihre Waffen durch, »von Ihren Gesichtern bleiben nur noch die Ohren übrig!«

Holg zerrte noch immer durch das Fenster an der Kapuze des jungen Mannes, der auf dem Fahrersitz saß. »Tür auf!«, schrie er. Endlich öffnete der Mann die Tür. Holg griff blitzschnell zu und riss den Mann nach unten, der mit einem schmatzenden Geräusch auf dem sumpfigen Boden des Straßengrabens aufschlug. Wasser spritzte. Holg drückte ihm den Stiefel auf die rechte Hand, während er die Waffe auf sein Gesicht gerichtet hielt. »Kapuze hoch!«, rief er. Der Mann hob mit der linken Hand die Kapuze. Ein hageres, bleiches Gesicht. Voller Blut. Die Nase gebrochen und zwei bis drei Zähne ausgeschlagen. Er schaute Holg neugierig an, aber er sah nicht aus, als ob er Angst hätte.

Endlich öffnete sich die hintere Klappe. Im Inneren zwei Jugendliche. Und irgendjemand, der auf dem Boden lag. Zwei SEK-Männer sicherten die Szene mit ihren Waffen, zwei zerrten die Jugendlichen nach draußen, warfen sie auf den Rasen, drückten ihnen die Knie in den Rücken. »Hände nach hinten«, schrie Schuster. In Sekundenschnelle waren bei beiden Schwarzgekleideten die Hände mit Kabelbinder fixiert.

»Was ist da vorne?«, fragte Schuster.

»Taschen«, sagte Steffen. »Computertaschen, wie es aussieht. Könnten Laptops drin sein.«

»Nehmen wir alles mit«, sagte Winterfeld. »Geht gleich an Hermann.«

»Gehen wir rein?«, fragte Steffen.

»Und wenn da ein Sprengsatz ist?«

Winterfeld, Clara und MacDeath beobachteten die Szene. »Ist nicht ihr Modus Operandi«, sagte MacDeath.

Clara ging einige Schritte nach vorn, die Waffe im Anschlag.

Irgendjemand lag dort auf dem Boden. Clara trat näher heran.

»Vorsicht«, flüsterte MacDeath, »das könnte eine Falle sein. Nicht, dass der Typ gleich aufspringt und ein Messer zieht.«

Clara schüttelte den Kopf. »Nein«, sagte sie, »das ist keine Falle. Ihr könnt es nicht sehen. Aber ich.«

»Was können wir nicht sehen?«, fragte MacDeath.

»Den Fuß. Oder besser: eben nicht den Fuß.«

Der Mann lag auf dem Boden ausgestreckt, seine Beine hinter einer Kiste versteckt, die zwischen den Sitzen der Mittelreihe stand. Schuster, MacDeath und Winterfeld kletterten in den Wagen.

»Da«, sagte Clara.

Jetzt sahen es alle. Der Mann war tot. Die ersten Leichenflecke hatten sich bereits gebildet. Die Hose seines linken

Beins war hochgezogen. Neben dem Bein verschiedene Messer, alle blutbefleckt. Das Fußgelenk eine einzige, rote Ruine. Rosa Muskelfleisch, Sehnen und die weißliche Gelenkkapsel, die auf eine bizarre Art im Deckenlicht des Busses glänzte.

»Das gibt es nicht«, sagte Schuster. »Die Typen, die haben versucht …«

»… dem Mann den Fuß abzuschneiden.« Clara schüttelte ebenfalls den Kopf.

MacDeath blinzelte. »Post mortem, wie es aussieht. Und dafür hatten sie auch noch Zeit. Während der Fahrt.« Er zeigte auf die Stirn des Mannes.

Jeder wusste, dass Leichen nicht mehr bluteten. Die Täter hatten dem toten Mann den Fuß zum Teil abgeschnitten, aber es gab kaum Blutspritzer an den Sitzen und den Innenwänden des Busses. Dennoch war natürlich auch bei einer Leiche immer noch Blut in den Venen und Arterien, das austrat, insbesondere wenn man an einer frischen Leiche herumschnitt. Da aber kein Blutdruck mehr vorhanden war, lief das Blut nur aus der Wunde, spritzte aber nicht. Die Täter hatten offenbar ihre Hände in die Blutlache getaucht, wie bei einem satanischen Ritual. Und dem Mann mit seinem eigenen Blut das rätselhafte Symbol auf die Stirn gemalt.

Kapitel 7

Bad Saarow, Mai 2019

Es gab verschiedene Arten, aufzuwachen. Manchmal war man noch so im Halbschlaf gefangen, dass das Wachbewusstsein zwar zu arbeiten begann, die Traumwelt aber noch stark genug war, um ihre Eindrücke in eine vermeintliche Wirklichkeit umzuwandeln. Oft geschah das Aufwachen langsam, gleitend.

Manchmal aber stieg man aus einem tiefen, schwarzen, alles verdeckenden Schlaf empor, der einen gnädig alles vergessen ließ, beinahe wie der Tod, der Bruder des Schlafes. Ein Schlaf, der die Schrecken der Erinnerung und der Realität mit einem dunklen Laken des Vergessens verhüllt hatte. Und das vorübergehend verdrängte Grauen, das unter der Decke des Schlafes verborgen gelegen hatte, war, wenn man erwachte, wieder lebendig und erhob sich in diabolischem Triumph wie ein Vampir aus seinem Grab auf Zeit, nur kurz verbannt von der vorübergehenden Gnade des Schlafes.

Ralle spürte Blut in seinem Mund. Er wollte sich über die Lippen lecken, doch seine Zunge zuckte zurück, denn was er gefühlt hatte, waren nicht Ober- und Unterlippe und die Schneidezähne, sondern ein schmerzender Brei aus zerfetztem Fleisch und abgebrochenen Zähnen. Zahnsplitter schwammen in seiner Mundhöhle wie verirrte Boote in einem Meer aus klumpigem, mit Blut vermischtem Speichel. Sobald er den Mund bewegte, durchzuckte ihn höllischer Schmerz, begleitet von dem hässlichen Geräusch von Knochen, die sich aneinanderschoben. Vielleicht war sein Kiefer gebrochen.

Sein ganzer Körper bestand aus Schmerzen. Wenn er sich bewegte, knackte es, und ein stechender Schmerz schoss durch seinen Arm. Vielleicht war der Arm auch gebrochen. Doch viel bewegen konnte er sich ohnehin nicht, denn jemand hatte ihn auf einem Stuhl gefesselt. Jetzt war die Angst wirklich da. Hämmernd und grausam. Über seinen Augen war eine Binde. Doch in der Binde war ein Loch, durch das er hindurchsehen konnte. Vielleicht war es absichtlich dort? Er sah eine Lampe. Die feuchte Kellerwand. Sein Blick zuckte nach links. Zuckte nach rechts. Dann wieder nach links. Irgendetwas hatte er dort gesehen. Jetzt sah er es. Den Tisch. Mit den Werkzeugen. Hammer, Messer, ein Beil. Und eine Bohrmaschine. Er merkte, wie ein saurer Kloß seine Speiseröhre hinaufstieg.

In dem Moment öffnete sich die Tür mit einem schweren Scharren.

Der Mann mit der Maske. Der Schweinemaske. Der Mann, der so unglaublich *leise* war.

»Ich sag es noch einmal«, sagte der Mann mit der Maske, »schön, sehr schön, wenn die Opfer zu einem kommen und man sie gar nicht suchen muss. Dann wollen wir mal ein bisschen Spaß haben. Du bist zu mir gekommen. Und wer zu mir kommt, der weiß, was ihn erwartet. Und falls nicht: Dann wirst du es gleich wissen. Nein, du wirst es *spüren!*« Der Mann ging zu dem Tisch. Verschwand aus seinem Blickfeld. Dann stand er vor ihm. Im nächsten Moment zog er ihm die Binde vom Gesicht. Der Mann mit der Maske hielt ein Skalpell in die Höhe.

»Ich will sehen, wie du lachst«, sagte der Mann. »Und wenn du nicht lachen willst, dann … schneide ich dir ein Lachen.«

Kapitel 8

LKA 113, Tempelhofer Damm, Berlin, Mai 2019

Clara beobachtete MacDeath, der unruhig im Büro der IT auf und ab lief, während Hermann und seine Kollegen über den Laptops der Killer brüteten.

Die drei Jungen waren festgenommen worden, auch sie waren alle jünger als vierzehn Jahre und damit strafunmündig. Gleichzeitig waren vier der Täter erschossen worden. Der Wortführer aber lebte. Es war ein gewisser Hagen Hemker, der sich selbst, basierend auf seinem Nachnamen, *Hagen der Henker* nannte.

»Sind das nun verirrte Jungs, die sich auf irgendwelchen Wegen im Netz zu einer abartigen Killer-Truppe zusammengefunden haben«, murmelte MacDeath, »oder steckt da wirklich jemand dahinter? Lenkt jemand diese Gruppe?«

»Keine Ahnung«, sagte Clara, »aber es wäre allen mehr gedient, wenn du aufhören würdest, so unruhig im Raum hin und her zu laufen.«

»Ich kann nur nachdenken, wenn ich laufe«, erklärte MacDeath. »Außerdem habe ich gerade ein Buch über Innovation im Silicon Valley gelesen. Die meisten Ideen kamen den Leuten beim Laufen, nicht beim Rumsitzen.«

»Gibt es deswegen in Deutschland so wenig Innovation?«, fragte Hermann.

»Kann sein«, meinte MacDeath. »Wobei wohl im Weltvergleich dann doch eine Menge Patente angemeldet werden.

Aber wahrscheinlich könnte es mit der Innovation durchaus noch viel besser laufen. Hier gilt ja nur der als arbeitend, der von acht bis sechzehn Uhr am Schreibtisch seine Zeit absitzt.«

»Und?«, fragte Clara. »Wenn wir mal wieder zum Thema kommen dürfen, was gibt es auf den Laptops, lieber Hermann?«

Der drehte sich um. »Alles über einen Proxy gesperrt«, murmelte Hermann, der vornübergebeugt vor dem Rechner kauerte und auf den Bildschirm starrte.

»Proxy«, sagte Clara. »Schon mal gehört.«

»Heißt auf Englisch so viel wie *Stellvertreter* oder *Vermittler*«, sagte Hermann. »Einen Proxy kann man sich auch als Vermittler vorstellen. Zum Beispiel wie eine Firma, deren Mitarbeiter alle das gleiche Mittagessen bestellen wollen. Jetzt kann jeder einzeln ordern, wenn aber alle eh chinesisch bestellen, kann man die Bestellung auch gesammelt weitergeben. So ähnlich macht das auch ein Proxy. Übertragen auf ein Netzwerk, heißt das, dass entweder jeder Rechner einer Firma direkt auf das äußere Netzwerk, also das Internet, zugreift, oder es gibt einen Zentralrechner, der Anfragen entgegennimmt und weiterleitet.«

»Und wofür brauchen die hier so einen Proxy?«

»Um zum Beispiel zu verhindern, dass bestimmte Webseiten herausfinden, aus welchem Land der User kommt. Zum Beispiel sind manche Videos auf YouTube aufgrund von Copyrights der GEMA in Deutschland gesperrt. In anderen Ländern kann man sie sehen. Wenn jetzt der Proxy glaubt, man käme nicht aus Deutschland, lässt er einen durch, und man kann die Videos anschauen.«

»Auch in Deutschland?«

Hermann nickte. »Auch in Deutschland.«

Clara schaute auf den Bildschirm. Darauf eine Liste von möglichen, offenen Proxyservern.[5]

http://xroxy.com
http://www.publicproxyservers.com
http://www.freeproxysite.com/proxy-lists.php
http://www.multiproxy.org

»Wenn wir die offenen Proxyserver finden«, erklärte Hermann, »können wir vielleicht mit einer bestimmten Anfrage ins Innere. Vielleicht aber auch nicht.«

Er klickte weiter durch die Seiten. Dann hob er die Hand. »Holt mal Winterfeld her«, sagte er, »das hier ist übel.«

»Was hast du gemacht?«

Hermann lächelte, aber nur kurz. »Habe dem Server klargemacht, dass ich mich aus Brasilien einwähle, nicht aus Deutschland. Jetzt können wir das Video sehen.« Er klopfte auf den Tisch. »Und jetzt holt endlich Winterfeld.«

Fünf Minuten später standen alle um Hermanns Rechner versammelt und schauten auf den leuchtenden Monitor wie bei einer Anbetungsszene auf einem Gemälde der Renaissance.

Das Video befand sich auf dem Laptop von Hagen dem Henker. Eine maskierte Gestalt, deren Gesicht von der Kamera kaum erfasst wurde, stand vor einem Tisch, auf dem ein menschlicher Körper lag.

»Sie ist tot, oder?«, fragte Hermann.

»Sieht tot aus«, meinte MacDeath.

5 Dank an Jens Kubieziel und sein Buch »Anonym im Netz«

»Kennen wir die Leiche?«, fragte Clara.

»Also ich nicht«, sagte Hermann.

»Ruhe«, knurrte Winterfeld.

Die maskierte Gestalt hob die Stimme. »Heute zeige ich euch, wie man Leichen fachgerecht *entbeint.*« Mit ihrem erklärenden Singsang klang die Stimme ein wenig so wie bei der Sendung mit der Maus, allerdings verzerrt. »Entbeinen heißt so viel wie Zerteilen. Entbeinen müssen wir die Leichen, damit man die Einzelteile gut verstecken kann. Nehmen wir einmal zum Beispiel den Ellbogen.« Der Mann mit der Maske trat an die Leiche auf dem Tisch heran und setzte das Messer an das Ellbogengelenk. »Allerdings«, sprach er weiter, »muss das ›Zerteilen‹ oder ›Entbeinen‹ gekonnt sein. Schaut einmal hier. Ich setze das Messer an und zerschneide die Gelenkkapsel, die Muskeln und die Bänder.« Auf dem Video war ein glitschendes und dann ein schnappendes Geräusch zu hören. »Nachdem wir die Gelenkkapsel final durchtrennt haben, müssen wir nur noch Muskelgewebe und Haut durchschneiden, so wie jetzt«, der Mann schnitt weiter, »und können dann den Arm ganz einfach abnehmen.« Er hob den linken, abgetrennten Arm der Leiche und hielt ihn in die Kamera. »Wie ihr seht, kann man den Unterarm jetzt ganz einfach entfernen, ohne dass man sich mit dem Zerschneiden oder Zersägen von harten Knochen hat Mühe machen müssen. Hilfreich ist hierbei auch eine Spezialschere, ein Vorstecher, zum Zerteilen der Gelenke auch ein Stemmeisen und ein Hammer und manchmal auch eine Feile oder eine Handsäge, aber eigentlich braucht ihr all das nicht, wenn ihr es so macht wie ich.«

Er machte eine kurze Pause und sprach dann weiter: »Macht es euch genauso einfach mit dem Töten. Nehmt keine komplizierten Waffen, sondern scharfe, lange Messer, die ihr in jeder Küchenabteilung bekommt.«

Clara wusste, dass der Mann recht hatte. Es war sehr einfach, eine Leiche zu zerteilen, wenn man die richtige Technik anwendete. Was aber nicht hieß, dass jeder mit Ausnahme von Fleischern, Jägern und Rechtsmedizinern diese Technik beherrschen sollte.

»Manchmal«, sprach die Stimme, »gibt es Menschen, die im Sitzen sterben. Dann setzt allmählich die Fäulnis ein, und die Fliegenmaden schlüpfen, während die Leiche noch immer aufrecht sitzt. Die Weichteile verfaulen und sind irgendwann nur noch verwester Matsch, der von den Maden gefressen wird. Und was passiert dann?« Der Mann hielt kurz inne und sprach dann weiter. »Irgendwann fällt der Kopf ab, und zwar ganz von selbst, da die freigelegten Halswirbel ohne Weichteilverbindung den schweren Kopf nicht mehr halten können. Der Kopf fällt zu Boden. Früher dachten die Menschen dann, es spukt. Dabei gab es nur zwei simple Gründe: die Fäulnis und die Schwerkraft.« Er lachte leise. »Das heißt für euch: Was von selbst durchfault, ohne dass ihr etwas machen müsst, das könnt ihr auch durchschneiden! Oder anders: Nutzt Sollbruchstellen!«

Der Mann mit der Maske beugte sich nach vorn. Offenbar war aus dem Off gerade eine Frage gestellt worden, die aber auf der Tonspur nicht zu hören war.

»Eine Kettensäge?«, fragte der Mann mit der Maske. »Kann man auch nehmen, ist aber extrem laut und macht eine große Sauerei. Außerdem muss man bei einer Kettensäge ständig die Kette über Nacht in Öl einlegen, wenn man sie häufig benutzt. Was kostet ein scharfes Messer in der Küchenabteilung im Vergleich zu einer Kettensäge? Was kostet ein Schleifstein oder einfach gleich ein neues Messer? Nein, ich bleibe dabei, meine Methode des Entbeinens ist die beste.«

»Er sagt *entbeinen*«, sagte MacDeath, »nicht zerteilen oder zerhacken. *Entbeinen* sagen eigentlich nur Mediziner. Oder Leute, die in der Medizin versiert sind.«

»Genau das haben die Killer in dem VW-Bus doch auch versucht«, sagte Clara, »sie haben dem Toten den Fuß abgeschnitten. Jedenfalls zum Teil.«

»Aber nicht so gut wie der hier in dem Video«, ergänzte MacDeath.

»Richtig«, knurrte Winterfeld wieder und starrte auf den Monitor. »Die müssen das Video vorher gesehen haben, auch wenn sie es anscheinend nicht wirklich verstanden haben.«

»Die einzelnen Teile«, sprach der Mann in dem Video weiter, »könnt ihr natürlich noch weiter zerkleinern. Am besten ist es, wenn ihr die Leichenteile klein macht und sie dann in Mülltüten packt. Entsorgt sie am besten in einem Mehrfamilienhaus mit großen Containern. Nehmt die schwarzen, großen Tüten für den Restmüll und packt sie etwas weiter unten in den Müllcontainer. Macht das unbedingt am Montagabend, aber auch nicht so spät in der Nacht, dass jemand Verdacht schöpft. Am Dienstagmorgen kommt die Müllabfuhr und nimmt alles mit. Und ihr seid eure Sorgen los. Und die Leiche auch.«

Hermann blickte auf einen anderen Rechner. »Hier ist noch etwas gekommen«, sagte er.

»Von wem?«

»Von Trautmann vom BKA.«

Trautmann, dachte Clara, der Datenexperte aus Wiesbaden, der »Schrubber«.

»Sieht recht kompliziert aus, was er da geschickt hat«, sagte Winterfeld.

»Auf den ersten Blick ja.« Hermann nickte. »Er hat mal die ganzen Posts analysiert, ob man die irgendwie auf eine bestimmte Person zurückverfolgen kann. Hat einige Algorithmen überprüft und Varianzanalysen zu den Accounts der unterschiedlichen Killer vorgenommen. Das ist der kleinste gemeinsame Nenner. Also muss diese Person der Schlüssel sein.«

»Jetzt komm mal zur Sache«, knurrte Winterfeld. »Wer ist der Schlüssel?«

»Es gibt da ein Element«, sagte Hermann, »das all diese Killer verbindet. Eine Art gemeinsamer Code. Alle hatten diverse Gespräche, Chats und E-Mail-Verkehr im Dark Web und auch im Clear Web und 4chan mit einer Person.«

»Und wie heißt diese Person?«

»Zu Beginn nur *B.G. 666.*«

Clara hob den Kopf. »Ist das dieser BG666, den wir schon mal gesehen haben?«

»Richtig«, sagte Hermann, »und das scheint auch genau der zu sein, der uns hier gerade dieses *Entbeinen*-Video zeigt.«

»Zu Beginn BG666«, sagte Winterfeld, »was heißt hier *zu* Beginn? Und danach? Oder jetzt?«

»Jetzt«, sagte Hermann, »vervollständigt diese Person aber die Abkürzung zu einem vollständigen Namen.«

»Und der lautet?«

»BLUTGOTT.«

Kapitel 9

Tegel/Moabit, Berlin, Mai 2019

Die Sonne versank blutrot am Himmel, und Clara blickte auf die Schienen unterhalb der Straße an der Putlitzbrücke, wo Züge der Bahn und S-Bahn kreischend über die Gleise rauschten und Pendler eilig ein- und ausstiegen. Ein Gewirr von Oberleitungen blitzte im roten Schein der Abendsonne. Kurz vor der riesigen Brücke befand sich auf der rechten Seite ein Erotikkino, bei dem sich alle Ermittler fragten, womit die im Zeitalter der Internetpornos noch Geld machten, falls es sich nicht ohnehin lediglich um eine Geldwaschanlage handelte. Wenn sie nur ein Stück die Straße runtergehen würde, käme sie zu einer Bäckerei, die sich die »Freundliche Bäckerei« nannte, was man in Berlin durchaus dazuschreiben musste. Aber das war heute nicht ihr Ziel. Richtung Moabit und Rechtsmedizin kam dann noch ein Supermarkt mit einem Hotel darüber und einem riesigen chinesischen Restaurant im ersten Stock. Dort hatte das Team schon mehrfach gegessen, da Hermann die große Auswahl des mongolischen Buffets mochte und MacDeath sich von den großen Lampen aus Kristallen, die in Claras Augen der Inbegriff der Kitschigkeit waren, immer an die Restaurants in Shanghai erinnert fühlte, die er während einer Fachtagung in China vor einigen Jahren einmal besucht hatte.

Eben waren sie in Moabit im Sektionssaal gewesen. Das Massaker hatte so viele Leichen hervorgebracht, dass die fünf Sektionstische selbst im großen Saal nicht ausreichten.

Schlimm waren all die Handys der Leichen, die ununterbrochen klingelten, oft aus dem Ausland, und deren Besitzer nie wieder den Anruf annehmen würden.

Besonders das Gesicht einer jungen Frau, der die Killer die Kehle durchgeschnitten hatten, war in Claras Kopf geblieben. Der junge, viel zu junge Körper, der auf dem metallenen Sektionstisch gelegen hatte. Die Frau war viel zu jung, um hier zu liegen – achtundzwanzig, wie die Daten des Einwohnermeldeamtes ergeben hatten. Damit war sie älter als Mia, aber dennoch viel zu jung zum Sterben. Diese junge Frau hatte Träume gehabt, Hoffnungen, Wünsche, Pläne. Und alles war an diesem schrecklichen, blutigen Tag zu Ende gegangen, als die Killer mit ihren schwarzen Kapuzenpullovern, Messern und Äxten aus ihrem Transporter gestiegen waren. Jetzt saßen alle Täter in der GESA und in Untersuchungshaft, auch Hagen der Henker, der sich als Wortführer aufgespielt hatte. Dr. von Weinstein hatte die Untersuchungen geleitet. Von Weinstein, der stellvertretende Direktor des Instituts für Rechtsmedizin, der mit seinem gebräunten Teint, den gegelten, nach hinten gekämmten schwarzen Haaren, die von grauen Strähnen durchzogen waren, und der silbernen Designerbrille nach Claras Empfinden überhaupt nicht dem Klischee eines Rechtsmediziners entsprach. Den Gedanken hatte sie immer wieder, wenn sie ihn sah.

Selbst von Weinstein, der normalerweise immer sarkastische und unpassende Sprüche auf Lager hatte, wie zum Beispiel »Wir fangen alle besser an, als wir enden«, hatte sich heute alle zynischen Bemerkungen verkniffen.

Neben Clara liefen MacDeath und Winterfeld über die große Brücke, wobei Winterfeld wieder einen Zigarillo in die Abenddämmerung paffte. Alle drei brauchten ein bisschen Bewegung nach dem Schock des Überfalls und der Ungewissheit, wer dieser Blutgott sein könnte. Sie waren vom Rechtsmedizinischen Institut Richtung Virchow-Klinikum gelaufen, an den Behala-Speichergebäuden am Westhafen vorbei bis zur Müllerstraße.

»Hagen ist nicht der Blutgott, oder?«, fragte Winterfeld und schaute Clara und MacDeath an, als hätten die gerade eben per Einschreiben die Täterbeschreibung nebst vollständigem Geständnis und Personalausweiskopie des Blutgottes erhalten; was natürlich nicht der Fall war.

»Nein«, sagte MacDeath, »ich halte das für extrem unwahrscheinlich. Die Typen, die so etwas steuern, bleiben meist im Hintergrund.«

»Was macht Sie da so sicher?«, fragte Winterfeld.

»Neu ist das nicht mit solchen Killersekten«, meinte MacDeath. »Denkt an die Manson Family. Die haben sich im Death Valley getroffen, interessanterweise der Ort, an dem mit 57 Grad die heißeste Temperatur aller Zeiten gemessen wurde. Gemeinsam zu morden war ein Ritual, das zusammenschweißte. Vor allem steht dabei immer die Angst im Raum, dass andere einen verpfeifen können, wenn man gemordet hat und die Sekte verlässt.«

Clara kannte die Geschichte, wie fast jeder, der Serienkiller jagte. Vier Mitglieder der Manson Family waren am 9. August 1969, angeführt von Charles »Tex« Watson, in das gesicherte Haus von Roman Polanski in Cielo Drive 10050 in Beverly Hills eingedrungen und hatten dort ein absolutes Massaker angerichtet. Auch hier hatten sie Slogans und Wörter mit dem Blut der Opfer an die Wände geschrieben.

»Charles Manson hat aber nicht mitgemordet?«, fragte Clara.

»Nein, natürlich nicht. Der hat sie alle angestiftet«, sagte MacDeath. »Manson war extrem gut darin, Leute psychologisch zu analysieren und zu schauen, für welche Aufgaben sie geeignet sind und was sie für ihn tun können. Selbst John Douglas vom FBI hat gesagt, dass er Manson, wenn er kein Verbrecher gewesen wäre, gut als Psychologen in seiner Einheit hätte gebrauchen können. Die Mitglieder der Manson Family taten jedenfalls alles für ihn.«

»So wie die Blutsbrüder bei den Indianern?«, fragte Winterfeld.

»Angeblich stimmt die Story gar nicht«, erklärte Clara, die sich in ihrer Jugend für Indianer interessiert hatte. »Es gab da gar keine Blutsbrüder.«

»Dafür gab es das bei den Skythen«, warf MacDeath ein, »die haben Blut und Wein vermischt, um beides zu trinken. Ähnlich wie beim Abendmahl der Christen. Bei der ›Ndrangheta-Mafia‹ schneiden sich die Mitglieder in die Hand. Blutsbrüder stehen hierarchisch über der eigenen Familie. Der Novize hält dabei ein brennendes Bild von der Kirche Santissima Annunziata in der Hand und lässt das Blut aus seinem Finger auf das Feuer tropfen. Der Schwur lautet: ›Mein Fleisch wird brennen wie dieses Papier, wenn ich die Cosa Nostra verrate.‹«

»Ich habe das bei all diesen Sekten nie verstanden.« Winterfeld stieß Qualm aus. »Denn was haben die Typen davon, wenn sie im Namen von so einem Spinner morden?«

»Erst einmal fühlen sie sich unbesiegbar«, sagte Clara, »mit unter vierzehn Jahren sind sie noch nicht strafmündig, und das nutzen sie schamlos aus.«

»Ich bin sogar ziemlich sicher«, ergänzte MacDeath, »dass dieser Blutgott seine Jünger darauf hinweist. *Durch mich könnt ihr morden, und es wird euch nichts geschehen.* Die Typen morden und sehen, dass ihr Guru recht hatte. Wenn das passiert, kommt es schnell zur absoluten Unterwürfigkeit, was man in der Psychologie auch den *Reverend Jim*-Effekt nennt.«

»Jim Jones in Guyana?«, fragte Winterfeld. »Das war doch auch so ein Oberspinner.«

MacDeath nickte. »Aber ein einflussreicher.«

Clara kannte die Geschichte von Jim Jones, der in den USA mit dem Peoples Temple seine eigene Kirche gegründet hatte und dessen Mutter angeblich prophezeit worden war, sie würde einen Sohn gebären, der alles Unrecht in der Welt vergessen machen würde. Vergessen machte er allerdings nur das Leben seiner Jünger, die sich am 18. November 1978 in Jonestone in Guyana bei einem Massen-Suizid das Leben genommen hatten. Neunhundert Menschen und der berüchtigte Reverend Jim fanden dabei den Tod. Clara merkte, wie ein Songtext von Manowar zu diesem Massaker in ihrem Kopf war. Eine Band, die sie als Jugendliche gehört hatte und deren ruhigere Stücke sie immer noch gut fand.

Thank You For The Kool Aid Reverend Jim,
We're Glad To Leave Behind Their World Of Sin,
Our Lifeless Bodies Fall On Holy Ground,
Rotting Flesh A Sacrificial Mound.[6]

»Da gibt es noch viele Verrückte«, sagte MacDeath, »die Davidianer zum Beispiel.«

»Waco Texas, richtig?« Das war Winterfeld.

MacDeath nickte. »Genau genommen die Davidianischen Adventisten vom Siebenten Tag. Der siebte Tag ist der Tag der Apokalypse, der Endzeit, der Tag, an dem Jesus zurückkehrt.«

6 Manowar: »Guyana – Cult of the Damned«, Album: Sign of the Hammer, 1984

»Gut gegangen ist die Story doch auch nicht?«, fragte Winterfeld.

»Nein. Die Davidianer orientierten sich am Königreich Davids aus dem Alten Testament, daher auch der Name. 1981, nur drei Jahre nach dem Guyana-Fall, trat Vernon Wayne Howell der Gruppe als David Koresh bei und übernahm dort die Führung. Koresh redete seinen Getreuen ein, er sei Jesus. Das Kleingedruckte zur Friedfertigkeit im Christentum hatte er aber überlesen, sodass die Sekte auch mit Waffen handelte. Als dann das FBI den Laden dichtmachen wollte, mussten siebenhundert Regierungsbeamte mit Panzern das Anwesen des schrägen Trupps in Palestine, Texas, belagern. Das war irgendwann 1993. Die Davidianer zündeten ihre eigenen Gebäude an und töteten sich teilweise selbst. Auch schwangere Frauen, Kinder und am Ende David Koresh selbst. Koresh erschoss im Laufe der Belagerung mehrere Angehörige seiner Sekte, darunter fünf Kinder.«

»Sehr christlich«, murmelte Winterfeld. »Würden sich die Blutgott-Jünger auch für den Blutgott opfern? Und hätte er diese Gewalt über sie?«

»Ja und nein«, sagte MacDeath, »das ist hier keine klassische Sekte, da das meiste online läuft. Was den Blutgott ganz klar differenziert, ist, dass er einem bestimmten Segment des, sagen wir mal, Killer-Marktes, nämlich den unter Vierzehnjährigen, verspricht, straffrei morden zu können, was dann ja auch tatsächlich möglich ist.«

»Und das ist alles?«, fragte Clara. »Was soll das mit dem Entbeinen dann? Das ist doch nicht erforderlich, wenn ich nur morden will und es ohnehin egal ist, ob ich erwischt werde oder nicht, weil ich noch gar nicht strafmündig bin.«

»Stimmt.« MacDeath nickte. »Das ist wieder etwas anderes. Ich würde mich daher nicht wundern, wenn das eine Art Motivationsvideo war. Oder es ist für die Zeit, wenn sie über vierzehn sind, weitermorden und nicht erwischt werden wollen.«

»Motivationsvideo klingt gut«, sagte Winterfeld zwischen zwei Paffern. »Das müssen wir mal unserer Führungskräfteentwicklung vorschlagen.«

»Fakt ist«, sagte MacDeath, »der Blutgott will dafür auch etwas von seinen Jüngern.«

»Die morden doch schon?«

»Ja, aber es könnte sein, dass er sie als Nächstes auffordert, ihn zu überraschen, etwas Tolles, in diesem Fall Grauenhaftes, für ihn zu tun. So ähnlich wie das *Projekt Mayhem* in dem Film ›Fight Club‹. Der Blutgott ist aber dadurch, dass er vermutlich das meiste über das Internet macht, nicht so nahe an seinen Jüngern dran wie andere Sektenführer, etwa auch dieser Shoko Asahara von der japanischen Aum-Sekte, die in den Neunzigerjahren den Sarin-Giftgas-Anschlag auf die Tokioter U-Bahn durchgeführt haben. Der soll nach internen FBI-Informationen in Japan hingerichtet worden sein.«[7]

»Der hatte aber doch eine ganze Entourage um sich herum?«, fragte Clara.

»Ja. Auf dem Höhepunkt hatte die Sekte vierzigtausend Mitglieder und ein Vermögen von hundert Millionen Dollar, das aus Spenden der Gläubigen zusammengekommen war. Dann noch Ableger in mehreren Ländern. Die Gläubigen durften nur Gemüse essen, der Meister selbst fuhr einen weißen Rolls-Royce.«

7 Shoko Asahara wurde am 6.7.2018 hingerichtet

»So läuft es ja meistens«, sagte Clara. »Aber was können wir jetzt von alldem für unseren Killer ableiten? Und für seine Jünger?« Sie waren am Ende der Straße angekommen und machten wieder kehrt.

»Der Blutgott«, meinte MacDeath, »hat durch seine digitale Reichweite extrem viele Leute, die er per Knopfdruck manipulieren kann. Er braucht keine eigene Sekte aufzuziehen, er nimmt sich Sekten, wann immer er sie braucht. Kurzfristig und mehr oder weniger unverbindlich. So ähnlich wie das, was man heute *Gig Economy, Auftragswirtschaft* nennt. Man stellt niemanden ein, sondern es gibt Plattformen, auf denen man Grafiker, Putzkräfte und alles findet. Der Blutgott macht halt so eine Plattform für Killer. Und indem er seine Jünger immer zu etwas Neuem auffordert, wird das, was er von ihnen will, für die Gruppe nie langweilig. Solange sie alle unter vierzehn sind, können sie sich sadistisch und brutal immer wieder neu austoben. Und auch für die Zeit jenseits der vierzehn hilft er ihnen.«

Winterfeld schüttelte den Kopf. »Morden jenseits der vierzehn. Klingt fast wie eine Versicherungswerbung.«

»Ja«, knurrte MacDeath, »Selbstverwirklichung als Snuff-Movie, könnte man sagen.«

»So eine Art Tinder für Serienmord?«, fragte Clara.

MacDeath blickte sie an, als wäre er stolz, was sie alles von ihm gelernt hatte.

»Das hast du schön gesagt!«

Kapitel 10

Berliner Global-News-Büro, Friedrichstraße, Mai 2019

Christoph Warner saß im Büro von Florian Komsalis, dem Redaktionsleiter von Global News, an den ihn sein Freund Wolle weitergeleitet hatte. Das Redaktionsbüro von Global News war in einem hässlichen, postmodernen Beton- und Glasklotz nahe dem Bahnhof Friedrichstraße in Berlin-Mitte untergebracht. Und wenn man diesen Betonklotz sah, konnte man kaum glauben, dass sich irgendetwas Lebendiges in seinem Inneren befand. Doch der Eindruck täuschte. Auf allen Gängen rannten Praktikanten und Journalisten hin und her, während im Newsroom Monitore blitzten, Nachrichten ohne Ton liefen und Skype-Konferenzen abgehalten wurden.

»*Bigger is better*«, sagte Florian Komsalis immer. Das traf nicht nur auf die Größe und Brisanz von Berichten, sondern auch auf ihn selbst zu. Sowohl was seine Netzwerke anging als auch seine Statur. *Flori das Fass* wurde er deswegen nicht nur in der Redaktion genannt.

»Global News« war ein internationales Nachrichtenunternehmen, das sich eigentlich auf seriöse Berichterstattung spezialisiert hatte, aber auch reißerischen Boulevardmeldungen nicht abgeneigt war.

Flori das Fass hatte Christoph Warner zu sich in sein gläsernes Eckbüro eingeladen, das firmenintern immer »das Aquarium« genannt wurde.

Warner hatte sich vorsichtig auf dem Stuhl vor dem gigantischen Tisch niedergelassen, der mit Zeitungen, Papier, CDs,

DVDs und Visitenkarten überhäuft war. Hier und da ragten eine Kaffeetasse und ein oder zwei angebissene Kekse aus dem Chaos hervor. Interessiert blickte Warner auf den riesigen Ventilator auf Floris Fensterbank, der volle Kraft blies und ein ums andere Mal Dutzende von Notizblättern und zerknitterten Zetteln von Floris Schreibtisch Richtung Fußboden fegte, ohne dass Flori davon irgendeine Notiz nahm.

»Wolle hat gesagt, dass du was kannst«, begann Flori das Fass unvermittelt die Unterhaltung und duzte Warner sogleich, obwohl beide sich vor zehn Sekunden zum ersten Mal persönlich begegnet waren. »Es ist hier so«, fuhr Flori fort, ohne eine Antwort von Warner abzuwarten, »die Leute wollen sich informieren, aber sie wollen sich auch unterhalten.« Damit hatte er recht. Global News waren damals die Ersten gewesen, die über Fritzl, das Monster von Österreich, berichtet hatten. Und Warner hatte sich mehrfach geärgert, dass er nicht schneller gewesen war. Aber das wollte er jetzt ändern. »Wenn du mir so eine Story bringst wie die, die wir damals mit Fritzl gemacht haben«, sprach Flori weiter, als hätte er Warners Gedanken gelesen, »dann kannst du hier durch die Decke gehen. Aber das Ganze muss spannend sein. In Episoden. Hintereinander. Sodass die Leute immer die nächste Ausgabe kaufen müssen. Cliffhanger. Verstehst du?« Warner nickte eifrig. »Und das Ganze auch noch multimedial. Mit Reportagen, Filmen, aber die ganz tollen Sachen gibt es nur in der Print- oder Pay-Version. Klar?«

Warner nickte. »Natürlich.« Er räusperte sich und schob Flori einen Stapel Papier über den Schreibtisch. »Dies ist eine meiner früheren Reportagen«, sagte er.

Flori nickte. »Meiwes. Hat mir Wolle schon als PDF geschickt, aber schön, dass du's noch mal mitgebracht hast. Nein, das meine ich ernst. Nur was man schwarz auf weiß besitzt, kann man getrost nach Hause tragen. Hat schon Goethe gesagt. Und weißt du, was der Chef von IBM mal gesagt hat?« Er blickte Warner für den Bruchteil einer Sekunde an und sprach dann gleich weiter: »Das papierlose Büro ist so wahrscheinlich wie die papierlose Toilette.«

»Da hat er wohl recht«, sagte Warner in Ermangelung einer schlagfertigeren Antwort und gab ein pflichtschuldiges Lachen von sich, während er auf die riesigen Papierstapel auf Floris Fensterbank blickte.

Flori sah ihn an. »Dieser Meiwes und sein Opfer Bernd hatten aber beide einen an der Klatsche, oder?«

»Allerdings«, sagte Warner. »Bernd B., das Kannibalenopfer, war vorher in der Berliner Stricherszene unterwegs. Er hat jemanden gesucht, der ihm den Penis abschneidet.«

»Manche haben Probleme …«, knurrte Flori, »die meisten sind froh, wenn sie ihren Baukredit abbezahlen.« Er überflog den Text. »Meiwes hat dann später die Teile von Bernd B. portionsgerecht eingefroren, um sie später zu … äh, genießen?« Er schaute auf einen der Kekse auf seinem Tisch, ließ ihn aber dort liegen, ohne ihn zu essen.

»Exakt«, sagte Warner, »da haben sich die Richtigen getroffen. Bernd B. sagte, er habe von seiner Kindheit an den Wunsch gehabt, mit einem anderen zu verschmelzen.«

»Indem er gegessen wird?«

»Ganz genau. Das war der Wunsch.« Er zeigte Flori mit dem Zeigefinger eine Stelle in seiner Reportage über den Kannibalen von Rotenburg. »Schauen Sie mal hier.« Obwohl Flori Warner permanent duzte, war es Warner lieber, den Chef erst einmal zu siezen, bis er das Du von sich aus anbot. Falls das irgendwann geschehen sollte.

Flori las laut. »*Die meisten aus der Kannibalen-Szene wollen eher gegessen werden, als selbst jemanden zu essen*. *Aha.*

Vor dem Hintergrund von Nahrungsmittelknappheit und Überbevölkerung ist das vielleicht eine gute Nachricht.«

Er lachte kurz auf. »Gar nicht übel. Sehr sarkastisch, das muss man sich trauen. Gar nicht übel. Das wäre ein Super-Sub-Titel.«

Warner nahm den Faden wieder auf. »Die haben sich sogar gefragt, wie man das legalisieren kann. Also Kannibalismus.«

»Und wie?«

»Mit Menschen aus der Pathologie oder Rechtsmedizin, frisch Verstorbene, Unfallopfer. So ähnlich wie bei einem Organspendeausweis.«

Flori musste grinsen. »Organspendeausweis als Essensmarke«, knurrte er, »das wäre auch eine schöne Überschrift.« Er flog weiter über den Text. »Du hast hier die Chat-Protokolle der beiden?«

Warner fühlte sich geschmeichelt. »Ja, das ist halt investigativer Journalismus.«

»Wo hast du die her?«

»Das darf ich nicht sagen.«

»Verstehe. Aber es sind Computerexperten beteiligt gewesen an deinen Recherchen? Hacker?«

Warner nickte.

»Und du hast Kontakte zu denen? Auch für diesen Fall? Weil da läuft ja auch einiges online.«

»Selbstverständlich. Deswegen sprechen wir ja gerade hier, oder?«

»Sehr gut!« Flori senkte den Kopf und las den Text murmelnd vor. »Hinweis an Bernd B. *Deine Schlachtung ist für etwa Ende September vorgesehen. Bitte ziehe zum Schlachttermin nur das Nötigste an, nehme vorher Abführmittel und trinke leicht gesalzenes Wasser. Deinen PC und alles, was auf die Schlachtung hinweisen könnte, bring zu deinem Schlachttermin mit.*« Er sah kurz auf. »Wie die Vorbereitung auf einen Behördentermin oder Arztbesuch.«

»Ja, oder eine OP. Der Meiwes war extrem organisiert.«

Flori las weiter. »Bernd: *Ja, mache ich. Das Schlachtvieh mischt sich ja auch sonst nicht ein ... Im Schamdreieck habe ich ein bisschen Fett angesetzt. – Es wird mir sehr lecker schmecken. – Ja, mal schauen, wie weit ich gehe. – Bis in die Pfanne. – Versprich mir, nichts gegen meinen Willen zu tun.*«

Flori sah auf. »Interessant, hier scheint Bernd ja doch ein bisschen Angst zu kriegen.«

»Hier«, sagte Warner, »ist noch eine Art Stellenbeschreibung, die der Kannibale ausgegeben hat. *Über dreißig solltest du nicht sein. Dann schmeckt das Fleisch nicht mehr.* Gleichzeitig hat dieser Bernd B. den Kannibalen gebeten, Bilder von seinen Zähnen zu schicken. So eine Art Zahn-Fetisch. Er wünschte sich die Abtrennung von Penis und Hoden, am besten durch Abbeißen.«

»Messer wären ja auch zu teuer«, sagte Flori. »Ah ja, hier ist wieder der Chat-Verlauf ... *ich kann dir dann auch die Zunge abbeißen. Vorher können wir Sex haben: Ich stehe dir gerne vorher zum Sex zur Verfügung, wenn du es magst, mit deinem Futter zu spielen. – Meine Mutter hat mir verboten, mit dem Futter zu spielen.*« Flori schaute auf. »Na klar, ohne die Mutter geht es bei diesen Psychos ja nicht.«

»Als von dem Typen der Penis ab war«, sagte Warner, »hat der sich gewundert, dass das kein größeres Lusterlebnis war. Am Ende ist aber das eingetreten, was er wollte.« Warner machte eine Pause, bevor er weitersprach. »*Derjenige*, hatte Bernd B. gesagt, *der bei mir sein soll, soll Teil von mir sein und mich nicht mehr verlassen.*«

Flori lehnte sich zurück. »Okay«, sagte er. »Wenn du mir so eine Story über diese Killer-Kinder bringst, wirst du auch etwas so schnell nicht mehr verlassen.«

»Und was?« Warner ahnte, was Flori meinte, sagte aber nichts.

»Den Olymp der Sensationsreporter! Wenn du mir so eine Story über diese Killer-Teenies bringst und den Mastermind dahinter, sind wir dick im Geschäft.« Er stand auf und klatschte in die Hände. »Also, ab auf die Suche und dann ran an die Tasten!«

Kapitel 11

Mediaspree, Kreuzberg, Berlin, Mai 2019

Clara und Hermann hatten im Besucherraum bei einem sogenannten »Löschzentrum« von Xenotech, einem großen sozialen Netzwerk, Platz genommen.

Ein junger Mann namens Paul Zeuner, bekleidet mit dem obligatorischen Kapuzenpulli der Start-up-Leute und Computer-Nerds, setzte sich zu ihnen, in der Hand vier CD-ROMS. An seinem Handgelenk ein Fitness-Tracker. Auch das hatte sich in der Tech-Szene geändert: Während die Computernerds früherer Tage sich fast nur von Cola und Fast Food ernährt hatten und dadurch oft nicht gerade unterernährt aussahen, suchten die modernen Nerds einen Ausgleich zu ihrer meist sitzenden Tätigkeit, indem sie sich vegan ernährten, um ihren CO_2-Fußabdruck zu verringern und um auch ihre Bewegung und sportliche Betätigung zu messen. Alles wurde gemessen: die Wirksamkeit von Marketing-Kampagnen, sogenannte Conversion Rates, wie viele Käufer man erreicht hatte, Klicks, aber eben auch das Gewicht, den Body Mass Index, gelaufene Schritte, verbrannte Kalorien und so weiter.

»Kaffee haben Sie?«, fragte er.

»Haben wir«, sagte Clara und zeigte auf die Kaffeebecher, die vor ihnen standen mit dem Logo von Xenotech. Weiße Schrift auf schwarzem Grund. Hermann sah sich um und blickte auf die Hüpfbälle und Lego-Spielecken, die in jedem dieser Start-up-Büros normal waren, ebenso wie die Fitnessräume, Schlafecken und Craftbeer-Kühlschränke. »Schön habt ihr es hier«, stellte er fest. »Gibt es auch Spielekonsolen?«

Paul nickte. »Gibt es auch.«

»Auch ›Warhammer 40 000‹-Tabletop-Tische?«

»Da kenne ich nur die Computerspiele. Aber das haben wir noch nicht. Sollte man vielleicht mal anregen.«

»Kann aber sein, dass die Leute dann nicht mehr genug arbeiten«, sagte Hermann und trank von seinem Kaffee.

»Glaube ich auch.« Paul zeigte auf die CD-ROMs. »Na ja, das hier ist weniger schön. Das sind Videos und Bilder, die wir in den letzten Wochen gelöscht haben.«

Clara blickte auf die CDs. »Wie gehen Sie damit um?«, fragte sie.

»Hm, wir suchen es und löschen es halt«, meinte Paul. »Wir behalten es aber natürlich intern zur Dokumentation.«

»Nein, ich meine, wie Sie privat damit umgehen. Wir sind doch eigentlich beide im gleichen Scheißjob. Wir müssen uns ständig die Auswüchse des Abschaums der Menschheit anschauen.«

Paul nickte. »So habe ich darüber noch gar nicht nachgedacht, aber Sie haben recht. Als ich meine erste Enthauptung gesehen habe, bin ich heulend rausgerannt. Heute geht das halbwegs, es ist unser Job, und man gewöhnt sich mit der Zeit daran. Wir haben hier nicht so viel wie die Kollegen in Gütersloh, wo noch ein Hauptzentrum sitzt.«

»Gütersloh muss man mögen, falls man nicht gerade für Bertelsmann arbeitet«, sagte Hermann.

»Was die meisten dort machen. Entweder sie arbeiten bei Bertelsmann oder bei Miele. Die Firmengründer hießen auch beide Carl mit C, und nach beiden sind Straßen benannt worden.« Paul trank ebenfalls von seinem Kaffee. »Zurück zum Thema: Wir nennen das High Priority Content. Da ist alles dabei. Einiges ist nur normaler Betrug. Links zur Telegram App und dann zu Western Union, wo Hacker versuchen, von dummen Menschen Geld abzuzwacken. Dann kann man bei *Dark Jobs* Leute für unangenehme Aufgaben finden. Das geht ganz ohne Dark Web. Aber dann kommt auch ganz schnell der ganz üble Rest: Kinderpornografie, Tierquälerei, Leute, die Hamster mit High Heels zertrampeln, Mord, alles. Oft geht es bei unserer Arbeit auch darum, Suizide zu verhindern, denn es gibt viele Anleitungen dazu im Netz, wie man sich am besten umbringt.«

»So wie bei dem *Blauen Wal?*«

Paul nickte und zog an den Kordeln seines Kapuzenpullis. »Genau so. Jahrelang hält man diesen Job jedenfalls nicht aus. Mich persönlich zeichnete schon vorher nicht allzu viel Glauben an die Menschheit aus. Jetzt habe ich so gut wie gar keinen mehr.«

»Die Kollegen von der Sitte sind da nicht anders unterwegs«, sagte Clara. »Die müssen sich auch ständig Kinderpornos anschauen, um die strafbaren Handlungen zu dokumentieren. Das geht auch nicht spurlos an einem vorüber.«

»Deshalb möchte ich Ihnen auch helfen«, sagte Paul. »Und zwar auf dem kurzen Dienstweg.« Er spielte kurz mit seinen Fingern. »Was genau machen Sie mit den Bildern?«

»Wir gleichen sie ab«, erklärte Hermann, »gemeinsam mit den Kollegen vom BKA und vielleicht auch von Europol. Wir versuchen, über die auf den Fotos sichtbaren Taten auf vermisste Menschen im relevanten Alter Rückschlüsse zu ziehen. Vielleicht bringt uns das irgendwie zum Kern dieser Killergruppe, bevor sie wieder zuschlägt.« Man sah Hermann an, dass er nicht ganz an den schnellen Erfolg dieser Taktik glaubte. Clara tat das allerdings auch nicht.

»Ist das einfach für Sie?«

»Nein. Da allein in Deutschland jedes Jahr fünftausend Menschen spurlos verschwinden, ist diese Aufgabe fast aussichtslos, vor allem mit der Steinzeit-Datentechnik, die in Deutschland in Ermittlerkreisen zur Verfügung steht. Genau genommen wollen wir versuchen, über die Videos an die Absender zu kommen. Langsam brauchen wir Erfolge, selbst wenn es nur erste Hinweise sind. Die Medien nehmen langsam Witterung auf. Für die ist das hier das gefundene Fressen.«

Paul nickte und zeigte auf sein iPad. »Hier häufen sich die Hinweise.«

»Zeigen Sie mal«, sagte Clara.

»Hier, wie Sie schon gesagt haben: Die Medien sind sofort auf das Thema raufgesprungen. Da ist bereits von einem ›Todes-Influencer‹ die Rede, der diese Killergruppen steuert.«

»Todes-Influencer …« Clara schüttelte den Kopf. »Passt aber irgendwie zum Blutgott.«

»Ja«, meinte Hermann nachdenklich, »jemand, der in Anlehnung an Konsum-Influencer keine Schminktipps oder Katzenpflege-Videos postet, sondern Tötungsvideos und Tötungstipps.«

Paul blickte auf die Uhr und stand auf. »Ich muss weitermachen. Aber wenn Sie nicht alle Videos checken wollen, gibt es ein paar schnelle Links, wo Sie vielleicht auch fündig werden.«

»Seiten im Internet, wo es solche Videos auch gibt?«, fragte Hermann. »Sie meinen sicher die sogenannten Gore Sites?«

Paul nickte, etwas resigniert. »Die meine ich. Die neuesten Trends dazu finden Sie gleich auf CD Nummer 1.«

Kapitel 12

LKA 113, Tempelhofer Damm, Berlin, Mai 2019

Hermann, Clara und MacDeath hatten den großen Konferenzraum des LKA 113 in Beschlag genommen. Johannes Trautmann vom BKA war über einen großen Monitor dazugeschaltet. Sie hatten ihm die Inhalte der CD auf die BKA-Cloud geladen, und er ließ die Videos gerade durch den Computer von Europol laufen.

Hermann hatte zwei der berüchtigten Gore Sites geöffnet, auf denen es alles Mögliche zu sehen gab, was blutig und abartig war. Eine davon war *Bestgore.com*. Die rechte Menüleiste führte den Nutzer zu verschiedenen Links der unterschiedlichen Kategorien wie *Animal Encounters, Autopsy* oder *Beheadings; Begegnung mit Tieren, Autopsie, Enthauptungen*. Rechts davon und im oberen Bereich der Website waren eine Menge von pornografischen Werbungen und Anzeigen, darunter einige Fotos, die einen Mann und eine kleine Frau beim Oralverkehr zeigten; wobei nicht ganz sicher war und es wohl auch offensichtlich nicht sein sollte, ob die Frau, deren Schatten man lediglich sah, nur klein oder nicht sogar minderjährig war.

Die andere Seite hieß *goregrish.com*.

»Die kennen wir alle«, sagte Trautmann, »diese Seite hat die klassische Mischung aus Big-Budget-Mordvideos des Islamischen Staates, mit analogem Camcorder gefilmte Hinrichtungen tschetschenischer Rebellen und dann ganze Sammlungen von Bildern entstellter Leichen aus Autounfällen. So ähnlich wie das damals auf *rotten.com* zu Beginn des Jahrtausends war. Ich schlage vor, wir suchen semantisch nach Postings, die zu denen passen, die wir schon haben. Zum Beispiel dieses Posting mit dem Entbeinen.«

»Viele sind es nicht«, sagte Clara und schaute angewidert auf den Bildschirm. Es war das Bild einer nackten, aufgespießten Frau, die über einem Feuer gebraten wurde. Sicherlich eine Fotomontage, aber dennoch widerlich. »Warum ist so etwas eigentlich legal?«

»Kommt immer drauf an, in welcher Jurisdiktion die Server dieser Seiten stehen«, erklärte Trautmann. »Abgesehen davon erzählen die Betreiber der Website dann genau das Gleiche wie die Waffenlobby in den USA: *Waffen töten keine Menschen. Menschen töten Menschen.* Hier steht es sogar genau so: *Videos töten keine Menschen. Menschen töten …*«

»Aber es werden doch Bilder und Videos gezeigt, in denen Menschen tatsächlich umgebracht werden?« Clara ließ nicht locker. Hermann hatte auf einige Links geklickt. In einem wurde einem Mexikaner, der offenbar irgendjemanden verraten hatte, von Mitgliedern eines Drogenkartells mit einem Messer der Kopf abgetrennt.

Trautmann nickte. »Richtig. Das ging alles los mit *Faces of Death,* wo reale Todesfälle gezeigt wurden. War irgendwann in den Achtzigern. Diese Seiten sind aber professioneller. Oft arbeiten da auch Medizinstudenten, die sich für ihre spätere Tätigkeit in der Unfallchirurgie abhärten wollen.«

MacDeath, der auch Mediziner war, nickte. »Wenn man wirklich Unfallchirurg werden will, ist das gar nicht blöd.«

»Die haben sogar eigene Hotlines«, fuhr Trautmann fort, »wo Leute anrufen können, die durch die Videos schwer geschockt sind und nun jemanden zum Reden brauchen. Es gibt sogar eine 24/7-Skype-Hotline.«

»Probleme lösen, die sie selbst verursacht haben«, murmelte Clara.

Trautmann nickte. »Das kann man so sehen. Andererseits haben diese Seiten, so komisch es klingt, auch schon dabei geholfen, echte Verbrechen aufzuklären.«

MacDeath hob das Kinn. »Die Dnepropetrowsk Maniacs, richtig?«

»Sie kennen sich aus.« Trautmann nickte anerkennend.

Mit so etwas kannte sich MacDeath immer aus. Es war zwar Teil seines Jobs, aber Clara wusste trotzdem nicht, ob sie das gut finden sollte. »Three Guys One Hammer« war ein Video, das bei Menschen, die nicht jeden Tag sahen, was Clara oft sah, nachhaltige psychische Störungen hervorrufen konnte – und es war nach wie vor online. Es zeigte die »Dnepropetrowsk Maniacs« aus Russland, die ihrem Opfer mit einem Hammer das Gesicht zerschlugen und mit einem Schraubenzieher Bauch und Gesicht zerstachen. Aufgenommen mit der Handykamera eines der Mörder.

Es war Folter, es war Mord – und es war *echt*.

»Das Ding ist auf einer Gore Site aufgetaucht, und dadurch sind die beiden erwischt worden«, sagte Trautmann, »und genau das haben Sie ja auch vor. Insofern ist die Idee gar nicht so blöd.«

»War das nicht bei Luka Magnotta genauso?«, fragte MacDeath.

»Richtig. Der hat erst in Schwulen-Pornos mitgespielt, dann Katzen gequält und getötet und schließlich Menschen ermordet und Leichenteile an die Behörden geschickt. Gepostet hat er das Ganze auch auf Gore Sites, um sich wichtigzumachen. Dann ist er in Deutschland in einem Internetcafé festgenommen worden.«

»War das auf einer dieser beiden Gore Sites?«

Trautmann zuckte die Schultern. »Ich glaube, das war auf *Cannibal Cantina,* das ist keine Gore Site, sondern eine Vore Site.«

»Vore Site?«, fragte Clara.

»Das kennst du nicht?« MacDeath schaute sie an wie ein Professor eine schlecht vorbereitete Studentin. »Bei Vore-Seiten geht es um Kannibalismus. *Vore* von lateinisch *vorare,* verschlingen, verschlucken. Dabei geht es um einen Fetisch. Leute wollen entweder andere Leute essen oder selbst gegessen werden.«

»Danke, mein lieber Ehemann, für das Teilen dieser wunderschönen Gedanken, die einen nachts besser schlafen lassen.« Clara deutete eine leichte Verbeugung an.

MacDeath zog die Augenbrauen zusammen. »Dann frag halt nicht, wenn du die Antwort nicht hören willst.« Er wirkte fast etwas beleidigt angesichts von Claras Zynismus oder vielleicht auch nicht ausreichender Würdigung seiner Ausführungen.

»Hier habe ich noch etwas«, unterbrach Trautmann ihr eheliches Geplänkel, »Anfang 2016 hat ein kanadisches Gericht übrigens wegen der Postings von Luka Magnotta den Webmaster von *Best Gore,* Mark Marek, zu sechs Monaten Haftstrafe auf Bewährung, drei Monaten Hausarrest und dreißig Stunden gemeinnütziger Arbeit wegen sogenannter ›sittlicher Korruption‹ verurteilt.«

»Also doch«, sagte Clara.

»Verurteilt wurde Marek nach einem Paragrafen, der auch als ›Obszönitätsgesetz‹ bekannt ist und in Kanada äußerst selten angewandt wird«, erklärte Trautmann. »Das Gesetz besagt, dass jeder, der ›obszöne Materialien, Bilder, pornografische Aufnahmen herstellt, druckt, verteilt und verbreitet‹ mit ›bis zu zwei Jahren Haft‹ bestraft werden kann.«

»Können Sie mir den Fall mal schicken?«, fragte MacDeath.

Clara schüttelte kaum merklich den Kopf. Wahrscheinlich war MacDeath wieder auf der Suche nach schrägen Storys für seine Vorlesungen.

»Sicher«, sagte Trautmann. »Im Mai 2012 war Marek der Erste, der im Netz mit dem Video namens ›1 Lunatic, 1 Ice Pick‹, also ›1 Wahnsinniger, 1 Eispickel‹, seine Kreise zog.«

1 Lunatic, 1 Ice Pick, dachte Clara. Nach diesem Muster gestrickte Namen hatten diese Horror-Videos immer. »Three Guys One Hammer«. Auch »Two Girls One Cup« fiel ihr wieder ein. Kaum war es irgendwo gelöscht, tauchte es woanders wieder auf. Zwei Frauen, die sich in den abartigsten Auswüchsen der Fäkalerotik vergnügten, nur anderthalb Minuten lang, aber mit Abstand das Ekelhafteste, was selbst Clara je gesehen hatte. Doch es war immerhin nur widerlich; niemand wurde dort getötet.

»›1 Lunatic, 1 Icepick‹«, sagte Trautmann, »geht elf Minuten, und man sieht darin eine Person, die sich an einer erwürgten Leiche zu schaffen macht. Nekrophilie und Kannibalismus. In der englischen Presse wurde der Killer später als ›Häuter von Montreal‹ und in den deutschen Medien als ›Pornomörder‹ bekannt. 2014 wurde er für den Mord an Lin Jun zu lebenslänglicher Haft verurteilt. Und es waren die Fans der Gore Sites, die ihn als Erstes erkannt hatten. Er hatte vorher schon Videos dort gepostet, in denen er Katzen folterte.« Trautmann machte eine Pause. »Hier ist noch ein Zitat von Marek: *Die Fotos und Videos werden nicht durch ein Special-Effects-Team aus Hollywood nachbearbeitet. Sie sind so real, wie sie es nur sein können, und ich glaube, Menschen haben ein Anrecht auf die Wahrheit. Auf die echte, unzensierte Wahrheit.*«

»Amen«, stöhnte Clara.

Trautmann schaltete auf einen anderen Bildschirm. »Der Rechner hat schon ein paar Sachen eingegrenzt«, erklärte er. »Hier zum Beispiel. Das ist ein junger Mann, der von der Physiognomie her noch nicht sechzehn ist. Man sieht ihn hier, wie er sich, vollgepumpt mit Drogen, die Haut des kleinen Fingers abzieht …«

»… und das scheinbar ganz toll findet.« Clara schaute pflichtschuldig ein paar Sekunden zu und senkte dann den Blick.

»Hier«, sagte Trautmann, »haben wir eine Frau, die einen Säugling köpft, das ist aber irgendwo aus Südamerika. Hier noch eine Enthauptung aus Mexiko. Dann noch eine Frau, die sich selbst die Kehle durchschneidet, und eine, die ihre Zunge entzweischneidet, um, wie sie sagt, *eine Schlangenzunge* zu bekommen.«

Man sah ein Foto. Darauf ein Mund, eine Zunge und viel Blut. Trautmann kniff die Lippen zusammen und verdrehte leicht die Augen. Auch wenn er so etwas täglich sah, dachte Clara, ganz konnte er das Grauen und die Perversion hinter diesen Videos nicht abschütteln. Clara schloss kurz die Augen. Bei solchen Bildern, Videos oder auch nur dann, wenn solche Dinge erwähnt wurden, nahm sie in ihrem Gehirn die dazugehörigen Gerüche wahr. Der Geruch von Eisen, der Geruch von Blut, der Geruch von Exkrementen, der Geruch von Angst. Kurz, *der Geruch des Bösen.*

Trautmann sprach weiter. »Hier ist ein älteres Video. Spukt hier offenbar schon länger rum, wir können aber nicht nachweisen, wo es herkommt. Irgendwer hat das mal mit Limburg an der Lahn getaggt.«

Er schaltete das Video an. Ein Mann mit Maske brüstete sich damit, dass er junge Frauen eingefangen habe. *»Die erste Regel der Exploitation: Alles, was ein Neutrum ist, darf* *missbraucht werden: das Ding, das Mädchen, das Kind. Macht es so wie ich. Ich habe ihnen Gegenstände eingeführt. Ich habe sie zuschauen lassen, was ich mit den Kindern gemacht habe. Ich habe auf das Kind draufgewichst. Damit es weiß, was es später erwartet. Die Frauen waren meine Farmtiere. Ich habe sie geritten, ich habe sie festgebunden, ich habe sie gemolken. Und am Ende habe ich sie geschlachtet.«*

»Kranker Scheiß«, knurrte Hermann. »All das sollte man mal mit diesem Typen machen.«

»Wir wissen nur leider nicht, wo er ist«, sagte MacDeath.

»Da gibt es noch ein anderes Problem«, sagte Trautmann. »Das Phänomen *Virtuelle Teams managen* gibt es nicht nur im Management.«

»Was meinen Sie damit?«, fragte Clara.

»Na ja, jedes multinationale Unternehmen sieht sich damit konfrontiert, dass verschiedene Teams über den Erdball verstreut sind und zusammenarbeiten müssen. Das gibt es mittlerweile auch bei Snuff-Movies.«

»Wie bitte?«, fragte Clara.

»Ja, das ist leider so. Dieser Typ hier, der die Frauen schlachten will, brüstet sich auch damit, dass er auf den Philippinen Snuff-Movies hat produzieren lassen.«

»Die drehen für ihn Tausende von Kilometern entfernt Snuff-Movies?« Das war Hermann.

»Ja. Er schickt einem Produzenten eine Liste, was da passieren soll, zum Beispiel die hier … *Teenager, 16 Jahre, mit Lötkolben, dann Kettensäge, zwischendurch Vergewaltigung. Am Ende enthaupten.* Der Produzent kriegt einen Vorschuss, entführt in den Elendsvierteln von Manila das Mädchen oder den Jungen, sucht sich ein paar Perverse, die den Job übernehmen, dreht den Film, lädt alles auf eine geschützte Cloud im Dark Web und bekommt dann die zweite und letzte Rate.

Per Western Union oder gleich per Bitcoin. Worauf ich hinauswill: Manchmal werden diese Typen in ihrer Perversion zu übermütig. Dann machen sie Fehler. Und wir Ermittler können herausfinden, wo ihre Botschaften herkommen. Und dann vielleicht auch, wo sie sind. Wir …« Trautmann stockte. Der Bildschirm wurde schwarz.

»Herr Trautmann«, fragte Clara. »Sind Sie noch da?«

»Augenblick«, sagte der aus der Schwärze des Bildschirms heraus.

Clara sah Hermann und MacDeath an.

»Der ist ja wohl nicht selbst gerade entführt worden?«, fragte MacDeath.

»Sehr witzig«, gab Clara zurück. »Herr Trautmann, was ist denn los? Sind Sie noch da?«

»Mehr als je zuvor.« Jetzt war Trautmann wieder zu sehen. »Ich hab was! Beziehungsweise der Rechner von Europol. Ein Video!«

»Ein Video? Von wem ist es?«

»Der Typ nennt sich … Blutgott.«

Kapitel 13

LKA 113, Tempelhofer Damm, Berlin, Mai 2019

Die Kamera zeigte zwei offene Hände. Auf den Innenseiten der Finger der rechten und linken Hand waren die Worte BLUT und GOTT tätowiert. Dann ballten sich die Hände zu Fäusten. In der rechten Hand ein Skalpell. Darunter ein Mann auf einem Stuhl gefesselt. Die Augen des Mannes waren geweitet vor Angst, die Haut schweißglänzend, Reste von Erbrochenem auf seinem Pullover.

»Dieser Mensch ist in mein Haus eingedrungen«, sagte die verzerrte Stimme des Mannes, der sich Blutgott nannte. »Dafür werde ich ihn bestrafen, und ihr dürft dabei zusehen.«

Irgendetwas blähte die Wangen des Mannes von innen auf, und er spuckte es auf den Boden, während sein Körper zitterte und die tätowierten Hände mit BLUT und GOTT wie die Hände einer Statue auf den Schultern des Mannes ruhten. Auch Clara merkte, wie ihr etwas Saures, Ekelhaftes die Speiseröhre hinaufkroch.

Der Blutgott sprach weiter.

»Wenn das Schlachtfeld voller abgeschlagener Glieder und Blut ist, werden Dämonen sich daraus erheben. Und ich suche den größten dieser Dämonen! Ich möchte, dass ihr mich überrascht mit dem, was ihr könnt, und dem, was ihr tut. Macht es so, wie ich es euch gesagt habe, und ihr werdet tun können, was ihr wollt, ohne dass euch irgendwelche irdischen Mächte daran hindern können.«

»Die Minderjährigen«, murmelte MacDeath, »er spricht wieder die Minderjährigen an.«

»Ihr, meine Jünger, sollt es ebenso machen wie ich. Schickt mir Bilder von euren Opfern. Tot, zerteilt, verwest. Diejenigen von euch, die es sogar über sich bringen, Teile des Fleisches roh zu essen, sollen besonders belohnt werden.«

Er hob das Messer.

»Ich werde«, sagte der Blutgott, »das Gesicht dieses Mannes in einen Totenschädel verwandeln. Allerdings so, dass er dafür nicht sterben wird. Er wird trotzdem … noch leben! Ich schaffe einen Dämon. Einen lebenden Totenschädel. Einen lebenden Leichnam!«

Im Hintergrund erklang ein Metal-Song. Kurz darauf waren auch die Untertitel dazu zu sehen. Es war ein Lied der US-Thrash-Metal-Band Slayer. Der Text passte zu dem, was der Blutgott eben gesagt hatte. Über die Seelen, die sich aus dem Schlachtfeld erhoben, und Dämonen.

Gods of the throne must be watching from hell,
Awaiting the mass genocide,
Soldiers defeated by death from a smell,
Bodies lie dormant no life.
Rising new souls on the lands where they fell,
Demons not ready to die.
Nothing to see where the sleeping souls lie …[8]

Clara wandte den Blick ab. Aber sie hörte die Schnitte. Und sie hörte die Schreie.

8 Slayer: »Chemical Warfare« von dem Album »Show no Mercy«

Kapitel 14

Berlin-Kreuzberg, Mai 2019

Die unterdrückten Schreie kamen von einem Tonband oder einem Film. Vermischt mit dem aggressiven Knistern und Rauschen von Feuer. Im Hintergrund war ein unbestimmbares elektrisches Surren zu hören. Wie von einem Gerät.

Das Gewölbe, das in dem Film zu sehen war, sah aus wie eine mittelalterliche Höllenvision des Internetzeitalters.

Auf der rechten Seite stand eine Stahltonne, in der ein rußiges Feuer loderte, dessen Flammen tanzende Schatten an die modrigen Wände warfen, während der Rauch zu irgendeiner Öffnung in der Decke gezogen wurde und verschwand.

Mitten in dem höhlenartigen und tropfenden Gewölbe stand der Mann. Er trug eine Maske und hatte die Kamera aufgestellt.

Auf einem langen Tisch lagen Werkzeuge wie Zangen, Brecheisen und Drähte und daneben Messer, Bohrmaschinen und Hämmer. Und etwas abseits eine kleine Heckenschere.

»Acht ist unsere Zahl«, sagte der Mann. »Acht ist die Zahl, durch die wir töten werden. Ich bin Slaughterman. Und bevor ich beginne, zeige ich euch und dir, dem Blutgott, dass man nur dann gegen andere extrem sein kann, wenn man auch gegen sich selbst extrem ist.«

Er zeigte die Innenseiten seiner Hände. Auf der einen Hand stand HATE, auf jedem Finger ein Buchstabe. Auf der anderen KILL. Er drehte sich zum Tisch und hob die Heckenschere. Nahm die Schere in die linke Hand. Hob die rechte Hand und dort den kleinen Finger. Dann umschloss er mit den Schneideblättern der Heckenschere langsam den kleinen Finger der rechten Hand, so, dass das »H« von »HATE« sich unter der Klinge befand. Drückte zu. Blut quoll zwischen den Schneideblättern hervor. Ein gurgelndes, schmatzendes Geräusch war zu hören, untermalt von dem leisen Plätschern von warmem Blut, das an den Schneiden der Schere und an den Armen des Mannes herunterlief. Ein gurgelndes, schmatzendes Geräusch, das sich in ein Knirschen verwandelte, als die Schneideblätter die Hautschichten und Muskeln durchschnitten und den Knochen getroffen hatten. Noch mehr Knirschen, noch mehr Blut und dann ein feuchtes Schnappen. Slaughterman legte die Heckenschere beiseite, nahm den blutigen kleinen Finger zwischen Daumen und Zeigefinger der rechten Hand und hielt ihn in die Kamera.

»Mein Blut fließt aus mir heraus und wird meine Panzerung. Jeder König, der lebt, ist ein lebender Gott. Und jeder Gott, der in der anderen Welt lebt, ein ermordeter König.« Er hob die rechte Hand, wobei das Blut aus dem grellroten Stumpf des kleinen Fingers pulsierte, nahm mit der linken ein Stück brennendes Holz aus der Tonne und drückte es gegen die blutende Wunde. Das Blut zischte, Fleisch gurgelte, und fettiger Rauch zog zur Decke. Irgendwann war die Blutung gestoppt.

»Gleich«, sagte Slaugtherman, »kommt die andere Hand. Denn bevor ich das Blut meiner Opfer trinke, muss ich die Bluttaufe bestehen. Blut und Feuer. Denn Acht ist meine Zahl. Und Acht wird die Zahl meiner Finger sein! Denn wer es richtig macht, macht es richtig. Darum habe ich gestern schon den ersten Schritt getan.« Die Kamera bewegte sich nach unten. »Acht Finger an den Händen …« Die Kamera bewegte sich nach unten, zeigte seine nackten Füße auf dem verschmierten Kellerboden. Und die verschmorte Wunde an jedem der beiden Füße, dort, wo nur kurze Zeit vorher der kleine Zeh gewesen war. »Acht Zehen an den Füßen.«

Für Christoph Warner, der gerade dieses Video gesehen hatte, waren in diesem Moment drei Dinge klar: Das Video war echt, der Typ war ein absoluter Psychopath, und er musste mit ihm sprechen. Vielleicht hatte er sich betäubt, sodass er den Schmerz des Schneidens und des Feuers nicht spürte. Dennoch: Einen solchen Psycho gab es höchstens alle zehn Jahre. Er musste mit ihm sprechen. Er musste ihn zum Kern seiner Story machen.

Er dachte an die Dunkelheit in dem Video. An den Namen »Ratte«, mit dem man ihn einmal bezeichnet hatte, weil er überall im Dreck wühlte. Das, dachte er, würde sein Name bei dieser Story sein: *Die schwarze Ratte.* Oder noch griffiger: *Black Rat.*

Kapitel 15

LKA 113, Tempelhofer Damm, Berlin, Mai 2019

Er hat ihm die Gesichtshaut abgezogen, dachte Clara. Konnte das irgendeinen Bezug oder eine versteckte Botschaft haben? Es gab den heiligen Bartholomäus, der gehäutet worden war und der seine Haut auf diversen Bildern und Statuen mit sich herumtrug. Aber vielleicht war es auch einfach nur ein grausames und sadistisches Video. Mehr nicht. Clara beschloss, die psychologische Wertung dieser Handlung MacDeath zu überlassen.

»Hören Sie«, sagte Trautmann, »wir versuchen, gemeinsam mit dem ZIT in Gießen herauszufinden, woher das Video kommt.«

Die »Zentralstelle zur Bekämpfung der Internetkriminalität« in Gießen versuchte seit Jahren, in diesem Hase-und-Igel-Spiel von krimineller Energie und Verschlüsselungstechnologie des Dark Webs nicht allzu sehr den Anschluss zu verlieren.

»Da arbeitet der Kollege Mayer, richtig?«, fragte Hermann.

»Genau. Die bemühen sich redlich, irgendwie Resultate zu erzielen. Meist, indem sie Schwachstellen ausnutzen und die Täter damit von der virtuellen Welt in die reale Welt locken. Allerdings ist das zum Beispiel bei Kinderpornografie in Deutschland nicht so einfach wie in den USA. Bei uns sind Lockangebote wie mit Kinderpornografie, die in den USA erlaubt sind, verboten. Auch darf das FBI in den USA illegale

Plattformen einfach übernehmen und als Honeypot weiterbetreiben.«

»Tja«, sagte Clara. »Das ist Deutschland. Täterschutz geht hier immer vor Opferschutz.«

»In den USA ist das in der Tat um einiges anders«, meinte Trautmann, »Thomas Reedy hat dort für Handel mit Kinderpornos 1335 Jahre Gefängnis bekommen.«

»Die kennen da keine Zurückhaltung«, sagte MacDeath. »Über tausend Jahre …«

»Kann denn der Mayer vom ZIT uns überhaupt helfen, wenn er eigentlich nichts darf?«, fragte Clara.

Trautmann nahm wieder den Faden auf. »Mayer hat dennoch einiges erreicht. Er und seine Leute haben die Pädophilie-Plattform Elysium hochgenommen, mit mehr als neunzigtausend Kundenkonten. 2010 waren die schon an *Geisterwald* dran, ebenfalls einer Kinderpornografie-Seite, allerdings im Clear Web.

Bei all diesen Kinderpornoangeboten ist es jedoch wie bei einer Hydra, sobald man einen Kopf abschlägt, wachsen zwei neue nach. Aber Mayer und seine Leute sagen ganz richtig, dass jedes gerettete Kind den Aufwand wert ist. Das ist umso beeindruckender, wenn man bedenkt, wie die arbeiten müssen im Vergleich zu denen, die solche Seiten aufbauen und betreiben.«

Clara nickte. Sie kannte die Realität der Cyber-Ermittler. Keine meterhohen Rechnertürme wie in den US-Serien, keine blinkenden Festplatten in bläulichem Licht und keine Wände voll mit Monitoren. Die Beamten durften nicht einmal mit Behördenrechnern ins Dark Web, sodass sie dafür private Laptops nehmen mussten oder die Recherchen abends oder am Wochenende durchführten. Welche Ironie, dachte Clara, eine Behörde, die das Dark Web kontrollieren sollte, durfte nicht ins Dark Web. Das war so, als dürften Polizisten, die Falschparker aufschreiben sollten, nicht auf die Straße. Clara wunderte das nicht mehr, es war halt, wie alles in Deutschland, von vorn bis hinten widersprüchlich und wieder einmal ein Beweis dafür, dass Deutschland technologisch ein Dritte-Welt-Land war und auch bleiben wollte – wenn auch ein industrialisiertes Dritte-Welt-Land.

»Warum«, fragte Clara, »glauben Sie, dass die gerade uns mit ihrer Expertise helfen können? Die kümmern sich um Kinderpornos, das ist ja auch richtig, aber hier liegt der Sachverhalt anders.«

»Die sind sehr gut darin, von Videos auf den Urheber zu schließen. Bei Elysium war es ein Video aus Kassel, auf dem ein Mann ein zehnmonatiges Kind auf dem Wickeltisch missbrauchte. Durch dieses Video haben sie neunzigtausend Pädophile hochgenommen. Bei diesen Kinderpornoringen unterscheidet man zwischen Tradern und Travellern. Händlern und Reisenden. Die Händler handeln nur mit dem Stoff, während die Traveller beides machen.«

»Und wie macht es der Blutgott?«

»Das wissen wir erst, wenn wir mit den Laptops von Hagen dem Henker und den anderen durch sind«, sagte Trautmann. Er blickte zu Hermann. »Wie ist es damit …?«

Die Tür sprang auf. Es war Matte, einer der beiden IT-Techniker von Hermann.

»Wir haben den Rechner von diesem Hagen fast durch.«

»Und? Raus damit«, sagte Hermann und zeigte auf den Monitor, »wir haben virtuell hohen Besuch aus Wiesbaden vom BKA, und der wartet nicht gern. Also her mit den Infos!«

»Johannes Trautmann«, sagte Matte und wandte sich dem großen Monitor an der Wand zu, »schon viel von Ihnen gehört. Also, dieser Blutgott oder wie immer der heißt, scheint seine Anhänger für die Morde zu bezahlen.«

»Mit Geld?«, fragte Clara.

»Fast. Mit Bitcoins und anderen Kryptowährungen. Dieser Hagen hatte Krypto-Konten im Dark Web, deren Existenz er natürlich abstreitet.«

»Aber ihr habt etwas gefunden?«, fragte Hermann.

»Ja, wir konnten das über Umwege einer Kreditkarte zuordnen, die er von seiner Mutter hat.«

»So hat sich das die Bank oder wer immer solche Teenie-Karten herausgibt, sicher nicht gedacht«, sagte MacDeath.

»Na ja, in diesem Fall wurde ja kein Geld verballert, sondern sogar eingenommen«, sagte Matte.

»Mit Mord.«

»So sieht es aus. Jedenfalls hat er einen Betrag von hundert Euro gebraucht, um ein Kryptokonto im Dark Web zu eröffnen. Für den Mord gibt es dann Geld. Das läuft über sogenannte Dark Pools, die dann in offizielle Währungen oder Aktien oder auch Gold oder Rohstoffe umgewandelt werden können. Je brutaler die Tat, desto mehr Geld gibt es. Zudem hat er von dem Blutgott für diesen Mord eine Art Beförderung bekommen.«

Clara beugte sich vor. »Eine Beförderung zu was?«

»Zum sogenannten *Blutdämon*«, sagte Matte.

»Klingt ja wie in einem Fantasyroman.« Das war Trautmann.

»Das ist aber nicht ungewöhnlich für Ritualmörder«, sagte MacDeath.

»Und Geld gab es auch noch?«, fragte Clara.

»Ja. Zehntausend Euro umgerechnet.«

»Wie ein Red Room mit Crowd Sourcing«, erklärte Trautmann.

Clara kannte Red Rooms. Es waren Webcam-Räume im Dark Web, wo Menschen angeblich andere Menschen folterten und die Zuschauer Geld bezahlen konnten, damit die Folterer möglichst grausame Dinge an ihnen vornahmen. Je mehr Geld, desto schlimmer. Der Blutgott machte das nicht mit nur einem Killer, sondern mit Dutzenden, vielleicht sogar Hunderten.

»Hat Hagen das Geld geteilt?«, fragte Clara.

»Nein. Das ist das Perfide. Hagen hatte die Wahl: Er konnte das Geld an seine Mit-Killer verteilen. Oder er konnte es behalten.«

»Einfach so?«

»Nein. Der Blutgott hat ihm gesagt, dass er das Geld nur für sich behalten darf, wenn er alle anderen, die beteiligt waren, umbringt.«

MacDeath schüttelte den Kopf. »Was er ja auch einfach so darf. Weil er ja noch strafunmündig ist. Egal, ob er Passanten umbringt oder seine eigenen Leute.«

»Dazu kam es halt nicht, weil wir schnell genug eingegriffen haben.«

»Dennoch«, sagte Clara, »wo hat dieser Blutgott das ganze Geld her?« Sie blickte Hermann an. »Haben die anderen auch etwas gekriegt? Die Mörder von Mia und Jonas? Aus dem IC und Hannover?«

Hermann zuckte die Schultern. »Da haben wir nichts gefunden.« Er schaute Matte an. »Oder?«

»Nein«, antwortete der, »nichts.«

»Es kann sein«, sagte MacDeath, »dass der Blutgott immer brutalere Mörder möchte. Und um die Leute dafür zu begeistern, muss er sie bezahlen und …«

»Da kam gerade eine Mail von Mayer«, unterbrach ihn Trautmann. »Er hat etwas gefunden.«

Kapitel 16

Berlin-Kreuzberg, Mai 2019

Christoph Warner hatte Florian Komsalis, genannt Flori das Fass, den Link zu dem Film geschickt. Er hatte ihn auf einer speziellen Dumpsite abgelegt, sodass Flori den Film nicht einfach weiterleiten und ihn dann womöglich als seine eigene Entdeckung ausgeben konnte. Er hatte die Mail dazu mit dem WLAN eines Cafés am Flughafen Schönefeld abgeschickt, dann hatte er sofort die Verbindung getrennt, hatte den Laptop zugeklappt und war mit Vollgas weggefahren. Er wusste, wie schnell die Polizei eine IP-Adresse herausbekommen konnte, wenn sie wollte; deshalb war es immer ein Risiko, irgendetwas per Mail zu versenden. Man könnte blitzschnell das Café orten, könnte ein Fahrzeug sehen, das davonjagte. Doch um ein Auto effektiv zu verfolgen, musste ein Helikopter her. Helikopter aber waren in der Nähe eines Flughafens nicht zugelassen, da die Einflugschneisen frei bleiben mussten.

Im Auto hatte er Flori das Fass angerufen, Telefonieren war ja nicht verboten.

»Diesen Film habe ich noch nirgends gesehen«, sagte Flori.

»Können Sie auch nicht. Außer mir hat den keiner.«

»Und wo haben Sie den her?«

»Gute Arbeit mit meinen Kontakten. Ich hatte Ihnen ja davon erzählt.«

»Sehr gut«, knurrte Flori. »Wirklich sehr gut.« Er spielte den Film ab. Es war zwar kein Mord, aber eine Ankündigung. Es wäre nur noch eine Frage der Zeit, bis sie sich auf allen sozialen Netzwerken verteilen würde. Warner hörte durch das Telefon erst, wie Flori die Tür zu seinem Büro, dem Aquarium, zumachte. Dann hörte er den, der auf dem Video sprach. *Ich bin Slaughterman, ich bin ein Erzdämon des BLUTGOTTES. Und ich frage euch: In welcher Stadt soll ich den nächsten Mord begehen? Es können große Städte sein, wie Berlin, Hamburg, Stuttgart oder Düsseldorf, aber auch kleinere Städte.*

»Heilige Scheiße«, sagte Flori, »das Ganze erinnert mich sehr an die Posts von dem Kindermörder Marcel H.«

»Richtig«, sagte Warner und fuhr auf die Stadtautobahn. »Das war auf 4chan. Der hat seine Leser ebenfalls gefragt, wo und wen er demnächst ermorden soll. Allerdings kam es nicht dazu.«

Warner hatte sich damals geärgert, dass er an der Story nicht sofort dran gewesen war. Marcel H. hatte damals Fotos von dem Mord an dem kleinen Jaden auf 4chan gepostet. Im Unterforum »Random«. 4chan kam aus Japan und war dann in die USA gegangen. Insgesamt hatte das Netzwerk mehr als dreißig Millionen Nutzer. Marcel H. hatte dem kleinen Jaden im Keller von dessen Elternhaus in den Unterarm und ins Auge gestochen. Als er mit Jaden fertig war, war er als Nächstes zu seinem Kumpel Christopher gefahren. Er hatte laut eigenen Aussagen die PIN von dessen Bankkarte aus ihm *herausgefoltert.* Dazu hatte er ihn mit einem Judogürtel stranguliert und dann Dutzende Male auf ihn eingestochen. Dann hatte Marcel die Wohnung von Christopher angezündet. Die Polizisten hatten später die blutüberströmte Leiche aus der ausgebrannten Wohnung geschleppt.

Es war das berühmte Forum »/b/« gewesen, in dem Marcel H. die Bilder gepostet hatte, einem Unterforum von 4chan. »/b/tars« leitete sich ab von *retard,* was auf Englisch soviel wie *zurückgeblieben* hieß. Als Berufswunsch hatte Marcel H. abwechselnd Soldat oder Rechtsmediziner angegeben. Marcel H. hatte damals für den Bundeswehrtest trainiert, er wollte nicht nur Soldat, sondern Elitesoldat werden. Beim Test aber war er durchgefallen. Wenn alle Stricke reißen sollten, hatte er damals gesagt, würde er sich umbringen.

Am besten mit Kohlenmonoxid. Einfach einen Grill in die Wohnung stellen, alle Fenster und Türen abkleben und dann die Kohlen anzünden und warten, bis er aufgrund des Kohlenmonoxids, das durch die unvollständige Verbrennung entstand, einschlief und nie mehr wieder aufwachte. Der Suizid mit Kohlenmonoxid oder auch »CO« war eine der häufigsten Suizidmethoden in Asien, während Kohlenmonoxid-Todesfälle in Deutschland immer wieder durch defekte oder manipulierte Heizungen oder Öfen verursacht wurden. Vielleicht hatte der Japan- und Asien-Fan Marcel H. sich auch beim Thema Suizid dort seine Inspiration geholt. Nachbarn hatten sich deshalb schon gewundert, weil er Grillkohlen gekauft hatte, ohne dass Grillwetter war. Wenn das mit dem Umbringen aber nicht klappen sollte, dann, so sein Versprechen, würde er etwas *Knastwürdiges* tun. Warner aber wusste von Kriminalpsychologen, dass es extrem unwahrscheinlich war, dass Suizidabsichten in Mordlust umschlugen. Damals hatte Warner versucht, sich in die VICLAS-Datenbank einzuhacken. Dem Violent Crime Linkage Analysis System, ähnlich wie das VICAP in den USA. Heute brauchte er das nicht. Brauchte sich keine Fragen zu stellen, ob der Täter *mad* oder *bad* war, denn Slaughterman war mit Sicherheit beides: böse *und* verrückt.

»Dieser Slaughterman«, fragte Flori, »was ist das für einer? So einer wie dieser Marcel? Mit Springerstiefeln, Samuraischwert und vierundzwanzig Stunden am Tag Counterstrike spielen?«

»Marcel H. hat auch Animes und Mangas gelesen«, sagte Warner, der Marcel H. damals eingehend studiert hatte, »und sich dafür selbst Japanisch beigebracht.«

»Marcel H. wies eine deutliche Psychopathologie auf. Und er wollte sich eigentlich umbringen, oder?«, sagte Flori.

Warner hob die Augenbrauen. Der Mann hatte seine Hausaufgaben gemacht.

»Wie ist das bei Slaughterman?«

»So genau kenne ich ihn noch nicht«, antwortete Warner. »Aber ich glaube nicht, dass jemand, der einen Mord im Netz ankündigt und dann auch durchführen will, ganz sauber tickt.«

»Bestimmt nicht!« Flori nickte und faltete die Hände über seinem Bauch. »Sie kennen ihn aber gut genug, um eine Story zu schreiben?« Flori das Fass schien endlich endgültig angebissen zu haben.

Warner musste grinsen.

»Natürlich. Marcels Schwester hat ihren Bruder als absoluten Psycho beschrieben. Er nahm für Sexfantasien auch Trickfilmpornos zu Hilfe. Diese Manga-Pornos.«

»Weiß ich. Und Slaughterman?«

»Der tickt anders.« Warner ließ ihn zappeln. »Nur eine Sache kann ähnlich sein: Meistens scheuen diese Menschen näheren Kontakt.«

»Außer beim Mord.«

»Außer beim Mord. Marcel H. hat versucht, Christopher den Fuß abzuschneiden. Das hat nicht geklappt. Slaughterman hat gezeigt, dass er weiß, wie so etwas geht.«

»Sie glauben, er war auf dem Kottbusser Platz dabei?«

»Vielleicht«, sagte Warner, »vielleicht konnte er fliehen. In jedem Fall hat er sich selbst die kleinen Finger und kleinen Zehen abgeschnitten.«

Flori war eine Weile still. »Wir müssen etwas aufpassen, was das Legale angeht«, sagte er dann. »Wenn wir wissen, um wen es sich handelt, und der Polizei das nicht sagen, ist das strafbar.«

»Mein Name ist Warner, und ich weiß von nichts. Ich bin nur ziemlich sicher, dass die Story von Slaughterman anders ausgehen wird als die von Marcel H.«

»Hat sich nicht der Polizei gestellt?«

»Ja. Er hat in einem Imbiss die Polizei gerufen. Er hatte einen Regenschirm dabei und ein paar Zwiebeln.«

»Zwiebeln?«, knurrte Flori.

»Eben. Ziemlich bescheuert und gleichzeitig spießig, oder? Bin sicher, das kann Slaughterman besser.«

»Wahrscheinlich.« Flori schien sich etwas unschlüssig zu sein, wie viel *Glück* er Slaughterman wünschen sollte. »Also, Warner«, sagte er dann, »schreiben Sie die Story zu dem Video, und zwar schnell, bevor das Video viral geht. Für das Viral-Gehen sorgt Global News und sonst niemand! Das kommt dann sofort auf die erste Seite online.«

»Paid content?«

»Aber sicher! So teuer es nur geht! Und glauben Sie mir, die Leute werden bezahlen. Unsere IT-Nerds sitzen schon dran, damit kein Cent an uns vorbeigeht.«

Kapitel 17

LKA 113, Tempelhofer Damm, Berlin, Mai 2019

Hier ist gerade etwas erschienen«, sagte Trautmann, »allerdings nicht im Dark Web, sondern völlig öffentlich.«

»Wo?«

»Auf Global News. Ich schicke Ihnen den Link.«

Hermann öffnete den Link auf dem großen Monitor an der Wand. *Slaughterman – Wo schlägt der Killer als Nächstes zu?*, stand über dem Video, das ein bekanntes Gesicht zeigte. Daneben ein Link.

»Soll ich das Video abspielen?«, fragte Hermann.

»Natürlich«, sagte Clara. »Mach auf.«

Sie hörten die Stimme, die den Raum erfüllte.

»Ich bin Slaughterman, ich bin ein Erzdämon des BLUTGOTTES. Und ich frage euch: In welcher Stadt soll ich den nächsten Mord begehen? Es können große Städte sein, wie Berlin, Hamburg, Stuttgart oder Düsseldorf, aber auch kleinere Städte.«

Clara überflog den Artikel, der unter dem Video stand.

> … wie es aussieht, können die User in einem perversen Katz-und-Maus-Spiel des Todes abstimmen, in welcher Stadt besagter Slaughterman als Nächstes zuschlägt … Der sogenannte Blutgott, der höchstwahrscheinlich hinter dem brutalen Mord an Mia N. in dem Intercity in Nordrhein-Westfalen, dem Mord an Jonas K. in Hannover und vor allem dem Massaker vom Kottbusser Tor steht, verfolgt wohl eine perfide Strategie: Er stiftet Minderjährige, die noch

nicht strafmündig sind, zu Kapitalverbrechen an, wohl wissend, dass sie nach deutschem Recht nicht belangt werden können. Wie es aussieht, ist Slaughterman einer dieser Jünger des Blutgottes, der vorhat, durch noch grausamere Taten auf sich aufmerksam zu machen. Wir können und müssen uns also höchstwahrscheinlich auf noch deutlich schlimmere Taten einstellen und daher …

Clara verbarg den Kopf in den Händen. Auf diese Weise halfen die Medien noch mit, dass es am besten massenhaft Nachahmer und Trittbrettfahrer gab.

»Das geht sofort viral«, sagte Trautmann, »die ganzen sozialen Netzwerke sind voll davon. Das Video hat schon fünfhunderttausend Klicks nach nur wenigen Minuten.« Clara blickte auf die Posts von irgendwelchen gesichtslosen Nutzern, die aus dem Dunkel hervorkamen und mitmachen wollten.

Kill them all! Demon888
Bin dabei! Hate-Dragon
Scheiße, bin schon 14. Stahlkrieger
Ich noch nicht. Dreizehneinhalb. Ich töte meinen Stiefvater. Bloodstorm13

»Und die Posts?«, fragte Clara. »Da müssen wir doch etwas machen können?« Sie kam sich immer mehr vor wie die Kollegen vom ZIT in Gießen, die der Hydra einen Kopf abschlugen und zusehen mussten, wie sofort mehrere Köpfe nachwuchsen.

»Die Posts sind schwer zurückzuverfolgen. Abgesehen davon sind das ja alles Decknamen. Und nur einen Mord anzukündigen, macht die Typen noch nicht zum Mörder. Da können wir juristisch erst einmal gar nichts machen.«

Clara sank resigniert in sich zusammen. Trautmann sprach weiter. »Einzig auf 4chan und im Dark Web gibt es originäre

Posts, die aber nicht einer IP-Adresse zugeordnet werden können.«

»Wenn mir die Frage gestattet ist«, meldete sich MacDeath, »welche Städte liegen denn vorn?«

»Ich schaue mal«, sagte Trautmann, »Köln, Duisburg, Berlin, Hamburg, aber auch Goslar.«

»Erholungsgebiet Harz«, murmelte MacDeath.

Clara ersparte sich einen Kommentar.

Hermann klickte auf weitere Presseportale. Diese hatten die Geschichte sofort übernommen. Großstadtzeitungen und kleinere Regionalblätter. Besonders prägnant war es im größten Boulevardblatt, und der Link wurde eifrig innerhalb des Internets weitergeleitet. Die ersten Redaktionen und auch Hacker versuchten wahrscheinlich schon, den Film aus den Links heraus auf ihre Festplatten zu ziehen, um ihn selbst posten zu können.

Schlagen die Killer-Jünger des Blutgottes als Nächstes bei uns zu?

Polizei ahnungslos.

Welcher Stadt droht das nächste Massaker?

Müssen wir jetzt unsere Kinder wegschließen?

Sobald Dinge einen Namen haben, verselbstständigen sie sich, vermehren sich, verbreiten sich wie Viren. Und diese Namen und Überschriften waren aus dem kollektiven Bewusstsein nicht mehr wegzudenken: *Die Killer-Jünger des Blutgottes.*

Die Tür flog auf. Kriminaldirektor Winterfeld stand in der Tür. »Ich komme gerade von Bellmann«, sagte er.

»Und? Will der sich für Berlin als nächste Mord-Stadt starkmachen?«, fragte Hermann. »Reicht nicht die Sache vom Kottbusser Tor?«

»Sehr witzig. Er will wissen, ob wir ein Statement des LKA herausgeben können. Die Sache mit diesem Blutgott kocht nämlich langsam bis in die höchsten Kreise. Und bei uns haben sich bereits zehn Reporter gemeldet und die Presseabteilung mit Fragen bombardiert. Die überlegen schon, Mitarbeiter der Öffentlichkeitsarbeit aus dem Urlaub zu holen.« Winterfeld warf Clara ein paar Entwürfe mit Pressestatements auf den Tisch. »Was meinen Sie, Señora?«

Das war typisch Behörde, dachte Clara. Erst wurde ewig der Kopf in den Sand gesteckt, und dann sollte auf einmal alles innerhalb von Sekunden passieren, obwohl niemand zuständig und auch keiner da war. Winterfeld legte Clara ein mehrseitiges Dokument auf den Tisch. *Gegenstatements* stand darauf. Clara überflog den Text und hörte in ihrem Kopf schon die Statements und Gegendarstellungen, die meist dermaßen schwach waren, dass sie kaum die Gerüchte und Sensationsmeldungen entkräfteten, sondern das Ganze eher noch anfachten.

Zunächst einmal ist gar nicht geklärt, ob es sich hier um eine geplante Straftat handelt oder um eine Reihe von äußerst grausamen Einzelfällen. Wir werden dies nicht kommentieren, solange wir keine eindeutigen Erkenntnisse haben oder das Risiko besteht, die Ermittlungen dadurch zu gefährden.

Falls die Presse das Thema schuldunfähige Minderjährige und Mord aufgreifen sollte und besonders, wenn eine Verschärfung des Jugendstrafrechts zur Diskussion gestellt werden sollte, war Folgendes zu sagen – Clara kannte die Formulierungsmaßgabe in- und auswendig:

Der Paragraf 19 Strafgesetzbuch hat sich jahrzehntelang bewährt. Die Straffreiheit von Kindern ist eine Säule des deutschen Rechtsstaates und wird nicht deshalb angetastet, weil Sensationsreporter einige Einzelfälle, die zufällig von Schuldunfähigen verübt worden sind, in einen großen Verschwörungskontext hineinpressen.

Clara hatte einmal ein Medientraining besucht und wusste, immerhin theoretisch, wie man mit der Presse umgehen sollte. Man musste tunlichst vermeiden, zum Beispiel den Namen des »Blutgottes« zu erwähnen, da dies den Namen und den Schrecken dahinter mehr und mehr verfestigte. Klüger war es, das Ganze zu entpersonalisieren und von einem »Verschwörungskontext« zu sprechen.

Und falls doch alle darauf beharrten, dass es eben keine Einzelfälle waren, sondern der Blutgott aus dem Internet heraus seine Mörder-Marionetten steuerte, die auch noch straffrei weitermorden durften, dann sollte man sagen:

Das Gerücht, eine gesichtslose Macht im Internet würde minderjährige Killer steuern, ist eine haltlose Spekulation und entbehrt jeder Grundlage. Unsere besten Leute sind auf den Fall angesetzt und werden sehr bald mit Ergebnissen an die Öffentlichkeit treten.

Clara blickte ihren Chef an. »Jeder Grundlage entbehren diese Spekulationen ja leider nicht. Wir sind mit dem Kollegen Trautmann ja gerade dabei, uns von Spekulationen hin zu einer handfesten Grundlage voranzuarbeiten, und da wären wir einen großen Schritt weiter, wenn wir den Blutgott im Internet finden.«

Winterfeld blies die Backen auf. »Natürlich, das ist mir auch klar. Aber erzählt das mal unserer Kommunikationsabteilung. Die halten die Leute da draußen für genauso blöd, wie sie selbst sind.« Winterfeld blickte auf den großen Bildschirm an der Wand, auf dem der Artikel aus Global News zu lesen war.

»Wer ist denn dieser Schmierer, der das geschrieben hat?«, fragte er. »Wie heißt der?«

Hermann zuckte die Schultern. Genau wie die Killer-Trolle, die in 4chan auf das Video von Slaughterman reagiert hatten, hatte auch dieser nicht seinen richtigen Namen angegeben. »Hier«, sagte Hermann, »nennt er sich Black Rat.«

»Noch nennt er sich so«, knurrte Winterfeld und ballte die Faust. »Aber diese schwarze Ratte werden wir schon aus ihrem Loch herauszerren. Hermann, du bereitest schon mal unseren Besuch bei Global News vor. Diesem Chefredakteur werden wir Dampf machen, sonst kann er seine schwarze Ratte gleich das Klo runterspülen, wo sie herkommt und auch wieder hinsoll.« Er bewegte den Kopf zur Seite. »Und Sie, Clara, MacDeath, kommen mit mir zu Bellmann!«

Kapitel 18

Zeltlager zwischen Werden und Rheinhausen, bei Duisburg, Mai 2019

Der Zeltplatz lag bei Duisburg, zwischen Werden und Rheinhausen. Ein offizieller Campingplatz war in der Nähe, und Lisa, Mark, Manuel und Elly hatten sich entschlossen, wild zu campen, aber die Infrastruktur des großen Campingplatzes zu nutzen – und zu hoffen, dass es niemand merken würde.

Mark hatte ein Bierfass dabei, das mit einem speziellen Mechanismus versehen war, der dafür sorgte, dass das Bier die ganze Zeit über gekühlt blieb; irgendein Patent aus Süddeutschland musste das sein. Sie hatten zwei Zelte aufgebaut, denn die beiden Paare wollten sich später am Abend noch in ihren Zelten vergnügen. Wichtig war die alte Camper-Weisheit: erst das Zelt aufbauen und dann saufen. Die Sonne ging allmählich unter und brach sich rötlich gelb in den Baumwipfeln. Zur Dämmerung fegte noch eine leicht kühle Brise über den Platz. Die ideale Zeit, um das Wochenende etwas zu verlängern.

»Natur und Geselligkeit«, sagte Mark, als er das Zelt aufbaute. »Und der Himmel ist unser Dach.«

»Und Bier haben wir auch«, ergänzte Manuel. »Die Welt ist perfekt!«

Manuel hatte seine Freunde dazu überredet, eine Nacht zelten zu gehen und ein bisschen zu feiern. Ganz in der Nähe war ein Rockkonzert angekündigt. Sie würden sich vor das Zelt setzen, zuhören, Bier trinken und am Ende noch etwas

Spaß haben. Das Leben konnte so einfach sein. Manuels Eltern waren begeisterte Camper. Das Besondere am Camping sei, dass man oft improvisieren und mit wenig auskommen muss. Es musste nicht alles so aufwendig und perfekt sein wie bei anderen Urlauben, damit am Ende alles klappte. Es gab weniger Planung und stattdessen mehr Chaos. Und das, so sagte Manuels Vater immer, würde einen wach und lebendig halten. Manuel hatte ihre Liebe zum Campen geerbt.

Es gab noch jemand anderen, der das Chaos nicht nur hinnahm, sondern es sogar liebte. Jemand, der, wie vor vielen Jahren der Zodiac-Killer oder der Night Stalker, Paare suchte. Jemand, bei dem eine andere Dimension des Bösen vorherrschte. Er hatte auf den umstehenden Bäumen Kameras installiert. Diese Kameras hatten einen Standort ganz besonders im Blick: die beiden Zelte der vier Jugendlichen.

Er hatte auch einige Utensilien dabei, die man nicht unbedingt fürs Campen brauchte, die aber in diesem Fall sehr wichtig sein konnten. Diesmal keinen Bolzenschneider, um irgendwelche Telefonleitungen durchzuschneiden, denn die gab es hier nicht. Stattdessen würde er gleich den Störsender aktivieren, dadurch würden die Anrufe der Handys von den Jugendlichen ins Leere laufen. Dann musste er nur dafür sorgen, dass keiner der vier zu laut schrie. Der größere Campingplatz war schließlich ganz in der Nähe. Aber auch darauf war er vorbereitet. Er war schlau, und die anderen waren dumm. Das Open-Air-Konzert würde in zehn Minuten beginnen. Dann würde es laut werden. Sehr laut. So laut, dass man auch fürchterlich gellende Schreie nicht hören würde.

Er machte sich bereit. Wie ein Boxer vor dem Kampf hatte auch er seine Rituale. Einen Blick auf seine Hände. Auf die

Innenseiten seiner Finger. Auf die beiden Wörter, die dort eintätowiert waren.

HATE. KILL.

Dort wo seine kleinen Finger einmal gewesen waren, waren nur noch zwei verbrannte Stümpfe.

Er schaute auf seine Uhr.

Noch acht Minuten.

Kapitel 19

LKA 113, Tempelhofer Damm, Berlin, Mai 2019

Alle Selbstsicherheit war aus Bellmanns Gesicht gewichen. »Wir haben mehrere Probleme«, sagte er. »Wenn ich richtig informiert bin, sind die Täter vom Kottbusser Tor, allen voran dieser Hagen Hemker, geständig und versuchen gar nicht erst, irgendetwas abzustreiten. Oder gibt es da von Ihrer Seite etwas Neues?«

»Wir haben gerade mit den Kollegen aus der GESA gesprochen«, antwortete Clara. »Es ist leider so, wie Sie sagen.«

»Und dann«, fuhr Bellmann fort, »haben wir nicht nur das Problem mit dieser Black Rat, oder wie immer dieser Schmierer heißt. Sondern wir haben noch ein ganz anderes Problem.« Er kniff die Lippen zusammen. »Slaughterman.«

»Hat er schon etwas gemacht?«, fragte Clara. Bisher war er nur durch Videos in Erscheinung getreten.

»Das kann man so sagen«, sagte Bellmann, »es gibt ein Video, in dem er sich jeweils die kleinen Finger abschneidet. Und jetzt habe ich vom BKA gerade einen Bericht über einen neuen Mord bekommen. Bei Duisburg.«

»Wie viele Opfer?«, fragte Winterfeld.

»Vier. Zwei Jungen, zwei Mädchen. Der Mord kursiert bereits im Internet. Ein Paar hatte gerade Sex im Zelt, als sich der Täter näherte und beide mit einer Art Lanze durchbohrte. Er hatte dabei bei beiden Opfern Herz und Lunge erwischt. Den anderen beiden hat er laut ersten Berichten mit einem Jagdmesser die Kehle durchgeschnitten.«

»Keine Überlebenden?«, fragte Clara.

»Nein.«

»Und niemand hat etwas gehört?«

Bellmann lehnte sich zurück und schürzte die Lippen. »Der Täter oder die Täter waren nicht dumm«, erklärte er. »In der Nähe gab es ein Open-Air-Konzert. Das war phasenweise dermaßen laut, dass man keine Schreie hören konnte. Wobei ich nicht glaube, dass es viele Schreie gegeben hat, wenn ich den ersten Bericht der Rechtsmedizin Duisburg richtig lese. Der hat so schnell zugeschlagen, dass alle sofort tot waren. Oder jedenfalls extrem schnell, sodass kaum mehr Zeit zum Schreien blieb.«

Duisburg, dachte Clara und musste kurz an Götz George als Kommissar Schimanski von der Kripo Duisburg denken; eindeutig ihr Lieblingstatort. Ein bisschen erinnerte sie Winterfeld immer an den leicht aufbrausenden Schimanski, auch wenn ihr Chef gepflegter gekleidet war. Und Königsberg, der Chef von Schimmi, hatte eine gewisse Ähnlichkeit mit Bellmann.

»Damit war es aber noch nicht zu Ende.« Bellmann ließ seinen Blick über die gerade per Fax eingetroffenen Ermittlungsunterlagen schweifen. »Alle Opfer wiesen mindestens jeweils hundert Messerstiche auf.«

»Post mortem, nehme ich an?« Das war Winterfeld.

»Richtig, Herr Kollege. Für alles andere wäre der Tod viel zu schnell eingetreten.«

»Normalerweise ein Zeichen für eine persönliche Beziehung zwischen Täter und Opfer. Man nennt das auch Übertötung oder auf Englisch *Overkill.* Der Täter wechselt die Mordmethode oder die Tatwaffe, obwohl das Opfer bereits lebensbedrohlich verletzt oder vielleicht sogar schon tot ist.«

»Sehr richtig, Frau Kollegin.«

»Ich nehme aber an«, sprach Clara weiter, »dass wir hier keinen Hinweis auf eine Beziehungstat haben?«

»Da haben Sie recht.« Bellmann nickte. »Hier ging es dem Täter um die Inszenierung seiner Tat, die er genau geplant hatte: Er hat sich den Ort angeschaut, die Umstände wie das Konzert und die Opfer dementsprechend ausgewählt. Die waren halt zur falschen Zeit am falschen Ort. Aber das ist noch nicht alles. Hier.« Bellmann stellte ein Tablet in ein Stativ. Es war ein Tablet mit Stift, das Bellmann unterwegs immer dabeihatte. Dann rief er einen Film auf und drehte den Bildschirm in Richtung Clara und Winterfeld.

»Das ist ja eine richtige Horrorshow«, sagte Winterfeld. »Immer noch etwas Neues.«

»Bitte, Herr Kollege.« Bellmann schaute Winterfeld tadelnd an. »Sie haben doch beide einen starken Magen.« Damit startete er den Film.

Zunächst waren zwei Zelte zu sehen. Eines davon war halb in sich zusammengebrochen. Offenbar hatte Slaughterman die zwei Liebenden mit der Lanze, oder was immer er dabeigehabt hatte, durch die Zeltplane hindurch erstochen. Das Schlimmste passierte aber vor dem Zelt. Auf dem Film war ein Mann zu sehen, der Teile aus dem Fleisch der Leichen herausschnitt und ins Feuer hielt. Er sah sich um wie ein Ghul, der eine Leiche zum Verzehr ausbuddelt. Dann blickte er in die Kamera.

»Eigentlich«, sagte der Mann, »wollte ich meine Opfer roh, am besten noch lebend essen, so wie der Löwe in der Savanne. Nur dummerweise habe ich schnell festgestellt, dass man mit einem menschlichen Gebiss rohes Fleisch nicht essen kann. Darum muss ich das Fleisch leider ins Feuer halten. Unsere Zähne sind einfach zu degeneriert, um Stücke aus dem Fleisch herauszureißen.«

Er zog ein Muskelstück, das er einem der Jungen aus dem Oberarm geschnitten hatte, aus dem Feuer heraus, biss hinein und kaute.

»Das, was der Blutgott seinen Jüngern befohlen hat«, sagte Clara. *»Diejenigen von euch, die es sogar über sich bringen, Teile des Fleisches roh zu essen, sollen besonders belohnt werden.«*

»Richtig, das hat er wörtlich genommen«, sagte Bellmann. »Jedenfalls so gut das mit seinem Gebiss ging.«

»Er entschuldigt sich sogar, dass er es kurz anbraten musste«, sagte Winterfeld.

Bellmann verzog das Gesicht. »Schauen Sie, jetzt kommt es.«

Während der Mann kaute, waren seine Hände zu sehen. Auf die Finger der rechten und linken Hand waren an den Innenseiten, sodass es nicht sofort sichtbar war, jeweils die Worte KILL und HATE tätowiert. Die beiden kleinen Finger waren kurz unter der Handfläche abgetrennt. Die Wunden offenbar durch Hitze verschlossen, zumindest sahen sie schwarz und wie ausgebrannt aus.

»Vielleicht«, sagte der Mann, »gelingt es mir irgendwann, den Sexualtrieb in einen Killertrieb umzuwandeln? Wahre Befriedigung nur durch das Töten zu erlangen? Nicht so wie diese Würmer hier ihren Schwanz irgendwo reinzustecken, sondern Speere, Messer und Klingen irgendwo einzuführen und das heiße Blut zu spüren und zu schmecken. Jedes Messer, das in weiches Fleisch getrieben wird, ist ein Opfer für den Blutgott. Als Nächstes werde ich ihre Schädel ins Feuer legen, bis das Fleisch von ihrem Kopf schmilzt und ich nur noch ihre Totenschädel habe. Ich bin der größte Diener des Blutgottes. Ich bin der Erzdämon des Mordes. Ich bin Slaughterman!«

Der Bildschirm wurde schwarz.

»Verdammt«, sagte Clara. »Wie sind die Klickraten von dem Video?«

Bellmann atmete resigniert aus. »Geht in die Millionen.«

»Wundert mich nicht«, meinte Winterfeld.

»Eine Sache ist aber besonders schlimm«, sagte Bellmann. »Denn wissen Sie, wo dieses Video als Erstes zu sehen war?« Bellmann fletschte die Zähne.

»Lassen Sie mich raten«, sagte Winterfeld. »Bei Global News?«

»Mit einem Text von Black Rat?«, ergänzte Clara.

»Beides richtig.« Bellmann stand auf. »Von daher habe ich zwei Aufträge für Sie. Nein, eigentlich drei: Schnappen Sie diesen Blutgott, schnappen Sie diesen Slaughterman, falls das nicht ein und derselbe Psychopath ist. Und ganz besonders: Schnappen Sie diese Black Rat!«

Kapitel 20

LKA 113, Tempelhofer Damm, Berlin, Mai 2019

Florian Komsalis, genannt »Flori das Fass«, hatte Besuch, aber keinen, den er sich gewünscht hatte. Die Ermittler des LKA hatten sich um seinen Schreibtisch herum aufgebaut wie eine Armee, die eine Stadt belagern wollte.

»Also«, sagte Kriminaldirektor Winterfeld, »entweder Sie rücken jetzt raus damit, wer dieser Black Rat ist, der für Sie schreibt, oder wir lassen alle Rechner der Redaktion konfiszieren und sämtliche Dateien durchsuchen. Natürlich bekommen Sie alles wieder, wenn wir fertig sind. Aber bis wir fertig sind und bis Sie die wiederhaben, dauert es. Also, was haben Sie für uns?«

Flori das Fass wusste, wann es keinen Sinn mehr hatte, weiter zu pokern. »Na schön«, sagte er, »er hat mir gerade ein neues Video geschickt.«

»Wovon?«

»Von einer Abstimmung von Slaughterman«, sagte Flori. »Wo der nächste Mord stattfinden soll.«

»Schon wieder«, sagte Clara. »Letztes Mal war es ja Duisburg. Und wo soll der nächste Mord stattfinden?«

»In Goslar im Harz. Das Video geht auch gerade durch die Medien.«

Clara und MacDeath schauten auf Floris Bildschirm, über den die Bilder von Goslar flimmerten. Übertragungswagen hatten dort auf dem historischen Marktplatz Quartier bezogen. Ein Reporter sprach in die Kamera: »Die Spurensicherung aus Duisburg, unterstützt vom BKA, ist gerade noch dabei, den Tatort zu analysieren. Die Leichen oder das, was davon noch übrig ist, werden zur Stunde in der Rechtsmedizin in Duisburg obduziert. In dem Moment hat uns eine neue Nachricht des Killers, der sich *Slaughterman* nennt, erreicht: Eine Abstimmung hat ergeben, dass der nächste Mord genau hier in Goslar stattfinden wird. Die ganze Stadt lebt in Angst, erste Bürgerwehren haben sich angekündigt, der Bürgermeister ruft zur Besonnenheit auf, steht damit aber auf ziemlich einsamem Posten, und Polizeieinheiten aus anderen Bundesländern wurden bereits angefordert. Das LKA Niedersachsen hat …«

Winterfeld schüttelte den Kopf. »Wie Motten, die dem Licht folgen, machen sich diese ganzen Geier auf den Weg nach Goslar. Hoffen wir mal, dass es dann auch wirklich einen Mord gibt.« Er schaute Clara an. »Sonst war ja die ganze Aufregung umsonst.«

»Das von *Ihnen?*«, stieß Flori hervor. »Einem Hauptkommissar?«

»Für Sie immer noch Kriminaldirektor«, knurrte Winterfeld, »und über meine Einstellung zu dem Täter machen Sie sich mal keinen Kopf. Sie laufen jetzt los und finden die Kontaktdaten von dieser Black Rat. Sie haben fünf Minuten Zeit.«

»Na schön«, brummte Flori, »bin gleich wieder da. Warten Sie kurz.«

»Wissen Sie, an was mich das hier erinnert?«, fragte MacDeath, als Flori gegangen war und die Tür hinter sich zugeknallt hatte. »An Oliver Stones Film ›Natural Born Killers‹. Da werden die Mörder zu einem Medienereignis. Eine Extremversion von Bonnie und Clyde, wo der Medienmacher am Ende sogar Komplize der Killer wird. Nach dem Film gab es Leute, die die Morde imitiert haben. In einigen Ländern wurde ›Natural Born Killers‹ dann verboten.«

»Das gab es aber schon früher. Und zwar sogar hier in Deutschland. Vielleicht sind Sie alle dafür aber noch zu jung«, sagte Winterfeld. »Erinnern Sie sich an das Gladbecker Geiseldrama von 1988?«

»Wie könnte ich das vergessen«, sagte Clara. »Rösner und Degowski, die beiden Geiselnehmer, haben damals in meiner Heimatstadt Bremen einen Linienbus der BSAG gekapert. Und haben sämtliche Fahrgäste als Geiseln genommen.«

Clara kannte die Geschichte nicht nur aus ihrer Kindheit, sondern auch als Seminarthema, mit dem sie sich während ihres Studiums beschäftigt hatte. Rösner und Degowski hatten zu Beginn ihrer Geiselfahrt durch Deutschland eine Filiale der Deutschen Bank überfallen. Die Polizei hatte sich nicht mit Ruhm bekleckert, das SEK hatte eine Zugriffsmöglichkeit nicht genutzt, als die Täter allein ohne Geiseln im Auto saßen, und die Beamten hatten es toleriert, dass die Geiselnehmer ganz offen mit den Journalisten sprachen. Ein Journalist war damals sogar im Auto der Geiselnehmer mitgefahren, um ihnen einen guten Fluchtweg zu zeigen. »Ich scheiße auf mein Leben«, hatte Rösner vor den Journalisten gesagt und sich demonstrativ seine Waffe in den Mund gesteckt. Eigentlich waren die Journalisten näher an den Verbrechern dran als die Ermittler. Das war etwas, das Clara auch an diesen Fall erinnerte. Sowohl die Bundesländer Bremen als auch NRW hatten bei den Gladbecker Geiselnehmern auf ganzer Linie versagt. Der Bremer Innensenator Bernd Meyer war damals zurückgetreten, sein Kollege Herbert Schnoor in NRW nicht. Am Ende hatte es dann doch einen Zugriff gegeben, bei dem die beiden Geiselnehmer gefasst wurden, ebenso gab es zwei vermeidbare tote Geiseln und einen neuen Pressekodex für Journalisten.

»Ob das Gladbecker Geiseldrama als so etwas wie ein Vorbild gedient hat? Immerhin ging es um die beiden Typen im letzten Jahr mehrfach, weil einer nach dreißig Jahren mit neuer Identität entlassen werden sollte und solche Sachen«, meinte MacDeath.

»Das kann ich mir nicht vorstellen«, sagte Clara. »Dieser Blutgott und Slaughterman sind ganz in ihrem eigenen Film. Und vielleicht sind die wirklich zu jung, um das noch aktiv mitbekommen zu haben.«

Die Tür flog auf. Florian Komsalis stand in der Tür. »Hier«, sagte er und reichte Winterfeld eine Karte, »auf dem kurzen Dienstweg.«

Winterfeld musterte die Karte. »Christoph Warner also. Das ist Black Rat?« Er schaute Flori durchdringend an.

»Ja, so heißt er. Mit Kontaktdaten. Handynummer und E-Mail.«

»Und die Adresse? Wo wohnt er?«

»Das weiß ich nicht. Wirklich nicht!«

»Das kriegen wir schon raus«, knurrte Winterfeld.

»Sind wir dann durch?«

»Im Gegenteil«, sagte Winterfeld, »wir fangen gerade erst an.«

Flori blickte den Ermittlern hinterher. Hatte er Black Rat verraten? Ja, das hatte er, dachte er, aber was hätte er tun sollen? Er hörte ein Piepen auf seinem Telegram Account in seinem Smartphone. Es war Black Rat. Hatte er etwa sofort etwas gemerkt?

Er öffnete die Textnachricht.

»Habe vielleicht heute oder morgen Interview mit Slaughterman«, stand dort.

Flori antwortete nicht. Stattdessen kratzte er sich am Kopf und blickte nach unten auf die Friedrichstraße und die S-Bahn-

Station. Er wusste nicht, wie viel Glück er Christoph Warner alias Black Rat wünschen sollte. Wenn er es noch schaffte, das Interview zu senden, bevor die Ermittler ihn festnahmen, würde es Flori schon irgendwie hinbekommen, das Ganze zu senden. Bisher war ihm immer etwas eingefallen. Er schaute auf den Fernseher an der Stirnwand seines Büros. Wieder der Marktplatz von Goslar, Kriminologen, besorgte Bürger, die die Todesstrafe forderten, und sogar Bürgerwehren, die jetzt tatsächlich in roten Westen aufmarschierten und Slaughterman aufforderten, »dass er nur kommen sollte, sie würden ihn schon erwarten«.

Unten auf der Friedrichstraße sah er die drei Ermittler. Sie überquerten die Straße Richtung Meliá-Hotel.

»Also, liebe Kollegen«, sagte Winterfeld, während die drei in der Dämmerung die Straße überquerten. »Ich muss jetzt erst mal eine rauchen, und dann brauche ich einen Drink. Wie wäre es gleich da drüben?« Er zeigte auf das große Hotel direkt an der Spree an der Kreuzung Friedrichstraße und Weidendamm.

»In der Hotelbar?«, fragte Clara. »Nichts dagegen. Vielleicht haben die auch was zu essen.«

»Bestimmt. Die haben doch bestimmt Currywurst und Pommes.«

»Da wäre ich auch für«, kam es von MacDeath. »Oder wir essen Currywurst hier an der Bude und trinken dann was an der Bar.«

Winterfeld nickte. »Sehr ökonomisch!«

»Tja«, stellte Clara fest. »Mit Currywurst kriegt man jeden Mann.« Sie schlenderten in Richtung Currywurstbude, und Claras eigene Worte hallten in ihrem Kopf wider. … *kriegt man jeden Mann.* »Wisst ihr, was wir machen sollten?«, fragte sie dann.

»Ja«, knurrte Winterfeld, »die Daten von diesem Warner gleich an die Kollegen weitergeben, eine rauchen, Currywurst essen, etwas trinken und dann diesen Scheißtag vergessen.«

»Das auch. Aber genauso wie Männer von der Currywurst angelockt werden, müssen wir einen Weg finden, wie wir den Typen anlocken.«

»Diesen Slaughterman?«

»Den auch. Am besten aber den Strippenzieher. Diesen Blutgott.«

»Wohin?«

»Zu uns.«

Winterfeld blieb stehen und zündete sich einen Zigarillo an. »Keine sehr angenehme Vorstellung, aber gar nicht schlecht. Haben Sie denn schon eine Idee, wie das gehen soll?«

»Noch nicht. Aber ich bin nah dran!«

Kapitel 21

LKA 113, Tempelhofer Damm, Berlin, Mai 2019

Wenn ich in Hotelbars sitze«, begann MacDeath, »muss ich immer an die Story mit der Niere denken. Kennt ihr die?«

»In- und auswendig«, sagte Clara. Sie hatte die Story schon mehrfach von MacDeath gehört.

»Ich aber nicht«, sagte Winterfeld.

»Es geht darin um einen Mann, der an der Hotelbar eine schöne Frau kennenlernt. Sie spendiert ihm ein paar Drinks …«

»… da hätte er schon misstrauisch werden müssen«, warf Winterfeld ein. »Welche hübsche Frau, die nicht gerade Escort-Girl im Hochpreissegment ist, spendiert einem dahergelaufenen Typen, der nicht wie George Clooney aussieht, freiwillig Drinks?«

»Hätte er werden müssen, wurde er aber nicht«, sagte MacDeath, »wir kennen doch alle die Männer. Die nehmen wahr, was sie wahrnehmen wollen.«

Wir kennen doch die Männer, dachte Clara. Ihr war etwas eingefallen, und sie machte sich eine Notiz in ihr kleines Notizbuch, das sie immer dabeihatte.

»Jedenfalls hat er dann schon einen im Tee und überlegt sich, wie der Abend noch werden könnte. Die beiden verbringen eine sehr gute Zeit und nehmen diverse Drinks und Cocktails zu sich. Der Mann ist allmählich schon etwas benebelt und macht sich Gedanken, ob denn sein Hotelzimmer gut genug aussieht, falls er später mit der Frau dort landen sollte.«

»Das passiert aber nicht, nehme ich an?«, fragte Winterfeld.

»Natürlich nicht. Das Nächste, was er merkt, ist, dass er nackt in seiner Badewanne in seinem Hotelzimmer liegt und die Wanne voll Eis ist.«

»Ruft er den Notruf?«, fragte Winterfeld.

»Ja, dafür liegt sogar extra ein kleines Handy auf dem Wannenrand. Daneben ein Zettel mit der Aufschrift: *Rufen Sie den Notruf, 112.* Das macht er auch und berichtet davon, dass er nackt und irgendwie unbeweglich in einer mit Eis gefüllten Badewanne liegt. Der Notruf fragt ihn, ob auf seiner rechten Seite ein kleiner Schlauch herausschaut. Der Mann bejaht das.«

»Ich kann es mir denken.« Winterfeld trank von seinem Rotwein. Gleichzeitig blickte er sich um. Es waren aber keine überirdisch schönen Frauen an der Bar zu sehen, die für Aktionen wie in der Geschichte von MacDeath infrage gekommen wären.

»Der Notruf sagt ihm, dass er ein Opfer der Organmafia geworden ist und dass ihm eine Niere entwendet wurde. Und dass sie in fünf Minuten bei ihm sind.«

»So traurig das klingt«, sagte Winterfeld, »aber in einigen Gegenden der Welt passiert das in der Tat.«

»Ja«, sagte MacDeath, »und das Interessante ist, dass man sich an solche Storys immer erinnert. Genauso wie bei den Geschichten mit dem Blutgott, die jetzt durch die Medien gehen.«

»So blöd sind aber auch nur Männer, dass die sich von der Frau abfüllen lassen«, meinte Clara.

»Stimmt.« MacDeath nickte. »So eine Story ist auch nur glaubwürdig, wenn ein Mann die Hauptrolle spielt. Und beim Verbrechen ist es genauso: Männer begehen deutlich mehr Morde. Es gibt so gut wie keine weiblichen Serienkiller. Extreme sind in jeder Dimension eine typisch männliche Komponente. Es gibt schließlich keinen weiblichen Jack the Ripper, weil es auch keinen weiblichen Mozart gibt.«

»Es gibt gar keine weiblichen Serienkiller?«, fragte Winterfeld. »Selbst in meiner Berufslaufbahn habe ich Frauen gesehen, die mehrfach gemordet haben.«

»Na gut, einige wenige«, räumte MacDeath ein, »und das ist gar nicht neu. Lady Báthory, die Blutgräfin aus Ungarn – falls es sie wirklich gegeben hat –, hat in Jungfrauenblut gebadet. Vera Renczi hat in den Zwanzigerjahren in Rumänien Männer vergiftet, damit sie ihr nicht untreu werden. Genene Jones hat in einem Krankenhaus Kinder mit Heparin vergiftet. Jane Toppan hat extra auf einer Sterbestation gearbeitet, weil es sie ›anmachte‹, mit Leuten zusammen zu sein, die kurz vor dem Tod sind.«

»Meist sind es aber eher softe Methoden, mit denen die Frauen morden, oder?«, fragte Winterfeld.

»Ja. Sie würden nicht mit Teppichmessern Unbekannte auf einem öffentlichen Platz umbringen. Sie bringen auch eher Familienangehörige um, von denen sie enttäuscht sind, und keine völlig Fremden, wie das männliche Serienmörder tun. Männer schlagen einfach so zu. Das ist das Dominanzhormon Testosteron, das bei Männern die große Rolle spielt.«

Er hat recht, dachte Clara. Die meisten Serienkiller töteten entsprechend ihrer sexuellen Präferenz. Und da der Großteil der Serienkiller männlich ist und die meisten Männer heterosexuell veranlagt, waren die typischen Opfer von Serienkillern – Frauen! Und wie die Killer waren die meisten ihrer Kollegen Männer. Mit Ausnahme von Sophie. Im Moment jedenfalls saß Clara hier mit zwei Männern zusammen und trank Weißwein mit Eis. Da fiel es ihr ein.

»Sagt mal, der Blutgott möchte doch überrascht werden, oder? Das kam doch in einem seiner Videos so rüber?«

Beide nickten. »Ja, schon«, sagte MacDeath, »mit neuen Exzessen des Bösen.«

»Wer waren bisher die Täter?«

»Minderjährige. Unter vierzehn. Und damit schuldunfähig.«

»Das ist klar«, sagte Clara ungeduldig. »Männlich oder weiblich?«

»Männlich.«

»Und Slaughterman?«

»Seiner Statur auf den Videos nach auch ein Mann. Oder ein Jugendlicher.«

»Fällt euch nichts auf?«, fragte sie.

MacDeaths Augen leuchteten auf. »Es gab bisher keinen einzigen weiblichen Täter.«

»Richtig.«

»Könnte er denn einen wollen?«, fragte Winterfeld.

MacDeath überlegte einen Augenblick. »Das kann durchaus sein. Es könnte nämlich sein, dass Slaughterman dem Blutgott langsam die Show stiehlt. Da könnte es ihm doch gefallen, wenn wir Slaughterman ein wenig Aufmerksamkeit wegnehmen.«

»Wie das?«

»Na ja, während in den früheren Fällen mehrere kleine Mörder Massaker angerichtet haben und der Blutgott als einzige Person im Hintergrund thronte, könnte Slaughterman, selbst für den Geschmack des Blutgottes, zu viel Aufmerksamkeit auf sich ziehen. So könnte es dem Blutgott zudem gut gefallen, wenn ein neuer Mörder auf der Bildfläche erscheinen würde, der die Aufmerksamkeit von Slaughterman ablenkt. Denn wenn er sich Blutgott nennt, ist anzunehmen, dass er bestimmt keine anderen Götter neben sich will.«

»Klingt von der männlichen Warte aus plausibel«, sagte Winterfeld, »aber kommen wir zur weiblichen Seite. Da hatten wir doch gerade gelernt, dass Frauen so etwas nicht machen.«

»Und wenn doch?«

»Sollten wir uns das wünschen?«

»Wenn die Frau von uns kommt, ja.«

Winterfeld legte die Hände auf die Knie und beugte sich vor. »Moment mal, Señora, was haben Sie vor?«

»Wir schicken dem Blutgott eine Bewerbung von einer *Killerin.* Er will doch überrascht werden. Und wir kommen auf diese Weise an ihn heran.«

»Überrascht wird er dann bestimmt. Aber wer soll die Killerin sein? Wo kommt die her? Wir zwei«, er zeigte auf MacDeath und sich, »sind Männer, und Sie, bei allem Respekt, Señora, sehen zwar ausgesprochen jugendlich aus, sind aber offensichtlich schon deutlich über vierzehn Jahre alt. Der will doch unbedingt Minderjährige, die noch schuldunfähig sind. Also brauchen wir …«

»… eine minderjährige junge Frau, die jünger als vierzehn ist oder es zumindest vom Aussehen her noch sein könnte.«

»Und wo haben wir die? Ich kenne keine und habe auch keine im Kofferraum.«

»Aber ich. Und Sie auch.«

»Wen?«

»Marie. Marie Wiesner. Die Schwester von Noah.«

»Die aus Hannover?«

»Richtig. Sie war doch so interessiert an der ganzen Thematik. Ich könnte mir vorstellen, dass sie mitmacht.«

»Aber ihre Eltern müssen auch mitmachen«, sagte Winterfeld. »Sie ist eben auch noch minderjährig. Wenn auch nicht mehr schuldunfähig. Das führt nicht nur dazu, dass man straffrei morden kann, solange man noch unter vierzehn ist, sondern auch, dass andere über einen zu bestimmen haben.«

»Die müssten wir fragen. In der Tat. Und zwar so bald wie möglich.«

»Nehmen wir mal an, die Eltern stimmen zu. Was dann?«

»Marie soll sich bei ihm als professionelle Killerin und *Entbeinerin* vorstellen und damit sein Vertrauen gewinnen. Und sie soll sich als einzigartig positionieren, vor dem Hintergrund, dass es wenig weibliche Serienmörder gibt und der Blutgott bisher noch keine Frauen in seiner Killerarmee hat.«

Winterfeld lehnte sich zurück und konnte sich ein Schmunzeln nicht verkneifen. »Die Idee hat was. Und mir fällt auch nicht Besseres ein. Und wie macht sie das? Schickt sie eine Bewerbung?«

»Ja«, sagte Clara. »So eine Art Bewerbungsvideo. So wie das heute auch die Unternehmen und Agenturen immer wollen. Wie bei einem Casting.«

»Und wenn sie sich als *Entbeinerin* vorstellt, muss sie ja eigentlich auch etwas zum Entbeinen haben, sonst findet der Blutgott das doch bestimmt langweilig. Der will doch Praktiker, keine Theoretiker.«

»Das muss sie definitiv, sonst findet er das in der Tat langweilig.«

»Schöner Plan, Señora. Zwei Unsicherheiten haben wir noch. Erstens: Marie muss mitmachen.«

»Das klären wir gleich morgen.«

»Und zweitens: Wen oder was entbeint sie? Sie soll ja wohl kaum vor der Kamera morden?«

»Natürlich nicht. Es reicht ja, wenn sie das an Leichen durchführt.«

»Welche Leichen?«

»Entweder Dummys, wie man sie auch im medizinhistorischen Museum sieht. Oder gleich echte Leichen.«

»Und wo kommen die her? Ich meine, die echten Leichen?«

»Sie können Fragen stellen. Von dem, der zwar nicht immer gute Umgangsformen hat, aber eines im Überfluss: Leichen.«

»Von Weinstein.« Winterfeld musste grinsen. »Der wird sich freuen. Aber Bellmann ist so verzweifelt, dass der wahrscheinlich auch diesen Plan durchwinkt, und dann kann Weinstein wohl kaum Nein sagen.« Er hob sein Glas. »Auf Ihren Plan, Señora! Wir trinken aus, dann fahren wir noch mal ins Revier, klären das kurz mit Bellmann, fragen Hermann, ob er schon diese schwarze Ratte erwischt hat, und planen schon mal für morgen, damit wir dann gleich loslegen können.«

»Sehr gut«, sagte Clara. Der Plan, der eben nur als kleiner Funke in ihrem Kopf war, begann, Gestalt anzunehmen.

»Gibt es eigentlich schon Frauenquoten für Serienkiller?«, fragte MacDeath.

Clara verdrehte die Augen. »Blödmann!«

Kapitel 22

LKA 113, Tempelhofer Damm, Berlin, Mai 2019

Bellmann war noch im Büro gewesen, als Clara, MacDeath und Winterfeld gegen 21 Uhr das LKA betreten hatten. Er hatte sich gewunden, dann allerdings doch grünes Licht für die Aktion mit Marie gegeben, wahrscheinlich, weil ihm selbst auch keine schlagkräftigere Aktion in den Sinn gekommen war. Er hatte sogar gleich danach von Weinstein angerufen, allerdings mit der Bitte, doch nach Möglichkeiten Leichen-Dummys und keine echten Leichen zu benutzen.

»Bei Hermann ist noch Licht«, sagte Winterfeld. »Schauen wir mal, was er hat.« Er öffnete die Tür. »'n Abend, alter Techie. Was läuft so?«

Hermann zeigte auf den Fernseher, der im Hintergrund lief. Matte und Latte waren offenbar längst nach Hause gegangen. »Nichts«, sagte er, »jedenfalls nicht in Goslar. Die ersten Fernsehwagen verschwinden schon wieder. Der Rest wartet wie das Kaninchen vor der Schlange.«

Winterfeld nahm sich den Stuhl von Matte und setzte sich. »Blinder Alarm?«

Hermann zuckte die Schultern. »Ich bin hier nicht der Psychologe. Und Wahrsager auch nicht.«

»Zweiter Punkt«, sagte Winterfeld. »Hast du schwarze Ratte erwischt? Christoph Warner, meine ich.«

»Ich nicht«, sagte Hermann resigniert.

»Was heißt hier *ich* nicht? Wart ihr denn bei ihm?«

»Ja, der lebt in Kreuzberg. Er war aber nicht da. Sein Handy war auch tot.«

»Also habt ihr ihn nicht erwischt?«

»Erwischt wurde er schon. Aber nicht von uns.«

»Was soll das heißen?«

»Schaut mal hier.« Er öffnete einen Videolink auf seinem Rechner.

Auf dem Video sah man Christoph Warner. Er war von Dunkelheit umgeben und sprach einige Worte. Die Art, wie er den Mund bewegte, sah wie eine schlechte Animation aus einem billigen Film aus. Zudem waren die Worte extrem verzerrt.

»Ich kann euch nichts mehr erzählen«, sagte die verzerrte Stimme, zu der Warner den Mund bewegte. »Slaughterman wird ab jetzt wieder durch seine Taten sprechen.« Die Kamera zoomte langsam an Christoph Warner heran. Und jetzt fiel es allen auf.

»Das ist ja gar keine Animation … das ist … sein Kopf!« Clara wich ein Stück von dem Monitor zurück.

»Und zwar *nur* sein Kopf«, stellte Winterfeld resigniert klar.

Hermann nickte. »Er hat ihm den Kopf abgeschlagen, auf eine Stange gesteckt und dann, wie bei einer Marionette, dünne Drähte an seinem Kiefer befestigt. So sieht es von Weitem aus, als würde Warner sprechen. Dabei spricht nur sein Kopf. Das heißt … eigentlich spricht Slaughterman.«

»Dann muss der Typ doch hier in Berlin sein«, sagte Clara. »Dieser Slaughterman, meine ich.«

»Wir wissen ja nicht, wo Warner vorher war«, sagte Hermann. »Auf dem Video steht jedenfalls keine Ortsbeschreibung dabei.«

»Jedenfalls hat sich das Thema Warner und schwarze Ratte damit erledigt«, sagte Winterfeld, »von dem wird nichts mehr kommen. Wer durch das Schwert lebt, wird durch das Schwert sterben. Steht schon in der Bibel.« Er rieb die Hände auf seinen Knien. »Wir wollten ja über ihn an Slaughterman herankommen, aber offensichtlich ist Slaughterman zuerst an ihn herangekommen. Und zwar gründlich.« Er legte die Hände auf die Knie. »Jetzt brauchen wir für Black Rat einen Geisterbeschwörer, wenn der uns noch was sagen soll.«

»Sehr witzig.« Clara versuchte, das Bild des abgeschlagenen Kopfes auf dem Video in die unteren Kammern ihres Bewusstseins zu drängen. »Hat aber einen Vorteil«, sagte sie. »Slaughterman wird übermütig, wenn er so etwas macht. Das könnte den Blutgott davon überzeugen, dass Slaughterman ihm nacheifern wird. Und er will ja vielleicht keinen Gott neben sich. Und das spricht für unsere Geschichte.«

»Welche Geschichte?«, fragte Hermann.

»Ach ja«, sagte Winterfeld, »die kennst du noch gar nicht. Wir haben eine super Idee!«

»Es läuft folgendermaßen«, sagte Winterfeld, nachdem sie Hermann in die Geschichte eingeweiht hatten. »Marie muss eine zerteilte Leiche vorweisen, die sie dem Killer als Bewerbungsvideo schickt. Wir kriegen von von Weinstein entweder Dummys oder echte Leichen. Wir sprechen gleich morgen mit ihm.«

»Und Marie und die Eltern?«, fragte Hermann.

»Clara und MacDeath fahren morgen zu denen nach Hannover und sprechen mit ihnen. Von Eltern zu Eltern sozusagen. Das ist die beste Chance, etwas zu erreichen. Ich selbst mit meinen drei Scheidungen bin da sicher nicht der Richtige, um den *family guy* zu spielen.«

»Können wir nicht einfach eine Schauspielerin nehmen?«

»Nein. Ich bin sicher, dass der Blutgott einiges über Noah weiß und vielleicht auch Marie wiedererkennt. Er glaubt dann vielleicht, dass er jetzt die ganze Familie rekrutiert hat, jedenfalls den minderjährigen Part, und das wird ihm schmeicheln. Wenn das eine Schauspielerin ist und er irgendeine Gesichtserkennungssoftware hat und das mit den Fotos auf Facebook vergleicht, wo ja so ziemlich jeder Schauspieler ist, könnte unser Spiel ganz rasch auffliegen.«

»Es ist genauso gefährlich, wenn der Blutgott weiß, dass es die Schwester von Noah ist«, schaltete sich Clara ein. »Wir müssen sie so schminken, dass man sie nicht wiedererkennt.« Sie blickte MacDeath an. Der nickte.

»Okay, verstanden«, sagte Hermann. »Und dann?«

»Dann drehen wir das Bewerbungsvideo«, antwortete Winterfeld. »Dafür brauchen wir irgendeinen morbiden Ort. Die kennst du doch bestimmt. Machst du nicht Geocaching?«

Hermann schaute seinen Chef irritiert an. »Ich spiele Fantasy-Spiele. Und Science-Fiction. Als Tabletop und am Computer.«

»Ist das nicht dasselbe?«

»Nein, ist es nicht.« Hermann verschränkte beleidigt die Arme.

»Dennoch: Mach dir mit deinen Kollegen morgen gleich Gedanken, wo wir so etwas drehen können. Außerdem brauchen wir Kameraleute. Vielleicht noch jemanden, der eine gute Story schreiben kann, die Marie dann erzählt.«

»Das muss absolut authentisch sein«, sagte Clara. »Vielleicht gibt es Agenturen, die uns dabei helfen können. Das muss natürlich total vertraulich bleiben.«

»Okay«, sagte Hermann, »ich schaue, was uns einfällt.«

Claras Handy klingelte.

»Sieht nach Rechtsmedizin aus.« Sie nahm den Anruf an und stellte das Handy auf laut.

»Von Weinstein hier. Ich habe gehört, Sie brauchen Dummys oder Leichen?«

»Richtig. Besser echte Leichen. Allerdings müssen wir die zerstückeln, damit es echt aussieht. Es soll so aussehen, als ob unsere Protagonistin die gerade *entbeint* hätte.«

»Habe ich schon gehört«, sagte von Weinstein. »Ich habe wohl eine. Die spart euch sogar Arbeit. Zerstückelung hat nämlich schon jemand anderes übernommen.«

»Wer?« Clara dachte kurz, dass es schon wieder der Blutgott oder Slaughterman oder was auch immer für ein Psycho gewesen sein könnte.

»Die Bahn«, erklärte von Weinstein.

Winterfeld schüttelte den Kopf. »Es hört da auf, wo es angefangen hat. Bei der Bahn.«

»So kann man es sehen. Ein ICE der Deutschen Bahn am Südkreuz hat einen jungen Mann überfahren. Wir wissen noch nicht, ob das Suizid war oder ein Unfall. In jedem Fall kriegen Sie den in richtig vielen Einzelteilen. Die Kollegen sind gerade fertig mit dem Aufsammeln.«

Clara verzog das Gesicht. »Hm, sehr beruhigend. Steht die Identität schon fest?«

»Leider noch nicht. Kann aber nicht mehr lange dauern. Wir müssen allerdings die Angehörigen fragen, ob die mit einer solchen Verwendung der Leiche vor der Bestattung einverstanden sind. Wenn wir das heimlich machen, und es fliegt auf, dass wir niemanden gefragt haben, können wir in Teufels Küche kommen.«

»Gut«, meinte Winterfeld. »Beide Male können wir ja argumentieren, dass die Angehörigen dabei helfen, einen üblen Serienkiller zu fassen.«

»Richtig«, sagte Clara. »Wir müssen zweimal die Leute fragen, ob ihre Angehörigen bestimmte Rollen übernehmen dürfen: die als Mörder und die als Opfer.«

MacDeath nickte. »Wird morgen bestimmt ein interessanter Tag.«

BUCH 3

Time to raise the Flag Of Hate
Destroy the world is our only aim
To strike them down is the only way
To give them death and let them pay.

Kreator, »Flag of Hate«[9]

9 von dem Album »Endless Pain«, BMG Records, 1985

Kapitel 1

LKA 113, Tempelhofer Damm, Berlin, Mai 2019

Clara saß grübelnd in ihrem Büro, den Kopf in die Hände gestützt, während MacDeath vor ihrem Schreibtisch auf und ab lief wie ein Zelleninsasse, was Clara unendlich auf den Geist ging.

»Kannst du dich nicht mal hinsetzen?«, schimpfte sie.

»Nein. Wenn der Geist sich bewegt, muss sich auch der Körper bewegen. Die besten Ideen kommen immer, wenn man nicht denkend irgendwo rumsitzt. Das ist die *3-B-Regel.*«

»3B?«

»Ja, die kommt von US-Psychologen: Bath, Bicycle, Bed; also Bad, Fahrrad und Bett. Da fallen einem immer die besten Sachen ein.«

Clara kaute auf ihrem Bleistift. »Da ist was dran. Die Idee, wie wir den Blutgott fangen, kam mir ja gestern in der Bar. Die fängt auch mit B an.«

»Siehst du!« Er lehnte sich an einen hässlichen grauen Aktenschrank. »Hast du denn schon eine Idee?«

»Wir müssen der guten Ordnung halber erst einmal mit den Wiesners sprechen. Beziehungsweise Frau Wiesner, die kennt uns schon.«

»… und vertraut uns vielleicht am meisten, weil wir selbst Eltern sind und unsere Ehe funktioniert. Winterfeld hat zwar auch Kinder, aber er ist dreifach geschieden.«

»Hoffen wir's, dass sie uns vertraut. Der erzählen wir aber erst mal nur, dass wir mit Marie etwas allein besprechen wollen.«

»Genau«, sagte MacDeath. »Wir müssen die Idee mit dem Horror-Bewerbungsvideo definitiv mit Marie allein besprechen. Sie muss hierbei gewissermaßen über sich selbst hinauswachsen, und wenn ihre Eltern dabei sind oder ihre Mutter, könnte sie das hemmen, und sie fällt in eine Kind-Rolle zurück.«

»Okay, ich ruf sie mal an, oder?« Clara hatte die Fallakte auf dem Schreibtisch liegen, auf der auch die Telefonnummern der Wiesners standen. Festnetz und Handynummern beider Eltern. »Ich nehme am besten die Handynummer von Dorit Wiesner.«

»Eine Sache noch«, sagte MacDeath, »ist Noah eigentlich schon wieder bei seinen Eltern?«

Clara nickte. »Ich denke schon. So ein strafunmündiges Kerlchen kann ja nach Jugendstrafrecht nur maximal vierundzwanzig Stunden festgehalten werden.«

»Der darf nichts davon erfahren. Ich könnte mir gut vorstellen, dass er noch immer mit dem Blutgott in Kontakt steht und so was sofort an ihn weitergibt. Der war ihm derart hörig, dass er für ihn gemordet hat. Das lässt sich nicht mit zwei Stuhlkreis-Sessions und Sprechstein-Herumreichen beim Kinder- und Jugendpsychiater geradebiegen. Am besten ist, wenn er gar nicht zu Hause wäre, wenn wir mit Marie sprechen.«

»Wir haben sein Laptop und alles mitgenommen …«, begann Clara.

»Was in Zeiten von Internetcafés, Smartphones von Kumpeln, Telegram und Threema nicht wirklich viel bringt. Das wissen wir beide.«

»Okay.« Clara griff nach dem Hörer, »er darf auf keinen Fall im Haus sein.« Sie wählte die Mobilnummer von Frau Wiesner. Hörte das Freizeichen. Sie grübelte noch über das

Gesagte nach, ohne zu einem Ergebnis gekommen zu sein, als am anderen Ende der Leitung abgenommen wurde. Statt sich mit Namen zu melden, sagte eine Frauenstimme einfach nur: »Ja?«

»Guten Morgen«, sagte Clara, »spreche ich mit Frau Dorit Wiesner?« Clara stellte das Telefon auf laut. MacDeath machte einen Schritt nach vorne.

»Äh, ja …« Frau Wiesner reagierte extrem vorsichtig. Wahrscheinlich befürchtete sie, dass irgendwelche Reporter Noahs Identität herausgefunden hatten und nun demnächst das Haus mit Satelliten-Lastwagen belagern würden, so wie es die Medien schon bei den Morden von Slaughterman gemacht hatten. Oder, noch schlimmer, dass der Blutgott nun, nachdem er mit Noah fertig war, mit dessen Familie in Kontakt treten wollte.

Clara wollte die arme Frau deshalb nicht länger auf die Folter spannen. »Frau Wiesner, ich bin Clara Vidalis vom LKA 113 in Berlin, Kriminalpolizei.« Sie vermied es, das Wort *Mordkommission* oder am besten *Einheit für Serienmord* in den Mund zu nehmen. Wir hatten schon vor ein paar Tagen miteinander gesprochen, gemeinsam mit meinem Kollegen Dr. Friedrich.«

Dorit Wiesner war die Erleichterung anzuhören. »Was … was gibt es denn …?« Auch wenn sie zunächst erleichtert geklungen hatte, schwang noch immer Verzweiflung in ihrer Stimme mit.

Clara überlegte, ob sie das Gespräch mit irgendwelchen Floskeln à la *Wie geht es Ihnen jetzt?* einleiten sollte, aber dass es den Eltern nicht gut ging, konnte sie sich an einer Hand abzählen. »Frau Wiesner«, sagte sie schließlich, »mein Kollege und ich würden uns gern noch einmal mit Ihnen unterhalten. Beziehungsweise mit Ihrer Tochter.«

»Mit Marie?«

»Ja, mit Marie.«

»Hat sie etwa auch …?«

»Nein, Frau Wiesner, Marie hat gar nichts getan. Wir müssen aber trotzdem mit ihr sprechen.«

»Wegen Noah?«

»Richtig, wegen Noah.«

»Tja«, sagte Frau Wiesner, »Marie ist heute nicht da. Sie ist bei einer Freundin. Eigentlich ganz gut, dass sie mal rauskommt. Sie geht auch seit Montag wieder zur Schule. Eigentlich viel zu früh, aber vielleicht ist es ganz gut, wenn sie abgelenkt ist.«

»Das ist es definitiv«, sagte Clara. »Wie geht es Marie denn?«

Frau Wiesner atmete tief durch, als wüsste sie nicht, was sie von dem Zustand von Marie halten sollte. »Ihr geht es … ganz gut, sogar überraschend gut. Sie hat es von uns allen deutlich am besten verkraftet. Eigentlich müssten wir sie als Eltern ja trösten, aber sie tröstet eher uns.«

Tja, wenn sie Rechtsmedizinerin werden will, kann ein dickes Fell nicht schaden, dachte Clara. »Wir müssen Marie auch nicht heute sprechen. Wir würden aber Sie und Marie gern besuchen.«

»Wann?«

»Am besten morgen. Wäre das möglich?«

»Grundsätzlich ja. Am Nachmittag ist Marie auch aus der Schule zurück.«

»Da ist noch eine Sache«, sagte Clara. »Ist Noah wieder bei Ihnen?«

»Ja, ist er.« Dorit Wiesner klang nicht so, als ob sie sich darüber freute, was sicher an der vollkommenen Ratlosigkeit lag, die sie angesichts der Frage empfand, wie sie jetzt mit ihrem Sohn umgehen sollte. Ihr Sohn war, ohne dass die Eltern irgendetwas merkten, allmählich zum Mörder mutiert, und irgendwann war seine Mordlust ohne Warnung herausgebrochen. »Er ist morgen Nachmittag mit meinem Mann beim Therapeuten. Jürgen, also mein Mann, ist sofort von seiner Geschäftsreise aus Abu Dhabi zurückgekommen, als er von dem Mord erfahren hat.«

»Das muss ein gewaltiger Schock gewesen sein«, sagte Clara. Dann kam sie wieder auf das Thema zurück. »Frau Wiesner, es wäre perfekt, wenn wir mit Marie sprechen können, während Ihr Mann mit Noah beim Therapeuten ist. Noah darf weder von unserem Besuch und auf keinen Fall von unserem Gespräch mit Marie erfahren.«

»Das wäre möglich«, sagte Frau Wiesner. »Der Termin beim Psychologen ist um 15 Uhr. Die beiden werden um 14 Uhr 30 das Haus verlassen. Und vor 17 Uhr nicht zurück sein.«

»Zweieinhalb Stunden, das reicht absolut«, sagte Clara. »Wenn es für Sie passt, wären wir dann morgen gegen 14 Uhr 50 bei Ihnen. Sie müssten nur dafür sorgen, dass Marie dann auch zu Hause ist.«

»Das werde ich.«

»Und noch eine Sache: Erzählen Sie Marie bitte nicht, dass wir kommen. Wir möchten nicht, dass sie sich gegenüber Noah irgendwie … ähm, verplappert.«

»Auf keinen Fall. Dann erwarte ich Sie morgen um 14 Uhr 50 bei uns.«

»Genau so machen wir es«, sagte Clara. »Vielen Dank und bis morgen!«

Sie legte auf und lehnte sich zurück. »Und?« Sie sah MacDeath an. Der zog eine Augenbraue hoch. *»Sich nicht verplappert?«*, fragte er. »Später werden wir Marie noch viel mehr vertrauen müssen, dass sie sich erst recht nicht verplappert.«

»Erst einmal«, erklärte Clara, »müssen wir sicher sein, dass sie überhaupt mitmacht. Und final müssen das ja sowieso die Eltern entscheiden. Sie ist zwar älter als Noah und wirkt um ein Vielfaches reifer, aber letztendlich ist sie ja noch nicht erwachsen. Und ob wir ihr vertrauen können, wissen wir spätestens morgen, wenn wir mit ihr gesprochen haben.« Sie stand auf. »Immerhin haben wir dann einen weltbekannten Psychiater dabei.«

»Wen?«, fragte MacDeath und merkte verärgert, dass er mit seinem Pullunder an einem Scharnier des Schrankes hängen geblieben war und sich ein Faden gelöst hatte.

»Na, dich!«

»Vielen Dank! Wir brauchen aber auch etwas Glück. Ich weiß nicht, ob eine Mutter, die sich um ihre Kinder kümmert, und für so eine halte ich Frau Wiesner, so einem Deal zustimmt.«

Clara nickte. »Ich weiß auch nicht, ob ich das machen würde.«

Kapitel 2

Hannover, Langenhagen, Juni 2019

Es war 14 Uhr 53, als sich die Tür öffnete. Clara und MacDeath hatten ihren Wagen hundert Meter von der Wohnung entfernt abgestellt und gerade bei den Wiesners geklingelt. Dorit Wiesner sah noch schlechter aus als beim letzten Mal. Die Wangen waren eingefallen, die Augen gerötet, so als hätte sie tagelang weder gegessen noch geschlafen. Sie wollte beide gerade ins Wohnzimmer führen, als Clara stehen blieb und die Hand hob.

»Noah«, sagte sie, »ist er wirklich mit Ihrem Mann weggefahren?«

»Um halb drei sind sie aufgebrochen.« Dorit Wiesner nickte. »Marie ist oben und weiß noch nichts von Ihrem Besuch.« Sie blickte Clara prüfend an. »Was wollen Sie denn mit ihr besprechen?«

»Das müsste erst einmal unter uns bleiben, beziehungsweise zwischen Marie, mir und meinem Kollegen. Wir werden die Sache nach dem Gespräch mit Marie jedoch auch mit Ihnen ausführlich besprechen.«

»Aber sie steckt nicht in der Sache mit drin?«

Clara schüttelte energisch den Kopf. »Überhaupt nicht. Aber sie kann uns helfen.«

Wiesners Gesichtszüge verhärteten sich. »Wenn wir dadurch dieses Schwein finden, das meinen Sohn zum Mörder gemacht hat, soll es mir recht sein. Kommen Sie mit.« Dorit Wiesner führte Clara und MacDeath die Treppe hinauf. Aus einem Zimmer drang gedämpfte Musik. Dorit Wiesner klopfte an die Tür, dann drückte sie die Klinke herunter. Die Tür war abgeschlossen.

»Ich mache Hausaufgaben«, hörte man Maries Stimme von drinnen. »Ich brauche meine Ruhe!«

»Es ist die Polizei«, erklärte Dorit Wiesner. »Stimmt doch?«, flüsterte sie Richtung Clara. »Oder hätte ich was anderes sagen sollen?«

»Nein, vollkommen richtig.«

»Die Polizei?«, fragte die Stimme im Zimmer. »Du verarschst mich doch?«

»Marie, man sagt nicht *verarschen.* Und ja, es ist die Polizei. Frau Vidalis und Herr Friedhelm.«

»Ähm, Friedrich«, stellte MacDeath richtig, sehr leise.

»Echt? Einen Moment.« Man hörte, wie drinnen im Zimmer ein Schreibtischstuhl auf dem Boden zurückfuhr. Dann bewegte sich der Schlüssel im Schloss. Marie öffnete die Tür und starrte die drei Besucher neugierig an. »Bin ich verhaftet?«, fragte sie.

MacDeath musste grinsen. »Nein, warum?«

»Aber es geht doch bestimmt um Noah?« Dumm war Marie nicht.

»Auch. Aber besonders geht es um den, der deinen Bruder zu dieser schrecklichen Tat angestiftet hat.«

»Aha«, sagte Marie. »Den kenne ich aber nicht, mit dem hatte ich keinen Kontakt.«

Noch nicht, dachte Clara. »Das behauptet auch keiner. Hör zu, Marie, wir sind hier …«

»… die beiden Kommissare brauchen deine Hilfe«, warf Frau Wiesner ein.

»Ich soll der Kriminalpolizei helfen?« Maries Augen leuchteten auf.

»Ja, eventuell«, sagte MacDeath. »Du willst doch Rechtsmedizinerin werden. Sieh es wie ein Praktikum.«

Clara funkelte MacDeath böse an. Was setzte er dem Kind hier für einen Floh ins Ohr? Ihr selbst war die ganze Sache, eine Sechzehnjährige für eine solche Sache zu instrumentalisieren, über die Stunden immer unheimlicher geworden. Und jetzt versuchte MacDeath, Marie mit einem »Praktikum« zu ködern. Aber sie konnte ihm ja kaum vor Marie deswegen an den Karren fahren. »Ein Praktikum trifft es nicht ganz«, begann sie, »aber wir müssen auf alle Fälle mit dir sprechen. Wir haben da eine Sache, bei der du uns helfen könntest. Es ist aber nicht ganz einfach.«

Dorit Wiesner zog alarmiert die Augenbrauen zusammen. Aber Marie schien Feuer und Flamme. »Klar helfe ich der Polizei!«

»Pass auf«, sagte Clara, »wir erklären dir alles in Ruhe. Können wir uns ein paar Minuten allein mit dir in deinem Zimmer unterhalten?«

»Klar«, wiederholte Marie, zog Clara und MacDeath in ihr Zimmer und schlug ihrer Mutter die Tür vor der Nase zu. *Würde Victoria sich in etwa vierzehn Jahren auch so benehmen?*, fragte sich Clara, als MacDeath und sie sich aufs Bett setzten, um Marie den Plan zu erläutern.

»Wow«, stieß Marie hervor, als Clara und MacDeath fertig waren. »Das ist ja mal eine geile Idee! Das hört sich ja megashocking an! Das wird diesen Blutgott umhauen! Das mache ich!«

»Bist du sicher?«, fragte Clara.

»Todsicher! Außerdem will ich Rechtsmedizinerin werden, da darf man vor Blut und Tod keine Angst haben.« Sie dachte kurz nach. »Und das wird in Berlin gedreht?«

»Ja.«

»Kriege ich da ein schönes Hotelzimmer?«

»Ich denke, ja.«

»Wow.«

»Das klingt jetzt alles so einfach«, gab Clara zu bedenken, »aber es wird nicht ganz ohne sein.«

»Tja, was ist schon einfach im Leben? Vor allem, wenn man irgendwann mal Rechtsmediziner ist, oder?« Marie blickte MacDeath an, in dem sie offenbar einen Verbündeten sah.

Der nickte nur.

»Und die Leiche?«, fragte Marie. »Ist die echt?«

Clara dachte kurz nach. Aber was nützte es, wenn sie Marie irgendwelche Lügen erzählte? Sie würde bei den Dreharbeiten sehr schnell feststellen, dass die Leiche echt war, schon allein wegen des Geruchs. »Ja, die ist echt.«

»Krass!«

»Sogar zerstückelt«, sagte MacDeath und hob die Hand, Zeigefinger und Daumen aneinander, als würde er ein Gericht anpreisen. Für diese Geste hätte Clara ihn am liebsten getreten.

»Megakrass!«

»Du wirst aber nicht direkt mit der Leiche zu tun haben«, sagte Clara, »wir filmen dich und die Leiche separat.«

»Na, dann ist es ja erst recht nicht schlimm«, sagte Marie.

»Nein«, bestätigte MacDeath, »es wird interessant, aber nicht schlimm.«

Clara nickte ebenfalls. Aber in ihrem Kopf rumorte es. War es richtig, ein sechzehnjähriges Mädchen in so etwas hineinzuziehen? War das nicht auch eine Form von Missbrauch? Wurden sie dadurch nicht selbst zu diesen Ungeheuern, die sie jagten, die aus anderen Menschen Objekte ihrer Ziele machten?

»Also, du bist wirklich dabei?«, fragte MacDeath.

»Sie können das auch gern schriftlich haben«, antwortete Marie.

»Wir werden das erst mit deinen Eltern besprechen müssen«, meinte Clara.

»Aber ich habe doch schon *Ja* gesagt.«

»Wir müssen das aber trotzdem erst mit deinen Eltern besprechen. Du bist noch keine achtzehn, und darum müssen letztendlich deine Eltern entscheiden.«

»Ich rede mit ihnen und dann …«, begann Marie.

»Vielen Dank, aber das machen wir.« Clara blickte zur Tür. »Wir gehen jetzt gleich runter zu deiner Mutter, und sie spricht mit deinem Vater, wenn er wieder da ist.« Clara blickte auf den Computer auf Maries Schreibtisch. Der Bildschirm war schwarz. »Hast du eben Hausaufgaben gemacht?«

Marie nickte. »Ja. Dafür brauche ich den Computer. Und Wikipedia. Meine Eltern mögen das auf einmal nicht mehr.«

»Wegen der Sache mit Noah?« Clara vermied, den Namen *Blutgott* auch nur ansatzweise zu nennen.

»Ja, seit dieser Typ meinen Bruder online so eingewickelt hat, ist plötzlich jeder Computer, jedes Smartphone und alles andere böse.«

»Böse ist der«, sagte Clara, »der das alles gesteuert hat.« Sie erhob sich. »Und deshalb wollen wir den fangen. Und darum sprechen wir jetzt mit deiner Mutter.«

Kapitel 3

LKA 113, Tempelhofer Damm, Berlin, Juni 2019

Clara fühlte sich frisch und ausgeschlafen, als sie am nächsten Morgen ins Büro kam. Ihr ruhiger Schlaf in der letzten Nacht hatte sie fast etwas überrascht, denn am Tag und Abend vorher waren ihr noch einmal gravierende Zweifel gekommen, ob der Plan mit der jungen Marie wirklich der richtige war.

Dorit Wiesner war nämlich, im Gegensatz zu ihrer Tochter, alles andere als begeistert über den Vorschlag der LKA-Mitarbeiter gewesen – was Clara zunächst aber auch nicht anders erwartet hatte.

»Ich weiß nicht, ob ich dem zustimmen kann«, hatte sie gesagt. »Mein Mann und ich haben unseren Sohn an dieses Monster verloren. Und jetzt wollen Sie auch unsere Tochter in die Nähe von diesem Scheusal …?«

Dann tu es nicht, hatte Clara gedacht. Gesagt hatte sie natürlich etwas anderes. »Diesmal ist es anders. Diesmal ist nicht eines der Kinder das Opfer, diesmal ist er selbst das Opfer. Sie und Ihre Tochter können helfen, diesen Irren ein für alle Mal aus dem Verkehr zu ziehen und weitere schreckliche Morde zu verhindern!«

MacDeath hatte Dorit Wiesner dann noch mehrfach versichert, dass Marie niemals mit dem Mörder direkt in Kontakt treten würde – was stimmte – und dass sie auch niemals eine echte Leiche sehen würde – was nicht ganz stimmte.

Am Ende hatte Dorit Wiesner sich ein wenig beruhigt, als Clara ihr zum Abschied die Hand gereicht hatte. »Wenn wir das machen«, hatte Clara gesagt, »passen wir sehr gut auf Marie auf. Das werde ich persönlich machen, denn auch ich bin Mutter. Auch ich habe eine Tochter.«

»Das«, hatte Dorit Wiesner gesagt, »ist wahrscheinlich der Grund, warum ich Ihnen vertraue.«

Clara hatte dann am Abend noch lange mit MacDeath im Wohnzimmer diskutiert, nachdem sie die kleine Victoria ins Bett gebracht hatten. Es gab natürlich auch eine Menge Nachteile, aber das war einer der Vorteile, wenn man als Ehepaar im gleichen Job arbeitete. Bei vielen Paaren, die sie kannte, wollte ein Teil nichts von den grausigen Details vom Job des anderen hören. Unter anderem daran war auch Winterfelds erste Ehe gescheitert. Clara erinnerte sich immer an eine Szene aus dem Film »Heat«, als Al Pacino als Ermittler Vincent Hanna sagte, man könne solche Sachen nicht dadurch besser machen, indem man sie teilt. Er sagte dort zu seiner Frau: *»Da hatte ich doch heute diesen Junkie, der sein Baby in die Mikrowelle gestopft hat, weil ihm das Geschrei so auf den Geist ging. Und das möchte ich jetzt mit dir teilen. Und durch das Teilen schaffen wir es irgendwie aus der Welt. Richtig? Falsch!«*

Aber bei ihr und MacDeath war es umgekehrt. Sie teilten die Grausamkeit, weil jeder von ihnen diese Grausamkeit erlebte, und dadurch empfanden sie die Grausamkeit nur noch als halb so grausam. Vielleicht war es auch die analytische Logik von MacDeath, die in all das Chaos eine, wenn auch vielleicht nur illusorische, Ordnung einfügte. Denn das Grauen war immer da. So einen Job auszublenden, die Bürotür zu schließen und all die Opfer, all die Geschändeten, Verstümmelten und all die Toten zurückzulassen, war nicht nur schwer, es war schlichtweg unmöglich. Vor Kurzem war die kleine Victoria aufs Kinn gefallen, so stark, dass die Platzwunde mit zwei Stichen genäht werden musste. Und Clara konnte nicht anders, als bei den zwei Stichen an kleine tote Mädchen zu denken, die sie auf dem Obduktionstisch gesehen hatte und deren Bauch und Brusthöhle mit zwanzig Stichen zugenäht war.

Was Marie anging, war MacDeath tatsächlich der Ansicht gewesen, dass Marie die Sache *guttun* würde.

Der Dreh wird Marie vielleicht sogar guttun. MacDeaths Worte hallten in ihrem Kopf.

»Guttun?«, hatte Clara gefragt, nachdem sie sich ein Glas Weißwein eingeschenkt hatte.

»Ja, es könnte ihr sogar sehr guttun. Sieh es mal so: Maries Bruder Noah war passiv, er wurde vom Blutgott herumkommandiert, mit peinlichen Videos gefügig gemacht. Wie ein Objekt. Marie nimmt das Heft des Handelns selbst in die Hand. Sie ist das souveräne Subjekt, das ihr Bruder nie mehr werden wird. Es ist fast eine Art Seelenreinigung, eine Katharsis, wie es die alten Griechen genannt haben.«

»Sie macht etwas Schlimmes, und dadurch wird es besser?«, hatte Clara gefragt und von ihrem Wein getrunken.

»Das«, hatte MacDeath altklug erwidert, nachdem er sich ein kleines Gläschen Bowmore eingeschenkt hatte, »ist fast die Lehrbuchdefinition von *Katharsis.* Das Positive durch das Negative hervorrufen.«

Clara hatte diese Argumentation irgendwie überzeugt, sodass sie dann trotz ihrer Zweifel doch hervorragend geschlafen hatte und frisch und voller Tatendrang ins Büro kam. *Wie müsste das Video aussehen?,* fragte sie sich. *Einerseits so grausam, dass der Blutgott anbeißt, andererseits aber auch so, dass Marie keinen Schaden davonträgt. Sie …* Kaum hatte sie sich an ihren Schreibtisch gesetzt, klingelte das Telefon. Es war die Nummer von Winterfeld.

»Laden und entsichern«, sagte Winterfeld. »Kommen Sie in mein Büro, Señora. Es gibt etwas zu feiern!«

»Ihren Vorruhestand?«, fragte Clara.

»Machen Sie keine Witze, sondern sehen Sie zu, dass Sie herkommen.«

In Winterfelds Büro fand ein richtiges Gipfeltreffen statt, als Clara durchs Vorzimmer ins Hauptbüro ging. MacDeath war schon dort, ebenso Hermann, und auch von Weinstein hatte sich ins LKA bemüht. Und dann war da noch ein anderer Mann, den Clara irgendwann schon einmal gesehen hatte.

»Mike Fischer«, stellte Winterfeld den Mann vor. Gewelltes, braunes Haar, Sportsakko mit Krawatte und Grübchen am Kinn. *Der George-Clooney-Typ*, dachte Clara. *Kann mir aber egal sein, ich bin ja schon verheiratet. Aber mal sehen, was der uns erzählt.* »Er war früher Pressesprecher der Polizei und hat jetzt seine eigene Werbeagentur.«

»Werbeagentur?«, fragte Clara. »Für was?«

»Für Selbstpositionierung, also Personal Storytelling«, sagte Winterfeld, als hätte er die Worte gerade erst aufgeschnappt.

»Personal Storytelling?«, fragte Clara. »Für wen?«

»Ich mache das für Unternehmer, Manager und auch Politiker«, schaltete sich Fischer ein. »In unserem Fall aber für Marie!«

»Warum?«

»Für ihr Bewerbungsvideo für den Blutgott!« Winterfeld grinste.

Clara ging das alles ein bisschen zu schnell. »Macht sie denn mit?«

»Na ja, dass *sie* mitmacht, war ja immer klar«, murmelte MacDeath.

»Also noch mal«, knurrte Clara. »Haben wir schon die offizielle Zustimmung der Eltern?«

»Ja. Sie macht mit«, sagte Winterfeld, »und ihre Eltern auch. Vor zwanzig Minuten hat mich Jürgen Wiesner angerufen, und ich habe gleich Mike Bescheid gesagt, damit wir schon einmal die nächsten Schritte besprechen können. Er ist dann auch sofort gekommen. Die Vertraulichkeitserklärung hat er bereits unterschrieben.«

Immerhin, dachte Clara. »Das heißt«, wandte sich Clara an Mike Fischer, »Sie schreiben eine Story für Marie?«

»Richtig«, sagte Fischer, »die junge Dame soll ja eine Art Bewerbungsvideo an diesen Blutgott schicken. Dafür braucht sie eine gute Story und eine glasklare Positionierung als Killer-Braut.«

Killer-Braut, dachte Clara, *das wird ja immer schöner.* »Weiß Marie schon von ihrem Glück?«

»Ja, die Eltern haben ihr erzählt, dass sie nach Berlin darf. Das Beste wird sein, Sie und MacDeath holen sie aus Hannover ab.«

»Eins nach dem anderen«, sagte Clara, »wir haben Marie. Das ist in dem Video die Täterin. Wir brauchen aber noch die Leiche. Wie weit sind Sie damit?« Die Tatsache, dass auch von Weinstein im Büro war, ließ sie vermuten, dass sich auch an dieser Front etwas getan hatte.

»Die Leiche haben wir auch schon«, sagte Winterfeld. »Der Suizident vom Südkreuz, ganz genau! Die Einverständniserklärung haben wir natürlich auch. Habe ich bereits mit den Eltern geklärt, beziehungsweise der werte Kollege von Weinstein.«

»Wie das? Das ist ja schon ungewöhnlich, dass die Angehörigen einen Leichnam einfach so zur Verfügung stellen.«

»Durchaus«, sagte jetzt von Weinstein, »ich habe dort aber angerufen und nachgefragt. Sie wollten wissen, wofür wir den Leichnam brauchen, und ich habe ihnen dann von unserem Plan erzählt.«

»Aber nicht von Marie?«

»Natürlich nicht.«

»Und?«

»Das Eltern-Ehepaar verfolgt den Blutgott-Fall in den Medien. Die finden es gut, dass wir uns unkonventionelle Wege ausdenken, um den Blutgott zu fangen.«

»Auch wenn wir dafür die Überreste ihres Sohnes verwenden?«

»Die Beziehung war wohl schon ziemlich zerrüttet, gelinde ausgedrückt«, erklärte von Weinstein, »der Alte sagte, auf diese Weise wäre der Taugenichts von seinem Sohn wenigstens mal für eine Sache gut. Sie überlegen sich, ob sie überhaupt zur Beerdigung gehen.«

»... die ja eh erst mal verschoben werden muss«, meinte MacDeath, »vorher sind die Dreharbeiten angesagt.«

»Krass«, meinte Hermann, »so etwas über seinen Sohn zu sagen, ist schon heftig. Bei einem solchen Vater würde ich wohl auch Selbstmord begehen.«

»Die Familienverhältnisse gehen uns nichts an«, stellte von Weinstein klar, »und eigentlich ist das für uns alles wurscht. Hauptsache, wir haben unsere Leiche.«

»Schön.« Clara sortierte ihre Gedanken. »Nächster Schritt also: Marie abholen und uns über das Video Gedanken machen.«

»Und über Maries Story«, sagte Fischer. »Sie braucht eine sehr pointierte Absenderstory, die sie zu einer glaubwürdigen Killerin macht.«

Clara wandte sich an Winterfeld. »Weiß Bellmann eigentlich, dass wir hier PR-Experten dazuholen?«

Winterfeld nickte. »Bellmann kennt und schätzt Fischer. Er

glaubt wohl, dass er dadurch, indem er Leute in den Prozess bringt, die er kennt, den Prozess besser unter Kontrolle hat.«

»Das wird gründlich schiefgehen«, sagte MacDeath grinsend.

»Wenn ich das richtig verstanden habe …«, Fischer zupfte seine Krawatte zurecht, »… möchten Sie aus besagter Marie eine bösartige Killerin machen, die sich nicht nur im Video um eine Art Anstellung beim Blutgott bewirbt, sondern als Demonstration ihrer Fähigkeiten auch eine Leiche zersägt. Eine echte Leiche, richtig?«

Von Weinstein nickte. »Wie gesagt, eine echte Leiche. Nur Marie wird die nicht komplett zersägen müssen, das haben unsere Freunde vom DB-Fernverkehr schon größtenteils übernommen.«

Clara zuckte bei dieser Aussage leicht zusammen. Bei von Weinstein klang es so, als ob die Bahn einen Igel und keinen Menschen überfahren hatte.

»Es muss aber so aussehen«, sagte Winterfeld, »als hätte Marie die Leiche gerade auseinandergesägt. Die Leiche darf nicht so aussehen, als hätte sie bei von Weinstein bereits fünf Tage im Kühlraum gelegen.«

»Bisher waren es erstens nur zwei Tage«, sagte von Weinstein. »Und zweitens brauchen Sie sich keine Sorgen zu machen. Das kriegen wir schon hin. Ich habe da einige Ideen.«

»Wir brauchen eine gute Story«, sagte Fischer, »aber wir brauchen auch ein paar Special Effects.« Er schaute in die Runde. »Wie sieht es damit aus?«

Alle sahen sich an. Winterfeld nickte. »Habe ich auch schon überlegt. Irgendwelche Ideen?«

»Ich nehme an, die Jungs von Industrial Light & Magic sind zu teuer?« Das war Hermann.

Clara fiel in diesem Moment ein Mann ein. Weder der Name noch das Aussehen. Nur die Begebenheit. Damals, bei ihrem ersten Fall als Expertin für Pathopsychologie, bei dem sie MacDeath kennengelernt hatte. »Martin«, sagte sie, »wir haben doch damals von dem Namenlosen dieses Mord-Video bekommen, in dem er der jungen Dame die Kehle durchgeschnitten hat.«

MacDeath kniff blinzend die Augen zusammen. Auch er dachte nach. »Ja …«

»Da hattest du doch diesen Horrorfilm-Produzenten angeschleppt, der checken sollte, ob das ein Special Effect war.«

»Ja, und es war leider keiner«, stöhnte MacDeath, »es war ein echter Mord. Aber ja, wie hieß der Mann noch?« Er starrte zur Decke. »Florian! Florian Köhler! Genannt *Flo!*«

»Macht der noch so was?«, fragte Winterfeld.

»Ja, klar«, sagte MacDeath, »da hätte ich auch gleich drauf kommen sollen. Hat gerade zwei neue Filme gedreht. ›Cannibal Island‹ und ›Terror Desert‹. Die kann er mir eigentlich mal mitbringen. Sind hier verboten, und ich müsste die sonst aus Österreich bestellen.«

Clara verdrehte die Augen.

»Haben Sie seine Kontaktdaten?«, fragte Winterfeld.

»Gerade nicht zur Hand, aber die finde ich schon«, sagte MacDeath.

»Sehr gut«, sagte Fischer. »Dann haben wir die Hauptperson, wir haben die Leiche, wir haben bald eine Story, und wir haben einen Filmproduzenten. Dann brauchen wir noch das, was jeder Film braucht.«

»Eine Location?«, fragte Clara.

Fischer kniff ein Auge zu. »Exakt!«

Kapitel 4

Charité, Campus Virchow-Klinikum, Berlin, Juni 2019

Die *richtige Location,* hatte Fischer gesagt. Das war nicht übertrieben.

Waren Sie schon einmal in den Kellern des Virchow-Klinikums?, hatte Fischer sie gefragt. Claras Blick war von MacDeath über Winterfeld zu Hermann und von Weinstein gewandert. Alle hatten den Kopf geschüttelt, selbst von Weinstein.

»Nein«, gestand Clara. »Und ich glaube auch nicht, dass ich da was verpasst habe.«

Fischer schien übers ganze Gesicht zu strahlen. »Na, dann machen Sie sich mal auf etwas gefasst.« Fischer hatte dann ein paar Telefonate geführt, und das ganze Team war Richtung Virchow-Campus aufgebrochen. MacDeath hatte die Nummer von Florian Köhler gefunden. Der war gleich Feuer und Flamme gewesen und hatte vorgeschlagen, doch direkt zum Virchow-Klinikum zu kommen, um die *Drehlocation* gleich in Augenschein zu nehmen. MacDeath hatte noch schnell eine Vertraulichkeitserklärung ausgedruckt und in seine Sakkotasche gesteckt.

Seit dem 1. April 1995 gehörte das Rudolf-Virchow-Krankenhaus im Berliner Ortsteil Wedding zur Charité, doch es war bereits in den Jahren 1899 bis 1906 als städtisches Krankenhaus gebaut worden und stand heute unter Denkmalschutz. Benannt nach dem berühmten Anthropologen, Prähistoriker und Politiker Rudolf Virchow, dem Begründer der modernen Pathologie, galt das in Pavillonbauweise errichtete Krankenhaus seit seiner Eröffnung lange Zeit als das modernste von ganz Europa.

Dreißig Minuten später führte Fischer sie durch die Kellerbereiche. Er hatte wohl einmal eine Affäre mit einer Ärztin gehabt, die ihm die Keller gezeigt hatte. Alte Gerätschaften und verrottetes Mobiliar standen dort herum, dazu irgendwelche OP-Tische, die hier schon seit Jahrzehnten verstaubten. Spinnweben hingen in jeder Ecke, kleine Stein-, Mörtel- und Kalkbrocken, die mit der Zeit von den Mauern und der Decke gerieselt waren, knirschten bei jedem Schritt unter den Schuhsohlen. In einigen Räumen gab es überhaupt kein Licht, sodass Fischer mit einer Taschenlampe und die anderen mit ihren Smartphones leuchten mussten. Manche Gänge hingegen wurden von Neonröhren beleuchtet, von denen einige längst ihren Geist aufgegeben hatten, während manche hektisch flackerten und den Raum in eine Mischung aus Folterkammer und Geisterbahn verwandelten. In wieder anderen hingen verstaubte Funzeln an Kabeln von der Decke, die ganz danach aussahen, als stammten sie noch aus Weltkriegszeiten, und die seitdem auch niemand angefasst hatte, da keiner herausfinden wollte, ob die schlecht isolierten Kabel noch unter Strom standen.

»Oh ja«, meinte Hermann nach einer Weile, »die perfekte Horror-Film-Atmosphäre.« In seinem schwarzen Kapuzenpulli war er der Einzige, der in diese schaurige Umgebung passte, während Fischer, Winterfeld und MacDeath in ihren Sakkos und Anzügen wie Fremdkörper in dieser Welt aus Verfall, Dreck und Schmerz wirkten. Oder wie Dressmen in einem schrägen Modekatalog.

Sie kehrten in den Raum zurück, in dem sie ihren Rundgang begonnen hatten. Eine untersetzte Gestalt wartete dort schon auf sie.

»Flo!«, rief MacDeath.

»Martin, schön, dich zu sehen!«, sagte Flo. Die beiden umarmten sich. »Du brauchst von mir also einen schönen Film?«

MacDeath nickte und holte das Formular aus der Tasche. »Und eine Unterschrift. Du arbeitest jetzt mit einer Behörde zusammen, da musst du sofort Anträge unterschreiben.«

»Von der Wiege bis zur Bahre, Formulare …«, grinste Flo und kritzelte seine Unterschrift unter das Papier. Clara musterte Flo. Er hatte sich seit damals nicht viel verändert, war vielleicht noch etwas fülliger geworden, was an langen Nächten im Schneideraum bei Chips, Cola und Bier liegen mochte. Florian Köhler hatte längere dunkle Haare, einen etwas filzigen Bart und einen ziemlichen Leibesumfang, der ihn aber nicht daran hinderte, sich ausgesprochen schnell und behände zu bewegen. Er trug ein schwarzes T-Shirt, allerdings keines mit einem Horrormotiv, sondern mit einer Hand, die Mr Spocks vulkanischen Gruß zeigte, und darunter der Spruch *Live long and prosper.* Clara musste kurz lächeln. *Mehr Nerd geht nicht,* dachte sie.

Flo sah sich um. »Sieht super aus hier. Richtig morbide! Perfekt!«

»Pass auf«, sagte MacDeath, »Clara und ich erzählen dir schnell, worum es geht.«

Vieles von der Jagd nach dem Blutgott hatte Flo bereits aus den Medien gehört. Und er war mehr als erstaunt, als er erfahren hatte, dass es hier genau um *diesen Fall* ging.

»Scheußliche Sache«, meinte er dann, »Kinder als Mordwerkzeuge zu missbrauchen.«

Na ja, dachte Clara, *wir* inszenieren *ein Kind als Mordwerkzeug.*

Flo blickte sich um. »Wie wäre es, wenn wir uns noch einmal gemeinsam die Location anschauen?«

MacDeath nickte. »Gute Idee!«

Sie betraten das Kellergewölbe von der anderen Seite aus. Idyllischer war es hier auch nicht. Claras Blick schweifte über die Tische und Gerätschaften. Auf ein paar Tischen und in verstaubten Regalen lagen chirurgische Instrumente, Pinzetten, Wundhaken, Klemmen, Fasszangen, Knochensägen und einiges mehr. Einige der Instrumente wiesen bräunliche Flecken auf, und Clara hoffte, dass es sich dabei um Rost handelte.

Die altmodischen Geräte, die verstaubt auf den Tischen lagen, erschienen in diesem düsteren Gewölbe doch irgendwie seltsam futuristisch und fehlplatziert. Obwohl Clara kein Horrorfan war, konnte sie nicht anders, als an das Labor eines irren Wissenschaftlers zu denken, einer Art moderner Frankenstein, der an lebenden Menschen furchtbare Experimente durchführte.

Flo und Fischer hatten Digitalkameras mitgebracht und machten hin und wieder Fotos in Räumen, die ihrer Meinung nach für die Inszenierung des »Bewerbungsvideos« von Marie infrage kamen.

»Habt ihr alles?«, fragte Winterfeld nach einer halben Stunde. Er hatte schon in einem der anderen Keller einen Zigarillo geraucht. Ob man hier unten rauchen durfte, wusste niemand. Es gab aber auch kein Schild, das sagte, dass man es zu unterlassen hatte. »Langsam wird's mir hier zu muffig!«

Flo und Fischer nickten. »Ja, es reicht erst mal.«

»Dann machen wir jetzt die Story?«, fragte Winterfeld. »Im LKA?«

»Richtig«, antwortete Fischer. »Eine Mischung aus Absenderstory und Drehbuch, auf die der Blutgott sofort anspringt.«

Sofort anspringt, dachte Clara. Ganz sicher war sie noch immer nicht, ob sie hier das Richtige taten.

Kapitel 5

LKA 113, Tempelhofer Damm, Berlin, Juni 2019

Sie saßen zusammen im Besprechungsraum des LKA 113, jeder mit einer Tasse Kaffee vor sich, MacDeath hingegen mit seinem typischen Earl Grey mit Zitrone und Süßstoff. Fischer stand wie ein Motivationstrainer vor einem Flipchart, auf dem er, mit Filzstiften unterschiedlicher Farbe, ihre Ideen festhalten wollte. Winterfeld hatte die Füße auf den Tisch gelegt, fummelte an seinem Benzinfeuerzeug herum und beäugte Fischer skeptisch. »Dann mal los, Mr PR-Agent des Grauens«, sagte er nur.

Fischer lächelte kurz, als wüsste er nicht, ob er sich durch die Bezeichnung geschmeichelt oder beleidigt fühlen sollte. »Was wir als Allererstes brauchen«, erklärte er, »ist eine absolut glaubwürdige Killer-Positionierungs-Story für Marie, etwas, das die Aufmerksamkeit des Blutgottes auf sie lenkt und sie für ihn so interessant macht, dass er unbedingt Kontakt zu ihr haben will. Sie muss eine absolut glaubhafte Absenderstory erzählen, bei der ihr der Blutgott sofort abkauft, dass nur sie die Richtige ist.«

»Absenderstory heißt, Marie überzeugt als Person und durch das, was sie schon gemacht hat oder gerade macht?«, fragte MacDeath.

»Richtig!« Fischer lächelte. »So wie Donald Trump. Der hat seine Story perfekt aufgebaut, aus Situation, Desaster, Wendepunkt und Happy End. Der Vierklang einer jeden guten Story!«

»Donald Trump?«, fragte Winterfeld. »Bringt der auch Leute um? Nicht, dass mich da noch irgendwas wundern würde, aber …«

»Nein«, sagte Fischer. »Man muss den US-Präsidenten Donald Trump nicht mögen, aber er hat im Wahlkampf mit großem Erfolg eine gute, wenn auch sicher nicht korrekte, Story erzählt, die alle vier Elemente einer guten Story enthält. Schauen wir uns seine Story doch einmal an, damit Sie verstehen, was ich meine.« Er nahm den Stift und begann, auf dem Flipchart zu schreiben: »Die Situation: Amerika war offenbar bedroht – Drogen und Migranten fluteten, laut Trumps Story, das Land. Das Desaster: Mexikanische Schurken konnten ihre kriminellen Aktivitäten ungehindert ausüben. Der Wendepunkt: eine Mauer, die Trump bauen würde. Das Happy End: ein Amerika, das ›great again‹ sein würde.«

»Und was ist mit dieser, wie hieß die noch, Absenderstory?«, fragte Winterfeld. »Er muss doch noch erklären, was er Tolles gemacht hat und warum man damit überhaupt Trump betrauen sollte?«

Fischers Augen leuchteten. »Richtig! Sie haben gut zugehört! Die Story hat er auch geliefert: Warum Trump der Richtige für den Mauerbau war? Seine Antwort: *Weil ich Bauunternehmer bin: Wenn einer eine Mauer bauen kann, dann ich!*«

MacDeath grinste. »Okay«, sagte Winterfeld, »und das hat funktioniert?«

»Und wie das funktioniert hat. Er ist der mächtigste Mann der Welt geworden, oder?«

»Das war *The Donald*«, sagte MacDeath, »was machen wir mit *The Marie*? Nicht als mächtigster Mann der Welt, aber als grausigste Frau im Internet?«

Clara nickte. Sie hatte bisher nur zugehört.

»Sie ist die Schwester eines seiner Mordwerkzeuge«, erinnerte sich Hermann. »Würde sie das für ihn interessant machen? Wäre doch in jedem Fall so eine Absenderstory. *Der Mord liegt in der Familie.*«

»Das darf er auf keinen Fall erfahren!« Clara fuhr hoch. »Außerdem haben wir den Eltern das fest versprochen!«

Winterfeld nickte. »Ihre wahre Identität bleibt geheim«, knurrte er. »Wir wollen weder, dass dieser Drecksack irgendwann bei ihrer Familie aufkreuzt, noch, dass Marie Wiesners Ruf zerstört wird, wenn irgendjemand das Video im Dark Web findet und es ihr zuordnen kann.«

»Also«, sagte MacDeath, »was könnte ihre Story sein?« Er schaute Fischer an. »Haben Sie schon eine Idee?«

»Sie ist eine Sadistin, sie ist krank, aber sie hält das für gut«, erklärte Fischer. »So stellt sie sich dem Blutgott vor. Sie hat das schon immer in sich gespürt, ihren Eltern und Lehrern zwar das brave Mädchen vorgespielt, doch sie hatte stets die größte Freude daran, wenn sie anderen Leid zufügen konnte.«

»Und sie hat Hunde und Katzen gequält«, schlug Winterfeld vor. »So geht es immer los.«

»Klingt ein bisschen nach Klischee, oder nicht?«, sagte Fischer. »Das ist doch immer die Story: erst Tiere quälen, dann Menschen umbringen.«

»Ja, das klingt so«, sagte MacDeath. Ihm war der grimmige Ausdruck von Winterfeld nicht entgangen, der mürrisch an seinem Feuerzeug herumspielte, weil sein Vorschlag abgelehnt wurde, »doch dieses Klischee entspricht leider der Wirklichkeit.« Winterfelds Miene hellte sich auf. »Serienkiller und kriminelle Sadisten fangen in der Regel genau so an, zerteilen als Kinder Regenwürmer oder kochen sie über dem

Feuer, stecken Fliegen ins Spinnennetz und schauen zu, wie die Spinne sie frisst. Sie töten Katzen. Sie schleichen sich nachts in Nachbars Garten, um das Kaninchen aus dem Stall zu holen und totzuschlagen. Oder diese Irren, die hier in der Umgebung in Brandenburg immer die Pferde aufschlitzen.« Er trank von seinem Earl Grey. »So fängt es an und steigert sich von Mal zu Mal. Sadismus beginnt mit Tieren und endet mit Menschen. So war es zum Beispiel auch bei Jeffrey Dahmer oder bei Ed Kemper. Bei Peter Kürten in Deutschland auch. Aber es klingt dennoch arg vorhersehbar. Der Blutgott, der sich mit Sicherheit mit der Historie von Serienmördern auskennt, könnte das als zu künstlich empfinden.«

»Aber irgendeine Story brauchen wir«, sagte Winterfeld, »machen wir nicht Storytelling mit einer sogenannten Absenderstory oder wie das hieß?«

»Richtig«, sagte Fischer, »aber Storytelling ist kein Fairytelling. Die Story muss vor allem authentisch und originell sein.«

MacDeath nippte noch einmal an seinem Tee und lehnte sich zurück. »Wir wollen doch, dass der Blutgott irgendetwas in Marie erkennt, was er auch in sich selbst erkennt? Vertrauen entsteht durch Gemeinsamkeiten, oder?«

Clara nickte. »Das würde ich sagen. Worauf willst du hinaus?«

»Dass er Minderjährige für seine Straftaten missbraucht, muss ja nicht nur allein darin begründet liegen, dass die strafunmündig sind.«

»Sondern?«, fragte Winterfeld.

»Denkt mal an das Wort *missbraucht*. Vielleicht ist diesem Blutgott das selbst passiert, vielleicht wurde er als Kind von einem Erwachsenen missbraucht, womöglich vom Vater oder dem Onkel. Das muss nicht unbedingt sexueller Missbrauch gewesen sein, aber er *fühlte* sich missbraucht, wie ein *Ding*. Auch das ist etwas, was seine ›Jünger‹ immer wieder erwähnt haben. Dass es nach Überzeugung ihres Blutgottes Menschen gibt – *das* Mädchen, *das* Kind –, die nur Dinge sind, allein schon deswegen, weil sie mit *das*, also dem Artikel für ein Neutrum anfangen und mit denen man darum machen kann, was man will.«

»Stimmt«, sagte Hermann. »Das hat er in den Videos erzählt.«

Fischer stand am Flipchart und hörte aufmerksam zu. Aufgeschrieben hatte er noch nichts.

MacDeath sprach weiter. »Vielleicht hat er das in seiner Kindheit am eigenen Leib erfahren und will es jetzt sozusagen umdrehen, indem er vom Opfer zum Täter wird.«

»Okay, das ist die alte *Verstehe-den-Serienmörder-Leier*, die schon John Douglas vom FBI erzählt hat«, sagte Winterfeld. »Aber was machen wir daraus?«

»Eine Gemeinsamkeit. Mit Marie!«

Clara blickte MacDeath an. »Das heißt, auch Marie ...?«

Der nickte. »Richtig! Auch Marie wurde missbraucht! So biegen wir es hin. Machen wir in ihrem Fall ruhig einen sexuellen Missbrauch daraus. Sie ...«

»Also eine Story, in der Marie bereits als Minderjährige missbraucht wurde«, sagte Fischer.

»Ja. Als Kind hat Marie schon gemerkt, wie gern sie Tiere quälte, aber das hat sie heimlich getan. Als sie elf wurde, hat ihr Vater angefangen, sie zu belästigen. Und da kam sie sich vor wie ein Ding, ein Objekt. Doch es ist ihr gelungen, ihre Dominanz gegenüber Schwächeren, den Tieren, auch in Dominanz gegenüber Stärkeren umzudrehen. Was den meisten nicht gelingt. Was aber dem Blutgott imponieren dürfte, denn genau das hat er auch gemacht«, spann MacDeath den Faden weiter.

»Was heißt das konkret?«, fragte Clara.

MacDeath verschränkte die Arme hinter dem Kopf. »Tja, was könnte das sein? Irgendwann hat sie sich dann gewehrt, aber richtig. Vielleicht so: Als sie dreizehn war, hat sie den Vater die Kellertreppe heruntergestoßen, er hat sich dabei einen Arm gebrochen und zwei Zähne an einer Stufe ausgeschlagen. Als er ihr vorhielt, sie habe das mit Absicht getan, was natürlich auch der Fall war, hat sie ihm damit gedroht, dass sie jedem erzählen würde, was er mit ihr macht, wenn er nicht den Mund hält.«

»Dann hat sie den Spieß umgedreht?«, fragte Fischer.

»Als hätte sie ihren Vater nicht nur die Treppe runtergestoßen, sondern ihm auch das Ruder aus der Hand genommen …«, sinnierte Clara. Die Story gefiel ihr zwar nicht, aber sie hatte irgendwie Hand und Fuß. Und etwas Besseres fiel ihr auch nicht ein.

»Richtig«, sagte MacDeath, »und auf einmal war sie nicht mehr das Ding, *er* war das Ding, denn sie hatte ihn unter Kontrolle. Er wollte sie danach noch einmal bedrängen, da hat sie ihn an seinen Treppensturz erinnert, und er hat ihr Zimmer verlassen. Jetzt hatte *sie* Macht. Und es machte ihr Spaß, Macht zu haben, mit den Menschen alles machen zu können, wirklich alles. Bei dem Vater hat sie ein dunkles Geheimnis, das sie jederzeit lüften kann. Erst war sie seine Marionette, jetzt ist er ihre. Und vielleicht hat sie auf diese Weise auch ihr Opfer gefunden. Ein anderer Mann, der sie auch missbrauchen wollte. Und den hat sie nicht nur die Treppe heruntergestoßen. Den hat sie umgebracht. Und zwar extrem blutig!«

MacDeath hatte ruhig erzählt, ganz ruhig und sachlich, und sein Tonfall hatte sich keinen Moment verändert.

Manchmal, wenn auch sehr, sehr selten, war Clara ihr eigener Mann ein wenig unheimlich. Da hatte sich seit ihrer ersten Begegnung, als sie ihn bei der Jagd nach dem Namenlosen in seinem Büro besucht hatte, nichts geändert.

Fischer begann, Notizen auf das Flipchart zu schreiben.

MacDeath nickte bedächtig.

»Braucht Marie nicht auch noch einen anderen Namen?«, fragte Clara. »Der Puppenspieler im Hintergrund nennt sich ja auch *Blutgott*. Sie kann ja wohl kaum Marie heißen. Schon allein, um sie zu schützen.«

»Aber nicht irgendein weiblicher Blutgott, am Ende noch *Blutgöttin*«, sagte MacDeath, »er soll in ihr keine Konkurrentin sehen. Er will zwar eine Partnerin, aber die soll ihm hörig sein. Er will in ihr zwar eine Art ›Schwester im Geiste‹ haben, eine, die auch hart durchgreift und genauso tickt wie er, aber keine, die ihm seinen Titel abspenstig macht. Diesen Spagat müssen wir hinkriegen.«

»Dann haben wir so was wie ein Gangsterpärchen?«, fragte Clara. »Wie Bonnie und Clyde?« Sie kannte, wie jeder Ermittler, die Geschichte der beiden Verbrecher, die zur Zeit der Weltwirtschaftskrise in den Zwanziger- und Dreißigerjahren mit ihren Raubüberfällen den Mittleren Westen der USA unsicher gemacht und vierzehn Menschen umgebracht hatten. Hauptsächlich Polizeibeamte, bis sie am 23. Mai 1934 beim Black Lake in Louisiana in einen Hinterhalt von Polizisten gerieten und ihr Wagen von 167 Kugeln durchsiebt wurde.

»Ja, so ähnlich«, sagte MacDeath, »sie müssen ein Team sein, aber sie darf ihm auf keinen Fall die Butter vom Brot nehmen«, schloss MacDeath seinen Satz, nachdem er unruhig auf seinem Sitz hin und her gerutscht war, weil Bonnie und Clyde offenbar nicht das war, worauf er hinauswollte.

»Sie soll tun, was er sagt. Während dieser Slaughterman dem Blutgott durchaus die Butter vom Brot nehmen könnte …«

»Was wir nicht wissen«, unterbrach Winterfeld.

»… was er aber denken könnte«, gab MacDeath zu bedenken, »und während der Blutgott Slaughterman zunehmend als Konkurrenz sieht, sieht er Marie eher als eine Seelenverwandte. Und als seine Schülerin. Was ihn zum Lehrer macht und damit aufwertet.«

»Also …« Winterfeld war sein Feuerzeug heruntergefallen, und er hob es ächzend auf. »Ich glaube, ich weiß, was Sie meinen. Wir präsentieren ihm eine Partnerin, eine Bonnie oder wie auch immer, in der er sich selbst sieht, die viel mit ihm gemein hat …«

»Und da wir nicht wissen, wer der Blutgott ist, schaffen wir möglichst viel Identifikationspotenzial; irgendetwas wird dann schon passen«, sagte Fischer und sah MacDeath an.

Der nickte. »Genau. Eine Art Reflexion.«

»Aber wir brauchen einen Namen für Marie«, sagte Flo, der sich jetzt zum ersten Mal zu Wort meldete.

»Also …«, sagte Mac Death, »der Typ, hinter dem wir her sind, nennt sich Blutgott. Marie soll erstens nicht verraten, wer sie in Wirklichkeit ist.«

»Und zweitens wollen wir ihm eine möglichst große Identifikationsmöglichkeit bieten«, ergänzte Fischer.

»Darum«, ergriff wieder MacDeath das Wort, »wie soll sie sich nennen?« Er blickte Clara an. »Hast du einen Namen, den jeder kennt?«

Sie schüttelte den Kopf.

»Hmmm.«

Schweigen.

Doch nur für wenige Augenblicke, bis Flo sagte: »*Maiming Marie* … die verstümmelnde Marie! So hieß die sexgeile Mörderin in einem Drehbuch, das mir vorlag, aber nie realisiert wurde.«

»Zu nah an Maries echtem Namen«, wandte Clara ein. »Wir wollen doch nicht, dass Maries Name verrät, wer sie in Wirklichkeit ist!«

»Und zu klischeehaft«, ergänzte MacDeath. »Außerdem weiß der 0815-Typ von der Straße nicht, was *maiming* auf Deutsch heißt. Und der Blutgott will ja öffentlichkeitswirksame Inhalte.«

»Das stimmt«, sagte Fischer.

»Und was ist mit Slaughterman?«, fragte Winterfeld. »Das ist auch Englisch.«

»Aber das ist simpel beziehungsweise bekannt genug«, antwortete Fischer.

»Bloody Mary fällt dann wohl auch flach«, meinte Hermann.

»Genau! Klingt auch zu sehr nach Wodka und Tomatensaft.« Den Spruch konnte sich Winterfeld nicht verkneifen.

»Und ist auch zu nah dran an Maries echtem Namen«, stellte Clara fest.

MacDeath saß plötzlich kerzengerade. »Ich hab's!«

Winterfeld hob das Kinn. »Raus damit!«

»Lady Báthory!«

»Das sagt mir etwas«, meinte Clara. »Der Name kommt mir irgendwie bekannt vor.«

»Ja, genau, wir haben schon mal über sie gesprochen ... Erzsébet Báthory aus Ungarn wurde 1575 mit dem Grafen Ferenc Nádasdy verheiratet, der ein Nachfahre von Vlad Dracúl war, dem Vorbild der heutigen Dracula-Legende«, erklärte MacDeath.

»Dracula?«, fragte Winterfeld. »Das ist doch ein Mann.«

»Mein Gott, hier geht es nicht um Dracula«, erklärte MacDeath. »Ich habe da vor Kurzem etwas drüber gelesen. Báthory war angeblich – und ich betone *angeblich*, denn womöglich wurde sie das Opfer einer politischen Verleumdungsintrige der Habsburger –, aber egal: Sie war angeblich eine absolute Sadistin, der schwarzen Magie zugetan, eine, die sich am Leid ihrer Opfer weidete.«

»Wie genau?«, fragte Winterfeld.

»Sie soll Jungfrauen an Ketten aufgehängt haben, hat ihnen Nadeln in die Brüste und unter die Fingernägel gerammt, sie mit Eiswasser übergossen und nackt in klirrende Kälte geführt, bis sie erfroren sind.«

Auch Flo schien auf einmal Feuer und Flamme. »Ja, die Story kenne ich auch. Ihre Diener und Dienerinnen zwang sie, bei ihren Folterorgien mitzumachen. Sie biss den Opfern ganze Fleischstücke aus dem Leib …«

»Wie gesagt, womöglich ist es eine Habsburger Verschwörung gewesen …«, sagte MacDeath. »Aber die Verschwörung lassen wir natürlich raus. Viel zu kompliziert.« Damit wandte er sich wieder an Winterfeld. »Jedenfalls wäre Báthory ideal. Es gibt sogar eine Black-Metal-Band, die so heißt.«

»Florian-Silbereisen-Show hätte mich als Name einer solchen Band auch gewundert«, knurrte Winterfeld.

»Vor allem«, sagte MacDeath, »nannte man sie die *Blutgräfin*, und wir wollen den Blutgott ködern. Dass Báthory die Blutgräfin ist und als solche in die Geschichte einging, und er sich als Blutgott bezeichnet, verbindet sie und schmiedet sie sozusagen zusammen. Doch da er der Gott ist und sie nur eine Gräfin, sozusagen von Gottes Gnaden, bleibt er der dominierende Part. Sie ist die hörige Partnerin. *Dem Manne untertan,* wie es in der Bibel heißt.«

»Aber sie mordet eigenständig?«, fragte Hermann.

»Natürlich«, sagte MacDeath, »bei dem Thema ist sie ganz emanzipiert. Siehe auch die Sache mit ihrem Vater und der Kellertreppe und dem anderen Rachemord, der noch reinmuss. Der einzige Gott, den sie hat, ist der Blutgott. Sie hat keine Götter neben sich. Alle anderen sind ihre Sklaven.«

»Dann haben wir also unseren Namen«, stellte Winterfeld klar, »Lady Báthory. Was ist eigentlich aus der echten Báthory geworden?«

»Anfang des 17. Jahrhunderts wurde sie wegen vielfachen Mordes unter Hausarrest gestellt. Zwei ihrer Dienerinnen verbrannte man bei lebendigem Leib, Báthory selbst wurde bis zu ihrem Tode auf ihrer Burg Čachtice eingesperrt. Manche sagen sogar, sie wurde lebendig eingemauert.«

»Nun gut«, befand Winterfeld. »Weiter im Text. Wie gehen wir vor? Wie sieht das Video aus, das wir produzieren?«

Er wollte schon fragend in die Runde blicken, aber Fischer ergriff sogleich das Wort: »Wir drehen es wie eines dieser modernen Bewerbungsvideos, ähnlich wie die, die Unternehmen oder Agenturen zugeschickt bekommen.«

»Was?«, fragte Clara erstaunt. »Darauf soll der Blutgott abfahren? Der ist kein seriöses Unternehmen, der ist eine sadistische …«

Fischer ließ sie nicht aussprechen. »Ganz so machen wir es natürlich nicht. Bei uns wird anständig Blut fließen, es wird auch äußerst düster, und wir werden es mit der entsprechenden Musik untermalen.« Er schaute Flo an, der begeistert nickte. »Aber im Prinzip ist die Herangehensweise gleich: Marie wird eine Motivationsrede halten, vergleichbar zu einem Bewerbungsschreiben, in dem man seine Gründe für die jeweilige Bewerbung formuliert und beschreibt, warum man überzeugt ist, gerade für diesen Job geeignet zu sein, und warum das jeweilige Unternehmen sie selbst und niemand anderen unbedingt einstellen sollte. Wie bei den richtigen Bewerbungsvideos in der Wirtschaftswelt oder bei Schauspiel- oder Werbeagenturen: wer man ist, was man will, warum man es will. Eine Art Pitch wie bei jungen Gründern, die in *Höhle der Löwen* ihr Start-up vorstellen.«

»Höhle der Löwen oder Höhle des Blutgottes?«, fragte Clara.

»Oder Höhle des Virchow.« Fischer kniff ein Auge zu.

»Aber das passt doch«, sagte MacDeath. »Die einen wollen ihr Start-up pitchen oder wie man das nennt, die anderen wollen zu Jung von Matt in die Werbung, andere wollen für eine Show gecastet werden, und unsere Lady Báthory will eben für den Blutgott arbeiten.«

Clara schüttelte den Kopf. Was sie sagten, war verrückt. Aber es hatte auch Methode. *War das nicht von Shakespeare?*, dachte sie: *There is method in the madness* oder so ähnlich hieß es dort. *Methode im Wahnsinn.*

»Das machen wir gemeinsam«, sagte MacDeath zu Flo und Fischer. »Du weißt, wie man Horrorfans anspricht, ich weiß, wie man mit Serienkillern umgeht. Und Mike Fischer weiß, wie man potenzielle Arbeitgeber überzeugt. Der Blutgott ist höchstwahrscheinlich alles zusammen.«

Flo nickte.

Clara ebenfalls, wenn auch widerwillig.

Kapitel 6

Hannover, Langenhagen, Juni 2019

Clara war unterwegs, um Marie persönlich in Hannover abzuholen. Auch dafür hatte sie sich telefonisch genau mit Dorit Wiesner abgestimmt, damit Noah von der Aktion nichts mitbekam.

Clara saß in ihrem Audi und dachte an den Rest des Gesprächs. Ganz wohl war ihr bei dieser reißerischen Inszenierung einer Sechzehnjährigen noch immer nicht. Doch je mehr sie aus Marie eine Horror-Dämonin machten, desto weiter entfernten sie die Dämonen-Marie auch von der echten Marie. Und desto mehr näherten sie sie damit dem Monster »Blutgott« an.

»Ich habe da so ein Bild vor Augen«, hatte MacDeath am Ende gesagt. »Zwei Säulen mit Ketten, an denen die abgeschlagenen Glieder der Opfer hängen.«

Clara hatte sich gefragt, wie es nur sein konnte, dass MacDeath immer solche Bilder in den Kopf kamen. Aber sie wusste es ja: Es waren sein Job und seine Ausbildung. Und seine Vorliebe für B-Movie-Horrorfilme.

MacDeath hatte dann allen von den »Die 120 Tage von Sodom« von Marquis de Sade erzählt. Es war eine Art fragmentarischer Episodenroman, den de Sade auf einer Schriftrolle während seiner Gefangenschaft 1785 in der Pariser Bastille geschrieben hatte. Vier hochgestellte Herren und ihre Töchter, die zugleich ihre Ehefrauen und Sexgespielinnen waren, folterten, vergewaltigten und ermordeten darin über

Tage hinweg ihre gefangenen Sexsklaven auf immer wieder wechselnde und äußerst perverse und grausame Weise. Clara hatte das Buch nie gelesen und hatte es ehrlich gesagt auch nicht vor, wusste aber, dass dieses Werk auch heute noch eines der schockierendsten gewaltpornografischen Texte war, die es gab. »Es kann durchaus sein«, hatte MacDeath gesagt, »dass dieses Buch dem Blutgott vertraut ist und er sich geschmeichelt fühlt, wenn man ihm zutraut, dass er das Zitat mit den Säulen aus de Sade erkennt.«

»Kennt das denn überhaupt noch jemand heute?«, hatte Hermann gefragt.

MacDeath hatte mit den Schultern gezuckt. »Die angebliche Originalschriftrolle wurde erst letztes Jahr vom französischen Staat zum nationalen Kulturgut erklärt. Von dem Namen de Sade leitet sich das Wort *Sadismus* ab, und die Szene mit den an den Säulen geketteten Opfern gilt als Urquelle der heutigen Sadomaso-Szene. Die Opfer mit Ketten gefesselt, und der Peiniger kann mit ihnen machen, was ihm so gerade einfällt. Das könnte dem Blutgott gefallen.«

Den Rest des Tages und auch den Vormittag des nächsten verbrachten MacDeath, Flo, Hermann und Mike Fischer mit den Vorbereitungen für die Aufnahme und die spätere Verbreitung des »Bewerbungs-Videos« im Dark Web, während sich Clara auf den Weg nach Hannover machte. Fischer und MacDeath arbeiteten zugleich am »Bewerbungstext«, nachdem MacDeath ein genaues psychologisches Profil des Blutgottes erstellt hatte. Zugleich musste der Drehort entsprechend vorbereitet werden. Flo und Fischer hatten einen Raum und eine Art Halle ausgewählt, deren Decke von Säulen gestützt war und die ihrer Meinung nach bestens geeignet war für das De-Sade-Szenario, das sich MacDeath vorstellte.

Flo war begeistert gewesen. Er hatte bereits ein Aufnahme-Team organisiert, bestehend aus Leuten, die er für zuverlässig hielt und die sich an die Verschwiegenheitsvereinbarung halten würden.

»Am besten erzählen Sie Noah, Marie würde zwei, drei Tage bei einer Freundin schlafen«, hatte Clara Dorit Wiesner am Telefon geraten.

»Was hin und wieder wirklich vorkommt«, meinte Dorit Wiesner. »Da wird er nicht stutzig werden. Die beiden …« Sie stockte. »Sie reden ohnehin kaum noch miteinander, werfen sich nur merkwürdige Blicke zu. Überhaupt wird in unserer Familie nicht mehr viel geredet seit … seit …« Sie sprach nicht mehr zu Ende, schluchzte, fasste sich und fuhr fort: »Dass Marie für ein paar Tage auszieht, wird Noah in der gegenwärtigen Situation, in der wir uns befinden, jedenfalls nicht verwundern. Ich … ich würde auch gern davonlaufen«, gestand sie. »Wir erwarten Sie, Frau Kommissarin.«

Als Clara schließlich in Langenhagen angekommen war, den Wagen abschloss, klingelte und die Tür geöffnet wurde, machte Dorit Wiesner noch immer einen entsetzlichen Eindruck, blass, unausgeschlafen, fahrig und hypernervös. Marie hingegen gab sich ausgesprochen entspannt und locker. Sie hatte sich extra in Schwarz gekleidet, um ihrer Rolle gerecht zu werden. »Das war nicht nötig«, meinte Clara. »Das Outfit für die Aufnahmen bekommst du vom Filmteam. Gut möglich, dass die Klamotten während der Dreharbeiten schmutzig werden.« *Und blutig*, fügte sie in Gedanken hinzu, doch das wollte sie in Dorit Wiesners Beisein nicht aussprechen.

»Ich weiß nicht, ob es wirklich richtig ist, was Sie da vorhaben«, sagte Frau Wiesner mit leiser, zitternder Stimme und sah Clara mit einem geradezu flehenden Blick an, als wollte sie sagen: *Brechen Sie Ihr Vorhaben ab! Ziehen Sie nicht auch noch meine Tochter in die Sache mit hinein!*

Clara musste schlucken. Ein Kloß hatte sich in ihrer Kehle gebildet. Sie war ja selbst nicht sicher, ob das alles das Richtige war. Aber jetzt gab es kein Zurück mehr. Hatte das nicht Franz Kafka einmal so ähnlich gesagt? *Ab einem gewissen Punkt gibt es kein Zurück mehr. Das ist der Punkt, der erreicht werden muss.* Nun, diesen Punkt hatten sie jetzt definitiv erreicht.

»Ach, Mama, das wird spannend«, sagte Marie. »Du wirst sehen, mir passiert nichts.«

Dorit Wiesner antwortete nicht.

»Ich verspreche Ihnen, wir passen auf Ihre Tochter auf«, versicherte Clara noch einmal. »Ihr wird nichts zustoßen.«

»Das wird ein Heidenspaß«, meinte Marie. »Und zugleich geben wir der Polizei die Möglichkeit, diesen Dreckskerl zu schnappen, der Noah und uns das angetan hat!«

Das überzeugte Dorit Wiesner gewiss nicht, verhinderte aber offenbar, dass sie weitere Bedenken äußerte, auch wenn die Tränen in ihren Augen glitzerten.

Als Clara mit Marie aufbrach, hatte sie wieder ein ganz erbärmliches Gefühl. Am liebsten hätte sie Dorit Wiesner zum Abschied an sich gedrückt und sie getröstet. Sie kam sich vor, als würde sie einer Mutter ihr Kind wegnehmen. Im Rückspiegel sah sie Maries Mutter vor dem Haus stehen. Allein und verzweifelt, eine Gestalt, die immer kleiner wurde.

Kapitel 7

Charité, Campus Virchow-Klinikum, Berlin, Juni 2019

Das LKA hatte für Marie ein Hotelzimmer gebucht, das Motel One an der Mall of Berlin. Marie wollte unbedingt dorthin, um noch etwas shoppen zu können. Clara hatte ihr auch angeboten, bei ihr und MacDeath zu schlafen, aber die junge Dame hatte darauf bestanden, dass sie, wenn schon Großstadt, dann auch ins Hotel wollte, und zwar nahe der großen Shopping Mall.

»Hören Sie, Frau Vidalis«, hatte Marie im Auto gesagt, »ich spiele meiner Mama nichts vor und Ihnen auch nicht. Wenn ich mit der Sache ein Problem hätte, dann würde ich es klar sagen. Ich weiß, wie man Ja sagt, ich weiß aber auch, wie man Nein sagt.«

Das stimmt wohl, hatte Clara gedacht, *sie ist fast siebzehn. Also mit Sicherheit kein kleines Mädchen mehr.*

In Berlin angekommen, brachten sie Maries Reisekoffer aufs Hotelzimmer. Sie hatte für mehrere Tage gepackt, denn noch wusste niemand, wie der Blutgott auf ihre Botschaft reagieren würde und ob womöglich ein weiteres Video nötig werden würde. Danach brachte Clara das Mädchen zum Virchow-Klinikum, damit sich Marie mit der *location* vertraut machen konnte und sie keinen Schock bekam, wenn sie dort zu den Aufnahmen eintraf. Das dachte Clara jedenfalls. Nötig war es nicht, denn schockiert war Marie überhaupt nicht.

»Wow«, sagte sie, »das ist ja megascary hier! Richtig shocking! Genauso wie eure Idee!«

MacDeath grinste. Er war schon mit Flo, Mike Fischer und von Weinstein vor Ort, ebenso wie das Aufnahmeteam, das gerade sein Equipment aufbaute. Clara hatte den Vorschlag gemacht, dass zu dem Team möglichst viele Frauen gehören sollten, um das Ganze für Marie so einfach wie möglich zu machen. Das Ergebnis, dachte Clara, würde sicher gut werden, kein Hollywood-Blockbuster, klar. Doch eigentlich, so hatte es ihr MacDeath vor ihrer Abfahrt nach Hannover noch gesagt, dürfte der Film auch ruhig etwas unprofessionell wirken, damit der Blutgott es nicht als die Arbeit von Fachleuten erkannte. Und viele dieser Horrorfilme wie »Cannibal Holocaust« oder »Blair Witch Project«, so erzählte ihr MacDeath von Filmen, die sie noch nie gesehen hatte, waren absichtlich mit einer verwackelten Handkamera gedreht, damit es echt und authentisch aussah und darum umso gruseliger wirkte, denn es *könnte* ja real sein.

Marie begrüßte alle in der Runde. Clara sah sich um. Die Ketten hingen bereits an den Säulen, nur die Leichenteile fehlten noch. Weil die Leiche frisch aussehen sollte, musste sie so lange wie möglich gekühlt bleiben. Und auch wegen des penetranten Leichengestanks würden die Leichenteile als Requisite erst ganz zuletzt per Rechtsmedizinwagen aus Moabit geliefert werden.

»Wir könnten noch ein paar Blutspritzer an den Wänden gebrauchen«, meinte MacDeath, nachdem er sich umgesehen hatte. Er schaute Flo an. »So als hätte Marie … also unsere Lady Báthory ihre Leiche hier vor Ort zerkleinert. Es darf auf keinen Fall so aussehen, als wäre die Leiche hier schon zerstückelt angekommen.«

Flo nickte. »Mach ich mit einer Spitze, dann sieht es so aus, als wäre das Blut gegen die Wände gespritzt, als sie die Leiche auseinandernahm.«

»Nicht die Leiche«, knurrte von Weinstein, »bei Leichen spritzt kein Blut mehr.«

»Okay«, sagte Flo. »Dann mache ich unter den Säulen Blutlachen, dann sieht es so aus, als wäre das Blut aus den frischen, gerade erst zerstückelten Leichenteilen gelaufen.«

»Wieder falsch!« Von Weinstein erhob seine Stimme, wie ein strenger Professor, der seine Doktoranden maßregelte. »Zunächst einmal spritzt kein Blut mehr aus Leichenteilen und aus Leichen auch nicht. Wo kein Herz schlägt, gibt es auch keinen Blutdruck und damit kein Blut, das rausspritzt. Das müsst ihr Horror-Fritzen einfach mal kapieren!« Flo verdrehte die Augen. Von Weinstein sprach weiter. »Das mit dem Blut überlassen Sie also mal schön mir! Euer Kunstblut, das ihr da in den Filmen verwendet, das sieht nämlich auch *ganz genau so* aus wie Kunstblut.«

»Was machen wir dann?«, fragte Flo.

»Wir nehmen Schweineblut, das ist dem Menschenblut sehr ähnlich. Überhaupt ist das Schwein dem Menschen sehr ähnlich.« Von Weinstein winkte ab. »Biologisch, meinte ich. Ich will ja kein Schwein beleidigen.« Er blickte sich um. »Hier und hier, da müssen ein paar echte arterielle Blutspritzer hin. Welche, die echt aussehen, nicht so komisch wie in den Filmen. Ich mache mich mal ans Werk.« Er stapfte mit einer großen Spritze los. »Die ganz frischen Spritzer kommen erst morgen kurz vor Drehbeginn. Oder währenddessen.«

»Und die Leiche kommt morgen?«, fragte Flo.

»Richtig. Im Moment ist sie noch bei mir im Kühlraum, dann kommt sie hierher und dann, wenn alles durch ist, sechs

Fuß tiefer. Morgen, kurz bevor wir anfangen, kommt die Leiche.«

»Kurz bevor wir anfangen?«, fragte Flo.

»Exakt«, sagte von Weinstein, »glauben Sie mir, Leichen werden über Nacht nicht schöner, wenn man sie ungekühlt im nahenden Sommer in einem warmen Kellerraum lagert. Die Leiche soll ja frisch aussehen und nicht grünfaul und mit einem durchschlagenden Venennetz wie in einem Zombiefilm. Zudem werden Sie für jede Sekunde dankbar sein, in der Sie den Geruch noch nicht riechen, auch wenn sich das durch die Kühlung vorher noch in Grenzen halten sollte.«

Flo zuckte die Schultern. Wie so viele Horrorproduzenten oder Thrillerautoren hatte er noch nie eine echte Leiche gesehen. Clara dachte kurz an die zerstückelte Leiche, die die Rechtsmediziner von den Schienen am Südkreuz aufgesammelt hatten. Gerade für die Lokführer – Triebfahrzeugführer, wie es richtig heißt – war ein sogenannter Schienensuizid eine unglaubliche seelische Belastung, denn die Lokführer sahen das Opfer schon etliche Sekunden, bevor das Unglück geschah, auf den Gleisen, konnten aber meist aufgrund des langen Bremswegs nichts mehr gegen die sich anbahnende Katastrophe tun und befanden sich damit in einer völlig fatalistischen Situation. Denn sie waren die Ersten, die nachsehen mussten, ob der Selbstmörder vielleicht überlebt hatte und ob ihm noch zu helfen war, obwohl der Lokführer selbst zu diesem Zeitpunkt unter einem schweren Schock stand. Hatte der Selbstmörder überlebt, muss der unter Schock stehende Triebfahrzeugführer auch noch Erste Hilfe leisten, egal, wie schrecklich der Verletzte zugerichtet war.

Marie meldete sich zu Wort: »Wie wäre es mit einem Satanszeichen an der Wand? Ein umgedrehtes Kreuz etwa?«

Flo nickte. »Klar, warum nicht?« Er blickte MacDeath an. Der aber schüttelte den Kopf. »So etwas gibt es nur in Hollywood-Streifen oder bei den Grufties, die keine Ahnung haben, was sie überhaupt treiben«, erklärte er. Denn wäre das umgedrehte Kreuz tatsächlich ein Teufelszeichen, wäre der ganze Vatikan eine satanische Vereinigung.«

»Echt?«, fragte Marie. »Warum das?«

»Das umgedrehte Kreuz nennt man auch ein Petruskreuz. Denn Petrus wurde ebenfalls von den Römern ans Kreuz geschlagen, sagte ihnen aber, er wäre nicht würdig, auf die gleiche Weise zu sterben wie sein Herr Jesus Christus. Also drehten sie das Kreuz um, und er starb kopfüber. Deshalb ist das auf den Kopf gestellte Kreuz das Zeichen des Apostels Petrus, kein Satanszeichen.«

»Ich glaube nicht«, schaltete sich Clara ein, »dass das Video daran scheitern wird, ob jemand das Kreuz nun als Satanskreuz oder Petruskreuz erkennt.«

Marie sah Clara an. »Also doch mit Satanskreuz?«

»Klar.« Clara lächelte. »Du bist hier der Star!«

Marie klatschte in die Hände. »Cool!«

MacDeaths Handy klingelte. Er schaute aufs Display. »Es ist Winterfeld.« Er sah Clara an.

»Dann sag ihm doch, hier läuft alles nach Plan. Der alte Kontrollfreak will doch nur wissen, was wir hier machen.«

»Er könnte auch selber mal herkommen«, sagte MacDeath. Dann nahm er den Anruf an. »Friedrich hier. Ja! Ja, vor zwanzig Minuten eingetrudelt. Sie findet das alles ganz toll. Sieht ja auch wirklich scary aus. … Was ? Gerade eben? Okay, wir kommen!«

Er beendete das Gespräch und trat auf Clara zu. »Wir beide müssen ins LKA«, sagte er. Dann fügte er mit gedämpfter Stimme hinzu: »Es gibt Neues vom Blutgott!«

Clara hob die Augenbrauen. »Marie hat doch noch gar nichts gepostet?«

MacDeath zuckte die Schultern. »Na und? Woher sollte der Blutgott wissen, was wir noch nicht gemacht haben?«

Clara griff nach ihrer Tasche. »Typische Psychologenantwort. Also los, fahren wir!«

Kapitel 8

LKA 113, Tempelhofer Damm, Berlin, Juni 2019

Winterfeld hatte Clara und MacDeath in den großen Videokonferenzraum des LKA Berlin beordert. Auch Johannes Trautmann vom BKA und Gerd Mayer vom ZIT in Gießen nahmen per Konferenzschaltung daran teil. Ihre Gesichter waren in zwei Fenstern zu sehen, die jeweils ein Viertel des ansonsten schwarzen großen Monitors einnahmen. Hermann saß ebenfalls grübelnd am Tisch.

Marie war im Virchow beim Filmteam geblieben. Das erschien Clara besser, als dass sie allein in ihrem Hotelzimmer saß.

»So«, begann Winterfeld Richtung Monitor, »es sind alle da.« Er blickte Clara und MacDeath an. »Die Kollegen vom ZIT und BKA haben einiges explizites Material im Dark Web gefunden, das sich offenbar auf den Blutgott bezieht.«

»Filme?«, fragte Clara.

Trautmann nickte.

»Snuff-Movies?«, fragte MacDeath.

Trautmann nickte wieder. »Sieht ganz so aus.«

»Verkauft er die, um damit Geld zu machen?«, fragte Clara.

»Sieht auch ganz so aus«, sagte Trautmann. »Wir haben einige Trailer dazu in Tor Shops im Dark Web gefunden. Die Preise gehen los bei fünfzehntausend und können auch gern vierzigtausend Euro kosten.«

Snuff-Movies, dachte Clara. Sie tauchten immer wieder auf. MacDeath hatte ihr einmal erklärt, dass der Begriff

»Snuff«, sich von *snuff out* ableitete, was so viel wie »ausblasen«, in diesem Fall »Lebenslicht ausblasen« hieß. Das Genre war durch den argentinischen Horrorfilm »El Ángel de la Muerte« in den Siebzigerjahren entstanden. Angeblich waren in diesem Film die Darsteller vor laufender Kamera ermordet worden, was sich später als Hoax herausstellte.

»Dann hat sich der Snuff-Markt ins Dark Web verschoben?«, fragte MacDeath.

»Ja«, sagte Mayer, »dort, wo auch die Terroristen sich ihre Waffen besorgen und mit Drogen und Sexsklaven und allem anderen, was höchst illegal ist, gehandelt wird.«

»Aber ich dachte, der Witz bei Snuff-Movies ist, dass man sie nicht online herunterladen kann, damit es keine Raubkopien gibt, was den Preis verwässern könnte.«

»Richtig«, sagte Mayer, »aber die Trailer sind hier. Und hier kann man sie auch bestellen. Nach wie vor auf VHS.«

Winterfeld hob die Augenbrauen. »Die ziehen die nach wie vor auf VHS?«

»Ja. Je öfter man eine VHS kopiert, desto schlechter wird die Qualität. Das nutzen die Anbieter aus. Original VHS mit guter Qualität gibt es dann nur vom Originalanbieter.«

»Verstehe«, sagte Winterfeld, »was haben Sie denn nun zu bieten?«

Das Fenster, in dem Trautmann zu sehen war, wurde kleiner und in die obere linke Ecke des Monitors verschoben, das von Mayer in die Ecke rechts unten. Auf dem Rest des Monitors war auf einmal ein Raum zu sehen mit nackten Betonwänden, vielleicht eine Art Keller. Die Aufnahme war schlecht, verschwommen, tatsächlich wie auf einem alten VHS-Video, das mehrmals kopiert worden war, die Farben stimmten nicht richtig, dennoch war deutlich ein Mann zu sehen, der eine Art Overall trug, und ein Asiate, dessen Hände hinter seinem Rücken zusammengebunden waren und der am Boden kniete, offensichtlich wimmerte und heulte. Zu hören war nichts, die Aufnahme hatte keinen Ton. Hinter dem Mann im Overall stand noch ein Mann in einer Uniform, ein Stück dahinter zwei weitere Uniformierte.

»Diese Aufnahme entstand in einem malaiischen Gefängnis«, erklärte Trautmann. »Wer sie warum gemacht hat, wissen wir nicht, falls es überhaupt jemand weiß. Vielleicht die Polizei von Malaysia selbst aus Abschreckungsgründen. Bei dem Mann handelt es sich um einen zum Tode verurteilten Straftäter, der Mitglied einer Einbrecherbande sein soll.«

»Ich dachte, Malaysia will die Todesstrafe abschaffen?« Das war MacDeath.

Trautmann nickte. »Das planen sie. Die Aufnahme ist aber schon mehrere Jahre alt, wie es aussieht.«

Der Uniformierte hinter dem Gefesselten trat vor, zog eine Pistole aus dem Gürtelholster, drückte die Mündung in den Nacken des Gefangenen und schoss. Als hätte der Gefangene einen Hieb mit einer gewaltigen Faust erhalten, wurde er regelrecht zu Boden geschmettert, auf eine Art Plastikplane, die vor ihm lag.

»Das hat doch nicht der Blutgott gemacht?«, sagte Winterfeld.

»Nein, aber das hat er ganz zu Beginn angeboten. Dies hier ist seit zwei Jahren im Dark Web. Und darunter steht *Blutgott.*«

»Dann ist der damit schon seit mindestens zwei Jahren aktiv?«, fragte Clara.

Trautmann nickte. »Oder länger.«

»Soweit ich weiß«, sagte MacDeath, »definiert man Snuff-Movies aber so, dass ein Mensch extra vor laufender Kamera gefoltert und getötet wird, um diesen Film dann gewinnbringend als Snuff-Movie zu verkaufen. Das ist jedenfalls die gängige Definition des FBI.«

»Richtig«, sagte Trautmann, »insofern war das eben keiner. Aber das hier ist einer.«

Das große Bild auf dem Monitor wechselte, und Clara sah einen Mann, völlig nackt, auf einen Stuhl gefesselt, ebenfalls in einem fensterlosen Raum mit nackten Betonwänden. Diesmal war die Aufnahme recht scharf, sodass man auch Einzelheiten erkennen konnte. Der nackte Körper des Mannes war mit dem Blut beschmiert, das ihm aus Nase und Mund lief. Zwei bullige Kerle standen neben ihm, wahre Schränke mit breiten Schultern. Sie trugen Armeestiefel und Tarnhosen, der eine eine Tarnjacke und der andere ein ärmelloses schwarzes Shirt, das den Blick auf die Muskeln eines Bodybuilders freigab. Zudem hatten sich beide schwarze Strumpfmasken über die Gesichter gezogen, die nur Mund und Augen frei ließen, und beide trugen schwarze Lederhandschuhe.

»Das hier *ist* ein Snuff-Movie«, erklärte Trautmann. »Wurde offenbar während des Jugoslawienkrieges in einem serbischen Gefangenenlager aufgenommen.«

Diesmal gab es auch Ton. Die Kamera zoomte das Gesicht heran, das von den furchtbaren Schlägen nahezu zerstört worden war. Tränen und Blut liefen dem Mann über das Gesicht.

»Der Film wurde im Dark Web angeboten«, fuhr Trautmann fort. »Für achtzehntausend Euro, was im Vergleich zu anderen Angeboten dieser Art ein echtes Schnäppchen ist. Offenbar wollten sich ein paar serbische Folterknechte während des Kriegs mit solchen Filmen noch etwas hinzuverdienen. Die Täter konnten nie ermittelt und belangt werden.«

Der Film wurde vorgespult. Die Kamera schwenkte auf den Maskierten, der eine Kanne wegstellte und ein Fläschchen von einem Klapptisch nahm. Er hielt es ins Bild.

»Das ist purer Essig«, erklärte Trautmann, »unverdünnt. Sie haben ihm mit kochendem Wasser die Genitalien verbrüht und dann Essig raufgekippt. Aber das müssen wir uns nicht alles anschauen. Beziehungsweise es reicht, wenn mein Kollege Mayer und ich das müssen.«

»Das reicht allerdings«, stöhnte Clara.

»So etwas kommt aus allen Teilen der Welt«, sagte Trautmann, »aus den Townships in Südafrika, wo sie jemanden mit einem Rasierklingendildo vergewaltigen, aus dem mexikanischen Drogenkrieg, manchmal auch aus Somalia oder der Elfenbeinküste. Es geht alles bei zehntausend Euro los. Dann zwanzigtausend Euro, dreißigtausend Euro und vierzigtausend Euro.«

»Und so was macht der Blutgott auch?«, fragte Clara.

»Er sammelt solche Sachen zusammen und verkauft sie weiter. Wie ein Großhändler. Aber einiges macht er auch selbst. Dazu kommen wir gleich«, sagte Trautmann.

»Wer zahlt denn so viel Geld dafür?«, fragte Winterfeld. »Irgendwelche Gestörten, denen dabei einer abgeht, haben doch niemals so viel Geld. Die müssen sich doch in irgendeinem McJob abrackern, um ihre zweistelligen Kreditzinsen für den Malle-Sauf-Urlaub von vor zwei Jahren noch abzustottern. Oder sie kriegen gleich Hartz 4.«

»Nicht ganz«, sagte jetzt Gerd Mayer, »es gibt Menschen, vielleicht nur wenige, vielleicht aber auch mehr, die für so etwas eine ganze Stange Geld hinblättern. Geld, das sie durchaus haben. Zahlungsfähige Kunden, Manager, Politiker und Unternehmer, Leute aus der Finanzwelt. Das nötige Kleingeld, um die entsprechenden Preise zu zahlen, hat der Otto Normalverbraucher nicht.«

MacDeath nickte. »Wer sind die Sadisten bei Marquis de Sade?« Er schaute in die Runde, als erwarte er eine Antwort.

»Reiche Adelige, keine armen Leute aus dem Volk. Wer wenig Geld hat, hat für solche Perversionen gar keine Zeit, weil er sich ständig abrackern muss, damit das Geld irgendwie reicht. Nach den ultimativen Kicks suchen immer die, die sonst schon alles haben oder haben können. Denkt an die Story von ›American Psycho‹ von Bret Easton Ellis. Die Leute, die sich so etwas anschauen, haben eine sadistische Freude daran, wenn andere leiden. Es ist dasselbe Prinzip, das de Sade in seinem ›Die 120 Tage von Sodom‹ beschrieb. Sexuelle Luststeigerung durch den extremen Schmerz und den Tod anderer.«

»Der Film, den wir vor einiger Zeit gesehen haben«, fragte Clara, »in dem ein Mann, wahrscheinlich der Blutgott, einem anderen das Gesicht abgeschnitten hat ... war das auch so ein Snuff-Movie, der im Dark Web zu kaufen war?«

»Wir vermuten es«, antwortete Mayer.

»Aber der war auf einer Gore Site«, sagte MacDeath, »da ist es kostenlos.«

»Das war so sicher nicht geplant«, meinte Trautmann, »vielleicht hat das jemand gehackt? Normalerweise sind die Filme, die vom Blutgott markiert sind, nur im Dark Web zu finden und dann nur als Trailer. Hier zum Beispiel.«

Trautmann klickte auf einen Text auf den Monitor, las aber selbst vor:

»Opfer (männlich, 30 bis 35 Jahre) gefesselt und gestreckt. Schlagen, peitschen, erniedrigen. Ich ließ ihn die eigenen Augäpfel essen, damit ich ihn nicht kastriere. Doch hab ich seine Eier wirklich drangelassen? Das erfährst du, wenn du den Film kaufst – ca. 34 Minuten. – Bestelle beim Blutgott.«

Der nächste Text erschien auf dem Monitor:

»Opfer (weiblich, 17) wollte eine heiße Nacht erleben und geriet an den Blutgott. Der besorgte es ihr in allen Stellun-

gen, auch denen, die sie nicht wollte. Mit Schlägen gefügig gemacht, mit der Klinge entstellt und filetiert, aus Mitleid geschlachtet. – ca. 2 Stunden, 20 Minuten.«

Clara schüttelte nur den Kopf.

»Hier habe ich noch was«, sagte er zu Clara. »Sie fragten nach dem Mann, dem die Haut vom Gesicht gezogen wurde. Ich nehme an, das ist er.« Trautmann hatte tatsächlich noch ein widerwärtiges Angebot: »*Ein Film, der unter die Haut geht. Der Blutgott, sein Messer und ein wimmerndes, sich windendes Opfer (männlich, ca. 40), dem die Haut abgezogen wird, Streifen für Streifen. Gehäutet und eingelegt in Salz. Willst du sehen, wie es bei einem Menschen unter der Haut aussieht? Willst du erfahren, wie lange ein Mensch ohne Haut überleben kann?*« Er machte eine Pause. »Auch hier Längenangaben über den Film – diesmal über 90 Minuten – und der Preis.«

»Aber es gibt doch auch diese kostenlosen Gore Sites«, sagte Clara. »Die, die wir gemeinsam gesehen haben?«

»Die sind kürzer«, meinte Trautmann, »schlechtere Qualität, zeigen nicht alles, gehen nicht so ins Detail. Best Gore et cetera sind der Gruselroman vom Kiosk. Das hier ist der 18+-Kinofilm im Omniplex mit Dolby Surround in 3-D.«

»Das erklärt die enormen Ressourcen, über die der Blutgott verfügen muss«, sagte MacDeath. »Selbst wenn er damit inzwischen aufgehört hat, muss er ein kleines Vermögen verdient haben.«

»Keine guten Neuigkeiten«, murrte Winterfeld.

»Doch«, widersprach Trautmann, »eine gute Nachricht habe ich für Sie.«

Alle im Besprechungsraum horchten auf.

»Wie gerade gesagt, sind die Verkäufer und Käufer im Dark Web anonym, es sei denn, sie machen einen Fehler. Und einem der Kunden des Blutgottes ist tatsächlich so ein Fehler unterlaufen.«

»Wirklich?«, platzte es aus Clara heraus. »Was denn für ein Fehler?«

»Der Empfänger einer Snuff-Videokassette des Blutgottes hat zwar mit Bitcoin bezahlt, eine Kryptowährung, die mit der Blockchain-Technologie betrieben wird, die man nicht zurückverfolgen kann«, erklärte Mayer, »aber man muss erst einmal die Bitcoins erwerben. Der hier hat die Bitcoins auf einem Portal mit seiner Kreditkarte gekauft. Wir können den Weg dieser Bitcoins nachverfolgen.«

»*Der* hier?«, fragte MacDeath. »Also ein Mann?«

»Sind es doch meistens«, meinte Trautmann.

»Aber ...«, stammelte Clara. »Bitcoins haben doch keine Seriennummer wie Geldscheine ...« Sie sah Trautmann an. »Oder?«

»Bitcoins sind anonym«, antwortete dieser. »Kreditkarten nicht. Die kann man zurückverfolgen. Bei Bitcoins ist es so, dass tatsächlich jede dieser Währungseinheiten nur aus einer Nummernfolge besteht, die man sich zuschicken lässt oder verschickt. Damit man aber nicht eine dieser Nummernfolgen beliebig oft verschickt, sondern eben nur einmal, so wie Sie auch einen Geldschein nur einmal ausgeben können, fällt es dem System sofort auf, wenn eine dieser Blockchains zweimal irgendwo auftaucht. Dafür gibt es ein Bitcoin-Register, in dem alle Transaktionen gespeichert sind. Das ist die eben genannte Blockchain, eine Abfolge aller Bitcoin-Codes, die jemals verwendet wurden. Die wird auf jedem Computer gespeichert, auf dem die Bitcoin-Software heruntergeladen wurde. Die Kontrollinstanz ist also nicht nur ein einzelner Computer, sondern Tausende von Computern, wenn nicht Millionen.«

»Und die Kreditkarte?« Clara ließ nicht locker. Sie wollte wissen, warum die Kreditkarte aufgeflogen war, und nicht bis ins Detail erfahren, wie Blockchain funktionierte.

»Man kann Bitcoins nicht einfach so bekommen. Die meisten Menschen müssen sie mit echtem Geld kaufen.«

»Und da kommen wir ins Spiel«, erklärte Mayer. »Wir wissen, mit welchen Bitcoin-Nummernfolgen der Kunde eine der VHS-Kassetten gezahlt hat. Und wir wissen, mit welcher Kreditkartennummer die Kassette vorher gekauft wurde.«

»Er war unvorsichtig mit seiner Kreditkarte?«

»Exakt.« Trautmann nickte.

»Mayer gibt Ihnen Bescheid, sobald wir den Käufer ermittelt haben«, sagte Trautmann. »Vielleicht ergibt sich daraus eine Spur …«

Kapitel 9

Charité, Campus Virchow-Klinikum, Berlin, Juni 2019

Am nächsten Tag war der Kellerraum des Virchow-Klinikums fertig hergerichtet. Auch die zerstückelten Leichenteile hatten von Weinsteins Kollegen mitgebracht, und der süßliche Geruch des Todes hatte sich über den ganzen Keller gelegt.

Am Abend zuvor waren Clara und MacDeath mit Marie essen gewesen, im Lungomare, einem gemütlichen Italiener nahe dem Axel-Springer-Hochhaus, dessen Publikum nicht zu jung für Clara und ihren Gatten und nicht zu alt für Marie war. Clara und MacDeath hatten versucht, mit Marie über alles Mögliche zu reden, nur nicht über den Fall. MacDeath war es zum Glück gelungen, das Gespräch halbwegs in eine andere Richtung zu lenken, er hatte von der Arbeit eines Kriminalpsychologen und Profilers erzählt, ohne dabei zur Sprache zu bringen, mit was für gefährlichen Irren und bestialischen Sadisten er und seine Frau es schon zu tun gehabt hatten. Stattdessen war es um eher harmlose, aber interessante Anekdoten im Stil einer Sherlock-Holmes-Geschichte gegangen.

Marie hingegen interessierte am meisten das dunkle Element. Sie hatte schon am Tag zuvor von Weinstein Löcher in den Bauch gefragt. Am besten wäre es wohl gewesen, dachte Clara, wenn sie von Weinstein mit zum Abendessen genommen hätten. Vielleicht aber auch gerade nicht.

Als Clara an der Seite von MacDeath und Marie den Kellersaal des Virchow-Klinikums betrat, traf sie fast der Schlag. Und das lag nicht nur an dem süßlichen Geruch der Leiche. Was Flo und sein Team mithilfe von Mike Fischer und von Weinstein hier geschaffen hatten, schien direkt aus der tiefsten Hölle zu stammen. Eine Mischung aus Dante, William Burroughs Drogenträumen und Hieronymus Bosch, garniert mit Verfall, Blut und Verwesung.

An den Säulen hingen Ketten, und an denen hingen wiederum eine abgetrennte Hand und ein abgetrennter Unterarm der Leiche. Das Blut war an den Körperteilen über die Säulen nach unten gelaufen, so schien es, und hatte auf dem schmutzigen Boden dunkelrote Pfützen gebildet, und auch die feuchten, schimmligen Wände, von denen der Putz bröckelte, waren mit Blut bespritzt. Das Licht aus mehreren Scheinwerfern zerschnitt die staubige Luft und erschuf dort, wo sich das teils grelle, teils diffuse Licht an den modrigen Wänden brach, dichte, nachtschwarze Schatten, und niemand hätte zu sagen vermocht, was sich dahinter verbarg.

»Fantastisch«, rief Marie. »Ihr seid echt krass!«

Clara nickte. Und war irritiert. Aber sie nahm das jetzt einfach mal als Kompliment.

»Schön, dass es dir ... gefällt«, meinte Flo etwas verlegen zu Marie. »War auch ganz schön viel Arbeit. Komm mit, ab geht's in die Requisite und dann in die Maske. Wir werden eine schaurige Dämonenfrau aus dir machen, dass den Zuschauern der Atem stockt!«

Clara schüttelte den Kopf. *Dämonenfrau.* Sie konnte sich des Eindrucks nicht erwehren, dass ihr das hier alles zu entgleiten drohte. Aber jetzt war es ohnehin zu spät. Die Dinge nahmen ihren Lauf, und vielleicht war es gut so.

Als Marie nach gut einer Stunde zurückkam, war Clara entsetzt. Flo hatte versprochen, dass die Requisite und seine Maskenbildnerin »eine schaurige Dämonenfrau« aus dem Mädchen machen würden, und das war nicht übertrieben gewesen.

Marie trug Schwarz. Schwarze Stretchjeans und ein schwarzes Bustier, das ihren flachen Bauch und die Schultern frei ließ. Ihr Haar war zu einer wilden Frisur zerzaust, Strähnen hingen ihr in die Stirn und ins bleich geschminkte Gesicht. Man hatte ihr so viel Lidschatten aufgetragen, dass es aussah, als würden ihre Augen tief in den Höhlen liegen, und ihre Lippen waren blutrot geschminkt und der Lippenstift in ihrem linken Mundwinkel so verschmiert, dass man auf den ersten Blick denken konnte, sie hätte tatsächlich Blut getrunken.

Und, das war das Schlimmste – es war überall Blut an ihr.

Natürlich war es Kunstblut, kein Schweineblut und erst recht nicht das eines Menschen, aber das Mädchen war über und über damit bedeckt.

»Nun, Clara?«, fragte Marie mit strahlendem Lächeln. »Wie gefall ich Ihnen?« Sie drehte sich einmal im Kreis.

»Absolut gar nicht«, keuchte Clara. »Aber für unsere Sache genau richtig.«

»Es wäre geil«, sagte Marie, »wenn ich das für die nächste Halloween-Party noch mal kriegen könnte. Da wäre ich der Star.«

»Heute bist du erst mal Star genug«, sagte Flo. »Hier: die wichtigste Requisite.« Er ließ sich von einer der Assistentinnen einen schweren Gegenstand geben. »Ich hoffe, den kannst du halbwegs halten?«

»Ist das eine …«, fragte Clara und glaubte, ihren Augen nicht zu trauen, »eine *Kettensäge?*«

»Mit irgendetwas muss sie die Leiche ja zerteilt haben«, sagte Flo, und es klang wie eine Entschuldigung. »Eine Knochensäge wäre zwar kleiner, aber da es die nur im Medizinbedarf gibt, haben wir lieber auf eine klassische Kettensäge zurückgegriffen. Passt auch am besten zum Horror-Genre.«

»Eine Benzinkettensäge«, stellte MacDeath fest und fragte Clara: »Wusstest du, dass die Benzinkettensäge eine deutsche Erfindung ist? In den Zwanzigerjahren wurde die *Stihlsche Baumfällmaschine Typ A* auf den Markt gebracht und zum Exportschlager, verkaufte sich vor allem in Russland, USA und Kanada. Dann kam das Modell *Contra.* Auf der ganzen Welt bekannt. Die schwäbische Firma Stihl produziert heute noch Kettensägen. Und ist heute noch Weltmarktführer.« Er wies auf das Gerät in Maries Händen. »Das da ist auch eine Stihl.«

»Eine ähnliche war auch in ›Chainsaw Massacre‹ Teil 3«, meinte Flo, »eine 606 Magnum.«

»Mein Gott.« Clara sah Flo an. »Was soll sie denn mit dem Ding? Das ist doch viel zu gefährlich!«

»Nur in der Hand halten. Keine Sorge, das Ding läuft nicht, ist kein Benzin drin. Wir machen nachher ein paar Nahaufnahmen von der laufenden Säge, aber ohne dass Marie sie halten muss. Das ist dann wirklich zu gefährlich. Und den Sound von dem Ding spielen wir nachträglich ein.« Er wandte sich an Marie. »Oder ist die zu schwer?«

»Nein, gar nicht«, versicherte das Mädchen, obwohl ihr die Säge definitiv zu schwer war.

»Du kannst sie auch mit beiden Händen halten«, sagte MacDeath, »du bist ja nicht Leatherface.« Er wandte sich an Clara. »Das ist der Killer aus ›Texas Chainsaw Massacre‹.«

Clara verdrehte die Augen. »Habe mir schon gedacht, dass jetzt kein Nobelpreisträger kommt.«

»*The saw is the law*«, murmelte Flo.

Clara drehte sich um. »Wie bitte?«

»Nichts. War mal ein Song von der Band Sodom.«

»Also«, sagte Clara, »fangen wir an! Klappe, oder wie sagt man in der Filmbranche?« *Klappe halten* hätte sie gern zu Flo gesagt.

»Ganz genau!« Flo klatschte in die Hände. »Klappe und *The saw is the law!*«

Die Dreharbeiten begannen. Für MacDeath und Clara sowie für Mike Fischer und von Weinstein waren Klappstühle bereitgestellt worden. Man sah von Weinstein an, dass er zwar ausgesprochen aufmerksam, aber auch äußerst skeptisch verfolgte, was da mit seiner Leiche geschah.

Marie und das Filmteam legten los. Marie in ihrem schaurig blutigen Outfit musste sich in Position stellen, direkt zwischen den blutverschmierten Säulen mit den abgetrennten Körperteilen. Flo bewies seine Multitasking-Fähigkeiten, indem er nicht nur zugleich als Produzent, Co-Autor, ausführender Produzent und *Line Producer* fungierte, sondern auch die Klappe übernahm. Er hielt sie vor die Kamera, rief: »Kamera! Ton!«

»Kamera läuft!«, wurde ihm gemeldet.

»Ton läuft!«

»Lady Báthory, die erste!«, rief Flo, schlug die Klappe zusammen und trat aus dem Bild. »Uuund Action!«

»Meine Seele ist ein dunkles Meer«, begann Marie und trat einen Schritt vor, wie sie es vorher geübt hatten. »Daher kommt der Begriff ›Seele‹. Von ›See‹. Unendlich schwarz. Und unendlich böse. Schau dich um …«

»Schnitt!«, rief Flo. »Super! Marie, das war klasse!«

»Szene ist im Kasten!«, meldete die Kamerafrau.

Marie hatte den Text, den Flo, MacDeath und Mike Fischer ausgearbeitet und anschließend noch einmal mit Winterfeld, von Weinstein und Clara abgesprochen hatten, im Hotelzimmer gelernt. Es war ein langer Text, und Winterfeld hatte den Vorschlag gemacht, dass Marie ihn vom Teleprompter ablesen sollte, wie es die Nachrichtensprecher im Fernsehen taten. Doch Marie hatte den ganzen Text auswendig gelernt, weil er ihrer Meinung dann authentischer wirkte.

»Okay«, sagte Flo jetzt. »Und nun kommen die Leichenteile an den Säulen ins Bild, etwas unscharf und verwackelt, dann aber scharf schalten und draufhalten.« Er sah von Weinstein an. »Dann kann dieser Blutgott auch, wenn er das Bild einfriert, genau erkennen, dass das hier tatsächlich echte Leichenteile sind. Gut, oder?«

Von Weinstein nickte in seinem Regiesessel. »Sehr gut. Die Leiche kommt ja auch von mir.«

»In Position, Marie!«, ordnete Flo an.

Auch die Kamera wurde umgestellt, ebenso einer der drei Scheinwerfer.

Es folgte wieder die gleiche Prozedur wie vorhin: *Kamera – Ton – Klappe – Action!*

»Meine Kunst des Todes«, sagte Marie. »Wer den Künstler verstehen will, muss sich sein Werk anschauen. Und ich zeige dir mein Werk, o großer Blutgott …«

Clara blickte MacDeath an. Der schaute gespannt zu. Ihr Handy summte. Eine Nachricht von Winterfeld. Sie nickte MacDeath zu. »Irgendwie nervt der uns ständig beim Drehen«, sagte MacDeath. »Aber gut, gehen wir.«

»Wir kommen gleich wieder«, sagte sie und verließ mit MacDeath den Keller.

Kapitel 10

Charité, Campus Virchow-Klinikum, Berlin, Juni 2019

Christoph Geißner«, sagte Winterfeld am Telefon, »Staatssekretär. Ein vorbildlicher Politiker.«

»Und was ist mit dem?«, fragte Clara.

»Die Kollegen von Europol haben einen der Empfänger von dieser VHS ermittelt, die der Blutgott verkauft hat.«

»Eins dieser Snuff-Movies?«, erkundigte sich MacDeath.

»Richtig.«

»Gerade haben wir noch von de Sade gesprochen«, sagte MacDeath.

»Marquis de Sade?«, fragte Winterfeld. »Der im Knast sein Buch geschrieben hat?«

»Ja. Der erzählt davon, dass die Gewalt, die anderen zugefügt wird, auch die eigenen Nerven in eine Art Schwingung versetzt. Als ob er damals schon Snuff-Movies vorausgesehen hätte.«

»Hätte es damals welche gegeben, hätte de Sade ganz sicher welche gedreht«, knurrte Winterfeld. »Aber gut für uns, wenn die perversen Kunden nicht mit Zahlungsdaten umgehen können.«

»Ach?«, sagte MacDeath. »War das der mit der Kreditkarte?«

»Ja, er hat etwas sorglos einen Teilbetrag der Bitcoins mit einer Kreditkarte bezahlt, und die konnten sie bei Europol zurückverfolgen. Dr. Friedrich, wir schicken Ihnen gleich über das BKA einen Link von Trautmann auf das Smartphone.«

»Bin gespannt.« MacDeath zog sein Handy hervor.

Auf dem Film sah man einen Trupp des SEK. Ähnlich gedreht wie Kriegsberichte mit Embedded Journalists oder den Helmkameras, die die Green Berets getragen hatten, als sie Bin Laden erschossen hatten. Als Nächstes sah man eine Tür, dann eine Ramme, die die Tür traf und aus den Angeln riss. Lichtstrahlen, die sich durch den Raum fraßen. Gewehrmündungen, die die Räume sicherten.

»Das wäre was für Marc und Philipp von unserem SEK«, stellte Clara fest.

MacDeath nickte und starrte auf den Film. Der Film spulte nach vorn. Man sah den Staatssekretär, der aus dem Bett gezogen wurde. Das Gesicht verpixelt. Computerexperten des LKA hinter den SEK-Leuten, die Festplatten, Laptops, Tablets und Telefone konfiszierten.

»Da will es aber einer wissen«, sagte Clara. »Wo ist das?«

»NRW«, antwortete Winterfeld. »Nahe Duisburg.«

»Und der Typ kauft sich Snuff-Movies? Man scheint gut zu verdienen als Staatssekretär«, bemerkte MacDeath.

»Laut Trautmann hat er wohl durch genügend Schmiergelder hinreichend Barmittel zusammenbekommen, um sich ein derart teures Hobby wie Snuff-Movies leisten zu können. Kam wohl alles wegen irgendwelcher Privatisierungen in den Neunzigerjahren zusammen.«

»Ging trotzdem recht schnell, dass er geschnappt wurde.«

»Der Typ ist schon mal auffällig geworden«, erklärte Winterfeld. »Eine Task Force aus Amis und Kanadiern war schon mal an ihm dran. Die hatten synthetische Kinderpornos als Lockmittel ins Netz gestellt. Ein sogenannter Honigtopf. Das FBI hat den Kollegen in NRW damals schon Bescheid gegeben. Seinerzeit hat sein Anwalt das noch abbügeln können. Jetzt hat er ihm geraten, zu kooperieren.«

»Und wo war der Film?«, fragte Clara. »Der Snuff-Movie?«

»In einem Safe im seiner Privatwohnung. Also seinem Haus.«

»Und was ist da drauf?«, fragte MacDeath.

»Der Film zeigt den Mord an zwei Prostituierten«, sagte Winterfeld.

Es sind immer Frauen, dachte Clara. MacDeath hatte einmal davon gesprochen, dass Dominanzfantasien oft aus der Einsamkeit heraus entstanden. Und fast immer hatte der Mord, jedenfalls bei Serienmördern, sexuelle Gründe. Sie dachte an den Werwolf, den Killer, den sie mit MacDeath gemeinsam gejagt hatte, obwohl sie damals noch gar nicht wusste, dass MacDeath zu der Zeit schon für das LKA in Berlin arbeitete. Der Werwolf hatte seine Dominanz so ausgelebt, dass er seine Opfer absolut erniedrigt hatte. Einigen Frauen hatte er, noch bei lebendigem Leib, den Bauch und Dickdarm aufgeschnitten und sie mit ihren eigenen Fäkalien eingeschmiert. Am Ende hatte er dann alle Opfer wirklich zu Objekten gemacht. Tote, leblose Objekte, die er zudem, vor und nach dem Tod, mehrfach vergewaltigt hatte.

Jeffrey Dahmer, der Kannibale von Milwaukee, hatte Schwule in Bars aufgerissen, zu Hause narkotisiert, vergewaltigt, getötet und seziert. Aus den ausgekochten Skeletten hatte er Altäre und Schreine hergestellt, während er die Köpfe und Eingeweide im Kühlschrank aufbewahrt hatte. Einigen hatte er sogar bei vollem Bewusstsein die Schädeldecke aufgebohrt und ihnen Säure ins Gehirn geträufelt, weil er glaubte, dass sie auf diese Weise zu willenlosen Lust-Zombies wurden. Dahmer sagte, er habe sich einsam gefühlt, und wenn er schon keine Lebenden um sich haben konnte, dann wollte er wenigstens Tote in seiner Gesellschaft haben. Clara beneidete Geißner nicht, auch wenn sie kein Mitleid mit ihm hatte. Solchen Typen ging es im Knast ganz schnell an den Kragen, vor allem, wenn sie auch noch pädophil waren. Auch Dahmer war im Gefängnis gestorben, auf »nicht-natürliche Weise«, würde von Weinstein hinzufügen, getötet von einem Mithäftling, der ihm einen Besenstiel durchs Auge ins Gehirn gerammt hatte oder so ähnlich.

»Und da ist noch etwas«, fuhr Winterfeld fort.

»Was?«

»Das Interessante ist, dass im Hintergrund bei einer Szene des Films das Symbol mit den Sensen oder dem Schädel zu sehen ist. Eine Kopie davon war schon mal anderweitig im Umlauf und liegt seitdem im Giftschrank der Mordkommission Duisburg, die wurde nach den Morden an den Prostituierten damals konfisziert. Eine der beiden Frauen konnte damals fliehen.«

»Aber den Täter hat niemand gefasst?«

»Nein. Und das mit dem Blutgott-Symbol ist auch erst jetzt aufgefallen. Vorher hat da niemand drauf geachtet.« Winterfeld schnaufte frustriert.

»Und die eine Prostituierte?«, fragte Clara. »Die, die überlebt hat? Die könnte uns doch …«

»Könnte sie, wenn sie immer noch leben würde«, sagte Winterfeld. »Überdosis vor vier Jahren.«

»Das heißt, dieser Blutgott macht das schon länger.« Das war MacDeath.

»Und jetzt wissen wir auch«, ergänzte Clara, »wo er das Geld herhat, mit dem er seine Jünger manipuliert. Tatsächlich durch den Verkauf von teuren Snuff-Movies.«

»Können wir über diesen Geißner irgendwie näher an den Blutgott kommen?«, fragte Clara.

»Das hoffe ich«, sagte Winterfeld, »die Kollegen stellen das ganze Haus auf den Kopf.«

»Und die VHS?«

»Was soll damit sein? Hier steht, dass er die in dem Umschlag aufbewahrt hat, in dem sie auch geschickt wurde.«

»Seltsam«, sagte MacDeath, »da steht aber sicher nicht *Absender: Blutgott, Unter den Linden, Berlin* drauf?«

»Leider nicht.«

»Trotzdem«, sagte Clara, »diesen Umschlag sollten sich die Kollegen mal genauer anschauen. Oft sind da, wo man es gar nicht erwarten würde, die deutlichsten Hinweise versteckt.«

»Meinen Sie?«, fragte Winterfeld.

»Das meine ich auch«, sagte MacDeath. »Steht schon so ähnlich bei Edgar Allan Poe.«

Kapitel 11

LKA 113, Tempelhofer Damm, Berlin, Juni 2019

Flo und sein Team hatten auf Hochtouren die ganze Nacht gearbeitet, denn so ein Film musste ja nicht nur gedreht, sondern auch geschnitten, nachbearbeitet und mit Soundeffekten versehen werden.

Die Erschöpfung sah man Flo dann auch deutlich an, als er am späten Nachmittag des nächsten Tages zur großen Premiere im Konferenzraum des LKA 113 auftauchte. Er hatte dunkle Ringe unter den Augen, seine Haut war blass, und sein Bart und seine Frisur waren noch etwas struppiger als sonst. In der Hand hielt er eine Dose Red Bull. Er hatte sich die ganze Nacht und die morgendlichen Stunden hindurch mit Kaffee und Energydrinks über Wasser gehalten und sich, wie man an den Krümeln auf seinem T-Shirt sah, ausschließlich von Keksen ernährt.

Flo präsentierte sein Werk im Videokonferenzraum des LKA auf dem großen Monitor. Hermann hatte extra starke Bose-Boxen mitgebracht, die via Bluetooth mit dem Rechner verbunden waren. »Haben wir Popcorn?«, fragte Flo.

Clara warf ihm einen strafenden Blick zu.

»Okay, Kaffee tut es auch.« Er startete den Film auf dem Laptop.

In schneller Schnittfolge sah man die zerstückelten Leichenteile. Sie lagen auf unterschiedlichen Untergründen, auf alten, vermoderten Holzischen, auf fleckenübersäten OP- und Obduktionstischen, in zerkratzten Regalen, in denen noch altes, rostiges Operationswerkzeug lag. Zwischendrin war immer wieder Marie als Lady Báthory zu sehen, immer nur in kurzen Bruchteilen von Sekunden, ähnlich wie es am Ende bei den »Saw«-Horrorfilmen immer geschah, bis Marie plötzlich in all ihrer grausam schrecklichen Schönheit dastand, die Kettensäge in der einen Hand, zwischen den zwei blutverschmierten Säulen mit den Ketten, an denen eine abgetrennte Hand und ein abgetrennter Unterarm hingen.

»Meine Seele ist ein dunkles Meer«, begann sie, trat dann einen Schritt vor, scheinbar auf den Betrachter zu. »Daher kommt der Begriff ›Seele‹. Von ›See‹. Unendlich schwarz. Und unendlich böse. Schau dich um!« Sie riss den linken Arm hoch.

Schnitt. Fahrt über schimmernde und dampfende Eingeweide, die so aussahen, als wären sie gerade erst aus einem lebendigen Leib gezogen worden. Um diesen Special Effect zu ermöglichen, hatte Flos Team Taschentücher in kochendes Wasser getaucht und unter den Dickdarm der Bahnleiche gelegt. Noch einmal Schnitt. Die abgetrennte Hand an der Kette. Das Blut an der Säule. Die Kamera wackelte. Schnitt. Wieder Marie als Lady Báthory zwischen den Säulen. »Meine Kunst des Todes. Wer den Künstler verstehen will, muss sich sein Werk anschauen. Und ich zeige dir mein Werk, o großer Blutgott!«

Schnitt. Großaufnahme Lady Báthory. »Ich bin eine Frau, kein Ding. Mein Vater hielt mich für ein Ding.« Schnitt. »Missbrauchte mich wie ein Ding.« Sie schloss die Augen. Schnitt. Leichenteile, vielleicht sogar irgendwelche intimen *Teile* des Toten. Schnitt. Nahaufnahme Báthory. Sie riss die Augen auf. »Doch ich bin kein Ding. Ich wurde zur Frau. Ein Stoß, als er nicht aufpasste …« Schnitt. Jetzt war eine Kellertreppe im Dunklen zu sehen, es schien eine Art Flashback zu sein. Die Treppe nur beleuchtet vom huschenden, wild zuckenden Licht der Kamerabeleuchtung, während das Bild schwankend über die Stufen fuhr. Man hörte ein Poltern aus dem Off, einen gellenden Schrei. Báthory sprach weiter: »… mein Vater stürzte die Treppe hinunter, brach sich den Arm …« Schnitt. Blutspritzer an einer schimmeligen Wand. »… schlug sich zwei Vorderzähne aus.« Schnitt. Großaufnahme Báthory mit traurigem Gesicht. Das Weinen eines Babys war zu hören. »Armer Daddy. So hat er sich das mit seinem kleinen Baby nicht vorgestellt.«

Schnitt. Großaufnahme Báthory. »Da war ich kein Ding mehr. Auf einmal war nicht mehr ich es, die Angst vor ihm hatte. Auf einmal war er es, der Angst vor mir hatte.« Ihr Mund mit den knallroten Lippen verzog sich zu einem blutigen Grinsen. »Angst macht die Menschen gefügig. Angst macht sie zu deinen Sklaven.« Schnitt: Die Kamera fuhr über uraltes OP-Werkzeug, über rostige, blutige Flecken.

Báthory sprach weiter. »Und dann kam noch ein Mann. Der hat was Ähnliches mit mir versucht. Den habe ich aber nicht die Kellertreppe heruntergestoßen.« Báthory verharrte kurz. »Ich habe ihn ermordet. Er wollte mich anfassen. Ich habe ihn nackt gesehen. Ein Grinsen in seinem Gesicht. Und ich habe sein Ding gesehen, *sein Ding*, mit dem er mich pfählen wollte.« Schnitt. Wieder Leichenteile.

Dann wieder Báthory, die vor dem Raum mit dem flackernden Licht stehen blieb. »Seine Hinterbacken waren wie zwei auf ihren Einsatz wartende Scheuerlappen. Ich habe sie abgetrennt.« Das Kreischen einer Motorsäge erklang. »Jetzt scheuern sie den Fußboden.« Schnitt. Die Kamera fuhr über einen von Schmutz und Unrat übersäten Fußboden, zeigte Fleischfetzen und blutige Spuren. »*Er* war nicht der Erste, der das versucht hat. Aber er war der Erste, bei dem *ich* Ernst gemacht habe, und so war es das Letzte, was er in seinem Leben tat.« Wieder Totale in den Raum mit dem flackernden Licht der kaputten Neonröhren. Überall Leichenteile. »Nicht *er* ist in mich eingedrungen, meine Kettensäge ist in *ihn* eingedrungen.«

Schnitt. Báthory in der Totalen zwischen den Säulen mit den Leichenteilen. Sie riss die blutverschmierte Kettensäge nach oben. »Das arterielle Blut, das aus ihm herausspritzte … Es lief ganz anders ab, als er es sich vorgestellt hatte … er wollte in mich abspritzen, aber ich habe den Spieß umgedreht. Er hat gespritzt. Aber ganz anders. Nicht aus seinem Schwanz, sondern aus seiner Halsschlagader. Es war eine blutige Ejakulation, ein roter Orgasmus des Todes.«

Sie hielt kurze inne, prüfte das Schneideblatt der Säge. »Verbrechen heißt Überlegenheit, heißt Größe. Es hebt einen Menschen empor über das devote Leben nach dem Gesetz. Denn alle Moralideen sind falsch, sie entstammen nur der Feigheit.« Wieder die verzerrte Stimme: »Ich bin bereit zu töten, so wie ich bereit bin zu sterben. Mein Tod, wenn er denn kommt, wird und soll gewaltsam sein.« Ein uralter, verrosteter Kühlschrank wurde geöffnet, darin ein abgetrennter Fuß. »Und der Tod, mein Tod, wird der Höhepunkt meines Lebens sein.«

Großaufnahme Marie als Báthory mit geschlossenen Augen, die sie plötzlich aufriss. »Ihr alle dort draußen, hört, was ich euch sage.« Totale von Marie zwischen den Säulen, die Kettensäge zu ihren Füßen. Sie riss beide Arme hoch und schrie: »Ich bin die Dienerin des Blutgottes, die Reinkarnation der Lady Báthory.« Wieder Großaufnahme Marie, die Musik im Hintergrund verstummte, und Marie sprach mit sanfter Stimme: »Tut, was ich euch sage. Nicht, weil ihr deswegen viel zu gewinnen hättet …« Wieder die Fahrt über die Leichenteile. Die Kamera blieb stehen. Hielt kurz über dem, was einmal der Kopf des Mannes gewesen war. Das Gesicht voll und ganz mit Blut beschmiert, sodass niemand den Mann erkennen konnte, »… sondern weil ihr viel zu verlieren habt, wenn ihr es nicht tut.«

Großaufnahme Marie. »Ihr alle da draußen seid für die Welt bereits tot.« Wieder eine langsame Kamerafahrt über die Leichenteile, dazu bedrohliche Musik als Unterlegung. »Ihr atmet nur noch zu meiner Lust.«

Großaufnahme Marie. »Wer bin ich?«

Dann wieder Marie zwischen den Säulen, die Kettensäge in den Händen, kreischend: »Ich bin die Dienerin des Bösen, die kein anderes Gesetz kennt als den Mord, keine anderen Zügel als diese …« Sie hielt die Kettensäge hoch, fuhr mit dem Sägeblatt in der Luft herum, man hörte das Kreischen der Säge, und sie hob die Stimme: »… und keinen anderen Gott als dich, mein Blutgott!«

Sie verharrte ein paar Sekunden, dann näherte sich die Säge dem Monitor, das Kreischen wurde immer lauter, dann das Geräusch von Sägeblättern auf Metall und Plastik. Krachen, Knirschen. Und dann nichts mehr. Nur noch ein elektrisches Schneetreiben auf dem Monitor, als wäre der Strom ausgefallen, dazu ein fast unerträglich lautes elektrisches Rauschen. Aber nur einen Herzschlag lang, dann wurde der Monitor dunkel. Als hätte Marie die Kamera zersägt. Und den Kameramann gleich mit.

Alle im Raum schwiegen. Alle – bis auf Flo, der den Film und sein Ende ja schon kannte – hatten mit aufgerissenen Augen auf die Leinwand gestarrt. Zumindest traf dies auf Clara zu. Nicht nur, dass dieser Film wirklich scheußlich und grausig gewesen war, fast noch mehr erschreckte es sie, wie man Marie als Lady Báthory inszeniert hatte.

»Und?«, fragte Flo gespannt und blickte sie der Reihe nach an.

Von Weinstein meinte: »Nun, die Leiche wirkt echt.«

»Sie *ist* ja auch echt!«, sagte Flo erstaunt.

»Ja, aber es gibt sicher auch Regisseure, denen können Sie eine echte Leiche geben, und sie würde im Film wie eine Gummipuppe wirken«, antwortete von Weinstein. »Von daher verstehen Sie das bitte als Kompliment.«

Winterfeld richtete seinen Blick auf Martin Friedrich. Er schien sichtlich beeindruckt. »Was halten Sie davon? Als Profiler? Beißt der Blutgott an?«

MacDeath nickte überzeugt. »Das ist genau das, was wir wollten. Genau das Richtige, um den Blutgott hervorzulocken.«

Hermann nickte. »Viele Effekte. Aber genau so muss das sein. Hohes Niveau, aber nicht zu perfekt.«

»Richtig«, meinte MacDeath, »kleine Makel und Fehler sind Absicht, und ich musste einige Überredungskunst aufwenden, um sie Flo schmackhaft zu machen.« Er warf Flo einen kurzen Blick zu. »Der Blutgott darf nicht auf die Idee kommen, dass dies hier eine professionelle Inszenierung ist. Fehlerlos wäre zu gut, das würde er merken.«

»Ja«, meldete sich nun auch Mike Fischer zu Wort, »ich finde, das ist eine tolle Arbeit. Die sollten wir sofort ins Dark Web stellen.«

Winterfeld erhob sich, blickte in die Runde. »Ich gebe Ihnen allen noch mal eine halbe Stunde, um jedes Detail zu besprechen. Vielleicht wollen Sie noch die eine oder andere Kleinigkeit ändern. Danach ...« Er sah Hermann an und holte Zigarillos und Feuerzeug aus der Hosentasche. »Danach ist es dein Job. Stell es ins Dark Web. So, dass dieser Mistkerl von Blutgott es garantiert findet.«

Hermann nickte. »Vorher muss der Film aber noch an Trautmann.«

»Warum?«

»Die messen die Datenmengenfrequenz des Videos. Auf diese Weise können wir den Blutgott lokalisieren, wenn er das Video anschaut, selbst wenn er anonym im Dark Web unterwegs ist.«

Winterfeld nickte. »Habe ich zwar nicht verstanden, wie das gehen soll, aber gar nicht so dumm, der Kollege Trautmann.«

Hermann nickte wieder. »Ganz bestimmt nicht.«

Winterfeld wandte sich an Flo. »Herr Köhler, ich danke Ihnen. Sie haben in kürzester Zeit Großartiges geleistet. Ich danke Ihnen im Namen des ganzen LKA Berlin.«

Tatsächlich applaudierten alle, und selbst Clara, bei der das beklemmende Gefühl noch immer nicht – jetzt erst recht nicht – weichen wollte, klatschte. Denn wirklich erfreut war sie über den Film und wie er Marie präsentierte, keineswegs. Aber die, die er darstellen sollte, hatte der Film perfekt inszeniert: Lady Báthory. Schön und grauenvoll zugleich.

Kapitel 12

Irgendwo im Dark Web, Juni 2019

Meine Dienerin Báthory!
Du hast es geschafft, du hast die Aufmerksamkeit deines Gottes erlangt!
Wir sind verfluchte Dämonen des Todes, so wie es Luzifer ist. Ein einziges Zeichen der Liebe würde genügen, um ihn, Luzifer, aus dem tiefsten Abgrund in den höchsten Himmel aufsteigen zu lassen, um neben dem Thron Gottes und der Engel wieder zu erscheinen.
Vielleicht hat Gott gehofft, dass die Menschen, die er erschaffen hat, Satan auf den rechten Weg bringen würden? Doch auch Adam hat sich von Satan einwickeln lassen. Und wieder einmal dafür gesorgt, dass das Böse siegt. Und so ist es auch hier: Denn wir wollen gar nicht in den Himmel. Wir wollen nicht im Himmel dienen, wir wollen in der Hölle herrschen. So auch du, Lady Báthory.
Noch einmal: Du hast es geschafft, du hast die Aufmerksamkeit deines Gottes erlangt!
Meine Augen leuchten. Und zwar nicht nur, weil sich der Monitor mit deinem Video in ihnen spiegelt.
Du bist eine wahre Aspirantin, um die rechte Hand des Blutgottes zu werden. Vor meinem inneren Auge sehe ich Heerscharen von Toten, die mit klagenden leeren Augen an mir vorüberziehen. Und ich frage mich, welche Tode, Morde und Leichen du mir noch bescheren wirst: Verweste oder mumifizierte Leichen, deren Augäpfel zu weißlichen Eiweißresten zerbröckelt sind? Männer, deren Blut aus ihren Arterien spritzt wie in einem zweiten Orgasmus des Todes? Die tot auf dem Boden liegen, die Hände noch im ewigen Todeskampf zusammenge-

krampft, die Augen voller Panik aufgerissen, so als wehrten sie sich noch immer gegen den Tod, der sie doch schon längst ereilt hat?
Du kannst meine Herrin der Toten werden, Báthory. Der Toten, deren Zahl unermesslich ist. Die noch immer viel mehr sind als die Lebenden.
Es interessiert mich nicht, wen du tötest. Ob alt oder jung, böse oder gut. Mich interessiert nicht, von wem das Blut fließt, solange es fließt.
Aber eine Sache interessiert mich: wie du tötest.
Vielleicht gärt die Idee für den nächsten Mord schon in dir? Liegt dort und wartet darauf, aufzusteigen, wie eine von Würmern zerfressene, aufgedunsene Leiche in einem modrigen Grab oder eine Wasserleiche, die in einem schwarzen, fauligen Tümpel langsam nach oben steigt? Dann habe ich gute Nachrichten für dich!
Denn nun kommt die nächste Prüfung! Ich habe zwei Auserwählte, die mich bisher mit den besten Morden überzeugt haben. Eine davon bist du. Wer der andere ist, wirst du nicht erfahren!
Um die rechte Hand des Blutgottes zu werden, fordere ich euch auf, einen grausamen, schrecklichen und unglaublichen Mord zu begehen, wie es ihn vorher noch nicht gegeben hat.
Möge euer Ruhm weit tragen wie Blut, das aus einer Arterie spritzt, möge er scheinen wie ein frisch geöffneter Leib, möge er dunkler sein als die Nacht und endgültiger als der Tod. Ihr habt bis Ende der Woche Zeit!

Kapitel 13

LKA 113, Tempelhofer Damm, Berlin, Juni 2019

Hermann hatte Clara angerufen und ihr erklärt, wie sie den Blutgott fangen wollten. Jedes Video hatte eine unterschiedliche Datenmengenfrequenz. Der Tor-Browser im Dark Web sorgte zwar dafür, dass man dort anonym surfen konnte, weil man sich von einem Tor-Stützpunkt zum nächsten hangelte und ein Beobachter niemals feststellen konnte, was die eigentliche IP-Adresse des Nutzers war. Doch man konnte am Ende des letzten Tor-Stützpunktes, die man auch Nodes nannte, eine Schadsoftware, eine sogenannte Malware, installieren, der es gelang, die Datenfrequenz des Videos mit möglichen Datenfrequenzen, die im Dark Web gerade angeschaut wurden, zu vergleichen.

»Du musst dir das wie einen Tanz vorstellen«, hatte Hermann erklärt. Clara runzelte die Stirn. Es wunderte sie, dass gerade Hermann mit einem Tanz-Beispiel kam. Hermann sprach weiter: »Jeder Tanz hat eine unterschiedliche Schrittfolge, und jedes Video hat eine unterschiedliche Datenfrequenz. Die wird in einen Algorithmus einprogrammiert, der, vergleichbar mit dem Google-Crawler, das Web durchsucht. Hier allerdings das Dark Web. Sobald irgendjemand ein Video mit der gleichen Datenfrequenz anschaut, kann dieser Algorithmus die IP-Adresse des Nutzers herausfinden.«

»Aber das Dark Web sollte doch eigentlich anonym sein?«, hatte Clara gesagt.

»Eigentlich ja. Das aber ist ein Schwachpunkt. Den die meisten nicht kennen. Und das ist den Geheimdiensten, FBI und Europol auch ganz recht so.«

»Und wo kommt dieser Algorithmus her?«

»Von Trautmann, der hat es von Europol, und die haben ihn wohl mal vom NSA bekommen.«

»Das klingt auch so.«

Nun also hatte Hermann bei Clara angerufen. Er, der sonst die Ruhe in Person war, schien auf einmal ziemlich aufgeregt zu sein.

»Was gibt's?«, fragte Clara, sobald sie bei Hermann in der IT-Abteilung war. Seine Kollegen Matte und Latte saßen in schwarzen T-Shirts vor ihren Rechnern.

»Der Blutgott«, sagte Hermann, »er hat Marie geantwortet.«

»Auf ihrem Dark-Web-Account?«

Hermann nickte. »Hier!«

Clara las den Text in der Mail und merkte, wie sich ihre Lippen bewegten.

Meine Dienerin Báthory!

Du hast es geschafft, du hast die Aufmerksamkeit deines Gottes erlangt!

Wir sind verfluchte Dämonen des Todes, so wie es Luzifer ist …

»Okay«, sagte sie, »und nun?«

Hermann drehte sich zu ihr um. »Das BKA und Europol haben sofort die Kommunikation verfolgt, sobald die Nachricht eingetroffen war.«

»Finden wir damit den Aufenthaltsort heraus?«

»Damit nicht, aber wir haben gleichzeitig mit dem Algorithmus eine Datenmengenfrequenzanalyse quer durchs Dark Web gemacht. Das lief über den Server von Europol.«

»Und?«

»Erinnerst du dich noch an das Video mit dem gefesselten Mann, das vor Kurzem vom BLUTGOTT gepostet wurde?«

»Das Video, in dem er dem armen Kerl die Haut abgezogen hat? Wie sollte ich das vergessen?«

»Das war übel, das stimmt. Aber so etwas ist nur in einem abgelegenen Haus möglich, eventuell in einem Keller.« Er lehnte sich zurück. »Und die Location scheint auch eher abgelegen zu sein.«

»Nämlich?«

»Der Algorithmus hat gemäß der Datenmengenfrequenz verschiedene Orte gemäß der IP-Adresse vorgeschlagen. Wir hatten verschiedene Möglichkeiten.« Er zeigte auf den Monitor. Auf der Karte leuchteten unterschiedliche Orte auf. Russland, Malaysia und Deutschland.

»Ist er denn in Deutschland?«, fragte Clara.

»Sieht so aus. Die Signalstärke ist hier am besten.«

»Und wo?«

»Hier sind die Koordinaten: Breitengrad: 52 274 296, Längengrad: 14 054 6568.«

»Das sagt mir jetzt noch nicht wirklich etwas.«

»Bad Saarow«, sagte Hermann nur.

»Bad Saarow?« Clara zog die Augenbrauen zusammen. »Ist das nicht ein kleiner Kurort?«

»Ja. Knapp fünftausend Einwohner.«

»Und doch ganz in der Nähe?«

»Ja, eine knappe Stunde auf der A12.«

»Dann sitzt uns dieser Blutgott fast auf dem Schoß?«

»Sieht so aus.«

Clara knetete an ihrer Unterlippe herum. »Aber Bad Saarow, das ist doch so ein Rentnerort für Berliner, die für den Wochenend-Trip nicht ewig im Stau stehen wollen.«

»Auch. Und für Blutgötter.«

»Sehr witzig!« Clara blickte auf Hermanns Bildschirm. Die Wikipedia-Seite von Bad Saarow war geöffnet. Claras Augen flogen über den Artikel, und sie las leise mit: »Heilende Thermalquelle … seit 1923 … daher der Name ›Bad‹, Theodor Fontane sagte in seinen Wanderungen durch die Mark Brandenburg: ›*Wirklich in Saarow war nicht viel, und als ich mich genugsam davon überzeugt hatte, hielt ich mich auf den See zu …*‹ Sie schaute Hermann an. »Ich nehme an, den Blutgott hat er aber auch nicht vermisst. Schauen wir mal weiter: Stützpunkt der Luftwaffe … Außenkommando KZ Sachsenhausen … wegen militärischer Nutzung durch die DDR lange Zeit nicht zugänglich.«

»Und«, Hermann grinste, »in der Kirche von Bad Saarow heiratete Max Schmeling 1933 seine Verlobte.«

Clara verschränkte die Arme. »Und da soll dieser Blutgott sein? Gibt es da überhaupt so schnelles Internet, wie er es braucht? Ich dachte, es heißt immer, in den ländlichen Regionen in Deutschland gibt es gar kein Internet.«

Hermann nickte. »Doch, das gibt es. Da gibt es einen Haufen Wellness-Hotels. Und die haben schnelles WLAN. Die Verbindungen sind also da.«

»Gut, dann brauchen wir ein Team, das dort nach abgelegenen Häusern sucht.«

»Von denen es da sicher eine Menge gibt …«, ergänzte Hermann.

Clara kaute auf ihrer Unterlippe. »Wissen wir ganz genau, dass es Bad Saarow ist oder die Gegend dort?«

Hermann zuckte die Schultern. »Zu 70 Prozent. Hundertprozentig wissen wir es nicht. Trotz Algorithmus und Datenmengenfrequenz.« Er schaute auf die Mail. »Und wir haben ja noch einen Arbeitsauftrag erhalten.«

»Ach ja?«

»Ja, hast du die Mail nicht zu Ende gelesen?« Er scrollte auf den Text. »Also wir haben eigentlich keinen Auftrag, aber Marie.«

»Marie?« Clara beugte sich nach vorne und überflog grübelnd den Text.

> Um die rechte Hand des Blutgottes zu werden, fordere ich euch auf, einen grausamen, schrecklichen und unglaublichen Mord zu begehen, wie es ihn vorher noch nicht gegeben hat.
> Möge euer Ruhm weit tragen wie Blut, das aus einer Arterie spritzt, möge er scheinen wie ein frisch geöffneter Leib, möge er dunkler sein als die Nacht und endgültiger als der Tod. Ihr habt bis Ende der Woche Zeit!

»Ende der Woche«, sagte sie. »Verdammt, das wird knapp. Und ich weiß nicht, ob Marie …« Ihr Handy klingelte. Es war eine Vorwahl aus Nordrhein-Westfalen. »Tippe auf Duisburg«, sagte sie und nahm den Anruf an.

Kapitel 14

Leipzig, Juni 2019

Slaughterman hatte die zwei Männer auf die Kreuze gelegt und festgebunden. Die Nägel lagen bereit. Genauso die Hämmer. Ein kleiner und ein großer. Und noch andere Werkzeuge. Dazu noch eine Seilwinde, um die Kreuze aufzurichten.

Die beiden waren bleich geschminkt, hatten lange schwarze Haare und Pentagramm-Tätowierungen an den Armen und dem Oberkörper.

»Na, ihr Satanisten«, fragte Slaughterman und schaute auf die beiden herunter, »wie findet ihr das?« Er grinste. »Wer von uns ist jetzt hier wirklich böse? Ihr oder … ich?«

Im Hintergrund wummerte die Musik. »The Reflecting God« von Marilyn Manson.

I went to God just to see, And I was looking at me.
Saw heaven and hell were lies, when I'm God everyone dies.

Sie lagen beide auf dem Boden, ausgestreckt an den Kreuzen und gefesselt. Slaughterman nahm einen der großen Nägel und einen Hammer. Trieb jeweils einen Nagel durch die Handwurzel. Beide schrien durch die Knebel hindurch. Das Geräusch von Stahl auf Stahl, von spritzendem Blut und von durchbohrtem Fleisch. Er wusste: Man musste die Handwurzelknochen nehmen, nicht den Handteller, wie es immer auf den Kreuzigungsszenen dargestellt war. Ansonsten würde die Hand durch das Körpergewicht aufreißen, und die Hände wären frei.

Er summte ein Lied, das er früher einmal gehört hatte und das so gar nicht zu den wummernden Riffs von Marilyn Manson passen wollte.

Ach, für seine Brüder Schulden sah sie ihn die Marter dulden
Geißeln, Dornen, Spott und Hohn.
Sah ihn trostlos und verlassen, an dem blut'gen Kreuz erblassen
Ihren lieben, einz'gen Sohn.

Dann kamen die Füße an die Reihe.

Er trieb die Nägel durch die Füße, so, dass die Gekreuzigten sich immer noch mit ihnen abstützen konnten. Dadurch wurde der Erstickungstod hinausgezögert. Und genau so sollte es sein.

Als Letztes nahm er ein Messer in die Hand. Er hatte keine Lanze, wie in der Überlieferung, sondern nur dieses Messer. Aber das würde reichen. Damit würde er ihnen später in die Flanken stechen, um festzustellen, ob sie auch wirklich tot waren. Würde, wie in den alten Schriften beschrieben, Blut und Wasser herauslaufen, hätte er die Gewissheit, dass der Tod eingetreten und der Kreislauf zum Erliegen gekommen war. Denn dann trennte sich das Blut in seine roten Zellbestandteile und sein flüssiges, durchsichtiges Plasma, das wie Wasser aussah. So hatten die alten Römer schon den Tod von Jesus festgestellt, deshalb vermischten die Christen in der Eucharistie, bei der sie den Leib Christi aßen, Wein und Wasser, und genau so würde er es später auch machen. Vielleicht würde er auch einige Teile essen, wenn auch nicht roh. Er sang weiter. Befestigte die Seile am Kreuz und an der Seilwinde. Und richtete die Kreuze auf.

Heil'ge Mutter, drück die Wunden,
die dein Sohn am Kreuz empfunden,
tief in meine Seele ein.

Ach, das Blut, das er vergossen,
ist für mich dahingeflossen;
lass mich teilen seine Pein.

Zufrieden betrachtete er sein Werk. Es waren nur zwei Kreuze, nicht drei. *Gut,* dachte er, *dann sind die beiden eben die Verbrecher, die mit Jesus auf Golgatha gekreuzigt worden sind. Golgatha, die Schädelstätte …*

»Jesus«, sagte Slaughterman, »wenn diese blöde Story überhaupt stimmen sollte, denn Gott ist schon ein komischer Vater, der seinen eigenen Sohn von den Menschen umbringen lässt, um genau diese Menschen zu retten, auf die er eigentlich wegen ihrer dauernden Sünden sauer ist, oder?« Er ging um die Kreuze herum. »Das ist doch so, als würde ich euch umbringen, um euch zu retten? Vielleicht mache ich das auch.« Er musterte beide, die blutüberströmt an den Kreuzen hingen. »Jesus ist für die Menschen gestorben, weil Gott es wollte. Ihr aber sterbt nur für mich. Weil ich es will!«

Er suchte in seiner Werkzeugkiste und holte einen großen Vorschlaghammer hervor.

Er dachte an die Bibelstelle:

Die Juden baten Pilatus, man möge den Gekreuzigten die Beine zerschlagen und ihre Beine dann abneh-

men ... Als sie aber zu Jesus kamen und sahen, dass er schon tot war, zerschlugen sie ihm die Beine nicht, sondern einer der Soldaten stieß eine Lanze in seine Seite, und sogleich floss Blut und Wasser heraus. So war die Schrift erfüllt: Man sollte an ihm kein Gebein zerbrechen ...

»Ihm wurden die Beine nicht gebrochen«, sagte Slaughterman, »denn in der Schrift stand: *Er bewahrt seine Gebeine.* Aber euch ... und hier gibt es noch einen Unterschied zu Jesus ...« Er machte eine Pause, »... euch aber breche ich sie!«

Der Hammer fuhr nieder. Es gab ein furchtbares, krachendes Geräusch. Blut floss aus der aufgeplatzten Haut. Wieder gedämpfte Schreie und heiseres Kreischen durch den Knebel. An einer Stelle stieß der Schienbeinknochen aus der Haut heraus. Scharfkantige, zerbrochene Knochen, die aus roten Muskeln und aufgeplatzter Haut herausragten, inmitten von glitzerndem Blut.

Die beiden sackten in sich zusammen.

Als Jesus von dem Essig genommen hatte, sprach er: Es ist vollbracht, dachte Slaughterman.

Dann neigte er das Haupt. Und verschied.

Bei den beiden, dachte Slaughterman, *musste es ohne Essig gehen. Dafür waren ihre Beine gebrochen. Gebrochene Beine statt Essig ...*

Jetzt war kein Abstützen mehr durch die Füße möglich. Beide würden sehr schnell ersticken.

Der Atem der beiden Männer ging stockend, irgendwann würden die Krämpfe kommen. Dann würden sie bewusstlos sein. Und dann sterben. *Am Kreuz sterben.* Sterben, indem sie langsam herabrutschten und langsam erstickten. Zentimeter für Zentimeter nach unten, wie eine langsame Reise in die Hölle.

Slaughterman setzte sich vor die zwei Kreuze und schaute dabei zu. Im Hintergrund blinkte das rote Licht der Kamera.

Kapitel 15

LKA 113, Tempelhofer Damm, Berlin, Juni 2019

Es war Kommissar Wolters von der Mordkommission in Duisburg.

»Gute Nachrichten, Frau Kollegin«, sagte Wolters. »Ihr Beharren darauf, dass wir uns die Verpackung der VHS von dem Snuff-Movie von Christoph Geißner genau anschauen, war durchaus begründet.«

Clara stellte ihr Handy auf laut. Auch Hermann spitzte die Ohren. »Aha«, sagte sie, »inwiefern?«

»Es gibt eine Methode«, erklärte Wolters, »mit der man Papier darauf überprüfen kann, ob mal etwas anderes auf einem Papier gelegen hat, irgendein Block, auf dem sich vielleicht jemand Notizen gemacht hat. Und ob auf diese Weise vielleicht bestimmte Buchstaben oder Wörter durchgeschrieben worden sind.«

»Und ich nehme an, das ist hier der Fall?«

»Ja, es ist zwar kaum mehr zu erkennen, aber die Grafologen des BKA, mit denen wir das zusammen gemacht haben, haben ein Wort erkannt.«

»Welches?«

»Einen Ort. *Storkow.*«

Hermann war sofort an seinem Computer. »Gottverflucht«, stieß er hervor, »das ist in der Nähe von Bad Saarow!«

Man konnte Wolters' Zufriedenheit hören. »Dieser Blutgott hat natürlich keinen Absender draufgeschrieben. Aber der Umschlag lag halt unter irgendeinem Papierstapel, und das muss etwas mit Storkow und der Region zu tun haben. Wahrscheinlich hat er die VHS von dort abgeschickt.«

»Er hat die einfach so zur Post gebracht?«, fragte Hermann.

»Das ist hinreichend anonym«, sagte Clara. »Kurierdienste wollen die komplette Adresse. Die Post schluckt auch einen falschen Absender.«

»So ist es«, bestätigte Wolters.

Clara blickte Hermann an. Der hob den Daumen. »Super«, sagte Clara, »das hilft uns sehr!«

Sie hatte gerade den *Gespräch-beenden*-Knopf gedrückt, als die Tür aufflog und Winterfeld ins Zimmer stürmte. Hinter ihm MacDeath. »Slaughterman«, sagte er nur.

»Bei uns geht es gerade um den Blutgott«, sagte Hermann. »Er muss tatsächlich irgendwo in Bad Saarow sein.«

»Und Slaughterman«, sagte Winterfeld und fuhr sich durch die Haare. »Der ist in Leipzig. Oder besser: *Er war in Leipzig.*«

»Was ist passiert?«, fragte Clara.

Winterfeld schüttelte den Kopf. »Völlig pervers«, sagte er. »Dieser *Slaughterman* hat nachts in einer Halle auf einer Gothic-Messe zwei junge Männer gekreuzigt.«

»Gekreuzigt?«, fragte Clara.

»Ja, das volle Programm«, sagte Winterfeld. »Nägel, Stich in die Seite, Knochenbrechen. Nur ohne Auferstehung. Den Film hat er natürlich auch gleich mitgeliefert, aber dazu später.« Er blickte MacDeath an. »Wir hatten eben eine Telefonkonferenz mit der Rechtsmedizin in Leipzig, die Leichen werden gerade untersucht.«

»Wie lange ist das her?«

»Einen Tag vielleicht«, sagte MacDeath, »er hat die beiden wohl in Anlehnung an die Verbrecher, die mit Jesus Christus gemeinsam gekreuzigt worden sind, an Kreuze genagelt. Und es kommt noch etwas hinzu.« Er zog seine Krawatte zurecht.

»Der Mord ist in dem Gothic-Ambiente erst gar nicht aufgefallen, weil zunächst viele Besucher dachten, es handele sich um eine gruselige Show-Inszenierung.«

»Bis dann die Leichenstarre einsetzte?«, vermutete Clara.

»Genau. Erst als die Leichen starr mit geöffneten Augen und Mündern unbewegt über Stunden am Kreuz hingen und auch der Verwesungsprozess allmählich einsetzte, fühlten die Besucher sich nicht mehr ganz so gut unterhalten. Und dann war sofort die Polizei da. Und auch die Medien. Die hatten ja alle auf einen Mord von ihm in Goslar gewartet. Mit Leipzig hat niemand gerechnet, aber wegen dieser Gothic-Messe passt es vielleicht doch. Jedenfalls haben die Medienfuzzis alle sofort ihre Koffer in Goslar gepackt und sind nach Leipzig gerast oder haben dort ihre Kollegen aufgeschreckt und hinbeordert. Die meisten kamen aber, als die Leichen schon längst in der Rechtsmedizin waren.«

»Sonst irgendetwas Besonderes bei den Leichen?«, fragte Clara.

Winterfeld zog ein paar Fotos aus seiner Mappe hervor.

Clara verzog das Gesicht, als sie die Bilder sah. Die Leichen waren nach wie vor blutüberströmt mit klaffenden Wunden an Händen und Füßen. Und bei jeder Leiche waren beide Schienbeine gebrochen. Offene Brüche, aus denen die Knochen blitzend weiß hervorragten.

»Wir hatten eben eine Telefonkonferenz gemeinsam mit den Kollegen in Leipzig und mit von Weinstein«, sagte MacDeath. Clara kannte die Rechtsmedizin in Leipzig, die zusammen mit der Rechtsmedizin in Chemnitz eine Einheit bildete. Insgesamt arbeiteten sechs Leute in der Johannisallee 28 in dem schönen Backsteingebäude, über dessen Tor die Aufschrift »Institut für Gerichtliche Medizin« stand.

»Und?«, fragte Clara.

»Todesursache war Ersticken«, sagte MacDeath, »wie bei Kreuzigungen üblich. Dann noch die Verletzungen, die wir hier sehen, alle zu Lebzeiten zugefügt, also ante mortem. Verletzungen der Schultergelenke, der Hände und Füße und die Knochenbrüche.«

»Warum kommt dieser Slaughterman denn auf einmal mit christlichen Bezügen? Wie ein religiös motivierter Mörder kam er mir bisher nicht vor.«

»Teilweise schon«, sagte MacDeath. »Vorher war das Ganze eher satanistisch motiviert. Da der Satan zur christlichen Religion gehört, war das Christentum nur einen Katzensprung entfernt. Es gibt aber noch einen Grund.«

»Und welchen?«, fragte Winterfeld.

»Es kann auch sein, dass hier Hohn oder Eifersucht eine Rolle spielen. Vielleicht sogar Eifersucht auf Lady Báthory wegen ihres tollen Videos. Oder besser *unseres tollen Videos.*«

»Spielt denn Neid bei der Kreuzigung eine Rolle?«

MacDeath wackelte mit dem Kopf. »Wie man es nimmt. Es gibt Schriften, da steht, dass die Dämonen und Engel neidisch auf Jesus waren, weil er der Auserwählte war. Der Neid oder *Invidia* ist ja sogar eine Todsünde. Viele der Todsünden sind Dämonen der Hölle zugeordnet. Luzifer der Hochmut, Mammon der Geiz, Satan der Zorn, Asmodeus die Wollust, Beelzebub die Völlerei, Belphegor die Faulheit und Leviathan der Neid.«

»Man merkt, dass du einen Exorzisten in Rom kennst«, stellte Clara fest.

»Kannte«, sagte MacDeath, »Don Alvaro lebt leider nicht mehr.«

Die Todsünden, dachte Clara. Früher, in der Vorbereitung auf die Firmung, hatte ihr ein Priester von der Natur der Todsünden erzählt. Eine Todsünde musste einen Verstoß gegen die Zehn Gebote zum Gegenstand haben, sie musste bei vollem Bewusstsein begangen sein, und sie musste mit bedachter Zustimmung, also aus freiem Willen erfolgt sein.

Clara schüttelte den Kopf. »Dann ist dieser Slaughterman genauso neidisch auf Báthory, weil der Blutgott sie toll findet, wie die Dämonen und Satan neidisch auf Jesus waren? Und darum inszeniert er dafür die Kreuzigung von Jesus?«

»Es ist ja gar nicht Jesus«, gab Hermann zurück, »es sind doch die zwei Verbrecher, die Slaughterman hier gekreuzigt hat, oder?«

»Tja«, sagte Winterfeld, »er hat keine Namensschilder an die Leichen geheftet.«

Clara blickte MacDeath an. »Ein klein wenig erklärt die Neid-Story das Motiv, aber so ganz passt das nicht zusammen.«

MacDeath zuckte die Schultern. »Ich habe nie behauptet, dass bei Serienmördern und deren Motiven immer alles logisch ist.« Er schaute in seine Notizen. »Es gibt auch ein Bekennervideo«, sagte er. Und dann an Hermann gerichtet: »Wir haben dir eben den Link geschickt.«

Hermann öffnete das Video. Slaughterman stand dort mit einer schwarzen Maske vor den zwei Kreuzen. Die beiden Männer blutüberströmt. Slaughterman selbst hatte, wie im Gebet, die Hände gefaltet.

Heil'ge Mutter, drück die Wunden,
die dein Sohn am Kreuz empfunden,
tief in meine Seele ein.

Ach, das Blut, das er vergossen,
ist für mich dahingeflossen;
lass mich teilen seine Pein,

intonierte er mit verzerrter Stimme.

»Perverser Kerl«, knurrte Clara. Dann fiel es ihr siedend heiß ein: »Verdammt, der Blutgott wollte doch von seinen beiden Auserwählten einen besonders schockierenden Mord! Slaughterman hat bereits geliefert!«

»Just in time delivery«, murmelte Winterfeld.

MacDeath nickte. »Es kann aber auch sein, dass er das ohnehin vorhatte und das Ganze jetzt so hinbiegt, als wäre das die prompte Reaktion auf die Aufforderung des Blutgotts.«

»Trotzdem«, sagte Clara, »die Uhr tickt. Wir brauchen irgendetwas.« Sie schaute Hermann an. »Oder was sagst du?«

Hermann zog an den Kordeln seines Kapuzenpullis. »Wir haben den Blutgott in Bad Saarow eingegrenzt. Aber da wohnen fast fünftausend Menschen. Und abgelegene Häuser gibt es da auch viele.« Er schaute alle an. »Wir brauchen noch einen Kontakt mit ihm, den wir nicht nur nutzen, um globalgalaktisch mit dem BKA seine Position zu bestimmen, sondern um genau herauszufinden, *wo* er in Bad Saarow ist. Das wäre am besten.«

»Das heißt, wir könnten diese Datenmengenfrequenz-Analyse, wie wir sie schon einmal gemacht haben, noch weiter eingrenzen?«, fragte Clara.

Hermann nickte. »Das könnten wir, und das wäre enorm hilfreich.«

»Und dafür muss Marie oder Lady Báthory mit dem Blutgott noch einmal interagieren?«, fragte Clara. Die ganze Sache gefiel ihr nicht unbedingt.

»Wäre gut«, antwortete Hermann, »und dafür brauchen wir auch noch ein Video!«

MacDeath schaute auf das eingefrorene Video von dem Blutgott vor den zwei Gekreuzigten. »Auf alle Fälle können wir das besser.«

»Wenn Marie mitmacht«, gab Clara zu bedenken.

»Sie ist doch noch in Berlin?«, fragte Winterfeld.

»Ja, im Moment im Hotel.«

»Gut. Dann die ganze Prozedur noch einmal.« Winterfeld klatschte in die Hände. »Ruft Mike Fischer und diesen Flo an, denkt euch eine Story aus, dann ruck, zuck filmen und …«, er schaute Hermann an, »… raus damit an diesen Mistkerl von Blutgott.«

Hermann nickte.

»Marie sollten wir aber auch fragen«, sagte Clara. »Und vielleicht auch ihre Eltern.«

»Wie man es nimmt«, sagte MacDeath, »die Eltern haben uns ja das Okay für die Dreharbeiten gegeben. Da war nicht von einer Begrenzung der Videos die Rede.«

Winterfeld grinste. »Also eine Art Generalvollmacht?«

Clara schüttelte den Kopf und blickte MacDeath an. »Du hättest auch Anwalt werden können.«

»Ich denke jedenfalls, dass Marie wieder mitmacht.«

»Das denke ich auch«, sagte Clara. Aber sagen wollte sie eigentlich: *Das fürchte ich auch.*

Kapitel 16

Charité, Campus Virchow-Klinikum, Berlin, Juni 2019

Es war, wie Clara recht schockiert zur Kenntnis nehmen musste, nicht allzu schwer, Marie davon zu überzeugen, ein weiteres Video des Grauens zu drehen.

»Meine Mutter hat gesagt, ich darf das machen«, hatte Marie gesagt und Clara unschuldig angelächelt. »Sie hat nicht gesagt, dass ich es nur einmal machen darf. Vor allem ist sie sowieso vollkommen fertig, und wenn ich sie jetzt erneut frage, muss ich sie stundenlang wegen Noah trösten. Und das habe ich schon zur Genüge getan. Eigentlich müssten *die* mich trösten.«

Clara nickte. Und wusste nicht so recht, ob sie über Marie staunen oder sich vor ihr fürchten sollte. Marie hatte Clara sogar eröffnet, dass sie sich in einer großen Berliner Buchhandlung ein Buch über die Blutgräfin Báthory gekauft habe, *um die Rolle noch besser spielen zu können*. Die Polizei würde sie gleich in ihrem Hotelzimmer an der Mall of Berlin abholen.

Jetzt saßen Clara, MacDeath und Mike Fischer gemeinsam mit von Weinstein im Konferenzraum des LKA. Es ging darum, sich eine möglichst überzeugende Story für das nächste Video auszudenken.

»Wir dürfen Slaughterman nicht mit seinen eigenen Waffen schlagen«, sagte MacDeath, »das vorherige Video von Marie zu übertrumpfen, wäre keine gute Idee.«

»Warum nicht?«, fragte Clara. »Vorher konnte es doch nicht blutig genug sein.«

»Ja, aber Slaughterman steht auf brutale Gewalt wie die Kreuzigung. Frauen hingegen morden anders. Nicht mit solchen Gewaltexzessen. Und ihr müsst bedenken: Slaughterman hat alles live vor der Kamera getan, hat männlich gewütet, während Lady Báthory ihr Kettensägengemetzel bereits vollendet *hatte* und der Schwerpunkt auf ihren Ausführungen zu ihrem grauenhaften Szenario lag. Frauen reden mehr.«

»Das heißt«, fragte Clara, »du willst die weibliche Komponente auch in die, wie hieß das noch, Absenderstory …?« Sie blickte Mike Fischer an. Der nickte. »Genau! Absenderstory!«

»Da soll also die weibliche Komponente rein?«

MacDeath zuckte die Schultern. »Das wäre doch eine Möglichkeit?« Er sah Mike Fischer an.

»Vollkommen richtig! In der Managementlehre spricht man vom roten und vom blauen Ozean. Der rote Ozean ist der, in dem alle das Gleiche anbieten, ein gnadenloser Wettbewerb herrscht und sich alle gegenseitig totbeißen. Darum ist der auch blutrot.«

»Nun, so wie ich das wahrnehme«, sagte Clara, »*ist* in diesem Fall alles blutrot.«

»Praktisch ja.« Mike Fischer nickte. »Theoretisch nicht. Theoretisch ist nur der rote Ozean der, in dem alle das Gleiche machen. Der blaue Ozean hingegen ist der, in dem es nur wenig Wettbewerb gibt, weil man als Anbieter einen Weg gefunden hat, ein sehr originelles Produkt herzustellen oder einen Nischenmarkt zu bedienen, was die Konkurrenz nicht mal eben so schnell hinkriegt oder nachmachen kann.«

»Und unser blauer Ozean ist das weibliche Element bei Marie?«

Fischer nickte. »Zum Beispiel.«

»Das ist sogar mal medizinisch richtig«, ließ sich jetzt von Weinstein zum ersten Mal vernehmen. »Frauen morden komplett anders als Männer. Weniger brutal, häufiger mit Gift zum Beispiel.«

»Im ersten Video hat Lady Báthory mit einer Kettensäge gemordet«, sagte MacDeath.

»Das war auch notwendig«, gab Fischer zu bedenken. »Das war sozusagen eine Kommunikationsarschbombe, um die maximale Aufmerksamkeit vom Blutgott zu bekommen. Die wir ja auch bekommen haben. Jetzt müssen wir die Blauer-Ozean-Strategie nehmen und etwas anbieten, was Slaughterman so nicht kann.«

»Wieder Lady Báthory?«, fragte MacDeath.

»Das ist unser USP«, sagte Fischer, »das sollten wir nicht ändern.«

»USP?«, fragte Clara.

»Unique Selling Proposition. Das, was uns beziehungsweise Marie beziehungsweise Báthory einzigartig macht. Man könnte auch sagen, unser *Wettbewerbsvorteil.*«

»Hat Báthory nicht in Blut gebadet?«, fragte Clara.

»Genau!« MacDeath klatschte in die Hände. »Lady Báthory in der Badewanne, die Wanne voll Blut, und über ihr hängen Leichenteile, die sie zum Beispiel mit einer Sense aufschneidet und aus denen noch mehr Blut in die Wanne läuft.«

Clara schüttelte den Kopf. »Du bist echt unmöglich.«

MacDeath sah Fischer und von Weinstein an. »Passt das oder nicht?«

Beide nickten.

»Können wir die Leichenteile noch einmal nehmen?«, fragte er dann von Weinstein.

»Warum nicht?«

»Andere Frage«, sagte Clara. »Merkt das jemand, wenn wir die gleichen Leichenteile erneut nehmen?«

»Die Leiche bestimmt nicht«, knurrte von Weinstein, »und außerdem arbeitet Marie alias Báthory dann sogar als Killerin nachhaltig und ressourcenschonend.«

Clara verdrehte die Augen.

»Und das Blut?«, fragte Fischer. »Wieder Schweineblut oder Kunstblut?«

»Diesmal nicht«, sagte von Weinstein. »Kunstblut passt weder von der Farbe her noch von der Konsistenz. Besonders deswegen, weil bei diesem Video der Fokus auf dem Blut liegt. Der Blutgott benennt sich sogar nach dem Blut, hat wahrscheinlich selbst getötet und weiß, wie echtes Blut aussieht. Und auch wie Blut aussieht, das alt ist und außerhalb des Körpers kalt wird.«

»Nämlich wie?«, fragte Fischer.

»Es gerinnt«, erklärte von Weinstein. »Es wird zu einer Art Blutkuchen, genau wie bei Blutwurst. Das ist nichts anderes.«

»Herrje, widerlich«, stöhnte Fischer, »ich esse nie wieder Blutwurst.«

»Jedenfalls wird das eine Masse, die langsam fest wird. Und das muss bei uns auch passieren.«

»Wird das denn so schnell fest?«, fragte Fischer.

»Aber ja.« Von Weinstein nickte. »Ich habe damals mein letztes Studienjahr als junger Arzt mein PJ, also mein Praktisches Jahr, in der Unfallchirurgie absolviert. Da hat es einen Motorradfahrer komplett zerlegt, aber er lebte noch. Wir haben ihn operiert, aber konnten gar nicht alle Wunden so schnell zumachen, wie das Blut rauslief. Also mussten wir den Typen mit sage und schreibe dreiundzwanzig Litern Blut vollpumpen. Das meiste davon lief durch die Wunden wieder raus, sodass wir alle bis zu den Knöcheln in Blut standen. Erst in Blut und dann in geronnenem Blutkuchen.«

»Ach, darum habt ihr im OP diese Gummischuhe?«, fragte MacDeath.

Von Weinstein nickte. »Gummischuhe und Gummihandschuhe. Die Gummischuhe können sogar recht einfach in einer Art Geschirrspüler gereinigt werden.« Winterfeld nannte die Rechtsmediziner im Team von Weinsteins immer *Die Jungs mit den Gummihandschuhen.*

»Okay«, sagte Clara. »Und wo kriegen wir dieses Menschenblut her? Denn das soll es ja höchstwahrscheinlich sein? Aus Ihren Leichen?«

»Nein, das ist schon geronnen.« Er schüttelte den Kopf. »Wir bekommen es von einer Blutbank. Aus abgelaufenen Blutkonserven. Die werden sonst entsorgt. Bevor sie das Blut entsorgen, können sie die auch uns für den guten Zweck geben.« Er stand auf. »Ich rufe da gleich mal an.«

Clara erinnerte sich später nur noch ungern an die Dreharbeiten, bei denen Flo wieder die Regie übernommen hatte. Die altmodische Badewanne, die mitten im düsteren Kellergewölbe des Virchow-Kellers stand, der Heizlüfter, der in der Nähe ratterte, denn der Keller war trotz des frühen Sommers noch recht kühl. Das Blut, das so aussah, als würde es aus den Leichenteilen tropfen, die über der Wanne hingen, in der sich Marie mit Blut einrieb, in der einen und manchmal in beiden Händen die Sense, mit der sie die Leichenteile aufschlitzte. Dazwischen immer wieder Nahaufnahmen von aufgeschnittenen Handgelenken, aus denen das Blut hervorquoll, aufgeschnittenen Leibern und aufgeschnittenen Kehlen. Achtzehn Liter Blut hatte von Weinstein von der Blutbank als abgelaufene Blutkonserven bekommen. Marie hatte sich dafür die Haut vorher mit Melkfett eingerieben, damit sie nicht nur weniger Kontakt mit dem Blut hatte, sondern auch, um dafür zu sorgen, dass das Blut von ihrer Haut abperlte, was für einen besseren Effekt sorgte. Blut spritzte, tropfte, perlte ab und gerann als bröckeliger Blutkuchen an den Rändern der Badewanne.

Als Clara das grauenhafte Ritual beobachtete, die Freude, die Marie daran hatte, und dann später das geschnittene Video sah, bevor Trautmann die Datenstruktur analysiert hatte und Hermann es im Dark Web an den Blutgott geschickt hatte, musste sie an den Spruch, von dem ihr mal jemand an der Polizeihochschule erzählt hatte und der angeblich von Josef Stalin stammte, denken.

Besser zu weit gehen als nicht weit genug.

Kapitel 17

LKA 113, Tempelhofer Damm, Berlin, Juni 2019

Diensdorf-Radlow am Scharmützelsee«, sagte Hermann am nächsten Tag. »Und er nutzt in der Tat die schnellen Datenleitungen der Spa-Hotels. Das ist gar nicht blöd, wie er das macht.«

»Also definitiv Bad Saarow?«, fragte Clara.

»Definitiv Bad Saarow.«

Der Blutgott war wieder von dem Video begeistert gewesen und hatte ausführlich und in seiner gleichzeitig eigentümlichen, brutalen und menschenverachtenden Sprache geantwortet. Clara spürte, dass sie jetzt ziemlich nahe dran waren, den Blutgott endgültig zu erwischen. Doch sie hatte ein schlechtes Gewissen. Für Marie war das Ganze dann doch etwas viel gewesen. Sie hatte sich von der Polizei zurück ins Hotel fahren lassen und vorher ihre Eltern angerufen, die sie aus Berlin abholen wollten. Clara hatte noch vorgeschlagen, dass ein Polizeipsychologe Marie begleitete, doch das hatte die junge Frau abgelehnt.

»Das war toll, Clara«, hatte sie zum Abschied gesagt, »aber jetzt muss ich das alles erst mal verarbeiten.«

»Glaubst du, das war zu viel für sie?«, hatte Clara MacDeath gefragt.

»Vielleicht«, hatte der gesagt, »aber wenn wir den Blutgott jetzt erwischen, war es das wert.«

Und es sah ganz danach aus, dass sie ihn diesmal erwischen konnten. Hermann zeigte auf den Bildschirm, während er in rhythmischen Bewegungen Gummibärchen aus einer Tüte holte und andächtig darauf herumkaute.

»Trautmann und Co haben die Datenstruktur verglichen. Zudem haben sie noch einen eigenen Tor-Server eingebaut, der uns auch noch ein paar Daten geliefert hat.«

»Wie das?«, fragte Clara.

»Neben reinen HTML-Codes liefern Webserver auch Cookies und sogenannte aktive Inhalte mittels Java Script, Java Active X und anderen. Wenn man unerkannt bleiben will, ist der Ausweg, zwei verschiedene Browser-Typen anzulegen. Einer enthält alle Cookies und Links, der zweite ist der Anonymisierungsbrowser. Und der geht meist ins Dark Web.«

»Und da hat Trautmann den Blutgott getäuscht?«

»Genau. Der Austrittsserver vom Webserver kann Anmeldedaten auslesen. Das wiederum ermöglicht es dem Betreiber des Servers, mögliche Schlüsse auf die Identität des Nutzers zu ziehen. Und hier haben wir noch einen *Man-in-the-Middle*-Angriff gestartet. Wir haben dem Blutgott eine verschlüsselte Verbindung vorgegaukelt, um die Inhalte der verschlüsselten Verbindung auszulesen.«

»Wie das?«

»Das SSL-Zertifikat, das die Verbindung bestätigt, kam nicht von dem Tor-Browser, sondern vom BKA und Europol. Auf diese Weise hatten wir mehr Zeit, um die Datenmengenstruktur des Videos abzugleichen.«

»Dann könnt ihr einfach so Tor-Server übernehmen?«

»Tor-Nodes nennt man die.« Hermann nickte. »Ja, das können wir. Und zwar nicht nur wir. Jeder Interessierte kann Tor-Server mit seinem eigenen Speicherplatz zur Verfügung stellen. Man muss nur aufpassen, dass man nicht an den falschen Tor-Server gerät.«

»So wie der Blutgott?«

»Genau so. Der ist an unseren geraten.«

»Und das hat dazu geführt, dass ihr hundertprozentig wisst, dass er definitiv in Bad Saarow ist?«

»Definitiv«, sagte Hermann, »in den USA gibt es da einen berüchtigten Witz: Wenn ein Tor-Server plötzlich schnell ist, sollte man misstrauisch sein, denn dann gehört er dem FBI oder dem Geheimdienst.«

Clara stand auf. »Okay, spricht etwas dagegen, dass wir uns den Kerl jetzt schnappen?« Sie schaute auf die Uhr. »Beziehungsweise morgen früh gegen 5 Uhr?«

Hermann griff zum Telefon. »Von meiner Seite nichts. Ich sag dem SEK und Winterfeld Bescheid.«

Kapitel 18

Bad Saarow, Brandenburg, Juni 2019

Es war Punkt 4 Uhr 30 morgens, als Clara zusammen mit den SEK-Beamten, von denen ein Teil aus Berlin und ein Teil aus Brandenburg kam, aus dem Transporter stieg. Sie spürte die Müdigkeit in ihrem Kopf wie einen schweren Stein. Aufstehen um kurz vor vier Uhr war definitiv nicht ihre Zeit.

Sie kamen von der Hauptstraße rechts des Sees, nachdem sie auf der A12 durch die Nacht gejagt waren. Clara spürte den Rasen unter ihren Schuhen, als sie aus dem Transporter sprang. Das SEK hatte neue Einsatzfahrzeuge bekommen. Das hier war ein HMV Survivor, ein Transporter, der von einem Joint Venture aus MAN Nutzfahrzeuge und Rheinmetall gebaut wurde. Die Sonne war noch nicht aufgegangen, aber die erste Vorahnung schimmerte schon auf der Oberfläche des Sees. Dunkle Wolken zogen vom Westen her über den Himmel, und an einigen Stellen funkelten noch die Sterne. Es hätte fast ein Postkartenmotiv sein können.

Die SEK-Beamten stürmten vor, zehn Mann umstellten das Haus, zwei brachen die Tür zu der heruntergekommenen Villa auf. Clara, MacDeath und Winterfeld folgten ihnen in sicherer Entfernung. Der Flur war leer und dunkel. Zwei Mann nach rechts, zwei nach links.

In einem Raum ein Computer und mehrere Monitore. War das der Ort, fragte sich Clara, von dem aus der Blutgott seine

Strategien steuerte? War das hier überhaupt sein Haus? Denn es sah nicht so aus, als würde hier jemand dauerhaft leben. Es wirkte eher wie eine zeitweilige Behausung. Aber wer stellte sich so eine EDV-Ausstattung in sein Ferien- oder Wochenendhaus?

Marc vom SEK gab ein Zeichen. Vier Mann gingen nach oben, vier Mann gingen in den Keller, die Heckler&Koch-Gewehre eng am Körper, die Waffen im Anschlag, den Zeigefinger ausgestreckt neben dem Abzug. Die Stiefel wummerten gedämpft auf der staubigen Treppe. Neben Marc war Schuster Teil der Eingreiftruppe, Schuster, der Chef des SEK aus der Kruppstraße in Moabit, der auch bei der Verfolgung des Killer-Busses aus Berlin heraus dabei gewesen war. Clara und ihr Team hinterher. Zwei Mann sicherten das obere Ende der Kellertreppe.

Der Keller öffnete sich zu einer Art Gewölbe. Zur Rechten ein mannshoher Kamin, in dem vor nicht allzu Langem ein Feuer gebrannt hatte. Der Geruch von Ruß lag noch in der Luft. Irgendwo piepte ein Server oder ein Drucker. Die SEK-Männer huschten nach vorne. Die Räume rechts und links waren leer. Auf einem Tisch Zangen, Brecheisen und Drähte. Dahinter Instrumente, die für andere Zwecke gedacht waren. Gummihandschuhe, Spritzen und Einwegskalpelle. Metallschalen, Schläuche und Kanister. Auch das war allerdings untypisch für ein normales Ferien- oder Wochenendhaus.

Marc war in einem der Nebenräume verschwunden. Kurz darauf knackte es in den Funkgeräten.

»Verdammte Scheiße«, sagte Marc leise durch das Funkgerät, »ich hab was gefunden!«

Kapitel 19

Bad Saarow, Brandenburg, Juni 2019

Clara durchquerte zwei Räume und war bei Marc. Der kniete auf dem Boden neben einem Mann. Der Mann war gefesselt, doch eigentlich musste er tot sein. Sein Gesicht sah aus wie eine blutige Maske – nur dass die Maske fehlte, wenn man genauer hinsah.

»Sie haben ihm Teile der Haut vom Gesicht gezogen«, murmelte Marc. Clara nickte. Sie hatte den Mann schon einmal gesehen. Es musste der Mann aus dem Film des Blutgotts sein. Ihr Blick wanderte über das Gesicht des Mannes, wo rohe Muskelstränge blutig glitzerten und Knochen das Kellerlicht hell reflektierten. Schwarz glänzende Fliegen krabbelten über einen Gesichtsmuskel. MacDeath hätte ihr erklären können, dass es der Trigeminus war, der dreigeteilte Gesichtsnerv. Vielleicht hatte dieser Irre dem Mann den Nerv zerschnitten, sodass er nie wieder zu irgendeiner Mimik fähig war. Vielleicht auch viel mehr. Das ganze Gesicht war eine einzige Wunde. *Der Mann aus dem Snuff-Movie,* dachte Clara. Sie waren am richtigen Ort. Oder am falschen.

»Sein Gesicht«, sagte Clara, »er hat es tatsächlich getan.«

»Ja«, sagte Marc, »aber hör mal genau hin.«

Clara näherte ihren Kopf dem Mann. Langsam, die Waffe in der Hand. Sie hörte etwas. Geräusche. Leise Geräusche.

Sie schaute zu Marc nach oben. »Der atmet ja.«

Marc nickte.

»Hören Sie mich?«, fragte Clara.

Keine Antwort.

»Einen RTW«, rief Clara. »Er muss sofort ins UKB.«

Marc wandte sich ein Stück nach hinten. Sein Funkgerät knackte. »Wir brauchen sofort einen Rettungswagen und einen Notarztwagen nach Bad Saarow, Einsatzkoordinaten haben Sie ja. Und zum UKB, nichts anderes!« Das UKB, das Unfallkrankenhaus Berlin, war eine berufsgenossenschaftliche Unfallklinik am Stadtrand von Berlin, im Bezirk Marzahn gelegen. Wie alle berufsgenossenschaftlichen Kliniken, kurz »BG-Kliniken« genannt, hatte es seinen Schwerpunkt auf Unfallverletzten und Schwerbrandverletzten. Seine Brandverletztenintensivstation und die dort tätigen plastischen Chirurgen waren in ganz Deutschland für ihre beeindruckenden Fähigkeiten bekannt. Die dortigen Ärzte gaben, anders als viele andere plastische Chirurgen, nicht ältlichen Frauen ihre Jugend zurück und erleichterten sie auch nicht um Kilogramm – und Geld –, sondern gaben Menschen, denen Fürchterliches passiert war, überhaupt wieder ein Gesicht zurück. Clara hatte dies einmal bei einer jungen Vietnamesin gesehen, die von ihrem Mann sechsmal mit einem Kochbeil im Gesicht getroffen worden war. Das gesamte Gesicht der jungen Frau und auch beide Ohren waren von feinen Linien durchzogen, die mit Hunderten von schwarzen Einzelknopfnähten zusammengehalten wurden. Es hatte fast sechs Stunden im OP gebraucht, bis wieder ein Gesicht zu erkennen gewesen war. Ob die Ärzte das in diesem Fall auch schaffen würden, bezweifelte Clara zwar, aber das UKB stellte die einzige Chance dar, die der Mann hatte.

Clara musterte den schrecklich zugerichteten Mann. Sie zog kurz ihr Smartphone und fotografierte sein Gesicht, da keiner wissen konnte, wie lange die Operation dauern würde, und sie sicherstellen wollte, dass der Haftrichter, wenn sie den Blutgott gefunden hatten, diese abscheuliche Tat zu Gesicht bekam. Da war ein Foto deutlich besser als ein Bericht, da der Mensch schließlich ein visuelles Wesen war und man sich derart Grausames ansonsten einfach nicht vorstellen konnte – deutsche Richter, von denen so viele, jedenfalls im Strafrecht, in ihrer ganz eigenen, geradezu naiv verklärten *Alle-haben-sich-lieb*-Traumwelt lebten, ohnehin nicht. Jetzt sah sie es. Hinter dem Mann war ein Zugang mit Kochsalzlösung und vielleicht irgendeinem Schmerzmittel an der Wand befestigt, das in eine Venenkanüle in seinem Arm führte.

»Er hat ihn am Leben erhalten«, sagte Clara, »um sein Spiel weiter mit ihm zu spielen.« Clara wollte sich nicht ausmalen, was das bedeuten musste. Sie blieb eine Weile bei dem Mann sitzen. Was dachte oder spürte er in diesem Moment wohl? Oder spürte er gar nichts mehr? War er bewusstlos, oder war er gar vom Blutgott lobotomisiert worden? Falls nicht, musste sie ihn doch irgendwie beruhigen. Ihm sagen, dass er jetzt in Sicherheit war. Aber was sollte sie machen? Sollte sie sein Gesicht abdecken? Und es noch mehr infizieren? Nahm man für ein gehäutetes Gesicht auch eine Branddecke aus dem Erste-Hilfe-Koffer? Clara wusste nicht weiter. *Wo ist eigentlich MacDeath?*, dachte sie. *Der ist doch Mediziner.*

Sie konnte ihren Blick nur schwer von der grauenvollen Inszenierung abwenden. Als sie es doch tat und ihren Kopf zur Seite bewegte, spürte sie etwas anderes.

Keinen Ekel.

Keine Abscheu.

Kein Grauen.

Sondern Stahl. Kalten Stahl an ihrer Schläfe.

Es war die Mündung einer Waffe. Die Hand, die zu der

Pistole gehörte, hatte den Finger am Abzug. Hinter der Hand ein Mann. *Verdammt, wie hatte sich dieser Typ so leise angeschlichen?*

»Ich hab was gegen Einbrecher«, sagte der Mann, »egal, ob sie auf der falschen oder auf der richtigen Seite des Gesetzes stehen.«

Kapitel 20

Bad Saarow, Brandenburg, Juni 2019

Wenn ihr euch bewegt, stirbt sie«, sagte der Mann. Er hatte gleichzeitig Clara und Marc im Blick. Marc hatte seine Heckler&Koch erhoben und den Mann ins Visier genommen.

»Bist du dieser Blutgott?«, fragte Marc.

»Es tut nichts zur Sache, wer ich bin.«

Der Blutgott hatte die Waffe, es schien eine Glock zu sein, auf Clara gerichtet. Auf ihre Schläfe, *point-blank*, wie man so sagte, die Mündung auf der Haut aufgesetzt. Halb stand er noch in dem dunklen Nebenraum, den sie schlicht und einfach zu sichern vergessen hatten. Der typische Anfängerfehler, und ausgerechnet ihnen war er passiert. Denn der gehäutete Mann war eine perfekte Ablenkung gewesen. Eine Ablenkung, dachte Clara, die ihr den Tod bringen konnte.

Clara spürte die Waffe an ihrer Schläfe, aber sie sah den Blutgott nicht. Marc hingegen sah sie. Er stand in einem 45-Grad-Winkel zu ihr, aber direkt dem Blutgott gegenüber. Er sah Clara kurz in die Augen. Clara wusste, wie gut er schoss. Sie nickte mit den Augen. Marc wusste, dass er die Wahl hatte: Clara oder der Blutgott. Und es war klar, wie er sich entscheiden würde. Clara hingegen wusste, wie gut Marc schießen konnte, und zwar deutlich besser als sie.

Marc sagte nichts. Dabei wusste Clara, was er sagen könnte.

Die Frage ist doch, lieber Blutgott, wer hier stirbt? Denn ich bin sicher der bessere Schütze als du. Ich werde den Abzug betätigen, und ein Projektil wird mit siebenhundert Metern pro Sekunde deine Stirn durchschlagen und dein Nervensystem im Zentralhirn in eine blutig graue Masse verwandeln. Innerhalb von Mikrosekunden bist du vom Halswirbel abwärts tot, ohne dass du es auch nur weißt.

Ein gezielter Kopfschuss, direkt zwischen die Augen, war der einzige Schuss, der immer eine sogenannte *Mann stoppende Wirkung* hatte. Auch wenn manche Politiker wollten, dass man auf die Beine schoss, bekam man dadurch keinen Schützen, der den Finger am Abzug hatte, kaltgestellt. Auch bei einem Schuss ins Herz konnte der Täter noch einen Schuss abgeben, weil er noch einige Atemzüge reaktionsfähig blieb und in dieser Zeit noch handeln konnte. Diese Zeit würde ausreichen, Clara zu erschießen. Nur bei einem Schuss in den Kopf war die Reaktionsfähigkeit bei null.

Es war nicht leicht, direkt zwischen die Augen zu schießen. Aber die Distanz war kurz. Der Blutgott bewegte sich nicht. Ein Schuss ins Stammhirn beendete alles. Innerhalb von Millisekunden. Und ein Finger am Abzug war dann nur noch so nützlich wie ein Finger, der schon vor Jahren abgetrennt worden war.

Die Zeit schien stillzustehen. Alles bewegte sich wie in Zeitlupe, als wäre das Getriebe der Realität zwei Gänge heruntergeschaltet worden. Clara kam alles unwirklich vor, träge und langsam. Gleich würde sie ein Geräusch hören. Und entweder war dann der Blutgott tot. Oder sie würde das erleben, was einem die Nahtodpatienten immer erzählten. Das helle Licht, auf das man zuflog. Nur, dass es bei ihr kein Nahtod, sondern ein endgültiger Tod sein würde.

Marc schoss. Der Schalldämpfer machte den Lärm erträglich.

Etwas Metallisches jagte mit doppelter Schallgeschwindigkeit fauchend wie ein grauer Nebel durch den Raum, und dann war da, wo zuvor noch das rote Licht des Laserpointers wie ein Wundmal auf der Stirn des Blutgottes ruhte, plötzlich ein Loch. Seine Augen wurden zu einem Standbild, irgendwo zwischen Erstaunen und Leere, bevor das Leben in ihnen erlosch und im selben Moment sein Gehirn explodierte. Eine Sekunde lang stand er aufrecht da, in der rechten Hand noch immer die Glock, während Blut, Knochensplitter und Hirnpartikel an die modrige Kellerwand hinter ihm spritzten und sein Gesicht umrahmten wie ein dämonischer Heiligenschein. Dann brach sein Blick endgültig. Er kippte wie ein gefällter Baum nach hinten und fiel mit einem nassen, klatschenden Geräusch auf seinen aufgesprengten Hinterkopf.

Kapitel 21

Bad Saarow, Brandenburg, Juni 2019

Von draußen waren Sirenen zu hören. Die Notfallsanitäter des Rettungswagens hasteten in den Keller, direkt gefolgt vom Notarzt und dem zweiten Notfallsanitäter, der den Notarztwagen gefahren hatte. Sie sahen die Leiche des Blutgottes mit aufgeplatztem Kopf auf dem Boden liegen. Wie eine Melone, über die ein Lastwagen gefahren war.

»Meinen Sie den?«, fragte einer der Sanitäter. »Ich glaube, der hat es hinter sich. Das ist mal wirklich eine Verletzung, die nicht mit dem Leben vereinbar ist.«

»Nein«, sagte Clara. »Den hier!«

Der Notarzt kniete sich nieder und betrachtete den Mann mit der abgezogenen Haut. »Sofort das Gesicht abdecken mit einer Branddecke«, sagte er. »Und zwei Knochenkanülen legen, denn ich denke nicht, dass wir in den noch einen großlumigen Venenzugang reinbekommen. Dann tragen wir ihn die Treppe hoch. Geht ja nicht anders.« Der Kollege schaute auf den verwundeten Mann am Boden und gleichermaßen fasziniert und erschrocken auf den Toten.

»Haben Sie den erschossen?«, fragte er Marc.

Der zuckte die Schultern. »Na, wonach sieht's denn aus? Den Kopf getätschelt habe ich ihm nicht.«

Der Notarzt verzichtete auf die lokale Betäubung der Haut der Schienbeine und stach in jeden Schienbeinknochen eine Knochenkanüle. Nachdem er beidseits Knochenmark abgezogen hatte, hängte er Infusionen mit Plasmaexpandern an, in die er Morphium spritzte, während zwei Sanitäter das Gesicht des Mannes mit einer metallinen Branddecke bedeckten und EKG-Elektroden klebten. Der dritte Sanitäter befestigte einen rot leuchtenden Puls-Oxymeter am rechten Zeigefinger des Mannes und reichte dem Notarzt die Medikamente an.

»Also«, sagte der Notarzt, »hoch mit ihm. Wir bringen ihn sofort ins UKB.« Er drehte sich noch einmal um. »Den brauchen wir nicht mitzunehmen, nehme ich an?« Er zeigte mit dem Kinn auf den Toten.

»Nein, das macht der Leichenwagen«, sagte Clara. »Außerdem muss die Forensik den noch untersuchen.«

»Okay«, sagte der Arzt, »dann los!«

So schnell, wie sie gekommen waren, waren Notarzt und Sanitäter mit dem übel zugerichteten Mann verschwunden. Marc und Clara beugten sich über die Leiche des Blutgottes. »Manche Geschichten gehen schnell zu Ende«, sagte Marc.

MacDeath kam mit zwei Beamten des SEK durch die Tür.

»Das kann man so sagen.« Clara schaute auf die Waffe in den Händen des Blutgottes. »Auch eine Glock.«

»Oben ist nichts«, sagte MacDeath.

»Na ja, der Übeltäter ist ja auch hier.« Clara erklärte MacDeath und den Einsatzkräften in knappen Worten, was geschehen war. MacDeaths Stimme zitterte, als er antwortete. »Er wollte dich erschießen?«

Marc nickte. »Aber ich war ja in der Nähe. Dann passiert schon nichts.«

»Mit einer Glock«, sagte Clara, »meiner Lieblingswaffe.« Sie betrachtete den Toten, dessen starre Augen auf die Decke gerichtet waren, während eine Blutlache unter seinem Kopf immer größer wurde. Sie zog Gummihandschuhe an, zog die Glock aus der Hand des Blutgottes und ließ die Waffe in einem Asservatenbeutel verschwinden. In dem Moment fiel es ihr auf. »Das … nein! Das kann nicht wahr sein«, sagte sie.

»Was ist los?« MacDeath und Marc beugten sich nach vorne.

»Hier!« Clara drehte die Hände des Mannes um. Dann sahen alle an den Innenseiten der Finger die zwei Tätowierungen. HATE und KILL. Und sie sahen noch etwas: die Stümpfe der kleinen Finger, erst an der rechten und auch an der linken Hand.

»HATE und KILL?«, fragte MacDeath. »Der Blutgott hatte doch BLUT und GOTT?«

Clara nickte resigniert. »Darum heißt er auch Blutgott. HATE und KILL. Das war …«

»Slaughterman«, ergänzte MacDeath.

»Und da ist noch was.« Sie zeigte auf die vernarbten Wunden, dort, wo sich einmal an jeder Hand der kleine Finger von Slaughterman befunden hatte.

»Das Video«, sie schaute MacDeath an, »es gab ein Video, in dem er sich die kleinen Finger vor laufender Kamera abgeschnitten hat. Weißt du nicht? Bellmann hat uns doch davon erzählt, als wir zum Gespräch bei ihm im Büro waren.«

MacDeath nickte. Er war ein wenig blass um die Nase. »Dann kann es sich nur um diesen Slaughterman handeln. Wenn der Blutgott sich auch die Finger abgeschnitten hätte, hätte er das großartig gezeigt. Und diese Zahlenmystik mit der acht kam ganz klar von Slaughterman.« Er rieb sich über das Kinn. »Mike Fischer würde sagen, *seine persönliche Marke* oder *sein personal branding.*«

»Er hat sich doch auch die kleinen Zehen abgeschnitten?«, fragte Clara.

MacDeath nickte. »Schauen wir uns später an, beziehungsweise das können von Weinstein und seine Kollegen tun. Ich bin aber sicher, dass das Slaughterman ist.«

»Immerhin ist der tot«, sagte Marc. »Ist doch auch nicht schlecht.«

»Wenn er es ist.«

»Wer soll das sonst sein? Der Blutgott hat ihn vor's Loch geschoben.«

»Ja, der ist tot, und das ist gut«, sagte Clara. »Und da ist auch das Problem. Denn der Blutgott ist nicht hier. Und damit vielleicht auch nicht tot. Oder ist das ein und derselbe?«

»Der Blutgott hatte andere Tattoos als Slaughterman«, sagte MacDeath, »wobei das auch temporary tattoos sein können.«

»Es kann also sein, dass der Blutgott noch lebt«, sagte Clara. »Wo ist er?« Sie schaute Schuster vom SEK an. »Oben ist niemand?«

»Alles leer.« Schuster nickte zur Bestätigung. »Wir haben überall nachgeschaut, sogar in den Schränken und unterm Bett. Drei Kollegen sind gerade hinter dem Haus.«

Schusters Funkgerät knackte. Er fasste sich an den Ohrhörer. Seine Augen weiteten sich. Dann fixierte er Clara und MacDeath. »Es gibt noch eine Leiche«, sagte er. »Hinter dem Haus.«

Kapitel 22

Bad Saarow, Brandenburg, Juni 2019

Zwei der SEK-Männer standen im großen Garten des Hauses.

»Hier«, sagte einer, »den haben wir gerade aus dem Gebüsch gezogen, er lag unter einer Plane.«

Es war die Leiche eines Mannes.

»Klar«, sagte MacDeath, »die Plane, damit man den Geruch nicht so wahrnimmt und den möglichst lange keiner entdeckt.« Der Verwesungsgeruch war übermächtig. Der Mann trug eine Stoffmaske und Handschuhe. »Was soll diese Maske?«, fragte Clara. »Können wir sie ihm abziehen, oder geht dann irgendein Sprengsatz los?«

Schuster schüttelte den Kopf. »So lange, wie der schon hier liegt, glaube ich nicht, dass da noch irgendein Sprengsatz funktionieren würde.«

Clara trug noch immer die Gummihandschuhe. Sie nahm die Maske und zog sie der Leiche vom Kopf.

Den kurzen Schrei konnte sie nicht unterdrücken. Auch das Gesicht dieses Mannes war ohne Haut. Eine grauenvolle, graurote Masse aus getrocknetem Blut, verwesten Muskeln und weißen Knochen. Doch das war nicht alles. Jemand hatte dem Mann den Unterkiefer abgetrennt und im Oberkiefer alle Zähne gezogen. Das riesige Loch, das sich dadurch im unteren Teil des Gesichts auftat, wirkte, zusammen mit den blinden, zu Eiweißkrümeln vertrockneten Augen wie ein immerwährender Schrei. An den Fingern der Leiche alte Lederhandschuhe.

»Da wollte aber jemand die Identifizierung des Opfers schwierig gestalten«, stellte MacDeath fest. »Die Handschuhe. Schau mal nach, ob …«

»Das habe ich auch gerade gedacht«, unterbrach ihn Clara. Sie zog der Leiche die Handschuhe aus. An allen Fingern waren die Fingerkuppen abgeschnitten. Clara schüttelte den Kopf. »Okay«, sagte sie, »das war es dann wohl mit der schnellen Identifizierung.« Ihr Blick huschte wieder auf das Gesicht des Mannes. Oder das, was von ihm übrig war. Dann fiel ihr der Mann im Keller ein, den der RTW gerade mitgenommen hatte.

»Jedenfalls wurde auch ihm die Haut abgezogen.«

»So wie dem Typen im Keller«, sagte MacDeath.

Clara kniff angestrengt die Augen zusammen. »Hört mal«, sagte sie, »es war doch nur ein Opfer, dem die Gesichtshaut abgezogen wurde in dem Snuff-Movie, richtig?«

MacDeath nickte.

»Aber hier sind zwei Opfer, zwei Männer ohne Haut. Einen haben wir gerade abtransportiert, der andere liegt hier. In dem Film war aber nur einer.«

»Du hast doch ein Foto von dem anderen gemacht«, sagte MacDeath.

»Habe ich.« Clara zog ihr Smartphone hervor und öffnete das Foto.

»Dem hier«, sagte MacDeath, »wurde die Haut komplett abgezogen. Während dieser hier auf dem Foto …«

Clara traf die Erkenntnis wie ein Vorschlaghammer. »… während der auf dem Foto noch Hautfetzen auf dem Gesicht hat. Das könnte bedeuten …« Sie beendete den Satz nicht und blickte Schuster an. »Ich brauche sofort Ihr Funkgerät.«

Kapitel 23

Lebbiner Straße auf dem Weg zur A12 bei Bad Saarow, Brandenburg, Juni 2019

Der RTW raste die Lebbinerstraße Richtung A12 entlang. Der Fahrer, ein Sanitäter, konnte nicht bestreiten, dass ihm das schnelle Fahren mit sogenannten »Sonderrechten« Spaß machte. Keine roten Ampeln, keine Verkehrsregeln, es war nur die Geschwindigkeit, die zählte. Das allerdings war auch das Einzige, was als Rettungssanitäter in Deutschland und gerade im Berliner Raum Spaß machte. Wenn man einmal von der Befriedigung absah, anderen Menschen das Leben gerettet zu haben. Es war kein Vergnügen, in Berlin oder überhaupt in Deutschland zu den Rettungskräften zu gehören, aber in Berlin war es, wie so ziemlich alles andere auch, besonders schlimm und meistens schlimmer. Dass Unfallopfer angeglotzt und gefilmt wurden und Gaffer im Weg standen, war nicht neu. Neu, und der Politik vollkommen egal, war, dass Einsatzkräfte, Feuerwehrleute, Sanitäter und Polizisten bespuckt, geschlagen und mit Böllern beworfen wurden, während man ihnen an den Rettungsfahrzeugen gleichzeitig die Reifen zerstach. In den USA wurden die Feuerwehrleute, gerade nach dem elften September und auch sonst wie Helden gefeiert, in Deutschland wurden sie wie Aussätzige behandelt. Die Deutschen brachten einfach so gut wie allem Unmut, Ablehnung, wenn nicht gar Hass entgegen: den anderen, den Rettungskräften und ganz besonders sich selbst. Der Vorteil von kleineren Orten wie Bad Saarow, dachte der Sanitäter, war, dass es da noch so etwas wie Anstand gab.

Wie immer fuhren im Rettungswagen neben dem Patienten ein Notarzt und zwei Sanitäter mit. Einer der Sanitäter saß am Steuer, während der zweite dem Notarzt, Dr. Berling, hinten im Wagen bei der Patientenversorgung half. Der übel zugerichtete Mann lag auf der Trage, während Dr. Berling über Funk mit dem UKB in Marzahn sprach. »Ja«, sagte Berling, »großflächige Hautverletzungen, nein, keine Brandverletzungen. Er wurde ... gehäutet. Wie bitte? Gute Frage ...«

Berling schaute sich das Gesicht des Mannes an. Er wandte sich an den Sanitäter. »Hier sieht das teilweise so aus«, sagte er, »als hätte man ihm nicht nur die Haut abgeschnitten, sondern ihm auch noch irgendwelche Hautlappen auf das Gesicht gelegt.«

Der Sani nickte. »Vielleicht abgeschnitten und draufgelegt. Würde ich jetzt aber unterwegs nicht ausprobieren, ob die Lappen wirklich nur drauf liegen.«

Berling schüttelte den Kopf. »Auf keinen Fall. Das kann ohnehin schon infiziert sein, das sollen sich die Kollegen im OP anschauen.«

»Wie geht es ihm?«, fragte der Fahrer, der die Landstraße entlangjagte. Vor ihm eine Kreuzung. Er schaltete das Martinshorn an. Waren mal wieder alle zu blöd, um eine Rettungsgasse zu bilden ...

»Nicht gut«, hörte er Berlings Stimme von hinten. »Er ...«

In dem Moment sah er den Lastwagen aus den Augenwinkeln.

Ihr sorgt für die Bilder. Ich sorge für den Krieg.

William Randolph Hearst

Epilog

Lebbiner Straße bei Bad Saarow auf dem Weg zur A12, Brandenburg, Juni 2019

Der Lastwagen krachte seitlich in den Rettungswagen, schob ihn meterweit über die Straße, Metall knirschte, Reifen quietschten. Beinahe wäre der Rettungswagen umgekippt, fing sich dann jedoch schwankend und blieb schließlich rauchend stehen.

Der Lastwagenfahrer schaute mit aufgerissenen Augen auf die Szene. Neben ihm saß eine junge Frau. Sie hatte ihm ein Messer in den Oberschenkel gebohrt. *Sobald ich es dort rausziehe,* hatte sie gesagt, *ramme ich es dir in den Hals, und dann bist du tot. Also hoffe lieber, dass es in deinem Bein bleibt!*

Sie hatte ihn am frühen Morgen an einer Autobahnraststätte nahe Teltow angebaggert. Der Typ hatte doch tatsächlich geglaubt, was sie ihm erzählt hatte. Dass sie zusammen durchbrennen und gemeinsam viel Spaß haben würden. Offenbar stand er auf junge Mädchen. Auf sehr junge Mädchen. Er war auf die Autobahn-Toilette gegangen und hatte dort auf sie gewartet. Sie hatte ihm versprochen, gleich nachzukommen. Sie war jedoch nicht nachgekommen. Das wäre ja auch zu schön gewesen, wenn eine junge Frau mit ihm Sex hätte haben wollen, ohne dass er dafür bezahlen musste.

Er hatte den Schlüssel seines Lastwagens stecken lassen. Als er zurückkam, hatte er das Mädchen gesehen. Er hatte sich gefreut, vielleicht hatte er den Treffpunkt falsch verstanden? In dem Moment nahm er aus den Augenwinkeln einen jungen Mann wahr. Jeder von beiden, das Mädchen und der Junge, hatte ein Messer in der Hand und beide hatten es ihm in den Oberschenkel gerammt. Nur der Junge hatte seins wieder herausgezogen. Er hatte keinen Schmerz gespürt, es hatte sich eher wie Faustschläge angefühlt. Dann hatte er das warme Blut gespürt, das ihm die Oberschenkel herunterlief. »Wenn du schreist, bist du tot«, hatte ihm das Mädchen ins Ohr gehaucht. »Wenn du mitmachst, lassen wir dich vielleicht am Leben.« Er hatte den jungen Mann angesehen und sofort das wahnsinnige Glitzern in seinen Augen wahrgenommen.

Dann waren sie losgefahren. Den Sattelanhänger hatten sie auf der Raststätte stehen gelassen. Die Führerkabine reichte. Die hatte genug Rums, um andere Fahrzeuge aus dem Weg zu rammen.

»Pass auf ihn auf«, sagte Marie, als sie aus dem Lastwagen stieg.

»Mache ich«, antwortete ihr Bruder Noah, das blutige Messer in der Hand, während er aus dem Lastwagen sprang und die Tür offen ließ, um den Mann besser im Auge behalten zu können. Auf der Stirn des Fahrers standen unzählige Schweißperlen.

Aus dem Krankenwagen schälten sich der Sanitäter und der Notarzt. Der Fahrer hing bewusstlos über dem Lenkrad. Plötzlich fauchten zwei Schüsse mit Schalldämpfer, die den Arzt und den Sanitäter in den Rücken trafen. Beide sanken zu Boden und waren tot, bevor sie auf dem Asphalt aufschlugen.

Der Mann auf der Bahre hatte sich aufgesetzt und hielt eine rauchende Pistole in der Hand. Ebenfalls eine Glock.

Dann zog er sich den blutigen Hautlappen herunter. Darunter kam sein Gesicht zum Vorschein. Blutbeschmiert, aber intakt.

»Dummköpfe«, dröhnte der Mann, »ahnungslos, naiv, ohne echte Vorstellungskraft, vom Leben überfordert, völlig überfordert.« Und wie zu sich selbst murmelte er: »Auch Hannibal Lecter war niemand gewachsen. Niemand …«

Er nickte Marie zu.

Sie begegnete seinem Blick mit blitzenden Augen.

Als wüsste sie, was jetzt kam. Als wartete sie mit dunkler Vorfreude darauf.

Er sagte mit beinahe feierlicher Stimme: »Du brauchst keinen Bruder, wenn du mich hast, Báthory. Von mir kannst du noch unendlich viel lernen.«

»Nein, mein BLUTGOTT, ich brauche ihn nicht.«

»Soll ich das für dich erledigen?«

»Ja, mein Blutgott«, sagte sie.

Der Blutgott hob die Waffe, kniff ein Auge in seinem blutverschmierten Gesicht zu und schoss. Wieder das Fauchen des Schalldämpfers. Das Projektil sauste durch die Morgenluft und traf Noah in der Schläfe. Er wurde zur Seite geworfen und fiel, sich mehrfach um die eigene Achse drehend, in den Straßengraben.

Ein zweiter Schuss durch die offene Tür des Lastwagens tötete den Fahrer. Er sackte in seinem Sitz zusammen, ein Kranz aus Blut und Hirnspritzern hinter sich.

»Auf zu blutigen Abenteuern«, sagte der Blutgott. Er ging zu dem Führerhaus und zerrte den toten Fahrer nach draußen, ließ ihn auf die Straße fallen wie einen blutigen Sack.

»Lass uns verschwinden«, sagte er.

»Kannst du so ein Ding fahren?«, fragte Marie, als sie im Lastwagen saßen.

»Selbstverständlich. Der Rettungswagen mit seinen Sonderrechten wäre zwar noch besser, aber damit erregen wir zu viel Verdacht, so wie der jetzt aussieht.« Er startete den Motor, und der Diesel setzte sich rumpelnd und zischend in Bewegung.

Marie war sich lange nicht sicher gewesen, ob das, was sie tat, richtig war. Jetzt wusste sie, dass sie die richtige Entscheidung getroffen hatte. Eigentlich hatte sie Rechtsmedizinerin werden und das LKA bei der Jagd nach Monstern unterstützen wollen, doch als das LKA mit den Filmen begonnen hatte, war Marie klar geworden, dass da etwas ganz anderes in ihr schlummerte, etwas ganz anderes, das durch diese wunderbaren Filme in ihr geweckt worden war, etwas Dunkles, Blutiges, Brutales. Etwas erhebend Böses. Sie hatte Gefallen an der schwarzen Gegenseite gefunden, falsch, sie war geradezu entflammt, beseelt, wie besessen. Und wild entschlossen. Vielleicht sollte sie dem LKA 113 und dieser Clara Vidalis sogar dankbar sein, weil sie es gewesen waren, dachte Marie, durch die sie zur Killerin, zu einer viel besseren Báthory, zu einer blutbegeisterten Gespielin des Abgründigen hatte werden können.

Gemeinsam mit ihrem Mentor würde sie in eine blutige und grauenvolle Zukunft fahren. Sie betrachtete den Blutgott von der Seite und fühlte sich auf eine merkwürdige Weise zu seinem blutverschmierten Gesicht hingezogen. Vielleicht, dachte sie, würde irgendwann aus der Schülerin eine Geliebte werden. Vielleicht schon bald.

Im Funkgerät des Rettungswagens knackte ein Funkruf von Clara Vidalis.

»Bitte den Patienten kontrollieren«, wiederholte Clara immer wieder. »Irgendetwas stimmt nicht. Bitte unbedingt prüfen, ob er bewaffnet ist. Es kann sein, dass wir getäuscht worden sind. Hören Sie mich? Hören Sie mich?«

Aber niemand antwortete.

Dankwort

Der erste Dank geht an meine Frau Saskia. Ich hatte die Ideen zu »Blutgott« mit ihr zusammen im Juli 2018, über meinen Geburtstag, in einem Wellness-Hotel in Bad Saarow diskutiert. Darum spielt auch Bad Saarow eine Rolle im Buch, aber mehr will ich nicht verraten.

Der nächste Dank geht auch diesmal wieder an Roman Hocke und Markus Michalek von der AVA Autoren- und Verlagsagentur und seinem Team, Claudia von Hornstein, Cornelia Petersen-Laux und Lisa Blenninger, für die super Zusammenarbeit und die tolle Vorbereitung von »Blutgott«.

Nach den Agenten kommen die Verlage: Ein großer Dank geht daher an Steffen Haselbach, Verlagsleiter Belletristik bei Droemer Knaur, an meine Lektorin und Programmleiterin Paperback bei Droemer Knaur, Michaela Kenklies, für ihren unglaublichen Einsatz, tolle Ideen, spannende Stunden und unterhaltsame Diskussionen über das Manuskript, sowie an Antje Steinhäuser für das grandiose finale Lektorat. Und natürlich an die Geschäftsleitung von Droemer Knaur, Doris Janhsen und Josef Röckl sowie Antje Buhl für das tolle Marketing und den Kontakt zu den Buchhandlungen, ebenso Kristina Brand sowie Katharina Ilgen und Monika Neudeck und Hanna Pfaffenwimmer. Ebenso an meine Managerin Brigitte Siegert, die immer dafür sorgt, dass die richtigen Sachen richtig laufen!

Und natürlich ein sehr großer Dank(!) an das ganze Vertriebsteam von Droemer Knaur, die für die Buchhandlungen und für die Nebenmärkte, wo meine Bücher offenbar auch gern gesehen sind, alles geben.

Bei einigen technischen und ermittlungstechnischen Details haben mir ein paar sehr kompetente und liebe Menschen geholfen, die es aber vorziehen, gar nicht erwähnt zu werden. Erwähnen kann ich aber Peter Thannisch für spannende Diskussionen zum Plot. Und vielen Dank an alle anderen! Ihr wisst, wer gemeint ist!

Ein letzter Dank geht wieder an meine Schwiegereltern Renate und Thomas Guddat für die tolle Wohnung in Grömitz an der Ostsee, wo wieder einige Teile des Buches fertig geworden sind.

Ihnen allen wünsche ich spannende Unterhaltung und freue mich auf ein Wiedersehen!

Besuchen Sie mich auf www.veit-etzold.de und auf www.veit-etzold-autor.de oder auf facebook.de/veit.etzold, auf Instagram unter etzoldveit. Oder Sie schreiben mir an info@veit-etzold.de.

Herzlich,

Ihr Veit Etzold

An einem sehr heißen Tag im Juli in Berlin 2019, statt »Winter is coming« bei Game of Thrones heißt es jetzt wirklich »Summer is coming«.

VEIT
ETZOLD

FINAL CONTROL

➢ LESEPROBE ⮘

KNAUR

Es ist besser, zu weit zu gehen,
als nicht weit genug.

Josef Stalin

Prolog

Der Mann betrat den langen Korridor, von dem die einzelnen Zimmer abgingen und der, wie alle Krankenhausflure, nach einer Mischung aus Desinfektionsmittel und Kernseife roch. Er ging vorbei an den beiden gegenüberliegenden Intensivkrankenzimmern, die beide, nach dem neuesten Stand der Medizintechnik, auf ihre Patienten warteten. Die zwei Zimmer waren identisch, nur der Ausblick war unterschiedlich. Auf der einen Seite hatte man einen Blick auf die Berge, auf der anderen Seite einen Blick auf das Meer. Der Mann hatte beide Zimmer einrichten lassen, weil er nicht wusste, welchen Anblick er später, wenn er diese Zimmer bewohnen musste, bevorzugen würde. Außerdem würde der Patient etwas Abwechslung gebrauchen können, wenn irgendwann der Ausblick auf die Berge oder die See das Einzige sein würde, was seinem Körper noch Abwechslung bieten würde. Irgendwann dann, in der Endphase seiner Krankheit, wenn sein Körper das Grab seines Verstandes sein würde. Irgendwann in der Zukunft würde das sein, das wusste der Mann. Hoffentlich in der fernen Zukunft.

Doch irgendwann, dachte der Mann, wird die Zeit wieder rückwärtslaufen. Dann würde er nach und nach gesund werden. Lange nach seinem Tod würde die Zeit sich irgendwann in die entgegengesetzte Richtung bewegen, und er würde wieder hier stehen. Seit Jahrmillionen oder gar -milliarden tot, aber dann wieder lebendig.

Er betrat den Aufenthaltsraum. Die Ärzte saßen bei einem exquisiten Essen zusammen, das sein Koch extra für sie vorbereitet hatte. Sie schraken auf, als er den Raum betrat. Er nickte nur in die Runde, so, als wollte er alle beruhigen. Dabei war er es, der beruhigt werden musste. Die Männer und Frauen waren die Besten ihres Fachs, Top-Mediziner, die er mitHilfe einer speziellen Agentur zusammengesucht hatte für den Tag, an dem er dafür nicht mehr die Kraft haben würde. *Der Wandel begünstigt den vorbereiteten Geist,* hatte mal jemand gesagt.

»Bleiben Sie sitzen«, sagte er. Was er nicht sagte, dachte er nur. *Der Tag, an dem ich euch dringender brauche als alles andere, wird früh genug kommen.*

Die Astrophysiker hatten von dem Pfeil der Zeit gesprochen. Wir Menschen sahen den Pfeil der Zeit in drei Dimensionen.

Dadurch, dass das Chaos im Universum zunahm. Der zweite Hauptsatz der Thermodynamik erklärte, dass die Unordnung im Universum mit jedem Tag größer wurde.

Dadurch, dass die Menschen fühlten, dass die Zeit verging, und zwar nur in eine Richtung. In die Zukunft.

Und dann war da der kosmische Pfeil der Zeit. Der Pfeil, der dafür sorgte, dass das Universum expandierte, sich immer mehr ausbreitete.

Er schaute auf das Team von Ärzten, das er sich ausgesucht hatte. Auf die Geräte, die Maschinen, die Schläuche und die Computer.

Kosmologen hatten das Universum, das sich ausdehnte, mit der Erdkugel verglichen, es breitete sich über die Polkappen aus und wurde immer größer, bis zum Äquator. Und irgendwann schrumpfte es wieder, bis am Südpol das Universum vor dem Ende stand. Vielleicht wäre es bei ihm ähnlich? Vielleicht würde er irgendwann, in der fernen Zukunft, wieder da sein, wo er jetzt war, genau hier an diesem Ort, würde wieder lebendig sein und gesund.

In Milliarden von Jahren würde es wieder genau so wie früher sein.

Buch 1:

Wir haben schon von übereilter Hast im Kriege gehört, aber noch niemals ist große Weisheit mit großer Verzögerung in Verbindung gebracht worden.

Sun Tzu, Die Kunst des Krieges

Kapitel 1

Shanghai/Pudong, China

Wie lange muss ich Karate üben, bis ich es kann?, hatte Si seinen Lehrer gefragt.

Bis zu deinem Tode, hatte sein Lehrer, Otake Sensei, geantwortet. Der Buddha, hatte Otake gesagt, hatte neun Jahre in einer Höhle vor einer Wand meditiert, um den Insekten zuzuhören. *Du musst dich selbst besiegen, Si, bevor du andere besiegen kannst,* hatte Otake gesagt. *Du musst dich selbst töten, bevor du andere töten kannst.*

Si hieß der massige Chinese, der mit ausgestreckten Fingern in das Fass schlug. »Si« wurde »Se« gesprochen, mit kurzem »e«. Die meisten wussten nicht, was »Si« auf Chinesisch bedeutete, und das war gut so. Die meisten wussten nur, dass sie vor Si Angst hatten, sobald sie ihn sahen. Ihn oder den riesigen Schatten, den er warf. Er war riesig groß. Und er war schnell. Und das war für die meisten eine ungewöhnliche, und in vielen Fällen auch tödliche Mischung. Manche sagten, Si sei eine Mischung aus Oddjob in James Bonds *Goldfinger* und Gregor Clegane in *Game of Thrones*. Si aber wusste, dass er noch viel mehr war.

Er holte aus und schlug mit den ausgestreckten Fingern mit der Nukite-Technik in das Fass. Bei Nukite schlug man mit den ausgestreckten, aneinandergelegten Fingern einer Hand zu. Wer diese Technik richtig beherrschte, konnte mit seinen Fingern wie mit einem Messer zustechen. Die riesige Skyline von Shanghai hinter dem Fenster in 300 Metern Höhe bemerkte er nicht. Er merkte nur die Konzentration, den kristallklaren Fokus auf den einen Schlag. Die Sonne hinter den getönten Scheiben bemerkte er nicht. Die Millionen von Menschen unten auf der Straße bemerkte er nicht.

Er hatte nur Augen für den Schlag. Seine Finger schlugen auf den Boden des Fasses. Dies war der dritte Schlag. Der wichtigste.

Er hatte das Fass für den ersten Schlag mit Erbsen gefüllt und dann bis zum Boden des Fasses geschlagen. Dann hatte er das Fass für den zweiten Schlag gefüllt, diesmal mit Sand. Und wieder hatte er bis zum Boden geschlagen. Und jetzt, beim dritten Mal und beim dritten Schlag, hatte er das Fass mit Bleikugeln gefüllt. Und seine Hand schlug wieder bis zum Boden des Fasses.

Im Ernstfall aber schlug man mit Nukite nicht in ein Fass mit Bleikugeln, sondern in den Körper des Gegners. Nicht in den Bauch, nicht in die Rippen, sondern hindurch. Das Ziel war immer dasselbe. Das Ziel war nicht, den Gegner zu besiegen. Das Ziel war, ihn zu töten. Doch es gab noch ein größeres Ziel. Das große Ziel war, sich selbst zu töten. Wie der Buddha, der neun Jahre auf die Höhlenwand geblickt hatte. Den Gegner töten und sich selbst.

Von den Ninja wusste Si, dass sie sich eher selbst töteten, bevor ihnen unter der Folter Geheimnisse entlockt werden konnten. Manche renkten sich den Unterkiefer aus, um nicht reden zu können.

Si zog die Hand aus dem Fass mit Bleikugeln heraus. Seine Finger und Zehennägel waren wie Klauen. Er konnte damit die Rinde von einem Baum ziehen, oder einem Menschen die Haut in Streifen abschneiden.

Unser Körper ist eine Waffe, die uns niemand wegnehmen kann, hatte sein Lehrer Otake Sensei gesagt, *denn Leben heißt Kämpfen, und Leben heißt Sterben*. Abhärtung war das Wichtigste. Si schlug jeden Morgen eine Stunde mit den Handflächen auf einen Stein, dann noch einmal eine Stunde auf das Makiwara, einen mit Reisstroh umwickelten Holzpfahl. Das Üben am Makiwara ist die Seele des Karate, hatte sein Lehrer gesagt.

Dann kamen Kämpfe und Kata. Die Kata war am schwierigsten. Da war niemand. Nur Si und der Raum. Si war schon immer groß gewesen, aber früher war er schwach. Er hatte mit Karate begonnen, eben weil er schwach war. Karate war in Okinawa erfunden worden, doch die Ursprünge des Karate waren jahrtausendealt. Die Bewohner von Okinawa durften während der japanischen Besatzung der Insel keine Waffen tragen. Also erfanden sie Karate. Den Kampf ohne Waffen, denn Karate hieß *die leere Hand.* Die Bewohner hatten ihre Kriegskunst als Tänze getarnt, sodass niemand von den japanischen Besatzern wusste, dass die Bewohner von Okinawa ihre tödlichen Waffen, ihre Hände und Füße, immer dabeihatten. *Alle Kriegsführung basiert auf Täuschung,* hatte Sun Tzu gesagt. Si war durch das jahrelange Training groß, stark und gefährlich geworden. Genauso wie China. Genauso wie die Skyline von Shanghai. Er kannte die Geschichte. Und er kannte den Mann, der das alles bewirkt hatte. Er war stolz auf das alles. Auf die Kriegskunst, auf sich und auf sein Land.

Si bewegte seine Finger. *Du musst üben bis zu deinem Tod.* Der Weg war das Ziel. *So muss im Krieg gemieden werden, was stark ist, und geschlagen werden, was schwach ist,* hatte Sun Tzu schon 500 Jahre vor Christi geschrieben. Wenn man nur stark genug war, dachte Si, war alles andere automatisch schwach. Selbst die Bleikugeln in dem Fass. Selbst ein Eichenbrett, selbst eine Steinplatte, selbst ein Gegner, der einem als unbesiegbar erschien.

Der Boss von Si betrat den Raum. Si sah seine Silhouette vor der Skyline von Shanghai, dem Pearl Oriental Tower, dem Shanghai Tower, der mit 600 Metern das höchste Gebäude Chinas war. Pudong war das neue Shanghai. *Pu* hieß Fluss, *dong* hieß Osten. Das neue Shanghai war Pudong, das Shanghai des Ostens. Und es war nahe am Meer. Denn das hieß Shanghai: *Aufs Meer hinaus,* von *Shang, sich erheben* und *Hai, Meer.*

»Hast du es geschafft?«, fragte sein Boss. Si nickte nur. »Wenn man durch alle Bleikugeln schlägt«, sagte Si und zog seine verhornte Hand endgültig aus dem Fass, »kann man anderen Menschen die Rippen durchschlagen und das Herz herausreißen.«

Er hatte es schon einmal getan, mit Nukite in den Brustkorb eines Mannes geschlagen, die Rippen umfasst und sie herausgerissen. Die Rippen und das Herz. Bei einem Mann, der seinen Boss töten wollte. Er hatte noch seine blutigen Rippen in Sis Hand gesehen und war dann zu Boden gefallen, als hätte man einen Stecker aus ihm herausgezogen.

»Das Herz herausreißen«, sagte Arakis und nickte. »Genau das wird mit allen passieren, die unserer Idee im Weg stehen.«

Kapitel 2

World Economic Forum, Davos, Schweiz

Es war Januar. Tiefster Schnee lag in den Schweizer Bergen. Es war die Zeit, in der das World Economic Forum in Davos stattfand und die gesamte Wirtschaftselite nach Davos flog, um dort den Gurus zu lauschen und den neuen Themen, *Blockchain*, *VUCA*, *Purpose*, *Diversity*, die richtigen Menschen kennenzulernen, Geschäfte zu machen und die Welt zu beherrschen. In Thomas Manns »Zauberberg« blieben die Patienten jahrelang in dem Sanatorium in Davos, doch hier war die Veranstaltung nicht einmal eine Woche lang, und die Tage waren vollgestopft. Viele der Teilnehmer hatten ihren ersten Termin um sechs Uhr morgens und den letzten um Mitternacht oder noch später. Wer nicht mindestens 10 Termine pro Tag hatte, war unwichtig. Die Einzigen, die weniger als 10 Termine pro Tag hatten und trotzdem wichtig waren, waren die, die jenseits von allem waren. Die es geschafft hatten und die niemandem mehr hinterherlaufen mussten. Nein, die anderen liefen *ihnen* hinterher. Sie waren die, die immer auf den Podien saßen und niemals davor. Die Menschen, die in diesem Raum saßen, gehörten dazu. Der Mensch, der vor ihnen stand, ebenso. Es waren die Menschen in dem Raum mit der großen Fensterfront und dem Blick auf die im Mondschein blau schimmernden Berge, die Dairon Arakis misstrauisch musterten. Sie suchten nach neuen Investmentmöglichkeiten für ihr Geld. Das nächste große Ding, das nächste Facebook, das nächste Google, die nächsten Wetten auf Erfolg oder auf Katastrophen. Auf Möglichkeiten, die nicht im Wirtschaftsteil der Zeitungen standen. Start-ups waren ein Thema, Technologie und künstliche Intelligenz ein anderes, doch der Grund, warum sie hierhergekommen waren, war Geopolitik. *Dinge werden sich ändern,* hatte Arakis ihnen vorher gesagt, *und nicht nur zum Guten. Die Rothschilds haben gekauft, wenn die Kanonen donnerten. Wann immer etwas schiefgeht, geht es Millionen von Leuten schlecht, aber einige wenige profitieren, profitieren auch von der Not der anderen. Zu welcher Seite wollen Sie gehören?* Die Menschen, die hier saßen, waren fast ausschließlich Männer, und ganz bestimmt wollten sie profitieren. Sie gehörten zum Bilderberger-Investment-Club, der sich nicht nur zu den alljährlichen Bilderberg-Konferenzen, sondern auch im Rahmen des World Economic Forums im schweizerischen Davos traf, allesamt, wie für die Jahreszeit üblich, in Maßanzügen und Winterstiefeln. Drinnen tiefe Ledersessel, Cognacs, Zigarren, draußen Schnee und auf dem Dach Scharfschützen. Alles sogenannte »UHNWIS«, Ultra High Net Worth Individuals, was so viel wie »Ultrareiche Individuen« hieß, Menschen, nach denen sich die Private-Banking- und Wealth-Management-Abteilungen der Banken wie Credit Suisse und UBS die Finger leckten, aber auch Hedge-Fonds und Private-Equity-Investoren. Jeder von ihnen war fast mehrere Hundert Millionen bis mehrere Milliarden schwer. Um in den Club zu kommen, brauchte man eine Menge von Empfehlungen. Solange man aber nicht mindestens einen zweistelligen Millionenbetrag an liquiden Mitteln und Wertpapieren hatte, brauchte man gar nicht erst zu fragen. Und *zweistellig* hieß eher 80 Millionen als 10 Millionen. Sie saßen vor Arakis in den Ledersesseln mit dem gleichen Gesichtsausdruck wie die Patrizier im Kolosseum oder im Circus Maximus. Im Sommer waren sie im Bellagio, im Winter in Davos. Die ersten Bilderberger Konferenzen, das wusste Arakis, hatten in Holland stattgefunden, im sogenannten »Hotel Bilderberg«, doch jetzt war die Konferenz genauso global wie ihre Mitglieder. Und genauso reich.

Der Codename, um dieser kleinen Konferenz beizuwohnen, lautete *Caracalla* – der Spitzname eines römischen Kaisers, der seinen Bruder und all seine Gegner umbringen ließ und gemeinsam mit Nero und Caligula zu den schlimmsten römischen Imperatoren zählte. Immerhin hatte er die großen Thermen von Caracalla in Rom gebaut. *Caracalla* hieß auf Lateinisch *Kapuzenmann,* und genauso unsichtbar waren diese reichen Mitglieder des Bilderberger Investmentclubs, die sich fragten, ob die halbe Stunde im Konferenzraum gut investiert war und sie mehr bekamen als Kaminfeuer, teure Cognacs und Zigarren und einen grandiosen Blick auf die Schweizer Berge.

Arakis musterte die Zuschauer. *Waren es die Richtigen?,* fragte er sich. *Oder waren sie zu satt, zu zufrieden, hatten schon alles gesehen oder glaubten das jedenfalls und wollten nichts Neues mehr erleben?* Der Westen war satt und dekadent, ähnlich dem Schicksal von Rom, weshalb Arakis den Namen Caracalla als Codewort ausgewählt hatte. Die Chinesen aber waren hungrig. Sie steuerten mit der Kommunistischen Partei das komplexeste Gebilde der Menschheit, aber trotzdem waren sie schnell und wendig. Sie waren wie die Germanen, die das Römische Reich in die Knie gezwungen hatten. Genauso willensstark, aber sehr viel besser organisiert. Waren die Bilderberger Konferenz und ihr Investmentclub die Spitze westlicher Dominanz oder das erste Anzeichen seines Niedergangs, so wie die riesigen Caracalla-Thermen in Rom, die von den Ostgoten zerstört worden waren? Er wusste es nicht, aber er würde es noch heute Abend erfahren.

Kapitel 3

Kochstraße, Berlin, Deutschland

Tom Bayne ging mit eiligen Schritten die Kochstraße entlang und sah das für Berliner Verhältnisse recht große Hochhaus vor sich in den Himmel ragen. Das Hochhaus an der Ecke Kochstraße und Charlottenstraße erhob sich dort, wo die Kochstraße zur Rudi-Dutschke-Straße wurde. Dahinter kam das Axel-Springer-Gebäude. Der Springer-Konzern hatte sich extrem geärgert, dass die Straße ausgerechnet nach dem Mann umbenannt wurde, der bei den 68er-Demonstrationen einer der größten Feinde der verhassten und angeblich systemtreuen »Springer Presse« war. Immerhin hieß die Querstraße dahinter »Axel-Springer-Straße«. Tom kannte London, Hamburg und viele andere Großstädte, aber Berlin kam ihm nach wie vor komisch vor. Es war zwar eine Stadt voller Geschichte, aber komplett ohne Tradition, eine Stadt, wo fast alle viel zu viel Zeit hatten und damit überhaupt nichts anzufangen wussten. In den 20er-Jahren war Berlin eine Trendstadt der Welt gewesen. Jetzt, sagte man, ging die Stadt vom *anything goes* dieser Zeit zum *nichts geht mehr.* Viele sagten, Berlin sei pulsierend, aber der eigentliche Puls war der zwischen Berauschung und Ausnüchterung. Es wurde ständig gefeiert, obwohl es dazu eigentlich gar keinen Grund gab. Berlin-Schönefeld galt als schlechtester Flughafen der Welt, und Berlin war mehr als jede Stadt Abbild eines Deutschlands, das immer sprunghafter und moralisierender wurde, aber eigentlich nichts mehr zustande brachte. Manche Städte assoziierte man sofort mit einem bestimmten Beruf. Bei Hamburg war es der Kaufmann, bei Stuttgart der Ingenieur, bei San Francisco der Programmierer und bei New York der Banker oder Werber. In Berlin war es der Flaschensammler.

Gegenüber dem Gebäude befand sich das Arbeitsamt, der Ort, bei dem die meisten Berliner in ihrem Leben am meisten Zeit verbrachten, doch für die Mitarbeiter der Firma in dem Hochhaus galt das nicht. Zum Arbeitsamt musste niemand, der für das Unternehmen in diesem Hochhaus arbeitete.

Am Ohr hatte Tom sein Smartphone und telefonierte mit seinem Vater in Hamburg, während er ständig Horden von Touristen auswich, die alle auf dem Weg zum legendären Checkpoint Charlie waren, wo es außer einem Wachhäuschen und ein paar verkleideten Wachposten gar nichts zu sehen gab. Aber für die Millionen von Touristen, die jährlich nach Berlin strömten, schien das genug zu sein, solange es genug Alkohol und keine Regeln gab. Und beides gab es in Berlin reichlich: keine Regeln und Alkohol und Drogen im Überfluss.

Tom war halb Deutscher und halb Engländer. Seine Mutter war Krankenschwester in England gewesen und hatte seinen Vater in Hamburg kennengelernt, der Stadt, in der auch die Beatles ihre ersten Erfolge gefeiert hatten. Da in den späten 70er-

Jahren englische Namen als cool galten, hatte Toms Vater Walter den Namen seiner Frau angenommen, obwohl das damals komplett unüblich war. Mary Bayne war gestorben, als Tom zehn Jahre alt gewesen war. Sie hatte ihn früh für englische Literatur begeistert, für Frankenstein von Mary Shelley, die sie vielleicht auch deswegen mochte, weil beide den gleichen Vornamen hatten. Shelley hatte die Frankenstein-Geschichte auf einer Reise nach Genf geschrieben, die sie zusammen mit ihrem Mann Percy Bysshe Shelley und Lord Byron unternommen hatte. Da während der Reise die ganze Zeit schlechtes Wetter war, hatten die drei sich vorgenommen, einen Geschichtenwettbewerb untereinander auszurichten. Dabei war unter anderem Frankenstein herausgekommen.

Besonders fasziniert hatte Toms Mutter Mary und später auch Tom die enge Verbindung zwischen Geburt und Tod, denn Mary Shelley hatte mehrere Kinder verloren. Es war nicht nur der Hinweis auf die Gefahr, die immer lauerte, wenn der Mensch Gott spielte, um die es in Frankenstein ging, sondern es ging auch um die Zerbrechlichkeit des Lebens, was vielleicht dazu geführt hatte, dass Tom zunächst Arzt geworden war.

Tom war dann bei seinem Vater in Hamburg aufgewachsen, der dort seit einigen Jahren eine sehr erfolgreiche Handwerkerfirma betrieb. Als eine Firma, bei der sein Vater als Klempner arbeitete, pleiteging, war er das Wagnis eingegangen, sich selbstständig zu machen. Die Firmenadresse war damals noch das kleine Reihenhaus gewesen, in dem sie wohnten und wo Toms Mutter, als sie noch lebte, immer zu Mitarbeitertreffen am heimischen Abendbrottisch eingeladen hatte. Am Ende war diese Entscheidung von Walter Bayne genau richtig gewesen, denn seine Firma *Baynes Bad und Wasser* lief sehr gut und hatte sich auf einige Nischenmärkte spezialisiert, die den großen Installationsfirmen für Wasser und Gas in Hamburg nicht glamourös genug waren. Obwohl Toms Vater in seinen Anfangsjahren wenig Geld gehabt hatte, hatte er dafür gesorgt, dass Tom sich seinen größten Wunsch erfüllen konnte, nämlich am UKE Hamburg, dem Universitätsklinikum Eppendorf, Medizin zu studieren. Tom hatte sich sein Studium mit Nachtdiensten am Empfang des Instituts für Rechtsmedizin in Hamburg finanziert, und Freunde hatten ihm oft gesagt, er sollte aus dem, was er dort alles erlebt hatte, doch einmal ein Buch schreiben. Besonders aus St. Pauli und von der Davidswache waren damals immer die schrägsten Vögel gekommen. Die Tatsache, dass manche der alkoholisierten Verletzten dermaßen besoffen waren, dass man sie ohne Betäubungsspritze nähen konnte, gehörte noch zu den normaleren Geschichten. Doch jetzt hatte er gerade einen anderen Befund bekommen. Das Problem dabei war recht einfach: Der Patient war sein Vater. Es war amtlich.

»Haben die schon mit dir gesprochen?«, fragte er.

»Ja, haben sie. Es ist wirklich Bauchspeicheldrüsenkrebs«, sagte Walter Bayne leise. »Es stimmt leider.«

Der Verdacht darauf hatte schon länger bestanden und Walter Bayne schon eine Zeit lang aus dem Verkehr gezogen. Sein Vater konnte derzeit wegen seiner Krankheit in seiner Firma nicht allzu viel machen und hatte bereits einen stellvertretenden Firmenchef Joost eingesetzt. Tom hatte in seinem Studium viele Abteilungen des UKE, dem Universitätsklinikum Eppendorf, in Hamburg kennengelernt, und er kannte auch den Chefarzt, der den Befund unterzeichnet hatte, der gerade auf seinem Handy gelandet war.

Tom wusste, wie tödlich Bauchspeicheldrüsenkrebs war. Dass sogar Steve Jobs von Apple daran gestorben war, der sicher alle medizinischen Möglichkeiten gehabt hatte, machte seine Einschätzung dieser Krankheit nicht gerade optimistischer.

»Pass auf«, sagte Tom. »Ich kläre das mit meinen Kollegen. Schick mir unbedingt auch alle anderen Befunde als PDF, die du bekommen hast.«

»Als PDF?«

»Sonst fax sie in deine Firma oder mach Fotos davon.«

»Ok, mache ich. Aber kommst du nicht nach Hamburg?«

»Ja, sogar heute Abend schon. Ich würde sie mir gern aber vorher schon im Zug anschauen und schon ein paar Telefonate tätigen.«

»Ok.«

Tom hatte nach seiner Zeit als Arzt im Praktikum zunächst bei ECC – East Coast Consulting, einer globalen Unternehmensberatung, gearbeitet, bei der er festgestellt hatte, dass man mit Medizinprodukten mehr verdienen konnte als in den Kliniken oder Praxen, wobei die Zahnärzte die Geldoptimierung schon gut beherrschten. Den Zahnärzten sagten die *echten* Mediziner immer, dass sie keine wirklichen Mediziner seien. Dem entgegneten die Zahnärzte, dass die *richtigen* Mediziner zwar viel von Medizin verstünden, aber zu blöd zum Geldverdienen seien.

Tom hatte dann angefangen, in Medizin-Start-ups zu arbeiten, in Deutschland, London und seit Kurzem in Shenzhen, der Digitalhauptstadt Chinas. Shenzhen war die Stadt, aus der fast alle Digital- und Überwachungstechnologien des Riesenreiches kamen. Als Amazon den eigenen Aktionären von den Plänen erzählt hatte, demnächst Gesichtserkennungs-Software einzusetzen, war das selbst den Amazon-Aktionären zu viel. In China war Gesichtserkennung erst der Anfang. *CUMO* hieß seine Firma. Für *Cure-Mobile.* Eine Kooperation eines invasiven Chips mit der App war bereits im Gange. Allerdings nicht in China, sondern in seiner alten Heimat. In Hamburg am UKE. Vielleicht würde er es schaffen, dort morgen noch einen kurzen Abstecher zu machen, aber das Projekt war noch in der Startphase, von daher dürfte es noch nicht viel Neues geben.

Bauchspeicheldrüsenkrebs, dachte Tom. Laut Bericht nicht mehr reparabel. Die alternativen Behandlungen waren teuer und wurden nicht von allen Krankenkassen bezahlt.

Tom ärgerte sich, dass er das Geld, das er einmal bei einem vorteilhaften Kryptowährungs-Deal gemacht hatte, sofort in die Entwicklung seines eigenen Start-ups gesteckt hatte. Jetzt hätte er es für seinen Vater gut gebrauchen können. Aber wie immer kam die Diagnose zu spät. Es war die Grundmisere des Menschen, die er auch in seinem Medizinstudium immer und immer wieder festgestellt hatte: Es war immer alles zu wenig, und es war immer zu spät.

Er war bei dem Hochhaus angekommen. *Rocket Internet* stand auf einem Schild. So hieß die Firma, die einen großen Teil des Gebäudes gemietet hatte.

»Papa, ich muss Schluss machen«, sagte er. »Wir sprechen nachher.« Er schluckte kurz, schaute noch einmal in seine Präsentation und drückte auf den Summer an der Tür. Vielleicht würde Rocket Internet bei seinem Projekt anbeißen. Doch die Nachricht von der Krankheit seines Vaters hatte seine Moral nicht gerade beflügelt. Die Tür öffnete sich, und Tom betrat das Atrium.

Bauchspeicheldrüsenkrebs, dachte er. Ein Motivationstrainer hatte ihm einmal erzählt, dass man in Verkaufsgespräche möglichst optimistisch gehen sollte, jedenfalls dann, wenn man etwas verkaufen wollte.

Das war schon einmal gründlich misslungen.

Kapitel 4

World Economic Forum, Davos, Schweiz

Arakis atmete durch, bevor er seine Präsentation startete.

Er hatte all das im Silicon Valley gelernt. Vor langer, langer Zeit. Wie man Leute beeindruckt, für sich gewinnt, Dinge verkauft. Bei einem sogenannten Pitch hieß es, großspurig zu sein. Es half ihm, sich mit einer großen Gestalt der Geschichte zu vergleichen. Er war Michelangelo, und die Investoren, die ihm seine Idee abkaufen sollten, waren die Medici in Florenz. Oder Papst Julius. Und das, was er verkaufen wollte, war, im übertragenen Sinne, nichts Geringeres als die Sixtinische Kapelle. Narzisstisch zu sein half auch, wenn man etwas verkaufen wollte, ebenso ein gesunder Mangel an Hemmungen, Empathie und ein Zuviel an Größenwahn. All das waren Charaktermerkmale, die man normalerweise Psychopathen zuschrieb. Sich nie mit einem »Nein« zufriedengeben, und wenn es dann doch kam, einfach weiterzumachen. Mit den Gedanken begann alles, den richtigen, den positiven Gedanken, das hatte schon Napoleon Hill gesagt, und der hatte es von dem Stahlbaron Andrew Carnegie gelernt. Die Gedanken wurden zur Sprache, die Sprache zur Handlung und die Handlung zum Schicksal. Es blieb allerdings dennoch eine Herausforderung: sich einfach nur etwas vorzunehmen oder das, was man sich vorgenommen hatte, auch tatsächlich umzusetzen. Dabei war derjenige, der etwas von anderen wollte, immer schlechter aufgestellt als die, von denen jemand etwas wollte. Das eine war Arakis, das andere war sein

Publikum in Davos. Verkaufen oder eben nicht verkaufen, das war der einzige Unterschied.

Man konnte es auch einfacher beschreiben.

In der Finanzwelt fasste man die Unterschiede zwischen dem Verkäufer und dem Käufer relativ simpel zusammen: Wenn ein Deal nicht zustande kam, knallte der Verkäufer das Telefon auf die Gabel und sagte »Fuck«. Der Käufer hingegen sagte laut »Fuck« und knallte dann das Telefon auf die Gabel.

Dennoch: Wenn der Verkäufer aber an seine Story glaubte, dann stieg auch die Wahrscheinlichkeit, dass der Käufer an die Story glaubte. Wollte er, Arakis, die Welt zu einem besseren Ort machen? Ja, jedenfalls würde er das gleich sagen. Musste er beweisen, dass er wirklich daran glaubte? Nein, das musste er nicht. Es war lediglich wichtig, dass die anderen daran glaubten, dass er die anderen glauben machte, dass er daran glaubte, sie, die vielen ultrareichen Männer und die wenigen ultrareichen Frauen im Publikum. Und es war wichtig, dass sie *glaubten,* dass er daran *glaubte.* Der Spruch von Sun Tzu war in seinem Kopf: *Jede Kriegsführung basiert auf Täuschung.*

Kapitel 5

Universitätsklinikum Eppendorf, UKE, Hamburg, Deutschland

Tara Helbig kam gerade von ihrer Mittagspause zurück und bewegte sich mit schnellen Schritten auf den Eingang des UKE in der Martinistraße zu, mit der Steinfassade und dem modernen Glasüberbau über dem Portal. Das gesamte Krankenhaus war 2006 generalüberholt worden, doch es bestand noch immer aus vielen kleinen Teilen und Instituten, die noch aus der Zeit kamen, als die Klinik viele verschiedene Pavillons erbaut hatte, um dort die Patienten voneinander abzugrenzen und die Ansteckungsgefahr innerhalb der Klinik einzudämmen.

Sie schüttelte den Kopf, obwohl sie keiner sehen konnte. Sie hatte die Ergebnisse eben per PDF auf ihr Handy bekommen.

Was datenschutzrechtlich eigentlich nicht erlaubt war, aber technisch natürlich nicht anders möglich war. Sie blinzelte und schaute auf die Messergebnisse, runzelte die Stirn und versuchte gleichzeitig, weder etwas von ihrem Takeaway-Kaffee zu verschütten noch irgendwo gegen zu laufen, während sie die Nachricht las. In Asien, hatte sie gehört, waren bereits Spurlinien auf den Bürgersteigen, damit die Einwohner, die auch im Laufen ständig auf ihre Smartphones starrten, nicht irgendwo gegen rannten.

Die Konzentration von radioaktivem Jod war in fast allen 200 Probanden deutlich höher, als sie sein sollte. Wie konnte das sein? Die Probanden waren alles junge, gesunde Menschen, keiner von ihnen hatte jemals Schilddrüsenkrebs und eine Radiojodtherapie gehabt. Ihres Wissens nach arbeitete auch keiner von ihnen in einem Strahlenbunker, wie es sie auch im UKE gab. Und selbst wenn bei einem oder zwei der Probanden eine sogenannte Kontamination vorlag, erklärte das nicht die hohen Werte und vor allem nicht die Tatsache, dass es fast alle Probanden erwischt hatte. Hatte es wieder irgendeinen Unfall in einem Kernkraftwerk gegeben? Aber davon hatte sie überhaupt nichts gehört. Oder gab es einen Fehler in der Software? Sie glich die übrigen Werte mit den Kontrollblutwerten ab, so gut das auf dem Smartphone ging. Nein, die stimmten alle, es konnte kein Fehler sein. Von derart hohen Jod-Werten hatte sie bisher aber nur zweimal gehört: bei dem Reaktorunglück in Tschernobyl und bei der Explosion im Kernkraftwerk Fukushima Daiichi in Japan. Das wäre die einzige, logische Erklärung. Aber das konnte nicht sein.

Sie nahm das Handy ans Ohr und rief ihre Kollegin Miriam an.

Miriam meldete sich nach zweimal Klingeln.

»Hi, Tara.«

»Hallo, Miriam. Was ist denn da los? Warum die hohe Konzentration?«

»Das wundert mich auch«, sagte Miriam. »Habe die Daten eben gezogen und dachte, ich schicke sie dir sofort. Das sind ähnliche Werte, wie wir sie damals bei Tschernobyl hatten. Oder auch in Japan bei Fukushima.«

»Hat es denn irgendwas in der Richtung gegeben?«

»Ja, dachte ich auch erst. Ich habe mal eben bei Google geschaut, aber nichts gefunden.«

Tara arbeitete am UKE im Fachbereich Innere Medizin und Immunologie. Ihr Chef, Dr. Imir Khan, ein in Hamburg geborener Pakistani, hatte in Hamburg Medizin und in Stanford Informatik studiert und dann die Idee gehabt, dass man die datengetriebene Medizintechnik nicht nur den Amerikanern und dem Google Spinoff Calico überlassen dürfte. Darum hatte er diverse Initiativen mit Medizin-Start-ups gestartet, wobei eine davon diejenige war, an der Miriam arbeitete. Etwa 200 Probanden, die zu einem großen Teil aus deutschen und internationalen Studenten der Uni Hamburg bestanden und noch einigen älteren Männern und Frauen, war ein kleiner Chip eingepflanzt worden, der per WLAN oder auch 5G einen Großteil der medizinischen Daten des Körpers in alle Welt funken konnte. Das Ziel war, dass in der Medizinwelt der Zukunft Dinge wie Blut abnehmen, Urinproben, Blutzuckerspiegel messen und andere invasive und bei den Patienten oft unbeliebte Messungen künftig nicht mehr nötig waren. Ein junger Mann, der ebenfalls einmal am UKE Medizin studiert hatte, hatte Tara und Imir das Projekt vor etwa vier Monaten vorgestellt, und ihr Chef war sofort überzeugt gewesen. CUMO hieß die Firma. Für Cure-Mobile. Ihr Gründer Tom Bayne hatte von einer neuen Welt der Medizin geschwärmt, den möglichen Kosten, die Kliniken damit sparen könnten, und der perfekten Diagnose durch Big Data. Denn ein Computer, der sich durch Hunderttausende von akademischen Papern durchpflügen konnte und diese Erkenntnisse dann mit den Symptomen einer Krankheit abglich, wusste am Ende mehr als jeder noch so erfahrene Arzt. Dass hier auch Big Brother herzlich grüßte, war Tara und allen Probanden klar. Bisher hatte das Tool aber sehr gut und eindrucksvoll funktioniert. Nur was sollten jetzt diese seltsamen Messwerte mit dem Jod, als hätte es einen Reaktorunfall gegeben, fragte sich Miriam. Entweder hatte das Gerät einen Messfehler, oder hier stimmte etwas ganz anderes nicht.

Tara sprang die Treppen empor und ging im Laufschritt in den zweiten Stock.

Kapitel 6

World Economic Forum, Davos, Schweiz

Arakis schaute noch einmal auf die Folien. Dann hob er die Stimme. Begann einfach zu sprechen. Sparte sich all die Floskeln *ich bin …, ich habe dies und das gemacht … ich fasse mich kurz … bevor ich zum Ende komme … ich freue mich, dass Sie hier sind.*

»Meine Vision für Europa, der Kontinent, auf dem wir hier leben«, begann er, »ist auf diesen Seiten zusammengefasst.« Er machte eine kurze Pause. Die Gesichter der Anwesenden waren genauso gelangweilt wie zu Beginn. »Was ist Europa? Ein militärischer Zwerg, der bald auseinanderbrechen wird, ein Kontinent ohne Vision, ohne Technologie und ohne Militär. Und erst recht ohne Ziel und Strategie. Und in seinem Zentrum die größte Volkswirtschaft, die der Inbegriff der Stagnation ist.« Er wechselte zur nächsten Folie. »Im Westen, jenseits eines riesigen Ozeans, liegt Amerika. Amerika hat einen Vorteil. Oder anders, es hat jetzt noch einen Vorteil mehr. Spätestens seit dem Anfang des Jahrtausends hat Amerika die GAFA, und Sie wissen, was das ist.« Die meisten nickten. Arakis sprach weiter. »Google, Apple, Facebook, Amazon. Europa«, er zeigte nach draußen auf die Berge, »hat nichts dergleichen.« Es kam eine neue Folie. »Schauen wir nach Osten. Asien. Irgendwann kam China wieder auf die Bühne, und mit China kam die ›BAT‹. BAT heißt auf Englisch so viel wie ›Fledermaus‹, aber hier heißt es etwas ganz anderes: Es sind die Namen der chinesischen Tech-Konzerne. Baidu, Tencent und Alibaba. Davon haben schon einige gehört. Sie sowieso, aber auch die normalen Leute da draußen. Was viele nicht wissen, ist, dass Baidu, das chinesische Google, den Suchalgorithmus mit den berühmten Backlinks, der Google berühmt machte, schon vor Google entwickelt hatte. Ebenso die Möglichkeit, Suchergebnisse mit Werbung zu verbinden. Man kann sich also streiten, ob China die USA kopiert hatte oder schon vorher einiges an digitalen Innovationen aufgebaut hat. Fakt ist aber: Die USA haben GAFA, China hat BAT, und Europa hat noch immer nichts. Im Gegenteil! Es bemüht sich sogar, die paar Industrien, in denen es noch führend ist, selbst zu demontieren, wie zum Beispiel Deutschlands Autoindustrie.«

Arakis sah ein Gähnen in den Gesichtern von einigen Teilnehmern.

Arakis versuchte, sich davon nicht beirren zu lassen. »Der Facebook-Investor Peter Thiel, den ich gut kenne, hatte es schon gesagt: Es gibt kaum mehr Innovationen, und in Europa gibt es sie erst recht nicht mehr. *Wir wollten fliegende Autos*, sagte Thiel, *und bekamen 140 Zeichen bei Twitter*. Und auch das Silicon Valley wandelt sich von der Weisheit der vielen zur Dummheit der vielen. Thiel hat einiges vorhergesehen. 2005 hatte Thiel einen Vortrag an der Stanford-Universität in Kalifornien gehalten und gesagt, das nächste Google würde in acht Kilometern Entfernung entstehen. Es waren nicht einmal acht Kilometer. Denn das nächste Google entstand sogar in drei Kilometern Entfernung und nannte sich Facebook.«

Einige der Teilnehmer atmeten geräuschvoll aus und sahen auf die Uhr. Manche pafften mürrisch an ihren Zigarren und bestellten neuen Whiskey.

»In Europa«, fuhr Arakis fort, »gibt es keine Kraft der Innovation. Die einzige Kraft, die Europa durchströmt, ist die Angst. Wir können sie spüren, wir können sie sehen, aber ganz besonders können wir sie riechen. Die Angst vor der Zukunft, deshalb flüchteten sich alle in die Vergangenheit. Was ist leichter oder schwerer? Erinnerung oder Imagination?« Er hielt ein paar Sekunden inne und sprach dann weiter. »Erinnerung ist einfach, denn Erinnerung bezieht sich immer auf das, was war. Das Bekannte. Imagination ist schwer, denn es bezieht sich auf etwas, das es noch nicht gibt. Das Unbekannte. Aber es ist die Imagination, die zum Erfolg führt. Erst die Gedanken, dann die Taten, dann das Schicksal.«

Auf der nächsten Folie prangte eine Zeichnung eines chinesischen Strategen. »Sun Tzu«, sagte Arakis, »hatte es gewusst: Die größte Leistung ist es, den Widerstand des Feindes ohne Kampf zu brechen. Das ist die beste Leistung des Feldherrn. Die schlechteste Idee aber ist es, große Städte zu belagern. Die Chinesen wussten das und wissen das. Sie haben ihre Online-Giganten, die BAT, Baidu, Alibaba und Tencent, vom westlichen

Markt geschützt und westlichen Konzernen im chinesischen Internet den Zugriff verboten, damit die kleinen Tencents, Alibabas und Baidus groß werden konnten und eben nicht gegen befestigte Städte kämpfen mussten. Denn dabei kann man als kleiner Angreifer niemals gewinnen. Doch jetzt«, er hob die Stimme, »jetzt sind die ehemals kleinen chinesischen Angreifer selbst befestigte Städte.« Er blickte in die Augen der Zuhörer und sah nichts darin. Denn diese reichen und selbstzufriedenen Menschen, die vor ihm saßen, waren auch eine Art befestigte Stadt, bei der er nicht wusste, ob sie ihn und seine Idee hereinlassen oder überhaupt nur zur Kenntnis nehmen würden. »Irgendwann«, sagte Arakis, und das wollte er diesen selbstzufriedenen, ultrareichen Typen mit ihren dauerzufriedenen Gesichtern einhämmern, »wird der Wohlstand massiv fallen, und Aufstände, Anarchie und Bürgerkrieg in Europa werden die Konsequenz sein.«

»Und was ist die Lösung?« Eine einzige Frage, von Vincent de Groot, einem schweren, rothaarigen Kerl im Anzug, dem Chef des Bilderberger Investmentclubs.

»Danke für die Frage«, sagte Arakis. »Die einzige Lösung gegen den Aufstieg Chinas ist ... China.«

»China?«, fragte de Groot. »Feuer mit Feuer bekämpfen?«

»Exakt! China und die Datenmacht des Riesenreiches. *Algorithmic Authoritareanism* nennt man diese Strategie Chinas, eine durch und durch digital überwachte Gesellschaft zu schaffen. Eine Gesellschaft, die alles bisher Dagewesene in puncto Totalitarismus und Überwachung übertrifft.

Eine Gesellschaft, die eigentlich keiner wollen kann.

Eine Gesellschaft aber, die in einer chaotischen Welt mit bald zehn Milliarden Menschen die einzige Lösung ist.

Eine Gesellschaft, die Europa retten konnte.

Eine Gesellschaft, die ich euch liefern werde. Wenn ihr wollt.« Er kam zum letzten Satz. »Eine Gesellschaft, die euch reich machen wird, wenn ihr von Anfang an dabei seid!«

Kapitel 7

World Economic Forum, Davos, Schweiz

Si war im Nebenraum. Er sah die Menschen. Und er sah seinen Boss. Er wartete. Warten konnte er gut.

Er schaute auf sein Handy. Sah die Textnachricht von Min, seiner Mutter.

Seine Mutter liebte ihn. Sein Vater hatte ihn nicht geliebt. Und darum hatte er ihn »Si« genannt. Er sah das Zeichen immer vor seinen Augen, wie ein Gesetz. Es wurde 姒 geschrieben. Der Name »Si« war in der Xia-Dynastie üblich gewesen, wurde aber heute eher gefürchtet. Denn Si hieß auf Chinesisch nicht nur vier, sondern auch »Tod«. Sis Vater Xiang hatte seinen Sohn verflucht, weil er wegen der chinesischen Ein-Kind-Politik viel Geld bezahlen musste, um mehr als ein Kind zu bekommen. Seine Frau hatte zunächst aber nur drei Töchter bekommen, und sein begehrter Sohn, den er immer haben wollte, kam erst als Vierter – und damit viel zu spät.

Sis Mutter lebte noch in einem der Hutons in Peking, in der Yandaixie-Straße. Sie konnte nicht mehr gut sehen. Si besuchte sie, sooft er konnte. Dann las er ihr aus ihren Lieblingsbüchern vor.

San Guó Yânyì, die drei Reiche. Oder *Der Traum der roten Kammer.* Sie hörte zu und trank grünen Tee. Sie hatte ihm als Kind die Geschichte von dem Tee erzählt, damals, als es bei Si mit dem Zahnen begann und er vor Schmerzen nachts nicht aufhören konnte zu weinen. Der Tee war entdeckt worden, als Shen Nong, der Urvater der chinesischen Kräutermedizin, unter einem Baum Wasser kochte. Dabei fielen einige Blätter in den Kessel. Nachdem Shen Nong davon getrunken hatte, war er erfrischt. Gleichzeitig war damit *cha,* der Tee, erfunden.

Si war oft unterwegs. Sis Vater war tot, und vielleicht war Si ein wenig der Ersatz seines eigenen Vaters; der Vater, der ihn nie gewollt hatte oder ihn viel früher hätte haben wollen. Seine Mutter hatte ihm das schöne Gedicht von Li Zhiyi aus dem 11. Jahrhundert geschickt, das zeigte, dass, was immer passieren würde, sie doch immer verbunden sein würden.

Ich wohne am Kopf des Langen Flusses,
Du wohnst am Ende des Langen Flusses,
Täglich wünsche ich dich herbei, ohne dich zu sehen,
Beide trinken wir Wasser aus dem Langen Fluss.

Wo ist das China, das ich kannte?, fragte seine alte Mutter oft. Fast alle der alten Hutons waren abgerissen worden, nur einige standen noch, vielleicht als Touristenattraktionen. Wie lange würden die in der Yandaixie noch stehen, fragte Min immer und sah ihren Sohn an. Wenn alles schiefging, dann würde er seine Mutter einfach mitnehmen. Doch sie würde nicht wegwollen. Sie war eine *lao Beijing ren*, eine alte Pekingerin. Sie würde eher sterben, als ihre Heimat zu verlassen.

Viele der alten Pekinger waren in den Untergrund gezogen.

In Peking sprach man von der Rattenarmee, Millionen von Menschen, die unterirdisch lebten, Menschen, von deren Tätigkeit niemand etwas wissen sollte, wie Prostituierte. Man sagte, sie strömten wie Ratten aus unterirdischen Löchern. Zu viel Konkurrenz war schlecht, wer im Verborgenen arbeitete, hatte weniger Konkurrenz.

Si hingegen war niemals unter der Erde. Si flog immer mit seinem Boss im Privatjet, aber Min hatte noch niemals ein Flugzeug betreten. Sie hatte noch niemals Peking verlassen. Und sie wollte nichts anderes kennen als das alte Peking mit seinen Hutons, das alte Peking, das es fast nicht mehr gab.

Peking hat seine Seele verloren, sagte seine Mutter, *in all den Straßenschluchten aus Glas und Stahl.*

Si konnte nicht bestreiten, dass sie recht hatte.

Kapitel 8

World Economic Forum, Davos, Schweiz

Dairon Arakis sah den Rauch, der aus einer zurückgelassenen Zigarre Richtung Decke zog. Die Kenner drückten ihre Zigarre nicht aus. Und sie rauchten auch nicht auf Lunge oder rauchten sie bis zum letzten Zentimeter. Keine der Zigarren hier kostete weniger als 50 Euro.

Arakis schaute auf den leeren Raum, in dem die Rauchschwaden durch die Abzugsanlage nach draußen zogen. Auf die Sessel, die Glastische, die halb leeren Cognacgläser und die Aschenbecher, in denen halb aufgerauchte Cohibas und Montechristo-Zigarren lagen. Er kam sich vor wie ein Sänger bei einem Konzert, bei dem niemand zugehört hatte. Dabei hatte er alles gegeben. Er hatte ihnen seine Vision präsentiert. Hatte ihnen gesagt, was passieren würde, was er dagegen tun würde und wie sie alle damit Geld verdienen konnten. Viel Geld. Die Aufforderungen waren immer die gleichen: Das Gegenüber musste etwas machen, es musste etwas mit ihm, Arakis, machen, und es musste es jetzt machen. Wenn nur eines davon nicht passierte, kam der Deal nicht zustande. Die bahnbrechende Vision, um Europa wieder zukunftsfest zu machen. Und die Möglichkeit, damit richtig reich zu werden, wenn alle *jetzt* einsteigen würden, und nicht erst in drei Jahren, wenn das, was jetzt noch revolutionär war, allgemeines Denken wurde, Grundwissen, das die Spatzen von den Dächern pfiffen. Denn so war es doch immer: Man musste früh dabei sein, wenn man viel Geld verdienen wollte, viel früher als alle anderen. Das hatte schon Sun Tzu in *Die Kunst des Krieges* erkannt: *Den Sieg dann zu sehen, wenn ihn alle anderen auch sehen, ist kein Verdienst großer Klugheit.*

Doch es war ganz anders gekommen. Die meisten hatten gar nichts gesagt. Ein paar hatten sogar gelacht, hatten die Köpfe geschüttelt und hatten den Raum verlassen. So, als würden sie ihn nicht für voll nehmen, als wäre all das eine unterhaltsame Einlage vor oder nach dem Abendessen gewesen.

Arakis kannte dieses Trauma. Darum verletzte ihn das Lachen doppelt. Das Trauma, das er überwunden glaubte, war wieder aufgebrochen. Schon einmal hatten sie ihn ausgelacht. Damals, in Stanford, waren es die US-Investoren gewesen, die Private Equity Manager, Venture-Capital-Leute und Business Angels. Jetzt waren es die Bilderberger. Vielleicht waren diese ganzen selbstzufriedenen, reichen Trottel aus dem Westen einfach Menschen, mit denen er nicht gewinnen konnte, egal, was er tat, und die in seinen Vorträgen immer nur Clownvorstellungen sahen und nichts anderes? Er hatte sich damals an China gewandt, weil er in den USA gescheitert war. Jetzt war er auch in Europa gescheitert.

Das war sein zweiter Versuch. Und sein zweites Scheitern. Ein drittes Mal würde es nicht geben. Er ballte die Fäuste und presste die Zähne zusammen.

Im Gegenteil: Jetzt war es an der Zeit, sich zu rächen. Heute hatte er den Bilderbergern eine Freakshow geboten, war deren Hofnarr gewesen. Das würde er aber nicht bleiben, bei Gott nicht. Er wusste, dass er nicht für immer dafür Zeit hatte, dass in ihm eine unbarmherzige Uhr tickte. Dennoch konnte er nicht sofort reagieren. Er kannte das Motto in Quentin Tarantinos Film *Kill Bill*. Ein Spruch, der auch von Sun Tzu kommen könnte. Ein Spruch, der fast asiatisch klang. *Rache ist ein Gericht, das am besten kalt serviert wird.*

Kapitel 9

Rocket Internet, Kochstraße, Berlin, Deutschland

Warte kurz hier«, hatte Laura gesagt, die das Vorzimmer von Philipp, dem Head of New Ventures bei Rocket Internet, bewachte. »Philipp ist gleich so weit.« Dann hatte sich Laura wieder an ihren Platz gesetzt, die Ohrstöpsel eingelegt und mit mechanischer Präzision auf ihrer ergonomischen Tastatur herumgehackt.

Tom wartete und wartete und wartete. Er hatte den Ausdruck seiner Präsentation, die er dreimal dabeihatte, bestimmt schon zehnmal durchgelesen, doch noch ein paar Fehler gefunden, sich darüber geärgert und die Präsentation dann genervt zugeklappt.

Er erinnerte sich an das Lied, das er einmal auf einer Hochzeit gehört hatte. Er wusste nicht mehr genau, welche Band das war.

Die Wüste wartet auf den Regen
und die Schiffe warten auf die Flut
die Nacht wartet auf den Morgen
warten kann ich auch ganz gut.[10]

Tom trommelte mit den Fingern auf der Lederlehne des Sessels. Es gehörte zum guten Ton von Leuten, die wichtig waren oder sich für wichtig hielten, andere Leute, besonders die, die etwas von einem wollten, aber nicht wichtig genug waren, um sofort empfangen zu werden, oder von denen sie den Eindruck hatten, dass sie etwas von ihnen wollten, lange warten zu lassen. Philipp von Rocket Internet war da keine Ausnahme und Tom als Leidtragender ebenso wenig. Das GSW-Gebäude, in dem die größte Start-up-Schmiede des Kontinents residierte, die ihre Anfänge in einem kleinen Kreuzberger Hinterhof hatte, wurde erst seit Kurzem »Rocket Tower« genannt und bildete mit 22 000 Quadratmetern Europas größten Start-up-Campus.

An der Wand hingen Bilder über die Geschichte von Rocket Internet. Jeder in der Start-up-Szene kannte die Anfänge der Firma in Berlin, als die Samwer-Brüder gemeinsam für Ebay eine E-Commerce-Plattform für Deutschland programmieren wollten. Ebay hatte abgewunken mit der Begründung, dass der deutsche Markt zu klein sei. Dann hatten die Samwers einfach einen Ebay-Klon namens *Alando* für Deutschland nachgebaut und diesen dann für mehrere Hundert Millionen Euro an Ebay verkauft. Damit begann der Siegeszug von Rocket Internet.

Toms eigener Siegeszug ließ allerdings noch auf sich warten. Er saß auf einem der Ledersessel und blätterte durch die Zeitschriften und Bücher über disruptive Innovation, die auf den Glastischen lagen und auf einem Regal an der Stirnseite des Raumes aufgereiht waren. Die üblichen Verdächtigen wie Shapiro, Innovators Dilemma von Clayton Christensen, Business Model Canvas, und Bücher über Design Thinking und künstliche Intelligenz. Tom kannte die Diskussionen. Manche glaub-

10 Ist von »ganz schön feist«, falls wir das zitieren müssen

ten, dass Künstliche Intelligenz oder KI bald alles bestimmen würde. Gesichtserkennung war dabei fast schon ein alter Hut. Es gab bereits Algorithmen, die entscheiden konnten, wer im Unternehmen befördert oder gefeuert werden würde. Andere Algorithmen konnten aus Bewegungsmustern von Menschen am Flughafen ablesen, wer wohl ein Terrorist sei. Dann gab es die, die sagten, dass alles komplett übertrieben und KI längst nicht so stark sei, wie man immer behauptete. So gab es zwar bereits halbwegs funktionierende, intelligente Staubsauger und Rasenmäher, aber es gab noch immer keinen Roboter, der richtig putzen oder Wäsche zusammenlegen konnte. Und eine Maschine, die Wartezeit reduzierte, dachte Tom, gab es leider auch noch nicht.

Die Tür öffnete sich.

»Tom ist so weit«, sagte Laura.

Tom fühlte sich ein wenig wie beim Zahnarzt.

Kapitel 10

Universitätsklinikum Eppendorf, UKE, Hamburg, Deutschland

Da bin ich«, rief Tara ein wenig außer Atem und stellte ihren Kaffeebecher auf ihren Schreibtisch. »Zeig mal her!«

»Hier!« Miriam holte einen Laptop und stellte ihn auf Taras Schreibtisch. »Extrem hohe Konzentration. Radionukleid Jod-131. Das Zeug ist gefährlich.«

»N=198«, murmelte Tara, »also in fast allen Probanden.«

»Bis auf zwei, richtig. Oder anders: Ein Prozent ist nicht betroffen. Das kann also kein genereller Messfehler sein.«

»Aber das Ganze muss doch ein Messfehler sein! Wo soll denn das radioaktive Jod sonst herkommen?«

»Ja, das habe ich mich auch schon gefragt, ich habe schon einige Messwerte mit der Kontrollblutprobe von gestern abgeglichen. Die sind alle korrekt, die Chips funktionieren also einwandfrei.«

»Ist das radioaktive Jod auch im Labor gemessen worden?«, fragte Tara.

»Nein, das haben wir nicht bestimmen lassen.«

»Dann müssen wir das dringend nachholen«, sagte Tara und setzte sich auf den Schreibtisch, »hast du eine Idee, wo das radioaktive Jod herkommt?«

Miriam nickte. »Habe gerade noch mal nachgeschaut. Jod 131 ist ja sehr flüchtig und kann sich sehr schnell sehr großflächig verbreiten, so ähnlich wie eine Epidemie. Es lagert sich in Pflanzen ab, Milch, Fleisch, Fisch und in der ganzen Nahrungskette.«

»Und durch die Nahrung nehmen wir es auf, und es reichert sich dann in der Schilddrüse an.«

»Genau. Und wenn es radioaktiv ist, was dieses hier ist, dann kann es zu Autoimmunerkrankungen kommen. Oder gleich Krebs. Darum werden ja bei Reaktorkatastrophen Jod-Präparate an die Bevölkerung verteilt. Die Schilddrüse ist dann vollgepumpt mit ungefährlichem Jod, und nimmt kein verstrahltes Jod-131 mehr auf.«

Tara sank von der Schreibtischkante auf ihren Stuhl, wobei sie beinahe den Kaffeebecher umgeworfen hätte. »Mist«, fluchte sie, setzte sich richtig hin und faltete die Hände unter dem Kinn, während sie den Blick nicht von Miriams Laptop ließ.

»Wir haben 198 Probanden mit erhöhten Werten von Jod-131. Die müssten wir eigentlich informieren.«

»Das müssten wir.«

»Das kann aber ziemlichen Trubel auslösen, und das würde ich vorher gern mit Imir klären.«

Tara nickte. »Das würde ich auch so machen.« Imir war ein Oberarzt, der kein Problem damit hatte, Leute an der langen Leine zu führen und sie ihr Ding machen zu lassen; was bei ihm auch gar nicht anders ging, da er oft unterwegs war, an der Uni auch noch lehrte und ständig von einer Konferenz zur nächsten flog. Er konnte aber sehr unangenehm werden, wenn irgendetwas aus dem Ruder lief und er darüber nicht rechtzeitig informiert wurde.

Tara kniff die Augen zusammen. »200 Probanden. Bei 198 erhöhtes Jod-131.« Sie hob den Kopf. »Die sind doch alle in Hamburg, oder?«

»Einige der jüngeren Studenten kommen aus aller Welt, aber da jetzt gerade das Semester losgeht, müssten die alle hier sein. Die älteren Probanden sowieso, die studieren ja nicht mehr und leben eh fest in Hamburg.«

»Wir müssen schauen, ob das ein Messfehler ist oder ob wir tatsächlich irgendein Strahlenproblem haben.«

»Meinst du, die Regierung verschweigt uns etwas?«

»Wäre ja nicht das erste Mal. Pass auf, Miriam, kannst du das Team mobilisieren? Wir müssen die 200 Probanden einbestellen und denen Blut abnehmen. Dann wissen wir genau, ob hier ein Messfehler vorliegt oder die wirklich alle dieses Jod-Problem haben.«

»Kann unser Labor das? So viele, so schnell?«, fragte Miriam.

Tara war sich auch nicht ganz sicher. »Versuchen müssen wir es.«

»Wird sportlich«, sagte Miriam, »dann kann ich natürlich nichts an dem Paper machen. Da ist nächste Woche Deadline.«

»Vergiss das Paper. Das mach ich zur Not am Wochenende fertig.«

Miriam blickte aus dem Fenster und murmelte etwas zu sich.

»Also ihr schafft das?«, fragte Tara.

»Wie war das bei Dinner for One? *I do my very best.*«

»Ihr *seid* die Besten! Dann schlage ich vor, wir klemmen uns ans Telefon!«

Kapitel 11

World Economic Forum, Davos, Schweiz

Arakis wusste, was er war. Ein Outcast. Jemand, der mal wieder nicht dazugehörte. Er sah die Berge in der Entfernung, blauweiß im Mondlicht. Groß, unerreichbar, fast so unerreichbar wie der Mond, der über ihnen leuchtete. Er kam sich vor wie Gandalf, im *Herrn der Ringe,* der gemeinsam mit Pippin auf die Berge von Mordor blickte. Oder kam er sich eher vor wie Pippin und vermisste Gandalf?

Er hatte den Kreis wie ein geprügelter Hund verlassen.

Es war wie damals, als er in Stanford abgewiesen worden war.

Er sah die Berge vor sich, wie Festungsmauern. Die Berge waren oben, und er war unten.

Ein riesiger Schatten kam auf Arakis zu und sprach ein paar Worte auf Chinesisch. Es war sein riesiger, chinesischer Leibwächter Si. Si war auch ein verstoßenes Kind. Genauso wie Arakis. Si schaute ihn an. Arakis gab ihm kurz zu verstehen, dass es nichts gab, was er tun konnte. Si neigte den Kopf und verließ ihn wieder. Aber er würde wiederkommen. Er würde nicht über ihn sprechen, nicht über ihn lachen. Sondern notfalls nur die Berge mit ihm anschauen. So wie Gandalf es tat. Er würde immer da sein, niemals weggehen und niemals lachen.

Arakis stand noch lange in dem Raum und trank allein einen Whiskey. Dabei schaute er auf die Schweizer Berge. Die Schweiz ist so gut, weil sie nur Leute, Berge und Schnee hat, hatte mal ein Regierungsvertreter aus Singapur gesagt. Da musste man kreativ sein und Höchstleistungen bieten. Singapur hatte nicht einmal Berge und Schnee, dafür aber einen riesigen Hafen und eine exzellente geostrategische Position. Er schaute auf die Schweizer Berge. Aus den Bergen kamen im *Herrn der Ringe* die Armeen Mordors. Auch aus diesen Bergen würde etwas kommen. Die Berge, das wusste er, würden ihm helfen, auch diese selbstgefälligen, arroganten Schnösel einzufangen und zu überzeugen. Seine Zeit war noch nicht da. Aber sie würde kommen. Sie würde kommen, hart und gefährlich.

Im wahrsten Sinne des Wortes wie ein … Erdbeben.

Kapitel 12

Rocket Internet Hauptquartier, Berlin, Deutschland

Du hast schon mal einen guten Exit gemacht?«, fragte Philipp, als sich beide begrüßt hatten. »Habe ich bei LinkedIn gesehen.«

Der Exit war nicht gut genug, dachte Tom, *sonst würde ich nicht hier sitzen.* »Exit« sagte man immer, wenn jemand ein Unternehmen vorteilhaft verkauft hatte.

»Ja«, sagte er stattdessen. »Ich war an einem Blockchain und Kryptowährungs-Projekt in London beteiligt, das dann unvorhergesehen durch die Decke ging. Der chinesische Staat ist in das Projekt eingestiegen, um die Technik zu nutzen und den Währungs- und den Zentralbankmechanismus der chinesischen Zentralbank nach und nach auf Kryptowährungen umzustellen. Ganz besonders deswegen, um in Zukunft noch weniger vom Dollar abhängig zu sein.«

»Cool.« Philipp schien tatsächlich beeindruckt zu sein. »Kam dadurch auch der Kontakt zu China zustande?«

»Genau so war es.« Er schob Philipp die Präsentation über den Tisch und lieferte einen 60-sekündigen Elevator Pitch ab.

»Ein Medical Start-Up«, sagte Philipp dann und blinzelte Richtung Fenster, wo die Sonne durch die Jalousien knallte. In einiger Entfernung sah man den Bahn-Tower und die mittelgroßen Wolkenkratzer vom Potsdamer Platz. Philipp war Leiter New Ventures bei Rocket Internet und blätterte durch den Prospekt. »Invasiv, selbst lernend, online, mit Implantaten.« Er blickte auf. »Wie lernt das Ding? Über Regression, Algorithmen?«

»Unter anderem«, sagte Tom. »Aber das ist ja kalter Kaffee. Wir sind schon einen Schritt weiter.«

»Machine Learning ist kalter Kaffee?«

»Na ja«, Tom versuchte, ein wenig auf die Pauke zu hauen, und hoffte, dass der Schuss nicht nach hinten losging, »schließlich ist der Computer schon 1942 erfunden worden, in Deutschland wohlgemerkt, und die meisten Begriffe zur künstlichen Intelligenz wie ›machine learning‹, ›AI‹, und ›predictive analysis‹ sind doch bereits auf der berühmten Dartmouth-Konferenz im

Jahr 1956 definiert worden.« Er holte kurz Luft. »Aber das können unsere Techies noch viel besser erklären. Die stehen natürlich auch gern für ein Gespräch zur Verfügung.«

Philipp nickte. »Eigentlich spannend.«

»Das freut mich«, sagte Tom. Fragte sich aber, was das *eigentlich* heißen sollte. Auch wenn Tom das schon häufiger bei Pitches gehört hatte.

»Ihr zieht das in China hoch?«, fragte Philipp.

Tom nickte. »Shenzhen.«

Philipp nickte mit Kennermiene. »Krass, was da abgeht. Alles mit Hochgeschwindigkeit, während die Deutschen im Schneckentempo hinterherhinken.« Er sprach Richtung Fenster, dann blickte er Tom an. »Merkel war da vor Kurzem in Shenzhen vor einem Gerät, das Rückenprobleme mit Big Data heilt. Der Entwickler wollte, dass sie sich vor dem Gerät bückt, damit das Ding ihren Rücken vermessen kann.«

»Hat sie das gemacht?«

»Natürlich nicht. Wie sieht das aus? Die Kanzlerin verbeugt sich vor einem chinesischen High-Tech-Produkt. Dafür hat die olle Merkel ein Gespür, dass so etwas nicht falsch ankommt. Auch wenn ihr sonst ja nicht mehr viel gelingt. Auch als Macron Xi Jinping in Paris empfangen hat. Zusammen mit Merkel und Juncker. So als wollte man unbedingt Einigkeit demonstrieren, weil es eigentlich keine Einigkeit gibt. So einer wie Xi merkt das sofort.«

»Egal, ob sich Merkel verbeugt.«

»Völlig egal. Genau das wird passieren. Europa wird sich verbeugen müssen. Die Chinesen ziehen das alles mit einer Kompromisslosigkeit durch, die selbst in den USA keiner hat. In Europa erst recht nicht.« Er blickte wieder aus dem Fenster. »Datenschutz gibt es nicht, Millionen von Smartphones, fast anderthalb Milliarden Menschen. Mit dieser Datenmenge werden die wirklich die führende KI-Macht bis 2030. Die USA sind zwar noch recht weit vorn …«

»Aber China hat schon halb so viele Patente wie die USA«, ergänzte Tom, »Tendenz steigend. Deutschland hingegen hat davon nur 10 Prozent.«

Philipp nickte. »Das ist unser Problem. Das Geld ist zwar da in Deutschland, aber das stecken die Politiker lieber in die Rente statt in KI. Vergangenheit statt Zukunft. Da hilft es auch nicht, wenn Digidoro seit Kurzem Twitter entdeckt hat und eine Apple Watch trägt. China ist *the place to be.*«

Tom musste lächeln. *Digidoro* war die Staatsministerin für Digitales, Dorothee Bär, die außer Ankündigungen und Worthülsen in Richtung Digitalisierung und einem eigenen Twitter-Account noch nichts hingekriegt hatte. Ebenso wenig wie der Rest der Bundesregierung. Man konnte sagen, die Anzahl der Digitalisierungsbeauftragten stand im positiven Bezug zur Anzahl der Funklöcher in Zügen, Aufzügen und Autobahnen.

China is the place to be, hatte Philipp gesagt. Tom nahm den Ball auf. »Darum sind wir auch da«, sagte Tom, »und ihr hättet bei einem Einstieg Zugang auf den chinesischen Markt. Fast anderthalb Milliarden Menschen. Du hast es selbst gesagt.«

»Eigentlich ja«, sagte Philipp. »Da ist aber nur ein Problem. Euer Produkt ist interessant, das stimmt. Aber eben auch für andere.«

»Nämlich?«

»Die *other shareholders,* die da in deinem Pitch stehen. Glaubst du, ich weiß nicht, wer das ist, der da noch einsteigen könnte, und wo schon NDAs unterschrieben worden sind?«

Die *other shareholders,* dachte Tom. Das waren die möglichen anderen Aktionäre. Vielleicht auch Teile der Zentralregierung Chinas. Man wusste nie, wo nun wirklich die Partei dahinter war oder sich nur hinter Strohmännern versteckte. Wahrscheinlich wollte Philipp genau darauf hinaus.

»Wer soll es denn deiner Meinung nach sein?«

»Die Partei. Xi Jinping und Konsorten, der seit dem Parteitagsbeschluss nicht mehr auf zwei Amtszeiten beschränkt ist, sondern lebenslang regieren kann, wenn er will. Der ist also schon mal ewiger Shareholder.« Er schob die Präsentation ein Stück von sich. »Wenn ihr das im HAX in Shenzhen aufgezogen habt, dann ist ja automatisch der Staat mit drin.«

Bingo, dachte Tom, *jetzt haben wir die Diskussion genau da, wo ich sie nicht haben will.*

»Das ist ja gar nicht gesagt.«

»Dass er Shareholder bei euch ist oder lebenslang regiert?«, fragte Philipp.

Tom sagte nichts.

»Ist aber auch egal«, sagte Philipp. »Wir wissen schon, wie der Hase läuft. Als Deep Mind von Google den Go-Meister besiegt hat, war das der Sputnik-Moment Chinas.« Tom hob die Augenbrauen. Die Geschichte kannte nicht jeder, aber Philipp kannte sie. Deep Mind war eine Londoner Firma, die Google für 400 Millionen gekauft hatte. Nachdem künstliche Intelligenz im Schach jeden Großmeister besiegt hatte, dieser Ansatz jedoch im chinesischen Spiel Go noch nie funktioniert hatte, war Deep Mind gegen den Go-Weltmeister Lee Sedol angetreten. Lee Sedol hatte eine Vorhersage getroffen: Er würde 5:0 gewinnen. Mit dem Resultat hatte er recht gehabt, aber nicht damit, dass *er* gewann. Denn tatsächlich hatte der Computer 5:0 gegen ihn gewonnen. Eine Schmach für China.

Philipp sprach weiter. »Die Chinesen wollten unbedingt in KI aufholen. Und bei allem, was nach Kontrolle aussieht, steckt die Partei ihre Nase rein. Passt auf, dass die euch nicht komplett rauskaufen.«

»Dafür müssten sie mehr zahlen.«

Philipp zuckte die Schultern. »Exit-Szenario mit Maulkorb. Haben einige Start-ups in Shenzhen gemacht. Sobald du etwas mit Überwachung, KI, Big Data oder Kontrolle machst, was für den Überwachungsstaat hilfreich sein kann, kommt einer von der Partei und steigt ein. Es wird dann erwartet, dass du noch eine Weile als Chairman an Bord bleibst, auf Konferenzen und für die Staatspresse nett lächelst und ein paar Worte auf Chinesisch kannst. *Hen hao, xiexie ni, hen gaozing renshi ni …*«

»Wusste gar nicht, dass du Chinesisch kannst.«

»Das war's auch schon, aber wird ja wohl die neue Weltsprache, da sollte man ein paar Worte können. Mehr sollst du selbst sicher auch nicht sagen und sonst deinen Mund halten. Und dann, wenn die Partei-Investoren das ganze Know-how haben, deinen goldenen Handschlag und eine hohe Auszahlung mitnimmst und ab dann zu diesem Thema die Schnauze hältst.«

»Was man in China hinsichtlich Partei eh tun sollte«, sagte Tom. »Xinjiang, Tibet und Taiwan sind auch noch solche Themen, die nicht gerade Small-Talk-tauglich sind.«

»Wem sage ich das«, sagte Philipp, »du bist der Profi.«

»Aber um wieder zum Thema zu kommen«, sagte Tom, »euch stört die Partei, die vielleicht mal einsteigt?«

»Die, wenn das alles so ist, wie es da steht, ganz sicher einsteigt. Oder schon eingestiegen ist …«

»Geld brauchen wir trotzdem noch.«

Philipp lehnte sich zurück und überlegte. Dann weiteten sich seine Augen. Er tippte etwas auf seinem Smartphone ein. Ein Foto erschien.

»Frag doch mal den hier«, sagte Philipp. »Reich, skrupellos, immer auf der Suche nach neuen Ideen. Der kennt sich mit Medizin gut aus und ist auch in China sehr gut vernetzt.«

»Klingt ja so wie Gordon Gekko aus *Wall Street.*«

»So einer ist der auch. Quasi die China-Version von Gekko. Ist aber kein Chinese.«

»Aber wie Gekko?«

»Nein. Schlimmer.«

Kapitel 13

Lido d'Ostia, Rom, Italien

Sofia blickte auf das Meer. Das Meer, eine blaue Unendlichkeit, noch unendlicher als das Weiße des Strandes und von der Unendlichkeit nur noch von dem riesigen Zelt des Himmels übertroffen. Große Wellen näherten sich erst zögernd und dann berstend dem Strand und brachten mit dem Wind den Geruch von Salz, Tang und dem Herzen des Meeres mit.

Mauro durchschritt mit seiner Frau Sofia die Räume, die einmal ein Restaurant waren.

»Ich weiß nicht«, sagte Sofia, »wir haben dieses schöne Restaurant in Rom. Warum das hier noch?«

»Weil es zu meiner Familie gehört. Papa wäre stolz, wenn wir es wieder aufbauen. Es gehört zu uns. Ich habe auch schon einen Namen.«

»Und welchen?«, fragte Sofia.

»Il Colosseo!«

»Du weißt schon, dass im Kolosseum früher die Gladiatorenkämpfe waren?«

»Wer weiß das nicht. Es soll aber nicht an die Kämpfe erinnern, sondern an die Empfindung, die man hat, wenn man das Restaurant betritt. Kolossal!«

Mauro blickte auf den staubigen Boden, die abgeblätterte Farbe an der Wand, die Tische und Stühle. Einige der Glasscheiben waren gesprungen.

»Papa wäre stolz auf mich. Und die anderen auch.«

»Mauro, du musst dir und uns nicht immer etwas beweisen. Du hast genug erreicht.«

»Wenn ich das Colosseo aufbaue, dann ja. Vorher nicht.«

Sofia verdrehte die Augen. Sie kannte die Themen ihres Mannes. Mauros Vater Davide kam aus einer altehrwürdigen römischen Familie. Ein großer Teil der Familie hatte für den Vatikan gearbeitet und tat es zum Teil noch heute. Dann hatte sich Davide verliebt, in Alberta. Alberta gehörte zu einem Sinti-Clan, war aus dem Clan verstoßen worden, weil sie nicht den Mann geheiratet hatte, den ihr Vater, der Clanchef, für sie vorgesehen hatte. Und Davide wurde seit der Hochzeit, die beide nur mit einem Priester in einer Unterkapelle des Petersdoms und ohne großen Pomp gefeiert hatten, von Freunden und Geschäftspartnern schief angeschaut.

»Du bist ein Ziege«, sagten sie zu ihm. »Du bist jetzt auch ein Zigeuner, einer von denen, nicht mehr einer von uns. Hast du nichts Besseres finden können?« Und Mauro hatten sie das Gleiche gesagt. Hatten ihn gehänselt. Und hatten wieder einmal gezeigt, dass die sogenannte offene und vorurteilsfreie Gesellschaft eher in Sonntagsreden als in der Realität vorkam.

Sofia und Mauro gingen nach draußen. Ein frischer Wind wehte vom Meer her. Wenige Menschen liefen am Strand entlang.

»Hast du mal überlegt, was der Umbau kostet?«, fragte Sofia.

»Ich rechne das gerade mit Paolo durch.« Paolo war der Steuerberater der Familie. »Aber ganz billig dürfte es nicht werden.«

»Und wie willst du das finanzieren? Bei der Bank?«

»Ja, bei der Unicredit oder Paschi dei Siena. Oder Banco di Casa. Da gibt es ja einige.« Er schaute Sofia auffordernd an, als erwarte er Beifall von ihr. Aber den bekam er nicht.

»Ich fürchte, Mauro, du willst allen etwas beweisen und verhebst dich dabei. Der Tag hat nur 24 Stunden. Und jeder Kredit muss zurückgezahlt werden.«

Mauro biss die Zähne zusammen. Das Argument schien ihm nicht zu gefallen. »Glaub mir, Sofia, das wird eine Goldgrube hier. Den Kredit zahlen wir pronto zurück. Und so viel wird das nicht kosten. Ein paar Tausend Euro. Mehr nicht. Ich kenne viele, die mir helfen können.«

Kapitel 14

Beijing, Volksrepublik China

Si stand mit seiner Mutter vor den Fenstern des kleinen Hutons von Min in der Yandaixie-Straße. Es war der erste Oktober, der Geburtstag der Volksrepublik China.

»Du musst wieder weg?«, fragte Min.

»Ja«, sagte Si knapp. »Mein Boss will mit mir nach Südamerika.«

»Ist er ein guter Mensch?«

Si war sich nicht sicher, ob sein Boss unbedingt *gut* war. Er war jedenfalls ein Mann, der Dinge bewegen konnte.

»Er ist ein großer Mann«, sagte Si. »Ein *Da Ren.*«

»So wie Deng?«, fragte Min.

»Ja, so wie Deng.«

Deng, dachte Si. Jeder kannte ihn.

Eine Institution, so sagte man, war der Schatten eines Mannes. Und zu dieser Zeit, am Ende der Siebzigerjahre, trat ein Mann aus dem Schatten von Mao Tse Dong, um den Vorsitz der Kommunistischen Partei zu übernehmen.

Dieser Mann, nämlich Deng, hatte die beiden widerstreitenden Systeme studiert. Den blitzenden Kapitalismus angelsächsischer Prägung als ein Extrem und das verkalkte Sowjetsystem als ein anderes. Er hatte gesehen, dass der Kapitalismus auf Anreizen basierte und die Menschen zu wahren Höchstleistungen motivierte. Dafür war alles der Eigeninitiative des Unternehmers überlassen, ohne zentrale Planung. Der Mann hatte auch gesehen, dass das Sowjetsystem zwar alles plante, aber keine Eigeninitiative belohnte. Die einzige Möglichkeit für einen Arbeiter in einem russischen Staatsbetrieb, seinen Stundenlohn zu erhöhen, war, seine Arbeitszeit zu reduzieren und früher nach Hause zu gehen.

Was wäre, dachte Deng damals, wenn wir das Beste aus beiden Welten verbinden? Wenn wir weiterhin planen, aber dennoch den Eigennutz der Menschen für uns nutzen? Und während der Kapitalismus Anreize setzte ohne Planung und der sowjetische Kommunismus plante, ohne Anreize zu setzen, erfand dieser Mann ein neues System.

Dieser Mann hieß Deng, und er wurde, wenig schmeichelhaft, die *kleine Flasche* genannt. *Deng* war sein Name, *Xiao* (小) hieß *klein*, und *ping* （平） hieß *Flasche*. *Eine Flasche Bier* hieß in China daher *y ping píjiû*（一平酒）.

Auf der Weltbühne erhob sich Deng Xiao Ping. Und mit ihm begann das größte Wunder der Wirtschaftsgeschichte. Im Westen nannte man dieses Wunder abwechselnd *Kapitalismus chinesischer Prägung, Kommunismus chinesischer Prägung* oder einfach nur *Staatskapitalismus*. Das dachte Si. Doch seine Mutter war nicht der Meinung.

»Deng hat die Hutons zerstört«, sagte Min.

»Nicht nur Deng«, sagte Si. »Das haben andere auch. Aber er hat ein Wunder vollbracht.«

»Ein Wunder?«

»Ein Wunder, das 500 Millionen Menschen aus der bittersten Armut befreite und etwas zustande brachte, das kein anderes Großreich jemals geschafft hat.« Sein Boss hatte ihm diese Geschichte erzählt. Das mazedonische Reich von Alexander dem Großen war vergangen, das ägyptische und persische Großreich ebenso, und auch das römische Großreich war nur noch ein Schatten seiner selbst und hatte seine globale Präsenz bestenfalls in den Vatikan hinübergerettet.

»Jetzt, Mama«, sagte Si, denn das Wort für *Mama* war in allen Sprachen fast gleich, »jetzt wird etwas geschehen, was kein anderes antikes Großreich geschafft hat: Das 5000-jährige China, das bereits in der Antike ein Imperium war, wird im 21. Jahrhundert zur stärksten Wirtschaftsmacht der Welt aufsteigen.« Er nahm seine Mutter in den Arm. »Darauf können wir stolz sein.«

Seine Mutter, die fast nur halb so groß war wie er, nickte schwach. »Chinas Arm wird stärker«, sagte sie, »aber seine Seele stirbt.«

Kapitel 15

Rocket Internet Tower, Kochstraße, Berlin, Deutschland

Tom blickte auf das Foto auf Philipps Smartphone.

»Sieht südländisch aus«, sagte Tom.

Philipp nickte. »Ein Teil Grieche, ein Teil Ami, und ich glaube, ein Teil der Familie kommt sogar aus Deutschland. Er hat seine Finger überall im Spiel. Ist aber nicht ganz ohne. Es geht das Gerücht, dass er mal in Deutschland gesessen hat.«

Im Knast, dachte Tom. »Das ist ja ein toller Partner«, sagte er dann.

»Aber der hat Rums«, sagte Philipp. »Glaub's mir.«

»Hat er auch einen Namen?«

»Arakis«, sagte Philipp. »Dairon Arakis.«

»Schon mal gehört.«

»Ganz große Nummer«, sagte Philipp, »aber sehr umstritten.«

»Kennst du den?«

»Nein.« Philipp schüttelte den Kopf und drückte auf eine Taste auf dem Keyboard. Der Drucker surrte. »Ich druck dir mal ein paar Infos aus.« Er zog das Papier aus dem Drucker. »Aber Vorsicht.« Er blickte Tom fest an. »Arakis ist niemand, mit dem man spaßen sollte. Er weiß genau, was er will, und das kriegt er auch meist. Man nennt ihn auch den *Bluthund.* Und wenn ihm dabei jemand im Weg steht …«

»Dann ist er tot?«, fragte Tom.

»Das eher nicht. Aber er wird schnell kaltgestellt. Arakis ist sehr intelligent und skrupelloser als die meisten anderen Haie.«

»Nein, eben nicht. Trotzdem. Die meisten überschätzen sich und unterschätzen ihn. Und das geht vielleicht kurzfristig gut, aber langfristig schief.«

»So wie der Subprime-Markt in den USA bis zum Jahr 2007? *The Big Short?*«

Philipp grinste. »So ein bisschen.«

»Es gibt in China und im Silicon Valley ein schönes Sprichwort. Gar nicht mal nur ein Sprichwort, sondern ein Algorithmus.«

»Ein Algorithmus?«

»Ja. Mit dem man seine eigene Intelligenz feststellen kann, indem man die von Arakis analysiert.«

»Ein eigener Intelligenztest? Und wie lautet der?«

»Je schneller du merkst, dass Arakis schlauer ist als du …«, Philipp hielt kurz inne, »desto schlauer bist du.«

Kapitel 16

Unidade de Polícia Pacificadora, Rio de Janeiro, Brasilien

Die Unidade de Polícia Pacificadora von Rio de Janeiro, was so viel wie »befriedende Polizeieinheit« hieß und immer UPP abgekürzt wurde, existierte seit 2008 und war Teil der Militärpolizei. Zur Weltmeisterschaft 2014 war sie noch einmal aufgestockt worden.

Der Blick aus dem Fenster zeigte die Küste der Copacabana und den Zuckerhut. Menschen, die sich sonnten und im Meer badeten, Wolkenkratzer, Autos und wenige Wolken vor dem strahlend blauen Himmel. Draußen sah es aus wie im schönsten Urlaub. Das Video aber war grauenhaft. Menschen, denen die Haut abgezogen, die Finger abgeschnitten oder die in Stahltonnen gekocht wurden. Enthauptungs- und Foltervideos. Nicht vom Islamischen Staat, sondern aus Mexiko.

Ignacio Vazquez wollte am liebsten wegschauen, aber er musste hinschauen. Das hier war sein Problem, das er lösen wollte. Vazquez, glatt rasiert, 45, etwas untersetzt, aber mit der Statur eines Menschen, der jeden Tag Sport treibt und dem auch Kampfsport nicht fremd war, war seit Kurzem Staatssekretär von Brasiliens neuem rechtskonservativen Law-and-Order-Präsidenten Bolsonaro, den die Presse sehr schnell *Tropen Trump* genannt hatte. Vazquez wusste nicht, ob er das als Kompliment sehen sollte. Immerhin gelang es Trump, eine Menge Dinge durchzusetzen, was man von Bolsonaro bisher nicht in allen Bereichen behaupten konnte. Der Mann, der neben ihm saß und die Videos mitgebracht hatte, war Diego Alvarez, der Polizeichef von Rio de Janeiro. Er war ähnlich gedrungen wie Vazquez, nur fiel sofort die riesige Narbe an seinem linken Arm auf. Dort hatte ihn tatsächlich einmal ein Hai gebissen. Angeschossen worden war Alvarez in seinen 20 Dienstjahren noch nie, dafür hatte es ihn im Wasser erwischt. *Der mit den Haien kämpft,* wurde Alvarez auf Portugiesisch genannt.

»Wenn wir nicht aufpassen«, sagte Alvarez, »dann sieht es bei uns auch bald so aus. 2006 hat Mexiko den Drogenkartellen den Krieg erklärt. Und nun? Mehr als 10 Jahre später sind 200 000 Tote das Resultat.«

»Immerhin ist Guzmán im Knast«, sagte Vazquez.

»Ja, Guzmán, genannt El Chapo, war als einer der Ersten ins globale Geschäft mit Drogen eingestiegen. Der hat sein Drogenkartell von Anfang an wie einen internationalen Konzern geführt. Hinzu kommt noch, dass El Chapo Sohn von lokalen Bauern war, darum sahen viele in Mexiko in ihm einen Robin Hood, der sich mit *denen da oben* anlegte – und lange Zeit auch gewonnen hatte.«

Vazquez verzog das Gesicht. »Dass El Chapo mit einem Milliardenvermögen auch einer von *denen da oben* geworden war, viel reicher als fast alle anderen *da oben,* interessierte niemanden.«

»Ja, es ist ähnlich wie bei den Managern und den Rockstars: Wenn der Manager 10 Millionen verdient, gehen alle auf die Barrikaden. Wenn der Rockstar 100 Millionen verdient, interessiert das niemanden.«

Vazquez ließ die Worte sacken. Er wusste: Was viele Kartelle und mafiöse Strukturen auf der ganzen Welt mit Hochachtung und Bewunderung zur Kenntnis nahmen, war die Anpassungsfähigkeit des Kartells von El Chapo. Es war das, was man im Unternehmensjargon auch *adaptive Strategy* nannte. Ein derartiges Kartell gab es in Brasilien zum Glück noch nicht. »Guzmán war einer der Ersten gewesen, der synthetische Drogen lieferte und auf innovative Logistik- und Vertriebsstrategien setzte«, sagte Alvarez. »Entweder flogen Kleinflugzeuge über die Grenze der USA, oder auch Unterseeboote umgingen irgendwelche Zollschiffe, ansonsten ließ er Tunnel buddeln, um die Ware in die USA zu schmuggeln, wo in Miami, New York, Washington, Chicago oder auch in Kalifornien die Hauptabnehmer saßen.« Er zählte die Kunden an seinen Fingern ab. »In den Bankentürmen, den Werbeagenturen oder auch den milliardenschweren Start-ups. Und auch in der Politik.«

»Er ist doch zweimal geflohen, richtig?«

»Ja, in Mexiko. Zweimal aus einem sogenannten Hochsicherheitsgefängnis. Für seine zweite Flucht ließ er extra Ingenieure in Deutschland und der Schweiz ausbilden, die sich mit Tunnelbau auskannten. Den Gefängnisdirektor hatte er natürlich auch höchstpersönlich bestochen. Dann war die Glückssträhne allerdings gründlich beendet. Nach seiner zweiten Flucht 2016 wurde El Chapo in die USA ausgeliefert. Bei Uncle Sam sitzt er jetzt 23 Stunden pro Tag in Einzelhaft, ohne Sonnenlicht und mit ständig laufender Klimaanlage, in einem Hochsicherheitsgefängnis einige Kilometer von Manhattan entfernt. El Chapo droht lebenslang. Und bei den Gringos heißt das auch wirklich lebenslang.«

»Das FBI versteht weniger Spaß als wir.«

»Und genau da müssen wir auch hin!«

Vazquez nickte. »Mexiko«, sagte er, »ist ein *Failed State*, ein gescheiterter Staat, komplett in der Hand der Drogen-Mafia. Bisher sind fast eine Viertelmillion Menschen im Drogenkrieg gestorben, und ein Ende ist nicht abzusehen.« Er blickte Alvarez an. »So weit darf es hier in Brasilien niemals kommen.«

»Wir sind aber auf dem Weg dahin«, sagte Alvarez. »Wir bei der Polizei sehen immer die ersten, schwachen Signale, die dann auftauchen, bevor etwas umkippt.«

»Und das wäre?«

»Es gibt immer mehr private Panzerwagen, genau wie in Mexiko. Die halten selbst Schüsse von einer AK-47 ab. Die Scheiben aus Diamond Glass. Zwar noch nicht der Typ IV Armour, der das Auto 30 % schwerer macht, aber die Reichen kaufen sich Sicherheit. Die Armen gehen leer aus.«

Das war hier in Brasilien eigentlich schon immer so, dachte Vazquez, sagte es aber nicht. Als Staatssekretär hatte er es sich vorgenommen, Brasilien nach der überteuren WM 2014 und der grassierenden Kriminalität endlich nach vorne zu bringen. »Haben Sie eine Idee?«, fragte er. Eines seiner Ziele war es, sich ständig mit den Sicherheitsbehörden auszutauschen und genau hinzuhören, wo der Schuh drückte. Die Polizei bekam in der Tat die ersten schwachen Signale von neuen – und meist unerfreulichen – Trends fast immer als Erste mit. Genauso wie die Notaufnahmen und die Rechtsmediziner.

Alvarez nickte und schaute ebenfalls nach draußen auf den Zuckerhut. »Ich habe da eine Idee.«

Kapitel 17

Helmut-Schmidt-Haus, Hamburg, Deutschland

Tom und sein Vater Walter standen im Helmut-Schmidt-Haus in Hamburg, das heute ein Museum war. Sie standen vor dem Flügel, auf dem der frühere Bundeskanzler oft gespielt hatte. An der Türklingel stand noch immer *Helmut Schmidt*. Als der Altkanzler hier noch lebte, hatte man bereits, bevor man die Klingel sah, einen Anbau mit einem kleinen Polizeihäuschen passiert.

»Der hat sogar eine eigene Schallplatte produziert«, sagte Toms Vater, »Mozart, Konzerte für zwei und drei Klaviere. Aufgenommen 1982.« Er seufzte. »Das würde heute kein Politiker mehr hinkriegen.«

Tom nickte. Er musterte seinen Vater. Die Kleidung schien ihm zu groß zu sein für seinen ausgemergelten Körper. Genauso war es auch bei Steve Jobs gewesen. Er musste an das Zitat von Bilbo Beutlin im *Herrn der Ringe* denken: *Zu wenig Butter über zu viel Brot gestrichen.* Tom war nach dem Gespräch mit Philipp in seine Wohnung in Berlin gefahren, die eher ein WG-Zimmer am Rosenthaler Platz war, und hatte dann ein Taxi zum Hauptbahnhof genommen. Im Zug nach Hamburg, der einigermaßen pünktlich abfuhr und in etwa so lange für die Reise brauchte, wie es auch im Bahn-Navigator stand, hatte er lange über das Gespräch mit Philipp und über diesen Arakis nachgedacht. Die Rocket-Leute wollten keine Chinesen dabeihaben und hatten ihm deshalb, anstatt bei ihm zu investieren, einen Mann empfohlen, der keine allzu weiße Weste hatte, den man *den Bluthund* nannte und der offenbar gleichzeitig unberechenbar und gefährlich war. Und hochintelligent dazu. Tom musste an den Spruch von Philipp denken: *Je schneller du merkst, dass er schlauer ist als du, desto schlauer bist du.* Aber wenn dieser Arakis so gut in China vernetzt war und auch Richtung Westen, konnte das Toms Firma vielleicht wirklich helfen. China war überall, wenn auch wenig auffällig. Die Suchmaschine Baidu war bereits seit 2011 im Silicon Valley, SAP betrieb sein S/4-Hana-Programm über die Alibaba-Cloud. Vielleicht wäre sogar SAP der nächste deutsche Konzern, den die Chinesen kaufen würden? Wenn sie nicht gleich Volkswagen kaufen würden. Da passt sogar der chinesische Name. *Da Zhong,* der chinesische Name von Volkswagen, hieß so viel wie *Großes Volk.*

»Die Hausbar hier kann man nicht besichtigen«, sagte sein Vater und riss Tom aus seinen Gedanken, »aber ich war mal mit der Handwerkerinnung auf einer Sonderbesichtigung drin. Da steht eine Louis-Armstrong-Figur, die auf Knopfdruck ›Hello Dolly‹ schmettert.«

»Und überall riecht es nach Zigaretten«, sagte Tom. Er ärgerte sich, dass er seinem Vater nicht die Aufmerksamkeit schenkte, die er verdient hätte.

Sein Vater nickte. »Den Geruch kriegt man auch nie mehr raus. Er hat ja nicht nur diese Menthol-Zigaretten geraucht, sondern auch mal Zigarren und Pfeife.« Sie waren im Arbeitszimmer angekommen. Auf dem Schreibtisch einige Papiere und Bücher, ebenso wie in den Regalen, die sich bis zur Decke erhoben. Auf dem Schreibtisch standen gleich zwei Aschenbecher. Viele weitere Aschenbecher waren im ganzen Haus verteilt.

Auf einem Regal stand ein kleines Schachspiel, das Schmidt selbst geschnitzt hatte, als er Kriegsgefangener der Briten im Zweiten Weltkrieg gewesen war, um sich damit die Zeit zu vertreiben.

»Übermorgen geht es nach China?«, fragte Toms Vater.

»Ja. Aber vorher machen wir uns hier noch eine schöne Zeit.« Er klopfte seinem Vater auf die Schulter.

»Was hielt denn der olle Schmidt von China?«, fragte Walter Bayne.

»Einiges«, sagte Tom. »Ich hab früher ein paar Bücher von Schmidt über China gelesen. Schmidt hatte immer gesagt, dass die Chinesen nun einmal anders wären als die westlichen Demokratien und dass man ihnen da nicht ständig reinreden sollte. Er wusste, dass China schon immer oder wenigstens seit 5000 Jahren zentralistisch gewesen war und dass Europa daran bestimmt nichts ändern wird.«

»Allzu überzeugend benimmt sich Europa ja im Moment auch nicht«, sagte Walter.

»Stimmt. Guck dir den neuen Flughafen in Peking an. Viermal so groß wie diese Bruchbude in Berlin und in vier Jahren fertig. Wenn der mit voller Kapazität läuft, ist das der größte Flughafen der Welt.« Er schaute sich um. »Na ja, und dass China das nächste große Ding sein würde, hatte Schmidt auch schon deutlich früher als die meisten anderen Politiker gewusst. Die meisten im Bundestag haben es bis heute nicht begriffen.«

»War er oft in China?«

»Ja. In China, und dann war er auch mit Lee Kuan Yew, dem Gründer Singapurs, gut befreundet. Lee hat Singapur von einem Dritte-Welt-Land in 50 Jahren zu einem der reichsten Länder der Erde gemacht. Er war wohl so eine Art Seelenverwandter des Altkanzlers.«

Man sollte den Chinesen nicht reinreden, dachte Tom. Mittlerweile konnte das auch keiner mehr. Die Frage war, ob er den Chinesen noch reinreden konnte, falls die sein Start-up übernehmen würden.

»Wie geht es dir denn nun?«, fragte Tom. Denn abgesehen von der Hiobsbotschaft vom Bauchspeicheldrüsenkrebs hatte sein Vater noch nichts über seinen Zustand gesagt. Von selbst redete Walter Bayne über solche Dinge aber ohnehin nicht.

Sein Vater zuckte die Schultern. Es war immer das Gleiche. Er verschwieg immer etwas. Tat immer stärker, als er wirklich war. Schon damals, als er die Firma gegründet hatte und es zu Beginn gar nicht gut gelaufen war, war das so gewesen. Er hatte sich eher zu Wucherzinsen Geld geliehen, anstatt zuzugeben, dass er Hilfe brauchte.

»Ach, min Jung«, sagte er auf Hamburgisch, »muss ja. Komm, wir gehen weiter.«

Sein Vater sah schlecht aus. Irgendwie blass und irgendwie so, als ob zu wenig Haut über sein Gesicht gespannt war. *Bauchspeicheldrüsenkrebs.* Auch Steve Jobs war am Ende immer dünner geworden. Und irgendwann war er tot. Irgendwann war zu wenig Körper für die Haut übrig gewesen. Wenn das passieren sollte, dann hatte Tom gar keine Eltern mehr. Er musste an Helmut Schmidt denken, der Loki Schmidt, seine geliebte Frau, verloren hatte.

Sie kamen ins Esszimmer. Hier hatte Loki Schmidt nicht nur Politiker verköstigt, sondern hier tagte auch immer die legendäre Freitagsgesellschaft, zu der Siegfried Lenz, Volker Rühe und Michael Otto gehörten.

»Essen«, sagte Toms Vater, »das schmeckt nicht mehr so richtig.«

Tom kannte die Tücke bei Bauchspeicheldrüsenkrebs. Theoretisch konnte man Bauchspeicheldrüsen verpflanzen, das wurde bei Diabetikern versucht. Doch oft wurden die Organe abgestoßen, und niemandem war geholfen. Die Feinde des Körpers waren tückisch, das hatte Tom in seinem Medizinstudium gelernt.

Er hatte vor Kurzem auf einer Medizinkonferenz in Shanghai vom Glioblastom gehört. Ein Hirntumor, der das Gehirn angriff und dabei selbst wie das Gehirn vorging. Denn normalerweise agierten Krebszellen als Einzelkämpfer, doch die im Glioblastom schienen koordiniert zu arbeiten, ja sogar zu kommunizieren. Eine Art *Brain in the brain* hatte einer der Vortragenden gesagt. »Was ist künstliche Intelligenz«, hatte der Vortragende gefragt, »chemische und elektrische Prozesse, mit denen sich einzelne Zellen austauschen. Das ist doch das, was wir als *Denken* bezeichnen.« *Primitive Intelligenz, aber dennoch Intelligenz*, dachte Tom, *ein Tumor, der intelligent war*. Krankheiten konnten furchtbar sein. Toms Handy klingelte. Eine unbekannte Nummer.

»Warte mal kurz«, sagte Tom. »Bin gleich wieder da.«

»Bayne«, sagte Tom.

»Helbig«, sagte die Stimme am anderen Ende. Tom dachte einen Augenblick nach. »Tara! Wie geht's?«

»Ganz gut. Bist du in Hamburg?«

Tom überlegte einen Moment. »Bin ich sogar, aber ich muss mich heute um meinen Vater kümmern. Er ist krank. Und übermorgen geht es wieder nach China. Ehrlich gesagt, passt es gerade nicht so gut.«

»Okay, dann will ich da mal nicht stören. Das Ganze ist eh noch nicht final.«

»Was gibt's denn überhaupt? Geht's um unsere Kooperation?«

»Exakt. Da scheint irgendein Messfehler zu sein.«

»Ach ja?« Solche Informationen über Messfehler, die man in der Start-up-Welt gemeinhin als »Showstopper« bezeichnete, hatten ihm gerade noch gefehlt.

»Ja. Wir haben ja 200 Probanden. Bei 198 von denen wurde Jod-131 im Blut nachgewiesen.«

»Wie bitte?«

»Du hast schon richtig gehört.«

»Ich kann es aber nicht glauben. Das Zeug ist doch radioaktiv! Wo soll das herkommen?«

»Keine Ahnung, das fragen wir uns ja auch.«

»Der Chip misst nur, was im Körper ist. Habt ihr schon andere Blutwerte geprüft? Und habt ihr das im Labor gegengecheckt?«

»Sind wir bei, aber das dauert seine Zeit.«

»Okay. Sagst du mir dann, was dabei herauskommt?« Tom blickte nach unten und sah seinen Vater, der etwas verloren am unteren Ende der Treppe stand und ab und zu nach oben schaute.

»Darauf kannst du Gift nehmen.«

»Solange es kein Jod-131 ist …«

»Sehr witzig«, sagte Tara, »ich dachte eigentlich, du könntest mir dazu etwas sagen. Denn Imir interessiert das natürlich auch.«

»Imir?«

»Mein Chef. Imir Khan. Der Pakistani, der auch bei deinem Pitch dabei war und von Calico geschwärmt hat.«

»Ach der, ja!« Tom schaute nach unten und nickte seinem Vater zu. »War ein cooler Typ. Von denen gibt's in Shenzhen auch einige.« Er räusperte sich. »Dann checkt das doch mal gegen, und ich rufe mal bei meiner Firma an. Vielleicht hat der Computer irgendwelche Stammdaten verwechselt und macht aus Vitamin B Jod-131.«

»Wollen wir mal hoffen«, sagte Tara. »Wir hören uns?«

»Definitiv. Alles Gute!«

»Mist«, zischte Tom und steckte das Handy in die Tasche. Das fehlte ihm gerade noch. Irgendwelche Messfehler, gerade jetzt, wo sie in die nächste Finanzierungsrunde wollten.

»Alles okay?«, fragte Walter.

»Ja, der Job«, sagte Tom, »der lässt einen nie los. Kennst du ja auch.«

»Aber wie, min Jung, aber wie. Wollen wir noch den Rest anschauen?«

»Machen wir!«

»Danach können wir ja jetzt was essen gehen. Helmut Schmidts Freitagsgesellschaft kann ich zwar nicht bieten. Es gibt da aber ein schönes Restaurant bei Övelgönne. Das Restaurant ›Süßwasser‹. Da können wir oben an der Elbchaussee parken und dann noch ein bisschen runterspazieren.«

»Gern«, sagte Tom und versuchte, den seltsamen Anruf von seiner früheren Kollegin zu vergessen, »vorher gehen wir aber noch zu dir nach Hause. Ich will die Unterlagen sehen. Und zwar alle, nicht nur die paar, die du mir als Fotos geschickt hast.«

Sein Vater zuckte die Schultern. »Wenn es sein muss …«

Kapitel 18

Four Season Hotel, Rio de Janeiro, Brasilien

Vazquez und Alvarez hatten ihr Treffen in einer Suite des Four Seasons in Rio de Janeiro fortgesetzt.

»Ich habe da jemanden, den Sie kennenlernen müssen«, hatte Alvarez gesagt. »Ein Mann, der das Problem lösen kann.«

»Und wie?« Vazquez hatte schon zu viele Vorschläge gehört, die allesamt nicht funktioniert hatten.

»Durch Überwachung.«

»Überwachung?«

»Wir sind schließlich im Krieg.«

»Unser Präsident weiß, dass Brasilien im Krieg ist«, sagte Vazquez.

Alvarez nickte. Er wusste: Nicht nur Bolsonaro regierte das Land mit eiserner Faust, sondern auch seine drei Söhne Flávio, Carlos und Eduardo. Carlos hatte die Social-Media-Wahlkampfkampagne seines Vaters organisiert und trug den Namen *Pitbull*. Vor Kurzem hatte der Präsident eine Werbung von Banco do Brasil gestoppt, in der zu viele weiße und schwarze Brasilianer gleichzeitig zu sehen waren. Bolsonaro wollte ein einheitliches und kein *buntes* Brasilien. *Bunt* war für ihn alles, was chaotisch war und nicht funktionierte.

»Schön«, sagte Vazquez, »wo ist nun Ihre Wunderwaffe?«

»Direkt vor der Tür. Soll ich ihn hereinrufen?«

Vazquez zuckte die Schultern. »Von mir aus.«

Der Mann, der den Raum betrat, war von mittelgroßer und etwas gedrungener Gestalt. Mit seiner gebräunten Haut und den schwarzen Haaren hätte er auch als Brasilianer durchgehen können. Er fixierte den gesamten Raum in einer einzigen Sekunde, sein Blick gleichzeitig bohrend und unstet, so als sei er immer in der Sorge, irgendetwas zu verpassen.

»Arakis«, sagte der Mann und hielt Vazquez die Hand hin. »Ich löse Probleme.«

»Das trifft sich gut«, sagte Vazquez. »Wir haben nämlich eins. Oder eigentlich mehrere.«

Arakis ließ sich auf einen der Ledersessel sinken. »Das Problem ist, dass Ihre Sanktionsmöglichkeiten gegenüber den Kriminellen begrenzt sind«, sagte er. »Mittlerweile bezahlen Drogengangs andere Jugendliche, damit die für die Gangs Straftaten begehen. Ohne in den Knast zu kommen, da dann das Jugendstrafrecht gilt.«

»Ja, das ist übel«, sagte Vazquez.

»Ist es auch.« Arakis nickte. »Aber eigentlich wollen wir doch genau dasselbe. Wir wollen klare Priorität für den Schutz der Opfer, nicht der Täter. Das Einzige, was wirklich getötet werden muss, ist die Kriminalität.«

»Ist leider nicht so einfach«, sagte Alvarez, »der Strafvollzug kommt auch an seine Grenzen. Die Aufstände in den Gefängnissen haben sich seit 2000 vervierfacht. Gerade vor Kurzem gab es mal wieder einen Aufstand, wo die Häftlinge sich gegenseitig erwürgt und enthauptet haben.« Er verzog das Gesicht.

»So ähnlich wie in dem Video von Slayer. Aber nicht gestellt, sondern real.«

Ein kurzes Lächeln zog über Arakis' Gesicht. Vielleicht kannte er Slayer oder das Video von dem Song *Repentless,* vielleicht fand er den Vergleich auch einfach nur passend.

»Und wenn Sie jetzt Ihre Lösung in einem Satz präsentieren sollten«, begann Vazquez, doch Arakis unterbrach ihn freundlich.

»Ich schaffe es sogar in einem Wort.«

»Und das lautet?«

»Überwachung.«

»Überwachung?«, fragte Vazquez und schaute Alvarez an. Das Gleiche hatte Alvarez ihm vorhin auch schon gesagt. »Wie genau? Wie im Dritten Reich? Oder der DDR? Oder in Rumänien? Oder in …«

»So wie in China«, sagte Arakis.

»Mehr China brauchen wir hier eigentlich nicht.« Vazquez zog die Augenbrauen zusammen.

Arakis hingegen hob die Augenbrauen. »Es ist leider so«, sagte er, »dass bei Überbevölkerung, Urbanisierung, Klimawandel und zunehmender Ungleichheit das alte Modell des Liberalismus nicht mehr funktioniert.«

»Die Frage ist, ob es je funktioniert hat.« Das war Alvarez.

»Ich bin nicht sicher, ob wir damit nicht über das Ziel hinausschießen.« Das war Vazquez.

Alvarez wiegte den Kopf hin und her. »Extreme conditions demand extreme responses – extreme Bedingungen bedürfen extremer Reaktionen.« Er wandte sich an Arakis. »Was sagen die Chinesen noch in Bezug zu ihrem …«

»Dem Social Credit System?«, nahm Arakis den Ball auf. *»Die Vertrauenswürdigen sollen frei unter dem Himmel umherschweifen können, den Vertrauensbrechern aber soll kein einziger Schritt mehr möglich sein.* Sie sagen, dass Märkte ineffizient sind und Kontrolle das Beste ist. Ich kann glauben, oder ich kann wissen. Wissen ist aber in jedem Fall besser als Glauben. Die feste Aussicht auf Strafe bei Fehlern ist besser als nur die Möglichkeit der Strafe.«

»Und derjenige, der ein schlechtes Rating hat?«, fragte Vazquez. »In China, meine ich?«

»Der kann nicht mehr komfortabel reisen, kann keine Flugzeuge nutzen und keine Schnellzüge. Bei Vertrauensbrechern wird sogar der Klingelton des Handys umgestellt. Ohne dass sie es merken, natürlich.«

»Das heißt, wenn einer anruft, der etwas auf dem Kerbholz hat …?«

»Dann erklingt ein schriller, unschöner Ton. So wie ein Martinshorn vom Notarztwagen.«

»Und die Chinesen haben die ganze Infrastruktur dafür?«, fragte Vazquez.

»Klar. Dem Staat beziehungsweise der Partei, was eigentlich das Gleiche ist, gehören ja alle großen Unternehmen. Wer zu viel Online-Spiele auf Tencent daddelt, kriegt eine schlechte Bewertung. Wer seine Eltern nicht genug besucht, auch. Wer sich aber Babymilch aus Europa schicken lässt, steht besser da. Je mehr Punkte man hat, desto leichter kriegt man einen Kredit, einen Mietwagen ohne Kaution oder VIP-Eintritt in den Flughäfen. Es gibt von Alibaba sogar für besonders vertrauenswürdige Kunden vereinfachte Visa ins europäische Schengen-Gebiet.«

»Technisch alles beeindruckend«, sagte Vazquez, »auch wenn es nicht heißen muss, dass es mir gefällt, aber wir haben hier nicht das Problem, dass die Leute ihre Eltern zu wenig besuchen oder zu viel Online-Games daddeln. Wobei wir die Probleme auch haben, aber …«

»Sie wollen sagen: Bei Ihnen brennt es richtig. Und Sie wollen verhindern, dass es so brennt wie in Mexiko.«

»Kann man so sagen.«

»Deswegen ist das Social Credit System auch erst die zweite Stufe. Die erste ist einfacher. Und wirkungsvoller.«

»Nämlich?«

»Totalüberwachung. Kameras, Gesichtserkennung und predictive profiling. Daten extrapolieren. Klassifizierung, lineare, polynomiale Regression. Das ganze Zeug. Sie wissen als Polizei, wo die nächsten Verbrechen stattfinden.« Er blickte Alvarez an, der zustimmend nickte. »Heatmaps von Demonstrationen. Bevor sich zu viele Menschen ansammeln, können Sie schon die Wagen mit dem Tränengas schicken.«

»Das geht leicht?«

»Klar. Geht alles über die Smartphones. Und die hat ja auch hier jeder, oder?«

»Allerdings.« Vazquez musste an seine Tochter denken, die eigentlich 24 Stunden am Tag auf ihr Smartphone und Instagram starrte.

»Loslegen können wir sofort«, sagte Arakis, »oder fast sofort.«

»Ich muss zugeben«, sagte Vazquez, »dass das zwar nicht sonderlich demokratisch, aber irgendwie doch verlockend klingt.«

»Wir haben die Chance, und wir haben jetzt die eine Möglichkeit«, sagte Alvarez, »entweder wir ordnen unsere Dinge mit fremder Hilfe, oder wir werden ein zweites Mexiko. Dem Präsidenten würde es gefallen. Denn allein sind wir, fürchte ich, nicht schnell genug, um all die Brände zu löschen.«

Vazquez schloss die Augen. »Ich werde nachdenken.«

»Denken Sie gut nach«, sagte Alvarez, »aber nicht zu lange. Das Verbrechen schläft nicht.«

Vazquez erhob sich. Für ihn war das Gespräch erst einmal beendet.

»Eine Sache noch«, sagte Arakis. »Wissen Sie eigentlich, wie die Drogen nach Mexiko kamen?«

»Durch die Kartelle.«

»Richtig. Aber die Drogen waren vorher da.«

»Nun sagen Sie schon.«

»Tja«, sagte Arakis, »der heftigste Brennpunkt dort ist das sogenannte *triángulo critico*, das *kritische Dreieck*, wo das Sinaloa-Kartell, das Chihuahua-Kartell und das Durango-Kartell aktiv sind. Das Gebiet war im 19. Jahrhundert ein Bergland, in das die Chinesen gekommen sind, die nicht in die USA durften und sich dort ab 1882 angesiedelt haben.«

»Die Chinesen also? Und was haben sie dort gemacht?«

»Ja, mal wieder die Chinesen. Die haben Schlafmohnfelder angebaut. Die Vorläufer der heutigen Drogen.«

Alvarez schüttelte den Kopf. »Dann hilft uns jetzt chinesische Technologie, um ein Problem zu lösen.«

Arakis nickte. »... das die Chinesen mit verursacht haben. Aber Sie kennen ja den alten, chinesischen Spruch: *Um etwas zu fangen, muss man es erst einmal entkommen lassen.*«